Stella Cameron ist eine New-York-Times- und USA-Today-Bestsellerautorin mit über vierzehn Millionen verkauften Exemplaren. Ihre von der Kritik hochgelobte Ein Folly-on-Weir-Krimi-Reihe zählt mittlerweile 6 Bände. Durch Stellas englischen Hintergrund werden ihre Geschichten mit überzeugender Atmosphäre und authentischen Charakteren geschmückt.

EIN
PINT
MIT
MORD

EIN FOLLY-ON-
WEIR-KRIMI

STELLA
CAMERON

Deutsche Erstausgabe September 2021

© 2021 dp Verlag, ein Imprint der dp DIGITAL PUBLISHERS GmbH

Made in Stuttgart with ♥
Alle Rechte vorbehalten

Ein Pint mit Mord

ISBN 978-3-96817-986-5
E-Book-ISBN 978-3-96817-821-9

Copyright © 2015 by Stella Cameron
Titel des englischen Originals: Out comes the evil

Published by Arrangement with Stella Cameron

Dieses Werk wurde vermittelt durch die Literarische Agentur
Thomas Schlück GmbH, 30161 Hannover.

Übersetzt von: Lennart Janson
Covergestaltung: Buchgewand
Umschlaggestaltung: ARTC.ore Design
Unter Verwendung von Abbildungen von
stock.adobe.com: © evannovostro
shutterstock.com: © Ollie Taylor
Korrektorat: Dorothee Scheuch
Satz: dp DIGITAL PUBLISHERS GmbH
Druck und Bindung: Books on Demand GmbH, Norderstedt

Für Jerry

Prolog

Sexbesessene Schlampe? Pamela Gibbon war dreiundvierzig. Sie war eine sportliche, attraktive und erotische Frau. Und sie genoss die Gesellschaft jüngerer Männer – nur einer zu einer Zeit. Und die Männer genossen sie – sehr sogar. Aber sie hatte im Dorfpub von Folly-on-Weir abstoßende, spitze Kommentare zu hören bekommen und wenn man sie dort heruntermachte, dann auch andernorts.

Sie blieb gerade lang genug im Eingang zur öffentlichen Bar des Black Dog stehen, um das spöttische Kichern in einer Gruppe aus Männern und Frauen mitzubekommen, die sie vielleicht nicht als Freunde, doch zumindest als freundschaftliche Bekanntschaften betrachtet hatte. Aufgeschlossen zu sein, sollte sie nicht zur Zielscheibe des Spotts machen können.

Zehn Jahre lang hatte sie unter diesen Leuten gelebt. Sie und ihr mittlerweile verstorbener Ehemann hatten ihr Haus gekauft, Cedric Chase, und dort bis zu Charles' Tod gelebt. Pamela hatte nie erwogen, wegzuziehen. Sie liebte das Dorf, und auch wenn sie nicht sonderlich gesellig war, wechselte sie mit den meisten Einheimischen zur Begrüßung mindestens ein Lächeln und ein Nicken.

Röte stieg an ihrem Hals empor. Sie war an diesem Abend nur in dem Pub gekommen, um Hugh Rhys vielleicht noch ein letztes Mal zu sehen. Hugh war der neue Betreiber, den Alex Duggins, die Besitzerin, eingestellt hatte, um eine offene Stelle zu besetzen. Er hatte eine rohe Lebendigkeit an sich und Pamela genoss es, in die intelligenten Unterhaltungen hineingesogen zu werden, die er anzuziehen schien. Pamela fand ihn auch in anderer Hinsicht anziehend, auch wenn sie gerade mit Harry Stroud völlig zufrieden war und es wohl auch bleiben würde, besonders jetzt. Sie mochte Harry, sehr sogar, und hatte beinahe gehofft, ihn ihm Black Dog anzutreffen ...

Scheiß auf sie. Sie würde verdammt noch mal tun, was sie wollte; auch wenn das mit einschloss, sich mitten in der Nacht mit Harry Stroud in einem verfallenen Turm in der Ruine eines Herrenhauses zu treffen, und dort zu tun, was sie lachen, schwitzen und lustvoll schreien ließ. Das, was von dem alten Ebring Manor übrig war, die zerklüfteten Außenmauern des Hauses aus dem 14. Jahrhundert, ein schwer beschädigter Rundturm, ein Stück einer verstärkten Mauer entlang des Flusses Windrush, die leeren Hüllen einiger riesiger Räume und ein oder zwei Kamine, die fehl am Platz wirkten – wenigstens lag all das zu weit außerhalb, um die einheimischen Kinder oder gar kühne Touristen anzulocken. Und Ebring war nicht berühmt.

Wenige Stunden nachdem sie dem Black Dog den Rücken gekehrt hatte, verließ sie um kurz vor Elf ihr Haus am Rand von Folly-on-Weir und lief durch die Seitengassen zum Nachbardorf Underhill. Das silbrige Licht des zunehmenden Mondes reichte ihr, um den Weg zu finden, doch sie zuckte zusammen, wenn Vögel aus den Hecken aufstiegen oder andere Tiere ihren nächtlichen Aktivitäten nachgingen.

Vielleicht hatte sie Harry an diesem Abend gar nicht treffen wollen, nicht ehe sie den Spott gehört hatte. Ab und zu ließ sie ihn gern warten, dachte sich eine Ausrede aus, wenn sie sich das nächste Mal begegneten, nur um sein Interesse wachzuhalten. Nicht dass sie das nötig gehabt hätte. Sie fühlte sich damit lediglich begehrenswerter – und originell – und Harry machte es leidenschaftlicher. Aber nein, das war nicht, was sie an diesem Abend vorhatte. Es war an der Zeit für eine ernstere Unterhaltung. Eigentlich war die längst überfällig. An diesem Abend rannte sie beinahe den Hang hinauf, um ihn zu treffen. Wenn es ihr so ging wie jetzt, dauerte es zu lange, ihren Ort zu erreichen.

Zuerst hatte es sie genervt, dass sie sich nicht bei ihm treffen konnten. Sie lebte allein, doch da es Harry so wichtig war, wollte sie um jeden Preis vermeiden, dass ihre neugierige Haushälterin Gerüchte verbreitete – als hätte sie nicht gerade den Beweis gehört, dass diese Gerüchte längst umgingen.

Es bestand immer die Gefahr, dass einer von ihnen gesehen wurde – nicht in den Ruinen, aber beim Verlassen des Dorfes, zu Fuß und zu verschiedensten Tageszeiten. Doch diese Gefahr hatte nur zum Reiz der Sache beigetragen. Sie ging nicht davon aus, dass es noch lange eine Rolle spielen würde.

Sie lächelte in die kühle Dunkelheit und atmete den Duft des nahenden Frühlings ein. Die Erde war noch hart und kalt, wenngleich sie schon die ersten Narzissen gesehen hatte, die mit ihren hellgrünen Trieben das Licht suchten. Die Blüten würden dieses Jahr spät kommen und klein bleiben.

Obwohl es bereits so spät war, machte der dezente Duft der Glockenblumen die Nacht sanft und träumerisch. Der richtige Frühling würde dieses Jahr sehr spät kommen.

Der Himmel gleich einer großen, schwarzen Samtschüssel voller zerborstener Kristallsplitter. Es war eine herrliche, mysteriöse Nacht.

Sie brauchte eine Weile, um die Straße nach Underhill zu überqueren und sich dann in die Hänge über Folly-on-Weir zu schlagen. Ein Autofahrer, der sie im Scheinwerferlicht entdeckte, würde vielleicht anhalten, um zu sehen, ob alles in Ordnung war. Ein solcher Zwischenfall wäre mehr als peinlich. Und sie wusste, dass Harry vermeiden wollte, dass seinem Vater, dem Bürgermeister, Gerüchte über sein Liebesleben zu Ohren kamen. Major Stroud erwartete von seinem Sohn, ein „angemessenes, junges Mädchen" zu heiraten. Harry lebte im Haus seiner Eltern; dem größten und eindrucksvollsten Haus des Dorfes.

Das Erbe war ein großes Thema in Harrys Leben; der Ärmste. Doch es musste nicht so bleiben. Sie hatte die Absicht, dabei zu helfen, Major und Mrs. Stroud diese Macht abzunehmen.

Ein einzelnes Fahrzeug näherte sich von rechts und sie sprang in den Schutz eines Busches zurück und duckte sich. Falls der Fahrer des Wagens sie bemerkt hatte, hatte er oder sie den eigenen Augen nicht getraut und hatte nach wenigen Sekunden wieder Gas gegeben – oder vielleicht hatte sie sich dieses Zögern nur eingebildet.

Die Stunden, die sie im Sattel verbrachte, hielten sie in Form. Sie war dankbar für die kräftigen Beine einer Reiterin und trabte los. In dem großen Flachmann, den sie unter einer Tweedjacke an ihren Körper gebunden hatte, schwappte der Großteil einer Flasche Clos des Saveurs '76 Bas-Armagnac hin und her. Harry hatte eine Schwäche für edlen Cognac, und Pamela teilte sie. Und er kannte sich aus. Dieser Tropfen würde ihn glücklich machen. Sie hatte außerdem eine schwere, grüne Segeltuchtasche dabei. Darin waren das Fernglas, das sie Harry zurückgeben wollte, und eine Schachtel mit La Florentine Marron Glaces, die Harry sehr gerne aß, besonders, wenn sie nach dem Sex beieinander lagen. Die kleinen, kandierten Maronen aus Italien waren nur eine der vielen Delikatessen, an denen er Gefallen gefunden hatte.

Mächtige Bäume säumten den Hügelkamm, auf den sie sich zubewegte. Sie beschleunigte ihre Schritte. Harrys Nachricht war auf ihrem Anrufbeantworter gelandet, während sie auf dem Weg zum Black Dog gewesen war. Zum Glück hatte sie die Nachricht nicht übersehen, als sie niedergeschlagen zurückgekehrt war.

Als sie die Bäume erreicht hatte, holte sie ihre kleine Taschenlampe heraus und folgte einem vertrauten, wenn auch kaum erkennbaren Pfad, den sie mit ihren regelmäßigen Besuchen angelegt hatten. Wenige Minuten später erreichte sie eine Lichtung, auf der die Überreste von Ebring Manor im Mondlicht glitzerten.

Sie schaltete die Taschenlampe aus und lief weiter. Jeder Schritt war ihr vertraut.

Am Fuß des Turms hielt sie enttäuscht an. Üblicherweise empfing Harry sie hier, doch nicht heute Nacht. Ihr Herzschlag beschleunigte sich. Sie hatte ihm nicht geantwortet, auch wenn sie das ohnehin nicht immer tat. Doch er hatte sich angehört, als würde er sie erwarten. Wenn er glaubte, sie würde nicht kommen, wäre er auch nicht hiergeblieben. Sie atmete schneller und Tränen der Frustration brannten in ihren Augen. „Harry?", flüsterte sie die steinerne Wendeltreppe empor.

Der niedrige Turm wirkte wie eine Echokammer. Selbst ein Flüstern wurde auf schaurige Weise nach oben getragen.

Nichts.

Sie stieg vorsichtig über zerbrochene Steine und halb fehlende Stufen, bis sie die Spitze erreichte, doch sie fand ihn nicht. Es war die perfekte Nacht. Sie müssten sich nicht unter einer Plane zusammenkauern, um trocken zu bleiben, wenngleich es kein Ungemach war, sich an Harry zu kuscheln. Der Großteil des Daches fehlte, doch unter dem übrigen Stück lagerten sie ihre Vorräte und beruhigten sich mit dem Gedanken, sie einfach wieder aufstocken zu können, wenn sie je gefunden und mitgenommen würden. Pamela legte die Tasche mit dem schweren Fernglas ab, starrte vorbei an den zerfallenen Mauern des Turms in die Dunkelheit und wartete.

Allein würde ihr hier oben bald kalt werden. Dieses Mal würde sie es sein, die am Fuß der Treppe ausharrte und nach ihrem Liebhaber Ausschau hielt. Der Turm wurde vom schwachen Mondlicht erhellt, doch jenseits des Eingangs wartete die Dunkelheit. Sie trat hinaus, lehnte sich an die raue Mauer und füllte ihre Lunge mit der reglosen Luft.

Plötzlich war ein schwaches Licht zu sehen – am Boden, nur wenige Meter von ihr entfernt. Es war ein schmaler Lichtstrahl; kurz zu sehen, dann wieder fast erloschen. Wieder heller, dann kaum noch auszumachen. Dann blieb er an und leuchtete durch das kreisrunde Gitter auf einem alten Brunnen nach oben. Wie oft hatte sie versucht, Harry davon zu überzeugen, mit ihr das schwere, alte Gitter beiseitezuschieben und die Sprossen hinunterzuklettern, die in die Innenwand getrieben worden waren. „Diese Stufen müssen irgendwo hinführen", hatte sie gefolgert. Er wollte es nie tun. Sie kniff die Augen zu und konnte hören, wie er sie ermahnte, nicht ihre Gesundheit aufs Spiel zu setzen. Es sei zu gefährlich.

Sie blickte noch einmal hinüber. Das schwache Licht leuchtete jetzt gleichbleibend. Sie ging näher heran – und unterdrückte einen Schrei. Sie legte sich eine Hand auf den Mund. Der Brunnen war offen. Nur wenige Schritte mehr und sie hätte hineinstürzen können.

Jemand hatte das Gitter weit genug angehoben, um es zur Seite zu schieben, bis es fast vollständig im Gras lag.

Der Lichtstrahl von unten erlosch.

Sie ließ sich auf die Knie sinken, krabbelte auf allen Vieren zur Kante und richtete ihre kleine Taschenlampe in den Brunnen, wo sie die obersten der rostigen Metallsprossen sehen konnte, die in die steinerne Wand verankert waren.

Harry! Sie grinste. Er musste geglaubt haben, sie mit dem Beweis dafür empfangen zu können, dass ihre kleine Obsession nichts Interessantem galt. Vermutlich hatte er vor, herauszuspringen und sie zu erschrecken.

Sie steckte ihre Taschenlampe ein, legte ihre Tasche oben ab, ließ ein Bein in das Loch sinken und tastete herum, bis sie sicher auf einer Metallsprosse stand. Sie hielt sich oben am Rand fest, auf dem sonst das Gitter geruht hatte, und konzentrierte sich auf einen geräuschlosen Abstieg. Wenn er nicht merkte, dass sie herunterkam, wenn sie nah genug heran käme, dann würde er schon merken, wer sich heute erschrecken würde!

Sie konnte ihre Taschenlampe immer nur kurz zu Hilfe nehmen, da sie beide Hände brauchte, doch sie leuchtete vorsichtig auf ihre Füße und sah, dass sich die Sprossen in der Dunkelheit verloren.

Harry musste das Licht längst bemerkt haben. Das Ganze fühlte sich nicht mehr nach Spaß an.

Ihre Haut wurde feucht und ihr wurde schlecht, doch sie würde nicht umkehren. Harry mochte ihre mutige, wenn auch ruhige Persönlichkeit.

Nach wenigen Sprossen musste sie sich auch mit den Händen am Metall festhalten. Sie steckte die Taschenlampe ein und ließ sie dort.

Glas splitterte. Es musste Glas gewesen sein, auch wenn das leise Geräusch nur kurz zu hören gewesen war.

Ein Klirren. Dann Stille und ein weiteres Klirren.

Etwas Festes traf sie an der rechten Schulter. „Sei nicht albern", rief sie und wedelte mit dem Arm. Gleich darauf streifte ein kalter Gegenstand die Seite ihres Gesichts, glitt durch ihr Haar, über ihre Kopfhaut und war wieder verschwunden. Sie wedelte mit einer Hand über ihren Kopf und lehnte sich an die Wand. Sie schaltete ihre Taschenlampe wieder ein und richtete sie nach oben, sah aber nur die Öffnung über sich und verschwommenen Lichtschein, der mit der Dunkelheit verschmolz.

Ihre Muskeln zuckten, sie schüttelte sich, klammerte sich an die Sprossen und rang darum, ruhig zu atmen. Das war Wahnsinn. Sie würde hier verschwinden.

Ihr Herz hörte auf, ihr schmerzhaft bis zum Hals zu schlagen, und sie steckte die Taschenlampe wieder weg. Sie streckte entschlossen die Arme vor und kletterte Sprosse um Sprosse nach oben, bis ihre Fingerspitzen über den kalten Metallrand glitten und Erde und Kies spürten.

Pamela spürte nasse Tränen auf ihren Wangen. Sie hustete und ließ mit einer Hand los, um sich die Augen zu wischen, ehe sie sich wieder festhielt.

Mit offenem Mund versuchte sie, so viel Sauerstoff aufzunehmen, wie ihre flachen Atemzüge es erlaubten, und sich nach draußen zu ziehen.

Der Schmerz traf sie ohne Vorwarnung, verbrannte ihre Finger, ihre Hände und ihre Arme. Ihr abgehackter Schrei: „Hil-fe", fand kaum einen Weg an dem Erbrochenen vorbei, gegen das sie kaum ankämpfen konnte. Das Gitter war wieder an seinen Platz zurückgefallen und hatte ihre Finger unter seinem entsetzlichen Gewicht zerquetscht.

Für einige Augenblicke – sie wusste nicht, wie lange – baumelten ihre Beine in der Luft. Sie konnte an nichts Anderes denken als an den brennenden, alles vereinnahmenden Schmerz. Tropfen fielen ihr ins Gesicht und sie schmeckte Blut. Ihr eigenes Blut von ihren eigenen Händen.

„Ich bin hier unten." Es kam nur als gewürgtes Flüstern heraus, und sie richtete all ihre kraft darauf, lauter zu sprechen. „Hilfe. Ich bin im Brunnen eingesperrt."

Sie hörte das Kratzen des Gitters, blickte aus brennenden Augen nach oben und sah, dass es wieder zur Seite bewegt wurde. Ein winziger Spalt tat sich auf, während jemand es unter lautem Grunzen mit aller Kraft anhob.

Ihre Sicht verzerrte sich – ihre Wahrnehmung war schwammig. Standen ihre Füße wieder auf einer Sprosse? Sie würgte und versuchte, ihre zerschmetterten Hände zu bewegen, doch sie hatte kein Gefühl in den Fingern.

„Ich kann mich nicht festhalten", schrie sie als sie merkte, dass sie nach hinten rutschte. „Packen Sie meine Handgelenke." Sie schrie erneut.

Zwei starke, glatte Hände lösten ihre aufgeplatzten Finger.

Gummihandschuhe, dachte sie, wie die eines Arztes.

Er musste sie nicht stoßen, einfach nur loslassen.

Im Fallen schlug Pamelas Kopf gegen die Steinwände.

Unter lautem Klirren, das wellenartig durch die Stille zu ihr drang, fiel das Gitter wieder an seinen Platz zurück.

Eins

„Das Auge muss raus."

„Oh nein", sagte Alex. „Gibt es keine Möglichkeit, es zu retten?"

„Es ist zu stark beschädigt. Immerhin sieht das rechte Auge nicht allzu schlimm aus. Leichte Bindehautentzündung aber kein Ausfluss. Man kann den trockenen Schorf auf der Cornea des linken Auges sehen und es ist stark geschwollen. Nichts deutet auf übriggebliebenes Sehvermögen hin. Wir müssen uns sofort darum kümmern."

Sie warf einen Blick auf ihre Armbanduhr.

„Musst du zurück?"

„Nein. Ich bleibe hier, während du dich darum kümmerst." Sie hatte keine Ahnung, ob die Katze jemandem gehörte. „Ich habe deine Assistentin gar nicht gesehen, als ich reinkam."

„Heute ist keine Praxistag", erklärte Tony Harrison. „Radhika kommt erst später. Zum Glück war ich hier."

„Das habe ich ganz vergessen." Sie zuckte mit den Schultern und sagte: „Tut mir leid."

Er hielt den Kater fest, den sie in einer Mülltonne im Hof ihres Pubs gefunden hatte, dem Black Dog. Das Tier wirkte eher tot als lebendig, das orange gefleckte Fell war matt, die Ohren zerfurcht und von Kämpfen vernarbt und der langbeinige Körper hing schlaff in Tonys Armen.

„Ich werde loslegen. Ich lasse dich wissen, wie es ihm geht."

„Ich frage mich, wem er gehört", sagte Alex. „Ich habe ihn noch nie zuvor gesehen."

Tony blickte vom Kater zu Alex. Er lächelte leicht, doch seine Mundwinkel zogen sich nach unten, was bedeutete, dass er gleich etwas sagen würde, was ihm nicht gefiel. „Ich glaube nicht, dass er irgendjemandem gehört. Wenn wir ihn durchbringen, werden wir entscheiden müssen, was aus ihm werden soll."

„Kannst du dich allein um sein Auge kümmern?", fragte Alex, die den Tränen näher war, als sie zugeben würde. „Jemand muss ihn weggeworfen haben."

„Oder er war auf der Suche nach Futter", sagte Tony. Sein schmutzig blondes Haar kräuselte sich rund um sein Gesicht und war überall sonst zerzaust, so wie immer. Der einzige Tierarzt von Folly-on-Weir zog zwar die Blicke auf sich, aber nicht, weil er sich um Details wie regelmäßige, modische Haarschnitte kümmerte. „Ich schaffe das allein. Es ist zwar nicht optimal, aber sobald er schläft, habe ich keine Probleme mehr."

„Schläft?"

„Betäubt ist."

Sie legte ihre Weste und Cardigan auf einem Stuhl im Wartezimmer der kleinen Klinik ab und rollte die Ärmel hoch. „Ich kann helfen. Sag mir nur, was ich tun soll." Sie mied seinen Blick. „Los, er sieht nicht gut aus."

Ohne ein weiteres Wort führte er sie in seinen kombinierten Untersuchungs- und Operationsraum. Er hatte ihr erzählt, dass er einen eigenen Operationsraum entwerfen ließ, doch fürs Erste kam er so zurecht.

„Ich werde dich nicht fragen, ob du dich dem wirklich gewachsen fühlst, aber wenn du es dir anders überlegst, sag mir einfach, dass du gehst."

Sie schnaubte. „Mach dir keine Sorgen um mich. Ich war schon immer blutrünstig."

Tony lachte kurz, holte eine Heizmatte und ein Handtuch aus einer Schublade und legte beides auf den Stahltisch. Er legte den Kater auf den Tisch und steckte die Heizmatte ein. „Armes Kerlchen", sagte Tony, als der Kater keine Anstalten machte, sich zu bewegen.

„Er scheint schon bewusstlos zu sein", sagte sie besorgt. „Wird er sterben?"

„Legen wir los, Schwester." Er setzte eine Injektion und das ohnehin lethargische Tier entspannte sich binnen Sekunden. „Ich werde ihn intubieren und anfangen, ihm etwas Flüssigkeit zu geben, für den Fall, dass er Probleme bekommt und sie braucht. Zuerst ein wenig Lidocain-Spray, damit er weniger Schmerzen im Rachen spürt und wir es etwas leichter haben. Leg deine Hand auf seinen Kopf und greif den Oberkiefer, um ihn aufzuhalten ... gut. Du bist ein Naturtalent."

Während er den Tubus einführte, das Auge des Tieres mit Kochsalzlösung ausspülte und Fell und Wimpern zurückschnitt, sprach Tony kein Wort. Alex streichelte den bewusstlosen Kater.

Tony hob den Blick zu ihr. „Jetzt müssen wir das Handtuch, auf dem er liegt, gegen ein trockenes austauschen, und ihn für die Operation zurechtlegen. Sein Kopf muss an diesem Ende liegen. Kannst du das übernehmen, während ich das Operationsbesteck zurechtlege und saubermache?"

„Ja, natürlich." Sie war überzeugt, alles schaffen zu können, was diesem Kater half, und tat, wie ihr geheißen.

„Danach wasch dir gründlich die Hände."

Alex tat, was er von ihr verlangte, und war froh, beschäftigt zu sein – zu beschäftigt, um ihrem rumorenden Magen Beachtung zu schenken.

„Enukleation des Auges", sagte Tony und blickte sie über seine Maske hinweg an. Seine dunkelblauen Augen waren dunkler denn je. Doch er ging so sachlich mit der Situation um, dass sie wusste, dass er sich in dieser Situation am wohlsten fühlte, mit einem Patienten. „Mit diesem Schnitt erreiche ich den Muskel. Reich mir bitte diese Schere, die gebogene."

Sie folgte seinen Anweisungen und bemerkte, dass er sie noch einmal ansah, als versuche er abzuschätzen, ob sie ohnmächtig werden würde. „Interessant", sagte sie, obwohl sie sich etwas schwach fühlte. „Ich komme mir nützlich vor, obwohl ich es nicht bin." Sie lachte.

„Du bist wundervoll, aber das wussten wir schon." Es lag kein Lachen in seinem Blick.

Alex richtete ihre Aufmerksamkeit wieder auf den Kater. Sie und Tony waren sehr gute Freunde und könnten problemlos mehr werden, wenn im richtigen Augenblick die richtigen Dinge geschahen.

„Ich trenne sämtliche Muskeln ab, um den Augapfel freizulegen und das Auge herauszunehmen", sagte er. „Keinen Moment zu früh – es tritt Eiter aus."

Alex biss die Zähne zusammen und sah nicht allzu genau hin.

„Klemme alles ab, inklusive Nerven und Blutgefäße. Zwei Ligaturklammern. Trenne den Augapfel ab. Spüle die Augenhöhle mit Kochsalzlösung aus." Wieder ein Blick zu ihr, ehe er fortfuhr. „Gebe etwas Ampicillin – die Augenhöhle sieht sauber aus, doch bei so etwas besteht immer ein Infektionsrisiko. Und ein Risiko für

Blutungen. Ich trenne dieses kleine Stück Gewebe ab, in dem die Wimpern saßen, damit die Haut zusammenwächst, und jetzt mache ich zu."

Damit endete die Lehrstunde. Er nähte die Wunde zu und trat mit erhobenen, behandschuhten Händen zurück. „Gute Arbeit, Schwester Duggins. Ich glaube, ich könnte eine weitere Assistentin gebrauchen. Ich bin mir nicht ganz sicher, ob das mit einer Ausbildung am Arbeitsplatz funktioniert, aber das finden wir schon heraus."

Sie streichelte erneut den Kater. „Du kannst dir mich gar nicht leisten", sagte sie. „Er ist kurzatmig."

„Aber regelmäßig", sagte er. „Du musst bestimmt zurück, aber vielen Dank für deine wundervolle Hilfe. Du bist eine begabte Frau."

Sie hatten in der Vergangenheit schon einige scheußliche Dinge durchgemacht und sie war nie schwach geworden oder zusammengebrochen. Der Gedanke brachte sie zum Lächeln. „Harrison und Duggins. Notfall GmbH."

Dieses Mal dauert sein Blick lange genug, um ihr Unbehagen zu bereiten. Sie bewegten sich auf einem schmalen Grat, während sie herauszufinden versuchten, wozu sie beide bestimmt waren, sodass es regelmäßig beinahe schmerzhaft wurde.

„Das klingt nicht schlecht", sagt er schließlich. „Dieses Kerlchen wird jetzt warmgehalten und unter Beobachtung gestellt, falls Infektionen oder Blutungen auftreten. Radhika wird bald hier sein. Sie wird ihn bemuttern."

Alex nickte. „Du hast Glück, dass sie aufgetaucht ist, als du sie brauchtest." Tonys letzte Assistentin hatte gekündigt, um zu heiraten, doch vor einigen Monaten war Radhika ins Dorf gezogen, eine umwerfend schöne Inderin Mitte zwanzig. Sie hatte genau die Fähigkeiten in der Krankenpflege, die Tony brauchte.

Neben ihrer wundervollen Fürsorge für die Tiere war Radhika gut organisiert und ihr gelang, was Alex für unmöglich gehalten hätte, sie führte Tonys Praxis reibungslos. Sie war eine Freundin von Vivian Seabrook, die den Stall der Derwinters führte. Die wiederum waren die Großen Landbesitzer und die selbsternannten „Gutsherren" der Gegend. Warum Radhika allerdings in ein kleines, englisches Dorf gezogen war, blieb ein Geheimnis.

„Du musst nicht hierbleiben", sagte Tony, während er eine dünne Decke aus einer Wärmeschublade holte. „Ich lege ihn zu mir ins Büro, bis Radhika hier ist."

Alex machte sich bereits Sorgen um die Zukunft des Katers. „Soll ich Aushänge machen, um zu sehen, ob ihn jemand vermisst?"

Er streckte die Hand aus und strich ihr durch die kurzen, dunklen Locken, was sie lächeln ließ. „Ganz die Fürsorgliche, Alex. Mach im Dog einen Aushang, wenn du magst. Von dort aus wird es sich herumsprechen. Wir müssen eigentlich nur Harriet und Mary Burke davon erzählen – die beiden sind besser als ein Megafon."

Den betagten Schwestern gehörte *Leaves of Comfort*, der örtliche Tee- und Buchladen, und sie bekamen von ihrem Stammplatz im Dog alles mit, was im Dorf vor sich ging.

„Da hast du wohl recht", sagte Alex. Sie beugte sich über den zerzausten, bewusstlosen Kater und gab ihm durch ihre Maske einen Kuss auf den Kopf, ehe sie die ablegte. „Na gut, ich will dir nicht im Weg stehen. Wenn du magst …"

„Tony, wo bist du?", bellte eine vertraute, männliche Stimme und verhinderte damit die Einladung zu Bier und Pastete zur Mittagszeit, die Alex beinahe ausgesprochen hätte.

Tonys Vater, Doc James, der Dorfarzt, trat ein. Selbst mit dem weißen Haar und dem Netz aus Falten, mit denen das Leben sein kantiges Gesicht gezeichnet hatte, war die Ähnlichkeit zwischen Vater und Sohn unverkennbar.

Doc James musterte den Kater kritisch. „Hat der arme Kerl ein Auge verloren? Wie geht es ihm?"

„Das wissen wir in ein paar Stunden."

„Er sieht wie ein gestandener Kämpfer aus. Wie alt?" Er sah Alex an, die mit den Schultern zuckte.

„Alex hat ihn ihm Müll gefunden", sagte Tony. „Vielleicht ein Jahr, achtzehn Monate."

Doc James betrachtete die Szene, die sich im Raum bot, hob die Augenbrauen, sagte aber nichts."

„War die Polizei schon hier?"

Tony hob den Kater an, wickelte ihn in die Decke und lief zur Tür. „Warum sollte die Polizei herkommen? Hast du mich wieder als Alibi benutzt?"

„Nein." Doc James ließ sich kein Lächeln entlocken. „Waren sie schon im Dog, Alex?"

„Nein." Sie sah ihn fragen an, während sie Tony in sein Büro folgte. Er hatte zwei Käfige unter seinem Fenster stehen und legte den immer noch bewusstlosen Kater in einen davon. Er schaltete einen kleinen Heizlüfter ein und zog ihn seitlich an die offene Käfigtür.

Seine Hündin, eine große, sandfarbene Terrier-Dame namens Katie, kam ins Zimmer, blickte neugierig in den Käfig und legte sich beinahe hinein, mit dem Kopf auf den Pfoten und wachsamem, besorgtem Blick.

„Katie hat auch eine Begabung für Patientenpflege", sagte Tony. „Was ist denn los, Dad?"

„Die Polizei durchsucht die Gegend. Constable Frye war bei mir. Er ist nicht mehr unser Dorfpolizist, aber es war ihm wichtig, mit mir zu sprechen. Sie versuchen, einen zeitlichen Ablauf zusammenzustellen."

Alex richtete ihre ganze Aufmerksamkeit auf ihn. Eine Erinnerung an vergangene Wachsamkeit schickte einen Schauer über ihren Rücken. Tonys Berührung an ihrem Arm ließ sie zusammenzucken. „Was?" Sie schrie beinahe.

„Alles gut, alles gut, keine Sorge. Wir leben jetzt in einer anderen Zeit."

Er hatte gemerkt, dass sie alarmiert war. „Aber am selben Ort", sagte sie angespannt.

„Prue Wally hat erst am frühen Morgen gemerkt, dass etwas nicht stimmt." Doc James wirkte besorgt. „Das ist das Problem bei Leuten, die einen ungewöhnlichen Tagesrhythmus haben – oder überhaupt keinen Rhythmus. Sie suchen nach Pamela Gibbon." Prue war Pamela Gibbons Haushälterin.

Der kleine Bach, der an dem Cottage vorbeifloss, in dem Tony seine Praxis unterhielt – eines in einer Reihe von Cottages, wie auf einem Postkartenmotiv –, war plötzlich viel zu laut. Und auch das gelegentliche Quaken der Enten draußen.

„Sie geht erst nachmittags ins Cedric Chase und fand es nicht ungewöhnlich, als das Haus vorgestern verlassen war. Gestern fiel ihr auf, dass die Post vom Vortag noch auf dem Tisch im Flur lag, wo sie sie deponiert hatte, und neue Post hinter der Tür am Boden lag.

Er zuckte mit den Schultern. „Das muss nichts bedeuten. Manche Menschen sind ziemlich sorglos, was solche Dinge angeht. Aber sie durchsuchen das ganze Dorf und jedes leerstehende Gebäude in der Gegend, daher dachte ich, ich sollte dich warnen, wenn sie nicht schon hier waren."

„Dad, hör auf, um den heißen Brei herumzureden. Spuck einfach aus, was du denkst."

„Du hast dieses Jahr schon genug durchgemacht. Du brauchst nicht noch weiteres Herumgestocher der Polizei. Frye meinte, dass sie vielleicht das Sondereinsatzteam brauchen, wenn es schlecht läuft."

Alex erstarrte innerlich. Sie schluckte und sagte: „Sie meinen, Inspector O'Reilly?"

Der Mann zuckte mit den Schultern. „Wenn er den Kürzeren zieht, vermutlich schon."

„Ist Prue auch etwas zugestoßen?" Tony sprach langsam. „Oder geht es nur um Pam Gibbon?"

Doc James breitete die Hände aus und blickt zur Decke. „Wie kann ein kleiner Ort so verflucht sein? Prue geht es gut, sie ist erschüttert, aber wohlauf. Pamela Gibbon scheint verschwunden zu sein. Niemand wüsste, dass bei ihr etwas im Argen gelegen hätte. Alex' neuer Pubbetreiber sagte, sie sei vor wenigen Tagen im Pub gewesen ..." Er räusperte sich. „So vertraut und freundlich wie sie immer mit den, ähm, Männern ist, meinte er. Die Polizei glaubt, sie könnte schon seit zwei Tagen verschwunden sein – vielleicht sogar drei. Ihr Auto steht in der Garage und sie war nicht auf dem

Anwesen der Derwinters, um nach ihrem Pferd zu sehen. Anscheinend macht sie das sonst jeden Tag, komme, was wolle."

„Sie könnte sich einige Tage freigenommen haben", sagte Alex, doch sie hörte ihren eigenen Herzschlag. „Sie hat hier keine Verpflichtungen."

„Wer kennt sie denn überhaupt gut genug?", fragte Tony. „Ich habe nie etwas über ihre Familie gehört und ich glaube nicht, dass sie mit ihrem Ehemann Kinder hatte."

Doc James' Gedanken waren anderswo: „Pamela hat sich kein Taxi gerufen und bislang findet sich niemand, der sie zum Bahnhof gefahren oder im Bus gesehen hätte", sagte er. „Zu Fuß würde sie nicht weit kommen."

„Wenn sie O'Reilly schicken, oder einen ähnlichen Beamten", sagte Tony, „dann vermuten sie Fremdeinwirkung."

Alex flüsterte: „Mord."

Zwei

Hugh Rhys war einer dieser Männer, die von Frauen umschwärmt wurden wie üppige Rosenblüten von Bienen.

Er hatte nichts ansatzweise feminines oder rosenartiges an sich. Er war sportlich gebaut, groß und hatte eine Anziehungskraft ... ebenmäßige Gesichtszüge, perfektes, kurzgeschnittenes, dunkles Haar und ebenso dunkle Augen, die auch ohne die Hilfe seiner begehrenswerten Lippen lächeln konnten. Hugh hatte eine Ausstrahlung, die wellenartig seinen furchtlosen Blick auf das Leben verbreitete. Selbst Alex sah ihn manchmal an und fragte sich, warum ein Mann wie er in einem kleinen, englischen Dorf so glücklich war, wo er neben der Arbeit wenig Beschäftigung zu haben schien – abgesehen von der Leidenschaft für sein überragend schönes, marineblau und weiß lackiertes Frazer Nash BMW-Cabrio, Baujahr 1937.

Er nickte, als sie aus dem Hinterzimmer des Pubs kam, und wandte sich von der ungewöhnlich großen Menge von Nachmittagskundschaft ab. Liz Hadley, die im nahen Broadway einen schlecht laufenden Kleiderladen führte und im Dog aushalf, flitzte geschäftig hin und her und stellte die Wünsche der Kunden zufrieden.

„Riechen Sie das?", fragte sie, als sie an Alex vorbeikam, und rollte die Augen zurück, als würde sie vor Wonne ohnmächtig werden. „Würste und Bacon der Cotswold Landwirte. Die gehen weg wie geschnitten Brot. *Simple Suppers* packt die jetzt ab. Ich glaube, wir sollten die verkaufen, wenn die Leute das wollen."

Alex schüttelte den Kopf. „Ganz die Unternehmerin, Liz. Ich glaube, einige der hiesigen Läden würden uns links liegen lassen, wenn wir anfangen, abgepackte Würste zu verkaufen, aber sie riechen wirklich gut. Ich bin allerdings dafür, dass wir uns mit den Leuten gutstellen, besonders, wenn wir Geschäfte mit ihnen machen."

Liz lächelte und eilte weiter.

„Sie kommen gerade rechtzeitig", sagte Hugh mit gesenkter Stimme und seinem starken, schottischen Akzent. Seinen walisischen Namen hatte er nie erklärt. „Sie haben Constable Frye und einen weiteren Polizisten verpasst, die nach Pamela Gibbon fragten. Sie können sie nicht finden."

„Doc James kam zu Tonys Praxis und hat uns davon erzählt. War Harry Stroud heute schon hier? Ich habe ihn hier gelegentlich mit Pamela plaudern sehen."

„Heute noch nicht", sagte Hugh. „Und wenn man dem Gerede im Dorf Glauben schenkt, haben die beiden andernorts mehr als nur geplaudert. Kennen Sie einen Detective Inspector O'Reilly?"

„Ja", sagte Alex knapp. „Er war schon mal in Folly-on-Weir."

„Die Beamten meinten, er könnte wieder herkommen." Er beobachtete sie genau. Als sie nicht antwortete, fragte er: „Wie geht es dem kleinen Kater? Er sah halb tot aus."

„Tony musste das geschwollene Auge rausnehmen. Es war schon entzündet und blind."

„Vielleicht wäre der Tod besser gewesen."

Sie sah Hugh an. „Wenn ich je eine schlimme Augenentzündung habe, werde ich mich von Ihnen fernhalten. Er ist ein toller Kater."

Hugh grinste. „Wenn Sie das sagen. Ich denke, er ist ein wilder und fieser Kerl, dieser Kater. Aber Frauen stehen ja auf böse Jungs, nicht wahr?"

Alex musste sein Lächeln erwidern. Sie sah sich um und verschaffte sich ein Bild darüber, wer hier war, angefangen bei den Stammgästen an der Bar. Harrys Vater, Major Stroud, gehörte zum Pubinventar und sie war erleichtert, ihn mit seinem üblichen Humpen bei Harriet und Mary Burke vom Teeladen sitzen zu sehen. Alex' Hund Bogie schaffte es, sich mit angelegten, schwarzen Ohren am Feuer aufzuhalten, aber so weit wie möglich von Major Stroud entfernt. Der Hund hatte ansonsten graues Fell und war eine Terrier-Mischung, möglicherweise mit älteren Pudel-Einflüssen. Er war ihr treu ergeben.

Alex fiel auf, dass diese Sitzgruppe ungewöhnlich war. Der Major stand sonst gern an der Bar und genoss sein männliches Publikum, wenn sie ihm mal zuhörten.

„Er ist direkt zu ihnen gegangen", sagte Hugh, als hätte er ihre Gedanken gelesen. „Hat nicht einmal ein Wort an seine üblichen Kameraden verloren."

„Ich glaube, das könnte etwas damit zu tun haben, das Pamela wandern war", sagte Alex. „Ich hoffe, sie taucht wieder auf, und zwar bald."

„Sie könnte sich irgendwo mit Harry herumtreiben", sagte Hugh. „Ihn habe ich auch schon seit einigen Tagen nicht mehr gesehen. Ich wette, dass Stroud deshalb nervös ist. Er versucht, den Schein zu wahren und sich normal zu verhalten, aber das gelingt ihm nicht."

„Man glaubt, dass Pamela schon seit zwei oder drei Tagen verschwunden sein könnte."

„Wenn sie schon so lange fort ist ..."

„Exakt", sagte Alex. „Das ist zu lange, als dass wir nicht mit dem Schlimmsten rechnen müssten."

Hugh lehnte sich zu ihr. „Sobald das rauskommt – vorausgesetzt, sie kommt nicht zurück – werden wir von Reportern überrannt. Höchstwahrscheinlich wird der Bürgermeister irgendetwas sagen, was er hinterher bereut."

„Ich hoffe, dass sie zurückkommt", sagte Alex. „Ich will gar nicht über die Alternative nachdenken."

Harriet Burke wedelte mit einer Hand, was ihre Aufmerksamkeit erregte. Das Wedeln wurde zu einem dringlichen Winken. Major Stroud und Mary Burke blickten angespannt in ihre Richtung.

„Einmal nachschenken?", fragte Alex und eilte zu ihnen. „Eine Pastete mit Rind und Zwiebeln würde auch gut passen. Ich hörte, dass George's sich heute selbst übertroffen hat. Wir haben auch ein wenig Kuchen bestellt, um zu sehen, ob wir ein paar Naschkatzen im Haus haben."

„Hat sich dieser O'Reilly schon bei Ihnen gemeldet?", fragte Mary und ignorierte ihren Monolog gänzlich. Sie packte mit einer Hand ihre Gehhilfe und lehnte sich vor, um Alex durch ihre Brillengläser anzusehen, die so dick wie Bullaugen waren. „Sie würden bestimmt als Erste von ihm hören. Wir wissen alle, dass er etwas für Sie übrighat."

Der Kommentar überraschte Alex. Sie und Detective Inspector Dan O'Reilly waren gut miteinander ausgekommen, als er erst vor wenigen Monaten in einem Mordfall in der Nähe des Dorfes ermittelt hatte – meistens jedenfalls – doch es war das erste Mal, dass sie jemanden andeuten hörte, es könnte mehr als das gewesen sein.

„Und?", hakte Major Stroud nach, und ihr Blick fiel auf seinen perfekt geschnittenen, borstigen, grauen Schnurrbart. „Haben Sie etwas gehört?"

„Nein", sagte Alex knapp. Sein fordernder Ton ärgerte sie. „Kann ich Ihnen irgendetwas bringen?"

Harriet Burke, das Haar so weiß wie das ihrer Schwester, aber kürzer und ohne den spanischen Kamm, den Mary gern in ihrem Haarknoten trug, hielt Alex' Blick und lächelte sie bedeutsam an. Was dieses Lächeln bedeuten sollte, entging Alex.

Das Gesicht des Majors war rot angelaufen. „Würden Sie es uns überhaupt erzählen?"

„Was ist denn los?", fragte Alex. „Warum sagen Sie nicht einfach, was Sie denken? Und fürs Protokoll, Major: Ich hätte keinen Grund abzustreiten, vom Inspector gehört zu haben, wenn es so wäre."

Er schnaubte in seinen Schnurrbart.

„Wo ist Harry?" Alex sprach jetzt sanfter und lächelte. „Das ist das Problem, wenn man irgendwo zum Inventar gehört. Wenn man nicht da ist, wird man vermisst."

„Sie halten sich wohl für subtil", blaffte er. „Es werden schon Fragen über Harry und diese Frau gestellt. Dabei ist es doch offensichtlich. Da war nie etwas zwischen ihnen. Nie mehr als eine gelegentliche Unterhaltung. Das war alles."

„Mit dieser Frau meinen Sie die arme Pamela Gibbon?", fragte Mary unschuldig. „Wo könnte sie sein? Man sollte doch meinen, irgendjemand würde es wissen. Und sie ist nicht mit ihrem Auto gefahren, wenn ich recht gehört habe."

„Das habe ich auch gehört", sagte Alex schnell, um Major Stroud abzulenken.

„Ich habe sie neulich erst gesehen", sagte Mary. „Sie ist keine Sammlerin wie Sie, Alex, aber sie kommt gelegentlich auf einen Tee in den Laden und geht die Bücher durch, die neu reingekommen sind. Sie hat auch ein oder zwei gekauft."

„Oh", sagte Alex mit gespieltem Entsetzen. „Ich hoffe, Sie haben sämtliche Kinderbücher versteckt, die ich vielleicht kaufen möchte." Sie sammelte seltene Ausgaben von Kinderbüchern.

„Irgendwas über Pferde – was niemanden überraschen dürfte", sagte Mary. „Und eine alte Ausgabe eines Kama Sutra Buchs. Von denen war sie fasziniert. Dabei verlor sie diesen Ausdruck reiner Unschuld."

Alex schluckte und versuchte, nicht zu Major Stroud zu blicken.

„Nun", sagte Harriet. „Davon hättest du mir erzählen sollen. Ich bin nicht zu alt, um zu wissen, was das Kama Sutra ist, und du auch nicht, Mary, also wisch dir diesen albernen Blick aus dem Gesicht."

„Das könnte ein Geschenk für Harry gewesen sein", sagte Mary. „Es heißt, er hätte viele Interessen."

Es war schwer, nicht zu lachen. Mary hatte einen bösartigen Sinn für Humor und beide Frauen, pensionierte Lehrerinnen, die Alex als kleines Mädchen unterrichtet hatten, machten manchmal spitze Bemerkungen, die verletzend sein konnten.

„Sie erfinden da Dinge", geiferte der Major. „Harry ist heute in London. Er hat eine wichtige und geschäftige Arbeit. Er kommt später zurück. Und weder braucht noch will er dieses Buch." Sein Gesicht nahm einen violetten Farbton an.

„Gewiss." Harriet lächelte. „Ein Mann von Welt wie er. Er wird gewiss jeden Moment zur Tür hereinspazieren. Er hält heute Abend einen Vortrag für die Frauengruppe – drüben in dem alten Fraueninstitut. Vielleicht geh ich auch hin, jetzt da es aussieht, als könnte es interessant werden. Wie nennen sich die Mitglieder noch mal? Gehen Sie auch hin, Alex?"

Sie dachte kurz nach. „TA. So heißt die Gruppe. Die Frauen werden wissen, wofür das steht. Sie werden eine von ihnen fragen müssen."

„Vivian Seabrook weiß alles darüber."

„Die Frau, die den Stall und die Reitschule oben auf dem Anwesen der Derwinters führt?" Der Major runzelte die Stirn. „Sie sieht aus wie eines der Pferde. Und Harry wird für sie und die anderen missmutigen Frauen über Gott weiß was sprechen. Vermutlich wird er ihnen erklären, warum sie einen Mann in ihrem Leben brauchen, wenn sie wissen, wo ihr Platz ist." Er lachte mehr durch die Nase als durch den Mund; ein trötendes Schnauben. „Wobei ich glaube, dass Vivian lieber selbst ein Mann wäre."

„Würden Sie uns bitte entschuldigen, Major?", fragte Alex freundlich. Der Mann war unglaublich derb und steckte in einem anderen Jahrhundert fest, doch üblicherweise war er eher unterhaltsam als lästig. „Harriet und Mary haben etwas mit mir zu besprechen. Sagen Sie Hugh, dass Sie für mich eine der neuen Fleischpasteten verkosten sollen. Es gibt welche mit Steak und Ale. Ich weiß, dass Sie die am liebsten mögen." Sie hob Bogie in ihre Arme und schaffte es so, zu Boden zu blicken, bis Major Stroud aufgestanden war und sich seine Schnürschuhe aus braunem Wildleder entfernten.

Mary sagte: „Lach nicht, Harriet", und schaffte es, ernst zu klingen.

„Er ist ein Idiot", sagte Harriet. „Ich werde nie herausfinden, wie seine Frau ihn erträgt. Und da ich schon mal ehrlich bin, sein Sohn ist ebenfalls ein Idiot. Wofür steht TA?"

Alex schmiegte sich an Bogies Schnauze an ihrem Hals. „Ich wusste, dass Sie fragen würden. Sie werden Vivian fragen müssen."

„Sie macht mich nervös. Kompetente Pferdefrauen machen mich immer nervös."

„Harriet! Sie ist eine starke Frau, genau wie Sie. Seien Sie nett." Alex setzte sich auf den Stuhl, den der Major gerade geräumt hatte. Bogie fiepte laut und zufrieden, als sie in sich auf den Schoß legte.

Alex betrachtete die Girlanden aus getrocknetem Hopfen, die sich um die vom Alter geschwärzten Holzbalken wanden. Sie wurden langsam brüchig und es wäre bald an der Zeit, sie durch neue zu ersetzen. Das Kaminfeuer war immer der Mittelpunkt des Pubs. Der Flammenschein wurde von den Messingplaketten des aufgehängten Pferdeschmucks reflektiert und verlieh den Gesichtern der alten Schwestern einen rosaroten Farbton.

Eine Absolventin der Slade School of Art, eine erfolgreiche Grafikerin und dann Abteilungsleiterin in der Werbefirma ihres Ehemannes, Mike Bailey-Jones, war Pubbesitzerin geworden. Mittlerweile liebte sie dieses Haus.

Das Rumoren an der Bar täuschte über die Stille hinweg, die sich am Tisch beim Feuer ausgebreitet hatte. Harriet und Mary wirkten auch nachdenklich, doch Alex spürte, dass sie an einem neuen Trommelfeuer aus Fragen und Kommentaren arbeiteten.

„Wie geht es dem Kater?", fragte Mary plötzlich.

Alex zuckte zusammen. „Tony musste das entzündete Auge rausnehmen, doch ich glaube, mit liebevoller Zuwendung wird es ihm gutgehen."

„Armes Kerlchen", sagten die Schwestern einstimmig.

„Ich werde einen Aushang machen, um zu sehen, ob ihn jemand aufnehmen will. Er ist ein Kämpfer und Sie hätten sehen müssen, wie tapfer er bei der Operation war."

Harriet und Mary sahen sich mit bedeutsamem Blick an. „Heißt das, Sie sind bei ihm geblieben?"

„Es ist kein Praxistag, deshalb kommt Radhika erst später. Tony hat mir erklärt, wie ich helfen kann – nicht dass ich viel mehr getan hätte als den Kater zu streicheln."

Der bedeutsame Blick der Schwestern wich einem selbstgefälligem und Harriet sagte: „Er traut Ihnen zu, ihm zu helfen, weil er weiß, dass Sie dem gewachsen sind."

„Sie beide haben einander gewiss gern", fügte Mary hinzu. „Es ist vermutlich etwas schwierig, wenn man in der Kindheit befreundet war." Sie räusperte sich.

Alex ermutigte keine der beiden, in dieser Richtung fortzufahren ... mit alles andere als subtilen Andeutungen über eine mögliche Beziehung mit Tony. Sie verbrachte ohnehin schon zu viel Zeit mit der beunruhigenden Frage, wohin das mit ihnen beiden führen sollte, und ob sie den ersten Schritt wagen sollte, falls sie das überhaupt wollte. Sie hatte immer wieder das Gefühl, er würde sie beobachten und darauf warten, dass sie ihm signalisierte, wie sie fühlte. Oder vielleicht bildete sie sich nur ein, zu sehen, was sie sich wünschte.

Sie bemerkte eine Bewegung im Augenwinkel und drehte sich um. Lily Duggins kam durch den Durchgang, der zum Restaurant- und Gasthausbereich des Black Dog führte. Alex' Mutter führte mit der Gelassenheit langjähriger Erfahrung diesen hektischeren Teil des Geschäfts. Lily hatte im Dog gearbeitet, seit sie sich als alleinerziehende Mutter um ihre kleine Tochter gekümmert hatte.

Sie winkte Alex zu. Die Ähnlichkeit zwischen Mutter und Tochter konnte niemandem entgehen. Die silbrigen Strähnen in Lilys dunklen Locken wurden zahlreicher und sie war im Gegensatz zu Alex eher von klassischer Schönheit, doch sie hatten die gleichen grünen Augen, die die Kinder als Hexenaugen bezeichnet hatten, als Alex noch zur Schule ging.

„Entschuldigen Sie mich für eine Minute", sagte sie zu den Schwestern. „Man verlangt nach mir."

„Was ist los?", fragte sie, als sie ihre Mutter erreichte.

„Komm mit." Sie führte Alex in das leere Restaurant. „Du hast schon von Pamela Gibbon gehört?"

„Ja. Ich habe Angst um sie."

„Ich glaube, ich habe sie gesehen", sagte Lily und flüsterte nur. „Abends, vor drei Tagen. Ich war auf dem Weg vom Cottage hierher." Lily lebte im Corner Cottage, an der High Street, direkt gegenüber des Black Dog. Ein Haus in einer Reihe aus Cottages, die an die Dorfwiese grenzten.

Alex wurde erst heiß und dann kalt. „Warum glaubst du, sie gesehen zu haben? Wo war sie?"

„Ich fürchte, ich habe dir zu große Hoffnungen gemacht. Sie kam aus dem Dog – aus dem Haupteingang – doch sie reagierte nicht, als ich nach ihr rief."

„Aber du bist dir sicher, dass sie es war?"

„Es war dunkel", sagte Lily. „Sie eilte davon, doch sie musste mich gehört haben."

„Vielleicht auch nicht, Mum. Wenn sie in Gedanken und in Eile war. Und du bist wir wirklich sicher, dass sie es war?"

Lily zuckte mit den Schultern. „Soll ich der Polizei davon erzählen?"

„Verdammt", sagte Alex durch zusammengebissene Zähne. „Warum hört das nicht auf? Ein Mord in Verbindung mit dem Dorf und diesem Pub war mehr als genug. Wir brauchen kein weiteres Verbrechen dieser Art ... Tut mir leid", fuhr Alex fort. „Ich sollte nur an Pamela denken und wir wissen noch gar nicht, ob sie nicht beschlossen hat, einfach für eine Weile zu verschwinden."

Ihre Mutter runzelte die Stirn und legte die Fingerspitzen an ihrem Kinn zusammen, eine vertraute Geste, wenn Lily Duggins unter Stress stand. „Pamela war schon immer etwas distanziert, zumindest bei anderen Frauen, aber sie ist ein guter Mensch und lebt gern in

Folly. Sonst hätte sie nach dem Tod ihres Ehemannes einfach gehen können. Sie hat sich hier ein Leben aufgebaut."

„Das ist wahr." Es sprach aber auch dagegen, dass Pamela einfach aus einer Laune heraus verschwinden würde, um eine Reise zu machen, oder etwas in der Art. Damit fühlte Alex sich nicht besser. „Ich will, dass sie einfach wieder auftaucht. Ich werde mehr auf sie zugehen und versuchen, ihr zu zeigen, dass sie den Menschen hier etwas bedeutet."

Ihre Blicke begegneten sich. Sie wussten beide, dass sie sich Mühe gab, nicht zu glauben, dass Pamela Gibbon etwas Schlimmes zugestoßen war.

Tony kam mit wehender Barbour-Jacke ins Restaurant. Er hatte sich die Hose in die Stiefel gesteckt und wirkte verstört und aufgebracht. Aber sein Anblick wirkte auch verlässlich und beruhigend. „Lily", sagte er, „entschuldigen Sie die Unterbrechung, aber ich würde mir Alex gern ausleihen, wenn ich darf."

Alex packte ihre Mutter am Arm. „Unternimm noch nichts, in Ordnung? Warte, bis ich von meinem Krankenbesuch beim Kater zurückkomme."

Bogie stürmte voraus und die äußere Tür fiel hinter ihnen ins Schloss. Tony blieb stehen und blickte mit zusammengekniffenen Augen in den blauen Himmel hinauf. „Es geht nicht um den Kater. Er ist wohlauf. Kannst du mir helfen, etwas nachzustellen, oder wie sie es nennen? Sobald es heute Abend dunkel ist? Ich hoffe, dass ich mich irre, aber ich glaube, ich habe eine Frau gesehen, die sich an der Straße in den Hügeln versteckte. Das war vor drei Tagen, wenn ich mich recht entsinne. Es war eine dieser spontanen Entscheidungen. Falls da jemand war, wollte die Person nicht gesehen werden. Deshalb fuhr ich weiter. Verdammt, ich wünschte, ich wäre meinem ersten Instinkt gefolgt und hätte angehalten."

Drei

Später am Abend kauerte Alex an der Stelle, die Tony ihm gezeigt hatte: Neben einer Gruppe von Büschen an der Straße. Seine Scheinwerfer erhellten ihr blasses Gesicht, als er auf der anderen Straßenseite vorbeifuhr. Wie er sie gebeten hatte, duckte sie sich, als er fast auf ihrer Höhe war, und wurde damit unsichtbar.

Er wendete und hielt auf dem steinigen Grasstreifen knapp hinter Alex. Sie lief ihm mit schnellen, knirschenden Schritten entgegen, als er dicht gefolgt von Bogie aus dem Land Rover sprang. „Konntest du mich sehen? Hat es geklappt?"

„Verdammte Scheiße, warum habe ich nicht angehalten?" Die Frustration überwältigte ihn. Er stopfte Bogies Leine in eine seiner Manteltaschen, ließ die Taschenlampe in die andere fallen, schob dann beide Hände unter den Mantel und stemmte sie in die Hüfte. „Ich habe dich gut genug gesehen."

„Und jetzt machst du dir Vorwürfe, weil Pamela vermisst wird? Das ergibt doch keinen Sinn. Du weißt doch noch nicht mal, ob sie es war, die du gesehen hast – oder ob da überhaupt jemand war. Gerade wusstest du, wo ich war und hast nach mir Ausschau gehalten. Natürlich hast du mich gesehen."

Die rationale Erklärung half nicht dabei, den Knoten in seinen Eingeweiden zu lösen. „Danke."

Alex nahm seinen Arm mit beiden Händen. „Du gibst dir zu schnell die Schuld, mein Freund. Viel zu schnell. Du bist der rücksichtsvollste Mann, den ich kenne. Du hast eine Entscheidung gefällt, und es war in dem

Augenblick die richtige." Sie umarmte ihn schnell und lehnte sich an ihn.

Ein besserer Mann wäre nicht so froh gewesen, zu hören, wie sehr sie ihm vertraute; und hätte nicht darüber nachgedacht, einen Vorteil zu nutzen. Er verbrachte viel Zeit damit, genau darüber nachzudenken: Einen Vorteil gegenüber Alex zu finden und ihn zu nutzen. Sie hatten Arbeit vor sich und mussten schnell sein, wenn sie auch nur die kleinste Hoffnung haben wollten, Pamelas Schicksal positiv zu beeinflussen.

Er rieb ihre Hände und gab ihr einen leichten Kuss auf den Kopf. „Ich hoffe, da hast du recht." Die Vorsicht, bei Alex nicht zu schnell oder zu stürmisch vorzupreschen, hatte ihm eine Gelegenheit genommen, mehr aus ihrer Beziehung zu machen. „Der rücksichtsvollste Mann", den sie kannte. Er wollte nicht, dass sie ihn so sah.

„Wohin würde man von den Büschen aus gehen – bei dieser Dunkelheit? Bist du neulich auch zu dieser Zeit hier vorbeigefahren? Es ist noch nicht allzu spät, aber man kann nicht viel sehen."

Als sich Alex von ihm löste, hätte er beinahe geseufzt. „Sie – oder wer immer das war – wartete vermutlich darauf, ungesehen die Straße überqueren zu können."

„Es gibt hier irgendwo einen Trampelpfad, der in die Hügel hinaufführt", sagte Alex. Sie trug Jeans und eine Daunenweste über Rollkragenpullover und Cardigan, die Kleidung, die sie auch am Morgen bei ihm in der Praxis getragen hatte.

„Komm mit, und du bleibst in der Nähe, Bogie." Sie überquerte schnellen Schrittes die Straße und suchte sorgfältig zwischen Wildsträuchern und Büschen.

Bogie folgte ihr schnüffelnd und spitzte die schwarzen Ohren. Ein Hund auf Mission mit seinem Frauchen.

Tony steckte die Autoschlüssel ein und folgte ihnen.

Die kühle Brise fühlte sich an, als würde sie Regen bringen, doch der Mond schlich immer noch über den bedeckten Himmel und leuchtete silbrig durch einen Vorhang aus dünnen, pechschwarzen Wolken.

„Alex." Er erinnerte sich daran, hier mal mit seiner Hündin Katie einen Spaziergang gemacht zu haben. „Ich glaube, es gibt einen Pfad, der ganz rauf führt zu ..."

„Ebring Manor?", unterbrach sie ihn. „Oder was noch davon übrig ist. Bogie und ich waren schon mal dort. Sieht aus, als hätte er den Pfad wiedergefunden."

„Wenn uns das weiterbringt, wäre es fast zu einfach", sagte er. „Nimm meine Hand, wir beeilen uns ein wenig."

Sie lachte und keuchte. „Anders gesagt, ich brauche die Hilfe eines stärkeren Mannes."

„Ja. Ich sollte stärker sein. Ist daran irgendetwas verkehrt?"

Sie nahm seine Hand und lehnte sich in den Hang. „Ich bin nicht stolz", sagte sie. „Ich finde Männer und ihre Egos manchmal komisch. Ich würde nicht den Platz mit dir tauschen wollen. Das Ganze wäre vielleicht einfacher, wenn wir den Weg kennen würden."

Er hielt an, damit sie beide zu Atem kommen konnten. „Ich bekomme das Gefühl, dass dieser Pfad recht regelmäßig benutzt wurde." Der Kegel seiner Taschenlampe schwenkte vor ihnen hin und her. „Er wirkt ausgetreten."

Eine unerwartete Brise wurde zu Wind, rauschte durch die beinahe kahlen Bäume und schlug ihnen die

Skelette der letzten Winterblätter ins Gesicht. Er sah zu Alex. Das Licht der Taschenlampe ließ ihre grünen Augen funkeln und er erinnerte sich daran, dass die Kinder sie hexenartig genannt hatten. Sie hatte sich von den Kindern engstirniger Eltern viel gefallen lassen müssen, inklusive geflüsterter Beleidigungen wie „Bastard". Er war froh, dass er da gewesen war, und älter und größer als ihre Mobber.

Ihre natürliche Schönheit hatte ihm schon immer gefallen. Die Gefühle, die damit einhergingen, waren immer nur stärker geworden.

„Hatte ich erwähnt, dass Harry nicht beim heutigen Frauentreffen im Gemeindesaal aufgetaucht ist?"

Er blieb stehen. „Was sagst du da? Du hast mir nichts erzählt. Hat ihn überhaupt jemand gesehen?"

„Er rief an, um zu sagen, dass er in der Stadt bleiben muss. Immerhin ließ er sie wissen, dass er nicht kommen würde."

Tony schob einen tiefhängenden Ast aus dem Weg. „Wer immer mit ihm gesprochen hat, hat gewiss gefragt, ob Pamela bei ihm ist. Nicht dass er das hätte bestätigen oder verneinen müssen. Wir können nur hoffen, dass sie bei ihm ist."

„Was für ein eigenartiger Abend", sagte Alex, als sie weiterstapften. „Das Wetter gibt sich alle Mühe, unheilvoll zu sein. Oder bilde ich mir das nur ein? Ich liebe jede Jahreszeit an diesem Ort. Zu blöd, dass ich ihn für zwei Jahre verlassen musste, um herauszufinden, wie schön er ist."

Er warf ihr wieder einen kurzen Blick zu und drückte ihre Hand. Sie wussten genug übereinander, um keine alten Wunden aufzureißen, aber sie waren sich auch beide bewusst, dass sie noch immer mit diesen Wunden lebten.

Bogie war vorausgeschossen und nicht mehr zu sehen. Tony trat zusammen mit Alex aus den Bäumen heraus und blickte auf den Umriss dessen, was einst das alte Ebring Manor gewesen war, mondbeschienen und fahl stand die Ruine auf einer Erhöhung. Der niedrige Rundturm und einige wenige Teile des ursprünglichen Gebäudes ragten scharfkantig in den violetten Himmel empor. Die Wolken sahen jetzt aus wie der Rauch eines schwelenden Feuers.

„Was hoffen wir, hier zu finden?", fragte Alex. „Soweit ich sehen kann, ist hier niemand." Sie erschauderte heftig und zog ihre Hand aus seiner, um die Arme um sich zu schlingen. „Es ist kein Geräusch zu hören, doch ich könnte schwören, dass um mich herum alles knackt. Alles lebt und ich hasse es."

„Alex?"

Dunkle Locken wurden rund um ihr blasses Gesicht nach vorn geweht. „Nichts", sagte sie.

„Nein, es ist nicht nichts. Was ist los?"

Sie wirkte grimmig und kühl, was beides nicht besonders viel Sinn ergabt. „Lass es gut sein, Tony."

Ratlos baute er sich vor ihr auf. „Ich werde es nicht gut sein lassen."

„Ich habe so ein Gefühl." Sie atmete schwer durch die Nase. „Ich würde es lieber vermeiden, noch mehr Stoff für die Geschichten über meine gruselige Art zu liefern, aber ich habe manchmal ... Vorahnungen. Vergiss es. Es ist nichts. Nur ein Gefühl, sonst nichts."

„Bogie läuft auf den Turm zu", sagte er und war froh über die Ausrede für einen Themenwechsel. Themen zu vertiefen, über die sie offensichtlich nicht sprechen wollte, war keine gute Idee. Sie respektierten beide die Privatsphäre des anderen – vielleicht etwas zu sehr.

Sie stiegen über die Reste der Außenmauern und folgten Bogie. Es war kein leichter Aufstieg. Als sie im Turm waren und auf halbem Weg die zerfallene Treppe hinauf, sahen sie, dass Bogie oben auf sie wartete. Er rannte weg, sobald er sie sah.

Tony erreichte als Erster das oberste Stockwerk, dem teilweise das Dach fehlte. Er leuchtete den Bereich mit seiner Taschenlampe ab, richtete den Lichtstrahl erst in den violett gefärbten Himmel und dann auf den nackten Steinboden.

Eine Erhebung, die sich unter einer Plane bewegte, verriet Bogies Aufenthaltsort. Die Plane und was immer sie abdeckte, lagen vollständig unter den Resten des Daches.

„Jemand hat hier draußen gelagert", sagte Tony und hob eine Ecke des Wachstuchs an. „Oder etwas in der Art." Er zog die Plane zurück und enthüllte eine zusammengerollte Steppdecke und etwas, das wie ein Schlafsack aussah. Es waren zwei Schlafsäcke, an den Reißverschlüssen miteinander verbunden, und zudem noch eine aufgerollte Luftmatratze.

„Sicht abgenutzt aus, aber es ist teures Zeug", sagte Alex. „Kissen in Plastikhüllen. Was ist das? Eine Daunendecke? Eine Kiste mit Besteck. Teller. Gläser. Sämtlicher Komfort." Sie zitterte sichtlich.

„Alles in Ordnung?", fragte Tony.

„Ich will nicht hierbleiben." Sie schob die Hände in die Ärmel ihres Cardigans und erschauderte noch einmal. „Bogie ist wieder nach unten gelaufen. Ich will nicht, dass er wegrennt." Sie begegnete Tonys Blick und er wüsste nicht, dass sie ihn schon einmal so angesehen hätte. Besorgt aber suchend, als würde sie versuchen, ihn auf einer tieferen Ebene zu verstehen.

Wunschdenken. Sie wurde panisch, suchte nach Rückhalt, und er konnte ihr das nicht vorwerfen.

„Ich hätte dich nicht herbringen dürfen."

„Ich bin ein großes Mädchen. Ich wette, diese Tasche gehört unter die Plane." Eine große Tasche aus grünem Segeltuch lehnte an einer Wand und Alex warf einen Blick hinein. Sie hielt Tony die Tasche entgegen und er holte den Inhalt heraus.

Er förderte eine Schachtel mit italienischen, glasierten Maronen zu Tage, einen versiegelten, blauen Umschlag ohne Adresse, dessen Inhalt sich wie eine Karte anfühlte, und ein schweres Lederetui. „Du liebe Güte." Er hatte den Deckel geöffnet. „Ein Zeiss-Fernglas – das ist Markenware. Einiges wert. Das würde niemand hier herumliegen lassen." Er klappte den Deckel zu und legte das Etui in die Tasche zurück.

„Das ist kein Geheimversteck von Kindern", sagte Alex leise und lief zum oberen Ende der Treppe zurück.

„Es könnte kreativen Jugendlichen mit großzügigem Taschengeld gehören."

Statt ihm zu antworten, legte Alex eine Hand an die Außenmauer und machte sich an den Abstieg.

Tony legte die Tasche zu den anderen Sachen, zog die Plane wieder an ihren Platz und folgte ihr. Als sie nach draußen kamen, wurden sie von Wind empfangen, der immer wieder auffrischte und abflaute, als wäre er von seinen willkürlichen Versuchen selbst nicht begeistert.

„Es *war* ein Fehler, dich herzubringen", sagte er und legte ihr einen Arm um die Schultern. „Es ist deprimierend, und du brauchst sicher keine Erinnerung an vergangene ..." Er ließ den Satz in der Luft hängen.

„Vergangene Schrecken, wolltest du das sagen?" Alex ließ eine Hand unter seine Jacke und um seine Taille gleiten. Er spürte ihren Griff durch seinen Pullover.

Bogie hatte die Nase am Boden, schnüffelte hierhin und dorthin, tauchte immer wieder im Schein der Taschenlampe auf und folgte einem Ziel, das nur er kannte.

Die Ruinen des alten Herrenhauses mit den zerklüfteten Erinnerungen an alte Gemäuer zeichneten sich in der Dunkelheit als heller aber trister Umriss ab.

„Lass uns hier verschwinden", sagte Alex. Sie rief den Hund, doch der lief weiter scheinbar ziellos umher, die schwarze Schnauze am Boden.

„Bogie", schrie Alex. „Komm her, Junge. Sofort."

Als Antwort erhielt sie nur wildes Gebell, das zu einem schwachen Jaulen erstarb. Alex fand Bogie mit dem Licht ihrer Taschenlampe. Er stand an einem Brunnen, der mit einem Gitter abgedeckt war, hatte den Hals in die Luft gereckt und gab immer wieder ein Bellen von sich, das in einem fast unhörbaren Krächzen erstarb.

Alex stürmte vor, doch Tony packte sie am Arm und stoppte sie.

Sie sah ihn mit ernstem Blick an und riss sich dann los.

Tony rannte auf den Hund zu.

Vier

Sobald sie näherkamen, legte Bogie sich hin, ließ den Kopf auf seinen Pfoten ruhen und winselte, während seine Augen von rechts nach links zuckten.

„Komm schon, Junge", sagte Alex sanft, doch etwas schnürte ihr den Hals zu. Bogie hatte sich schon einmal so verhalten, an einem verschneiten Morgen, den sie lieber vergessen würde. „Hier ist nichts. Sei nicht albern."

Es gab nichts zu sehen. Stille hüllte die gesamte, menschenleere Gegend ein und ihr fiel ein ekliger Gestank auf, als hätten vielleicht Schafe hier geweidet.

„Würdest du hierbleiben und Bogie festhalten, Alex?" Tonys Gesichtsausdruck war neutral, als würde er nicht preisgeben wollen, dass er etwas Schreckliches erwartete und sie davor beschützen wollte.

Manchmal war es besser, den Frieden zu wahren. „Komm her, Bogie", sagte sie, und fügte hinzu: „Sofort!", als er sich nicht rührte.

Er erhob sich langsam vom Boden, das Hinterteil zuerst. Sein Kopf ruhte weiterhin auf den Pfoten.

„Ich hole ihn", sagte Tony und näherte sich, während er auf dem gesamten Weg sanfte, weitgehend bedeutungslose Worte von sich gab. Er erreichte Bogie und kraulte ihm den Kopf ... dann erstarrte er und musterte im Licht seiner Taschenlampe blasse Grasbüschel und Steine zu Füßen des Hundes.

Alex wartete keinen Augenblick länger. Sie eilte zu der Stelle und blickte stirnrunzelnd auf den Schotter.

„Oh, nein", flüsterte sie, als sie sah, was hier nicht stimmte. „Mein Gott, Tony, wir müssen sofort etwas unternehmen."

„Manchmal wünschte ich, du würdest dich nicht Hals über Kopf in alles hineinstürzen", sagte er, und hakte Bogies Leine ein. „Du bist für so etwas nicht ausgebildet."

Alex ging in die Hocke.

„Fass nichts an."

„Ich weiß", sagte sie und blickte zu dem Gitter auf dem Brunnen. „Könnte jemand da unten überlebt haben?"

„Es ist meine Aufgabe, das herauszufinden. Deine Aufgabe ist, die Polizei zu holen, und jeden, der hier sonst noch helfen könnte."

Sie blickten einander an und legten sich beide eine Hand über Mund und Nase. Der Gestank wurde schlimmer.

„Dieser Geruch muss nicht bedeuten ..." Sie unterbrach sich und presste eine Faust auf ihr pochendes Herz. „Das ist Erbrochenes und andere Sachen, und wenn wir etwas durcheinanderbringen ... Tony, das könnte ein Tatort sein. Das kann sich niemand selbst angetan haben. Die Polizei wird durchdrehen, wenn wir hier irgendetwas verunreinigen."

„Und mein Gewissen wird durchdrehen, wenn ich nicht dort hinuntergehe", sagte er, zog bereits seine Jacke aus und warf sie zur Seite. „Ich wünschte, ich hätte Handschuhe."

Er war ein starker Mann und zog ohne große Mühe das schwere Gitter zur Seite. „Lass Bogie nicht da dran", sagte er, als er sich auf die Sprossen im Brunnenschacht hinabließ. „Bitte, mach ein paar Anrufe." Er bekam sogar ein leichtes Lächeln zustande, das jedoch mehr wie eine schmerzverzerrte Grimasse wirkte.

Alex sah zu, wie er in dem Loch verschwand, während sie den Notruf absetzte und die üblichen Fragen über sich ergehen ließ: Um welchen Notfall es sich handelte und von wo sie anrief.

„Ich glaube, jemand ist in einen Brunnen gestürzt", sagte sie und schnappte keuchend nach frischer Luft, die es hier jedoch nicht gab. „Oben an der Ruine von Ebring Manor. Und es könnte sein, dass eine andere Person das Gitter wieder verschlossen hat." Als sie darüber nachdachte, fügte Alex hinzu: „Oder jemand hat sich an dem Gitter zu schaffen gemacht und hatte einen schrecklichen Unfall. Derjenige hätte natürlich Hilfe rufen können, aber wer immer es war, hat drei abgetrennte Fingerspitzen zurückgelassen. Woher ich das weiß? Ich kann die Fingernägel sehen."

Fünf

Alex saß am Boden und streichelte Bogie, der auf ihrem Schoß lag. Zu wissen, dass Tony da unten war, wo sie ihn nicht sehen konnte, war zu viel für sie. Ihm konnte alles Mögliche zustoßen. Sie hörte, wie er bei der Bewegung an die Ziegelmauer des Brunnens stieß.

Vielleicht war es gar kein Brunnen. Sondern ein tiefes Loch im Boden. Und wer immer unter furchtbaren Schmerzen die Enden seiner Finger verloren hatte, könnte jetzt unten am Boden liegen. Allein die Vorstellung ließ Alex erschaudern. Sie betete, dass das nicht der Fall war und die Polizei Krankenhäuser überprüfen und die Person mit den verstümmelten Fingern finden würde.

Sie hatte nicht in den Schacht hinuntergeblickt und wollte es auch nicht. Tonys Taschenlampe schickte ein schwaches, zitterndes Licht nach oben, das blasser wurde, wenn er nach unten leuchtete, und manchmal heller, wenn er weiterkletterte.

Der Telefonist in der Notrufzentrale hielt die Leitung offen, doch Alex hatte aufgehört, mit ihm zu sprechen. Sie wollte sich übergeben und wenn sie sich zu viel bewegte, hatte sie das Gefühl, ohnmächtig zu werden. Die leichte Brise wehte ihr den Gestank von Tierkot entgegen.

„Tony?", schrie sie, als ihr die Wartezeit zu lang wurde. „Geht es dir gut?"

„Ja", hallte es knapp herauf.

Der Wind produzierte jetzt kleine Wirbel, hob Blätter vom Boden und ließ sie um sie herumtanzen, als wäre es ein fröhliches Fest für diese Jahreszeit.

Bogie lehnte sich zu ihr und leckte sie am Kinn.

Alex schob sich seitwärts vor und trat nah genug an das Loch heran, um sich über die Kante lehnen zu können. „Bist du schon unten?" Sie mied den Blick auf die abgetrennten Fingerspitzen.

„Ja."

In der Ferne waren Sirenen zu hören. „Ich höre die Polizei kommen. Wie können sie so schnell hier sein?" Die Erleichterung ob dieses Geräuschs ließ sie beinahe zusammenbrechen.

Von unten kam keine Antwort.

Tränen brannten in Alex' Augen. „Tony, ist da unten jemand?"

„Ja, Alex." Seine hallende Stimme klang besonders ausdruckslos. „Ich glaube, es ist Pamela Gibbon."

Alex' Verstand verweigerte ihr den Dienst. Sie blickte auf die drei schwarzen Fingerspitzen, mit zerfurchten Nägeln und überzogen mit getrocknetem Blut. „Nein, nein, nein. Warum?" Welche Form von Hass brachte einen Menschen dazu, einem anderen so etwas anzutun? Es war sicher kein Unfall, den Pamela mit einem eigenen Fehler herbeigeführt hatte.

„Die Sirenen kommen näher", rief sie. „Du kannst nichts mehr tun ..."

„Außer den Bastard zu finden, der das getan hat."

Sie presste die Augen zu. „Komm hoch, Tony. Bitte."

Seine Stiefel traten wieder auf die Leitersprossen und er tauchte auf, als gerade das ohrenbetäubende Geheul der Sirenen und das blendende, rotblaue Licht auf der verlassenen Straße einige hundert Meter oberhalb der Ruine auftauchten.

Gestalten rannten in ihre Richtung und nahmen schnell Form an. Sie leuchtete ihnen mit ihrer Taschenlampe entgegen. Detective Inspector Dan O'Reilly und Detective Sergeant Bill Lamb waren leicht auszumachen. Sie waren ihr bekannt und mit ihnen kehrten Gefühle zurück, die Alex nie wieder hatte erleben wollen. Hinter ihnen schwärmten uniformierte Beamte aus, bis Alex sich eingeschlossen fühlte. Jemand rannte in den Turm und sie wunderte sich über die Betriebsamkeit, die diese Leute an den Tag legen konnten.

„Das sind O'Reilly und Lamb", sagte Tony, was sie zusammenzucken ließ. „Ich hatte gehofft, dass wir sie nie wiedersehen würden. Was tun sie den ganzen Tag? In einem schmuddeligen Büro in Gloucester herumsitzen und auf einen Anruf aus Folly-on-Weir warten?"

Ehe sie antworten konnte, eile Lamb heran, dicht gefolgt von O'Reilly. Die beiden Männer hielten an, um die ganze Szene zu betrachten.

„Hugh hat mir erzählt, dass Constable Frye sagte, sie würden vielleicht ins Dorf kommen", sagte Alex leise.

Der Detective Inspector hatte gute Ohren. „Wir kamen vor einigen Stunden in die Gegend", sagte er. „Man brauchte unsere Hilfe. Es sah nicht gut aus."

Alex blieb sitzen und hielt Bogie fest. Hatte die Polizei bereits damit gerechnet, Pamela tot aufzufinden? Falls ja, warum? Ein Dorf, in dem erst vor einigen Monaten zwei Morde geschehen waren, war doch gewiss nicht der Ort, an dem man weitere Gräueltaten erwarten würde. Tony steckte noch immer in dem Brunnen und sein Kopf ragte aus dem Loch empor.

Die beiden Polizeibeamten hatten sich eine Hand über die Nase gelegt.

„Was ist hier passiert?", fragte O'Reilly und klang dabei so irisch, wie Alex ihn in Erinnerung hatte.

„Sie haben davon gehört, dass eine Frau namens Pamela Gibbon vermisst wird?", fragte Tony.

Lamb lief rot an. „Der Detective Chief Inspector hat Ihnen eine verdammte Frage gestellt", blaffte er.

Alex fragte sich, ob seine letzte Ermittlung in der Gegend für O'Reillys Beförderung hilfreich gewesen war.

„Bill, helfen Sie Dr. Harrison aus diesem Loch", sagte O'Reilly. Er sah nicht allzu glücklich aus.

„Pamela Gibbon lebt in Folly-on-Weir", sagte Alex schmallippig. „Sie wird seit mehreren Tagen vermisst. Tony und ich kamen hier rauf, um uns umzusehen und fanden die abgetrennten Finger dort." Sie zeigte auf die Stelle. „Tony ist in den Brunnen hinuntergestiegen und hat Pamela gefunden. Sie ist tot."

„Wir wissen bereits alles über Pamela Gibbons Verschwinden", sagte Lamb, ohne dass sich sein kühles Auftreten veränderte. Sein sandfarbener Bürstenhaarschnitt sah exakt so aus wie bei ihrer letzten Begegnung. Dicht und jedes Haar an seinem Platz. „Warum sollten wir hier sein, wenn es nicht so aussähe, als ..."

„Kommen Sie raus, Dr. Harrison", sagte O'Reilly und klang recht freundlich, auch wenn sie sich beim letzten Mal mit Vornamen angesprochen hatten, als alles vorüber war.

Bill Lamb streckte ihm eine Hand entgegen, die Tony ignorierte, und sich dann aus eigener Kraft aus dem Loch zog. Bill drehte sich zu Dan O'Reilly um. Alex konnte sein Gesicht nicht sehen, ahnte aber, dass er bei seinem Vorgesetzten nach Anweisungen suchte.

Weitere Fahrzeuge trafen oberhalb der Ackerflächen ein.

Sie erkannte die blassblauen Uniformen der Spurensicherung, die rasch über andere Kleidung gezogen wurden. Beamte der Spurensicherung waren nicht ihre Lieblingspolizisten. Sie hatten meist einen schwarzen Humor, der ihnen vielleicht helfen mochte, ihr aber gar nichts brachte.

„Die Gerichtsmedizinerin ist unterwegs", sagte ein Mann, der bereits komplett eingekleidet war, Kopf und Füße waren bedeckt und er trug Handschuhe. „Wollen Sie runter gehen und sich das mal ansehen?", fragte er Dan O'Reilly.

„Nicht ehe Molly hier ist. Sie hasst es, wenn sie nicht die erste ist."

„Dafür ist es etwas zu spät", sagte Bill, ohne Tony anzusehen.

Tony ignorierte ihn. „Da unten ist es eng. Sie werden nicht in der Lage sein, sich beide gleichzeitig den Platz mit Pamela zu teilen."

„Machen Sie sich um uns keine Sorgen", sagte Bill. „Wir bekommen das schon hin."

Alex fragte sich, warum der Detective Sergeant versuchte, Tony zu provozieren, doch er erreichte nicht die gewünschte Reaktion.

„Befehlen Sie ihren Leuten, hier alles abzusperren", trug der Inspector dem Mitglied der Spurensicherung auf. „Warten Sie mit den Zelten, bis Dr. Lewis hier ist und Ihnen Anweisungen gibt. Rechnen Sie damit, einen weitläufigen Bereich absichern zu müssen. Wir könnten es mit einem großen Tatort zu tun haben."

„Da liegen Beweismittel direkt neben der Schachtöffnung. Tüten Sie die ein und richten Sie aus, dass wir den ganzen Bereich beleuchtet haben wollen. Bis dahin sollen sich alle ihre Flügelchen anschnallen und nichts berühren. Auch den Boden nicht, soweit möglich. Man weiß ja nie; vielleicht tauchen noch weitere Finger auf, oder andere Dinge."

„So wie ich Molly kenne, wird sie nicht lange brauchen, es sei denn, sie fährt selbst", sagte Bill.

„Das macht sie nur noch selten und bei Nacht fast nie."

O'Reilly stellte sich breitbeinig hin. Alex konnte seine dunklen Augen nicht sehen, doch sein lockiges Haar wurde vom Wind hin und her geweht. „Unsere Molly ist ein Genie. Aber ihre Orientierung ist unterirdisch." Alex mochte seine legere Herangehensweise, obwohl sie sich auch noch gut daran erinnerte, wie knallhart er sein konnte. „Warum nehmen wir nicht eine vorläufige Aussage von Ihnen und Tony auf?", fragte er Alex.

Sie wollte eigentlich nur von hier verschwinden, und zwar schnell.

Zügig wurden Scheinwerfer aufgebaut, die alles in fahles, blendend weißes Licht tauchten, das irgendwie aufdringlich wirkte.

Bill Lamb machte Notizen, während Tony und Alex in rascher Abfolge Fragen beantworteten. Zumindest diejenigen, die sie beantworten konnten. Sie war sich der Menge der Polizisten sehr bewusst, die das ganze Gelände absuchten. Ihre Taschenlampen strahlten hell und manchmal benutzten sie ihren Schlagstock, um etwas zur Seite zu schieben. Ein Beamter war sogar mit einem Hund eingetroffen.

„Wir kamen gleich hier rauf, als wir das Dorf erreichten", sagte O'Reilly. „Wir werden Ihnen beiden noch weitere Fragen stellen müssen. Haben Sie vielleicht irgendeine Idee, wer einen Groll gegen Pamela Gibbon gehegt haben könnte?"

Alex und Tony sahen sich mit identischem Stirnrunzeln an. „Nein", sagte er. „Das Ganze ist ... ich habe keinen blassen Dunst."

Ein weiteres Motorengeräusch näherte sich. Alex erschauderte wieder und versuchte, sich zu beruhigen. Sie hatte keinen Grund, ähnlich hasserfüllte Vorgänge zu befürchten wie beim letzten Mord in Folly. Außerdem war Pamelas Tod vielleicht nur ein Unfall.

In deinen Träumen vielleicht.

Tonys Hand schloss sich um ihre, beruhigte sie und Alex zögerte nicht, ihr Finger mit seinen zu verschränken.

Eine kleine, blonde Frau, bereits für die Arbeit gekleidet, schritt auf sie zu. Als sie nah genug war, sagte Dan O'Reilly: „Molly Lewis, das sind Alex Duggins und Tony Harrison. Sie haben die Leiche gefunden.

Die Frau war schlank und hübsch, aber älter, als der erste Eindruck vermuten ließ. Sie zog sich Handschuhe über, ließ sie gegen ihr Handgelenk schnalzen und trat auf das Loch zu, nachdem sie Alex und Tony gerade mal mit einem Nicken zur Kenntnis genommen hatte. Sie zog sich ein Lichtband über den Kopf und richtete es auf ihrer Stirn aus, ehe sie mit schnellen und sicheren Bewegungen die Sprossen hinunterstieg.

„An der Spitze des Rundturms werden Sie die Vorräte von Menschen finden, die vermutlich hierher zurückkehren wollten, wahrscheinlich regelmäßig. Das hat vermutlich nichts zu bedeuten, aber ...“

„Wann hatten Sie vor, das zu erwähnen?“, fragte Bill Lamb und schob das Kinn vor.

Alex drückte Tonys Hand. „Sie können wirklich ein Idiot sein, Bill Lamb“, sagte sie. „Glauben Sie, es ist einfach, in einer solchen Nacht die Gedanken zu ordnen? Ich glaube, ich werde einfach nach Hause gehen. Ich hoffe, du begleitest mich, Tony. Sie wissen, wo Sie uns finden können.“

„Wäre das in seinem Haus oder in Ihrem?“, fragte Lamb. „Nicht dass Sie irgendwohin gehen würden, ehe wir es erlauben.“

„Arschloch“, murmelte Tony, laut genug, dass es alle hören konnten.

„Ich werde Sie beide befragen müssen“, sagte Dan O'Reilly. „Wo kann ich Sie beide finden, sobald wir hier heute Abend fertig sind?“

„Ich werde im Black Dog sein“, erklärte Alex, ohne zu zögern.

„Dann werde ich auch dort hingehen. Das ist leichter für alle“, sagte Tony.

Lamb kicherte.

„Wann sagten Sie könnte das Opfer hier hineingefallen sein?“ Molly, die Gerichtsmedizinerin, streckte den Kopf aus dem Schacht.

O'Reilly sagte: „Vor bis zu drei Tagen.“

„Ja, das meinte ich, gehört zu haben“, sagte die Frau und verschwand wieder in die Tiefe. „Lassen Sie das Zelt aufstellen. Wir werden hier unten Licht brauchen und uns beeilen müssen. Das arme Ding könnte hier schon eine Weile liegen. Sieht nach mehreren Schlägen auf den Kopf aus, aber vielleicht ist sie auch erst seit wenigen Stunden tot."

Sechs

Tony blieb vor dem Dog stehen. Er stand still, hatte die Arme verschränkt und starrte zu Boden. Er hatte auf der Rückfahrt ins Dorf kein Wort gesprochen. Ein Mazda Sportwagen stand quer über drei Parkplätzen. Alex erkannte den Wagen nicht.

„Schau dir das an", sagte Alex. „Ich habe heute Abend nicht mehr die Kraft, den Besitzer ausfindig zu machen. Egoistischer Widerling."

Tony schwieg.

„Lass uns ins Restaurant gehen", sagte Alex. „Ich sollte mit meiner Mutter sprechen."

„Mir ist nicht mehr nach Reden, Alex. Tut mir leid."

„Du kannst nicht hier draußen bleiben", sagte sie sanft und berührte seinen Kiefer. „Ich kann dich nicht dazu bringen, zu denken oder zu tun, was ich will, aber nichts davon ist deine Schuld. Und wir wissen noch nicht einmal, was da oben vorgefallen ist."

„Wir werden es vielleicht nie erfahren – auch nicht, ob ich vielleicht ihren Tod verschuldet habe. Wer weiß. Vielleicht hätte sie gerettet werden können, wenn ich in dieser Nacht angehalten oder wenigstens früher nach ihr gesucht hätte." Er zog sie dichter ans Gebäude heran. „Ich verstehe schon. Ich kann nicht ändern, was geschehen ist, aber ich würde gerne die Gefühle loswerden, die mich gerade plagen."

Alex nickte einem Pärchen zu, das zum Restaurant kam. „Guten Abend."

Tony lehnte sich mit einem Ellenbogen an die Wand, stütze den Kopf auf die Faust wartete, bis sich die Tür wieder geschlossen hatte – Bogie nutzte die Gelegenheit, um hinein zu flitzen. „Ich glaube, ein Brandy würde mir guttun, wie sieht es bei dir aus?", fragte Alex, und zog den Kopf ein, um sein Gesicht sehen zu können, bis er den Blick hob. Sie packte seinen Mantel und presste ihre Knöchel an sein Schlüsselbein. „Wir können das schaffen, Tony. Wir haben schon ... Schlimmeres durchgestanden."

„Da war so viel Blut. Ich wusste, dass sie nicht sofort gestorben ist. Und ich habe Glas gesehen – nicht viel – ein paar scharfe Scherben."

Tränen brannten in Alex' Augen. „Das ist übel. Ich bin überrascht, dass du das Glas überhaupt gesehen hast, zwischen dem Schutt, der da unten gelegen haben muss."

Selbst in dem schwachen, fleckigen Licht, das durch die getönten Glasscheiben nach draußen fiel, sahen Tonys Augen schwarz aus, und leer. „Sie muss sich den Hinterkopf angestoßen haben, sehr fest – davon hat die Gerichtsmedizinerin gesprochen, aber gelandet ist sie auf dem Gesicht. Glasscherben ... sie hatte Schnittverletzungen im Gesicht. Knochenbrüche und wer weiß, welche Verletzungen sie bei der Obduktion noch finden werden."

Sie wollte ihn umarmen und tat es auch. Legte ihm die Arme in den Nacken und zog seinen Kopf auf ihre Schulter. „Tony, das war nicht deine Schuld. Ich habe nie einen anständigeren Mann als dich kennengelernt. Ich bin nicht überrascht, dass du dir Vorwürfe machst, aber ich werde nicht zulassen, dass du vergisst, wie anständig du bist. Glaub mir einfach, wenn ich das sage, und lass mich dir da durchhelfen."

Er sagte nichts, hob den Kopf aber auch nicht von der Stelle zwischen ihrem Hals und ihrer Schulter.

Es würde keinem von ihnen beiden helfen, wenn sie jetzt weinte. „Komm bitte mit mir rein. Ich will nicht, dass du allein weggehst. Und wir sollten die Fragen ohnehin so schnell wie möglich hinter uns bringen. Wir müssen hier sein, wenn die Polizei kommt."

„Na gut." Er richtete sich auf, führte sie zur Tür und hielt sie ihr auf. „Danke. Ich hoffe, es erschreckt dich nicht, das zu hören, aber du bist die beste Freundin, die ich je hatte – und die beste, die ich mir je hätte erhoffen können."

Sie lächelte ihn an und hielt diese verfluchten Tränen zurück. „Das gilt auch für mich."

Tony hielt sie am Oberarm fest. „Hoffen wir, dass sie bald kommen. Aber erst nach dem Brandy."

Als sie eintraten, führte Lily gerade die neusten Gäste zu ihrem Tisch. Sie bemerkte Alex und Tony und eilte herüber. Ihr Lächeln wurde ihr augenblicklich aus dem Gesicht gewischt. Das Restaurant war sehr voll und die Geräusche von Gelächter, Unterhaltung, klirrenden Gläsern und Geschirr waren Alex zuwider.

„Habt ihr irgendetwas herausgefunden?", fragte Lily.

Alex zuckte zusammen, doch Tony sagte mit ausdrucksloser Stimme: „Ja, leider. Auf dem Hügel des Ebring Manor wimmelt es jetzt von Polizisten jeglicher Abteilungen, die man sich denken kann, und sogar Hunden. Wir sollten vermutlich warten, bis unsere Freunde O'Reilly und Lamb mit uns fertig sind, bevor wir zu viel sagen."

„Oh, mein Gott", sagte Lily. Sie atmete tief ein und stieß die Luft zwischen geschürzten Lippen wieder aus. „Kommen sie her? Heute Abend noch?"

„Ja."

Lily senkte den Kopf. „Pamela ist tot?"

„Ja. Willst du deine Weste ausziehen, Alex?" Er streckte eine Hand aus.

Sie gab ihm die Weste und merkte, dass einige Blicke auf sie gerichtet und die Geräusche verstummt waren.

Lily ließ den Kopf gesenkt. Tränen rannen über ihre Wangen.

„Setzen Sie sich zu uns, wir wollen uns an der Bar einen Brandy genehmigen", sagte Tony, während er seinen Mantel auszog. „Wir müssen so gründlich wie möglich über alles nachdenken." Das ganze Haus glühte vor guter Laune und der Hitze der Körper und des Feuers.

Lily wischte sich durchs Gesicht, verschränkte die Arme und wandte sich vom Schankraum ab. „Es ist voll hier, aber die meisten stehen, also sind ein paar Tische frei. Es geht nur um ein einziges Thema." Sie seufzte. „Und die Presse ist schon hier."

„Das erklärt den fürchterlich geparkten Wagen", sagte Alex. „Du weißt, dass sie herumsitzen und Notrufe mithören, oder?"

Lily nickte. „Aber sie scheinen noch nicht zu wissen, dass es einen Mord gab."

„Hoffen wir, dass wir es noch eine Weile dabei belassen können", sagte Tony. „Könnten wir die Snug benutzen, wenn die Detectives herkommen, die alte Privatbar? Ich will mit den beiden nicht allzu isoliert sein."

„Ich kümmere mich darum", sagte Lily. „Ich sollte euch vorwarnen: Die Frauengruppe ist schon seit einer

Weile hier. Als der Vortrag ausfiel, haben sie den oberen Raum vereinnahmt und die Tische zusammengeschoben. Ich würde mich von ihnen fernhalten. Sie lachen viel, aber sind ganz schön anstrengend." Der sogenannte „obere Raum", war ein Bereich neben der Bar, der bloß eine Treppenstufe höher lag als der Rest des Schankraums. Meistens setzten sich die Gäste dort hin, wenn sie im Pub etwas essen wollten. Die aufgebockten Tische und Bänke mit Rückenlehnen waren sehr beliebt.

„Wir müssen normal bleiben, Mum", sagte Alex. Sie fühlte sich nicht normal. Ihre Haut juckte und ihre Muskeln zuckten immer wieder unwillkürlich. „Darf ich erwähnen, dass du glaubst, Pamela gesehen zu haben, oder willst du abwarten, ob sie danach fragen?"

„Erzählt es ihnen", sagte Lily. „Das wüsste ich zu schätzen, selbst wenn sie dann noch mehr Fragen stellen."

„Deine Mutter hat Pamela gesehen?" Tony legte ihr eine Hand in den Rücken und führte sie zur Bar, wo sie spürbar Aufmerksamkeit erregten.

„Sie glaubt es", sagte Alex und ließ sich auf einen der beiden Rundsessel sinken, die sich mit einem antiken, kleinen Tisch in einen Erker schmiegten. Sie winkte den Burke-Schwestern zu, die freundlich nickten, und eifrig so taten, als würden sie Tony und Alex nicht beobachten.

Tony stellte keine weiteren Fragen darüber, wann und wo Lily Pamela Gibbon gesehen hatte. „Ich werde uns Brandy holen. Und einen Snack. Wir haben seit einer ganzen Weile nichts gegessen."

Tonys lockeren Gang zu beobachten, und die Art, wie er die Schultern drehte, um sich durch die Menge zu schlängeln, war immer eine Freude. Es war generell eine Freude, ihn bei irgendetwas zu beobachten. Alex begriff, dass er tatsächlich der engste Freund war, den sie je gehabt hatte, aber wie lange konnten sie noch so weitermachen?

Das hing sowohl von ihr als auch von Tony ab.

Bogie hatte sich zum Feuer durchgezwängt und lag in der Nähe der Schwestern, wo er sich stets wohlfühlte. Er lag dicht neben Katie. Alex runzelte die Stirn und fragte sich, wann sie im Dog aufgetaucht war.

Die beiden Reporter in der Menge auszumachen war nicht schwer. Einer trug einen schlaffen, grauen Regenmantel und stützte sich auf die Bar, Ellenbogen an Ellenbogen mit Kev Winslet vom Anwesen der Derwinters. Kev wusste über alles Bescheid, selbst wenn er eigentlich gar nichts wusste. Und er genoss es, ein andächtig lauschendes Publikum zu haben. Eine Reporterin hatte sich für den zerzausten Bereit-zum-Sex-Look entschieden. Mehrere Männer hingen an ihren Lippen.

Im oberen Raum schirmte der zusammengeschobene Bankettisch die dort sitzenden Frauen ab, dämpfte aber nicht ihre Lautstärke.

Tony kehrte zurück, einen Brandy in jeder Hand. „Hugh stellt ein paar Dinge zusammen, die wir gern essen." Er lächelte. „Dieser Mann war ein echter Glücksfund. Er ist einzigartig. Und sein Sidekick ist auch nicht schlecht. Ein wenig reserviert, aber schlau."

„Und er sieht besser aus, als gut für ihn ist." Alex grinste breit und trank einen großen Schluck Brandy. Sie hustete und klopfte sich zwischen die

Schlüsselbeine. „Ich sollte das nicht sagen, aber er belebt eine gewisse Form des Geschäfts. Die jungen Frauen starren ihn durchweg an. Und ein Name wie Juste Vidal schadet auch nicht. Der trägt zum Mysterium bei."

Juste war Theologiestudent in Cheltenham und arbeitete an drei Abenden der Woche im Pub.

„Katie ist hier", sagte Alex. „Es überrascht mich, dass sie dich nicht belagert."

„Radhika muss sie hergebracht haben. Sie sollte sich um sie kümmern, bis ich zurückkomme."

„Und das Feuer ist anziehender als du." Alex lächelte. „Radhika ist vermutlich bei der Frauengruppe. Sie trinkt nicht und ich wüsste nicht, dass ich sie je hier gesehen hätte."

„Wir vermeiden das Thema, das uns beschäftigt." Als hätte er gespürt, dass sich die Unterhaltung um ihn gedreht hatte, brachte Juste zwei große Teller mit Leckereien zu ihnen. Alex lehnte sich zurück und wartete, bis er wieder fort war.

Juste war vierundzwanzig Jahre alt und betrachtete die Welt durch das Stahlgestell seiner Brille, die seine grünen Augen irgendwie noch aufsehenerregender machte. Rotbraune Locken flossen bis zu seinem Kragen hinunter und rahmten sein kantiges Gesicht ein. Alex konnte nachvollziehen, dass er dem weiblichen Geschlecht gefiel, besonders, wenn sie sich zudem noch Geschichten über das Leben des Mannes ausdachten.

„Blätterteighäppchen gefüllt mit Spargel und Camembert", sagte er mit seinem eindeutig französischen Akzent. Dann hob er den Blick und fügte hinzu: „Und kleine Steak-and-Kidney-Pies. Blinis mit Lachs und

Frischkäse. Gebackenes Ei in einer Corned Beef Schale. Genug, um den Gaumen zu erfreuen." Er grinste und wusste genau, dass diese kleinen Köstlichkeiten für die Besitzerin und ihren Freund in der Restaurantküche zubereitet worden waren.

„Schau dir das an", sagte Alex während sie Juste hinterher sah. „Und die Stimme dieses Mannes könnte auf eine Frau dieselbe Wirkung haben wie dunkle Schokolade. Er wird die Gemeinde und die Kollekte jeder Kirche vergrößern, in der er predigt."

Tony nickte und schlürfte gebackenes Ei. „Konzentrier dich, du kleines Luder. Wir haben vermutlich einen Mörder unter uns", sagte er und kaute. „Pamela lebte seit zehn Jahren hier. Was wissen wir über sie? Es muss etwas geben, was wir nicht einmal hätten erraten können. Irgendetwas, was das ausgelöst hat."

Alex' Ellenbogen ruhten auf dem Tisch und sie hielt ihren Brandyschwenker in beiden Händen. Sie konzentrierte sich auf den Geschmack und das Brennen, das sich durch ihre Adern ausbreitete.

„Oder könnte es doch ein Unfall gewesen sein?"

„Und als sie am Rand des Schachtes hing, hat sie das Gitter selbst wieder an seinen Platz zurückgeschoben?" Alex starrte ihn an. „Sie ist ... war vermutlich stark genug, um das Gitter zu bewegen, aber man trennt sich nicht die Fingerspitzen ab, ohne zu schreien. Wenn jemand vorbeigekommen wäre, den offenen Schacht gesehen hätte und das Gitter wieder an seinen Platz bewegt hätte, dann hätte Pamela geschrien und ..."

„Da bin ich mir sicher. Ein schrecklicher Gedanke, dass sie bei ihrem Sturz womöglich gehört und ignoriert wurde. Oder auch dann, als sie bereits am Boden des Schachts lag. Es dreht sich alles um das Motiv, meine Liebe. Warten wir mal ab, welche Fragen die Polizei stellt. Dann bekommen wir ein Gefühl dafür, was sie vermuten. Was, wenn sie das Gitter aus dem Brunnen heraus zugezogen hat, und nicht rechtzeitig die Finger aus dem Weg bekam?" Er hielt ihr einen Teller hin, bis sie sich ein Blätterteighäppchen nahm.

Alex schüttelte langsam den Kopf und sagte: „Ich möchte ganz genau über ihre Beziehung zu Harry Bescheid wissen, und ob sie tiefer ging, als wir wussten. Außerdem interessiert mich, wer noch involviert war. Es muss eine Person geben – es gibt jemanden, der weiß, warum das geschehen ist."

Katie sprang zu Tony hinüber und er kraulte sie mit beiden Händen. „All die Ausrüstung in dem Turm musste einen Zweck gehabt haben. Wenn das alles Pamela gehörte, und sie sich dort oben mit jemandem traf, dann haben sie die Sachen nicht benutzt, um Monopoly zu spielen."

Ein Gast trat ein, begleitet von einer Windbö.

„Heilige Scheiße", murmelte Alex. „Schau mal hinter dich. Ich traue meinen Augen nicht, Tony." Er blickte sich um und blieb regungslos sitzen, die Hände immer noch in Katies Fell. „Das habe ich nicht erwartet." Er betonte jedes einzelne Wort. „Entweder ist er dumm oder völlig im Dunkeln, oder er ist ein echter Draufgänger – Chuzpe."

Harry Stroud hatte den Pub betreten.

Sieben

Jedes Wort musste wohl durchdacht sein. Es gab hier Feinde und potenzielle Feinde. Der Rest tat nichts zur Sache – zumindest nicht im Moment; so lange sie ihre Nasen nicht in Dinge steckten, die sie nichts angingen.

Mit vorsichtigem Vorgehen würde endlich die Person unter Verdacht geraten, die eine längst überfällige Rechnung zu begleichen hatte, und niemand sonst würde von diesem notwendigen Verbrechen in Mitleidenschaft gezogen werden. Aber die Vergangenheit hatte gezeigt, dass es Menschen in Folly-on-Weir gab, die sich für die Nachfahren von Sherlock Holmes und irgendeinem Engel der Gerechtigkeit hielten. Ihre leidenschaftlichen Bemühungen könnten die Vorboten eines ungerechten Ausgangs sein – zumindest in diesem Fall. Das durfte nicht passieren.

Alles war akribisch ausgearbeitet. Nichts war überstürzt worden oder in irrationaler Wut geschehen, der Art von Wut, die unausweichlich zu katastrophalen Fehlern führte.

Vielleicht war die Vergangenheit jetzt nur noch ein Motiv und eine eingehegte Erinnerung an einen schweren Fehler, der jetzt dazu diente, den Verstand scharf und zielgerichtet zu halten. War dies der Moment, in dem sich die Gerechtigkeit langsam aus der Dunkelheit hervorkämpfte? War dies der Anfang vom Ende der Geschichte? Rache zu nehmen und dann Chaos zurückzulassen, war gewiss ein Gewinn.

Ja, der ultimative Gewinn. Und wenn irgendein Mitglied der Sherlock-Brigade im Weg stünde ... nun, dann ...

„Solltest du wirklich rübergehen?", fragte Tony. „Es wäre mir lieber, wenn du es nicht tust, solange ich dich nicht begleiten darf."

„Es ist ein Frauenverein", sagte Alex mit einem belustigten Grinsen. „Wie auch immer, ich werde nicht allein sein. Schau nur, wer sich ebenfalls anschließt." Sie erhob sich und winkte Mary und Harriet zu, die ebenfalls aufstanden. „Lass mich wissen, wenn das dynamische Duo aus Gloucester hier eintrifft, bevor wir fertig sind. Und achte darauf, O'Reilly mit dem richtigen Rang anzusprechen."

Er grinste und nahm ihre Hand. „In Ordnung, aber sei vorsichtig. Können wir noch einen Brandy zusammen trinken, wenn dieser Abend vorbei ist? Wir konnten diesen hier gar nicht austrinken. Ich würde dich gern mit zu mir nehmen, wenn dir das recht ist."

Es war spät und diese Einladung klang nicht nach einem ihrer üblichen, ungezwungenen Treffen.

„Danke", sagte sie. „Wir können etwas entspannte Zeit gebrauchen." Obwohl sie sich alles andere als entspannt fühlte.

„Ja." Tonys lächeln wirkte fröhlich aber angespannt. „Da kommen die Damen."

„Wissen Sie, wer da oben ist?", fragte Alex die Burke-Schwestern, als die zu ihr stießen.

Harriet sprach leise, während sie sich alle lächelnd umblickten. „Ich weiß nicht, ob ich jemanden übersehen habe. Winnifred George aus der Bäckerei ist da."

„Sibyl Davis, die Frau des Übergangsvikars", fügte Mary rasch hinzu. „Und Heather Derwinter. Ist das zu glauben?"

Alex konnte sehr wohl glauben, dass die selbsternannte Gutsherrin sich nicht entgehen ließ, den hiesigen Frauen dabei zuzuhören, wie sie besprachen ... was auch immer diese Leute besprachen. Die junge Mrs. Derwinter war grazil und hübsch, hatte einen beneidenswerten Körper und hielt ihre Meinung zu jedem Thema für relevant.

„Walery Perkins aus dem Wollladen", warf Harriet ein. „Und ihre Großmutter, die angeblich stocktaub ist. Fay Winslet – ihr Tölpel von einem Ehemann, Kev, steht an der Bar. Vivian Seabrook, natürlich. Ich mag sie nicht, Heather aber anscheinend schon. Ich schätze, sie verbinden die Pferde. Sie befassen sich wohl lieber mit Tieren – die geben keine Widerworte."

Harriet hielt mit ihr Schritt, Bogie eilte voraus, um zu sehen, was los war, und Mary legte mit ihrer Gehhilfe ein recht zügiges Tempo an den Tag. So bahnten sie sich einen Weg durch den Pub und erreichten die andere Seite der Tischbarrikade, ehe Harry Platz nehmen konnte. So wie er aussah, fragte sie sich, ob er lange bleiben würde. Er stand seitlich an den Tischen und wirkte kleinlaut.

„So ist das Leben in der großen Stadt", sagte er in einem Tonfall, mit dem er um Entschuldigung zu bitten schien. „Das Einzige, worauf man sich verlassen kann, ist, dass irgendjemand einem in die Parade fährt und damit die Pläne anderer sabotiert. Heute hatten wir es mit einem richtigen Trottel zu tun, wenn ich das sagen darf, wobei ich eigentlich nichts sagen darf. Ich kam nicht früher weg."

Auf dem Tisch standen Karaffen mit rotem und weißem Hauswein und jede einzelne Frau, bis auf Fey

Winslet und Radhika, nippte an einem Glas. Die beiden tranken Kaffee. Die Schalen mit Popcorn waren fast leer.

Alex, Mary und Harriet wurden winkend empfangen. Bogie schnüffelte an Radhikas prächtigem Rock aus orangener und lindgrüner Seide, woraufhin sie ihn auf ihren Schoß hob.

„Oh je", sagte Alex. Lass ihn nicht auf deinen Rock sabbern. Der ist so schön."

„Bogie *sabbert* nicht", sagte Radhika mit ihrer lieblichen Stimme. „Er hat sehr gute Manieren."

Neben Radhika hatten die Schwestern in ihrer Aufzählung Charlotte Restrick vergessen, die Frau des eigentlichen Vikars von St. Aldwyn's, der sich noch von einem schlimmen Unfall erholte. Sibyl Davis saß neben Charlotte.

Mehrere Frauen rutschten herum, um Platz für die Neuankömmlinge zu machen, doch das reichte nicht aus, sodass sie noch einige Stühle aus dem Schankraum holen und sie an den Enden der Tafel aufstellen mussten. Drei Stühle konnten sie ergattern. Alex wollte sichergehen, dass Harry nicht den Rückzug antrat, und bot ihm ihren Stuhl an, während sie sich neben Fay Winslet zwängte. Eine kleine, blonde Frau mit zarten Knochen und spitzen Zügen, die ihre braunen Augen riesig wirken ließen. Es war ihnen allen ein Rätsel, dass sie den großen, lauten Kev Winslet geheiratet hatte, Wildhüter der Derwinters, doch er behandelte seine Frau einigermaßen respektvoll und sprach mit sanfter Stimme zu ihr, die einige Leute fast zum Lachen brachte.

Harry setzte sich auf den freien Stuhl und holte geschäftig ein Notizbuch aus der Innentasche seines Jacketts.

„Ich habe gedacht, Pamela würde auch kommen", sagte Vivian Seabrook. Sie richtete ihre blauen Augen mit einem unruhigen Blick auf die Tür und wirkte besorgt. „Hat jemand etwas von ihr gehört? Mir ist eine Menge Unsinn darüber zu Ohren gekommen, dass sie gestern abgehauen ist, oder was auch immer, aber das würde nicht zu ihr passen. Hat sie niemanden kontaktiert?" Vivian war eine große, langgliedrige Frau, dunkelblond und gutaussehend. Ihr ausdrucksstarkes Gesicht mit scharf gezeichneten Zügen und Augenbrauen, die einige Schattierungen dunkler waren als ihr Haar, sorgte dafür, dass sie auffiel, wohin auch immer sie ging. Heute Abend schien sie den Tränen nah zu sein. Ihre rechte Wange war verschrammt und sie saß komisch.

„Was ist Ihnen zugestoßen?", fragte Alex.

An Vivians Handgelenken und Handflächen zeigten sich noch tiefere, frischere Kratzer. „Die verdammte Stute hat mir eine Tür ins Gesicht getreten. Ich bin auf den Hintern gestürzt und hab mir noch so einiges angeschlagen. Mein Rücken ist ruiniert. Aber ich habe schon Schlimmeres durchgemacht." Sie schniefte und betastete ihre Wange. „Zurück zu Pamela."

Harry stützte die Ellenbogen auf den Tisch und strich sich übers Gesicht. Er wirkte angespannt, sogar aufgebracht.

„Hat irgendjemand mit ihr telefoniert?", fragte Fay Winslet. Ihre Stimme klang besorgt und hoch.

„Sie wusste, wann das Treffen stattfindet", sagte Vivian durch das Taschentuch, das sie sich an die Nase hielt. „Ich habe Gerüchte darüber gehört, dass sie verschwunden ist, aber ich glaube nicht daran. Warum sollte sie fortgehen?"

„Beruhigen wir uns", sagte Winifred George. „Sie trauert noch. Vielleicht ist sie noch nicht bereit für so etwas."

„Seit dem Tod ihres Ehemannes sind Ewigkeiten vergangen", blaffte Vivian. „Sie ist darüber hinweg."

„Ich glaube, sie hat Charles sehr geliebt", sagte Harriet. „Trotz ihres Altersunterschieds. Emotionen sind individuell. Was ist mit anderen Verwandten? Weiß jemand etwas darüber?"

„Sie hat nie jemanden erwähnt", sagte Harry. Er bedeckte seinen Mund, als wünschte er sich, er hätte nichts gesagt.

„Mrs. Stroud ist auch nicht hier." Vivian sah Harry an, als wäre das seine Schuld. „Das wäre ihr erster Besuch bei einem unserer Treffen gewesen. Sie scheint hier im Dorf nie an irgendetwas teilzunehmen, doch sie hat versprochen, dass sie kommen würde."

Er lachte freudlos und sagte: „Sie hat vermutlich gehört, dass ich sprechen würde, und hat beschlossen, lieber zu stricken."

„Ihre Mutter strickt wundervoll." Valery Perkins vom Wollladen wedelte mit einem Finger. „Sie ist jemand, den wir zu einer Vorführung einladen sollten. Sie könnte einen ganzen Kurs geben."

Heather Derwinter nahm ihr schulterlanges Haar zusammen, band es mit einem Haargummi zu einem

Pferdeschwanz und sagte: „Worüber sprechen wir heute Abend, Harry?"

„Wie Männer auf die Gleichstellung der Frau reagieren?", fragte Vivian mit klarer Stimme. Ihr standen die Tränen in den Augen, doch sie sprach ohne Anzeichen von Verstimmung.

Harry blätterte in seinem Notizbuch. „Das ist nicht der Vortrag, um den ich gebeten wurde. Ich habe einige Erkenntnisse darüber vorbereitet, wie Frauen mit ihrem Geld umgehen. Gewiss ein angemessenes Thema."

„Zweifellos", sagte Vivian. „Aber als Sie nicht rechtzeitig da waren, mussten wir improvisieren. Dieses neue Thema scheint besser zu passen, und Sie können gewiss auch dazu etwas sagen, Harry."

Farbe trat auf seine ohnehin schon geröteten Wangen. „Wirklich? Warum?" Harrys dunkles Haar kräuselte sich in kleinen Locken auf seinem Kopf und er hatte stark geschwungene Augenbrauen. Sein Aussehen hatte die Anziehungskraft eines englischen Gentlemans – Landadel – aber er war muskulöser und sportlicher als die meisten. Er war schlank, und sein Bauch unter dem maßgeschneiderten, gestreiften Hemd flach. Seine grauen Augen wirkten nicht sehr einnehmend, trotz der dicken, geschwungenen Wimpern.

„Warum sollte ich *angemessen* dafür sein, über Gleichstellung zu sprechen?", hakte er nach.

„Sie sind ein Mann, Mr. Stroud." Radhika lächelte nicht, doch alle anderen kicherten.

„Würden Sie nicht zustimmen, dass die Finanzwelt hauptsächlich den Männern gehört?", fragte Heather fröhlich genug, um den argumentativen Trend einigermaßen zu verschleiern. „Sie arbeiten in der Finanzwelt."

„So wie auch viele Frauen."

„Aber das Verhältnis ist ... nun, das ist nicht der Punkt. Man kann nicht länger behaupten, Frauen hätten weniger intellektuelles Potenzial als Männer, denken Sie nicht auch?"

Alex beobachtete den Wortwechsel zwischen Heather und Harry, der sie nicht voranzubringen schien, und fragte sich, ob Heather sich selbst als intellektuelle Frau betrachtete.

„Ich glaube nicht, dass wir jetzt diese Diskussion führen können", sagte Radhika. Sie zog ein kleines, spitzenbesetztes Taschentuch aus ihrer Handtasche und hielt es sich an die Nase. „Wir sollten bei der Suche nach Pamela helfen. Telefonieren. Fragen stellen."

„Als Radhika herzog, hat Pamela sie aufgenommen, bis sie eine Unterkunft finden konnte", sagte Mrs. George. „Ich stimme zu, wir sollten etwas Nützliches tun."

Alex beobachtete Harry, der in seinem Notizbuch vor- und zurückblätterte. Durfte sie annehmen, dass er nichts mit Pamelas Schicksal zu tun gehabt hatte? Würde er einfach so hier hereinspazieren, als sei nichts passiert, wenn er ihren Tod zu verantworten hatte?

Gute Schauspieler waren nicht allzu selten. Ein Großteil seiner gesunden Farbe war ihm aus dem Gesicht gewichen und er ließ den Blick auf den Tisch gerichtet.

„Wir könnten jeden im Ort anrufen und fragen, ob jemand sie in den letzten ein oder zwei Tagen gesehen hat." Radhika wandte sich an Harry. „Dürfte ich bitte Ihr Notizbuch benutzen?"

„Sie war drei Tage lang verschwunden", sagte Alex und wünschte sich augenblicklich, sie hätte sich nie zu dieser Gruppe gesetzt.

„Woher wissen Sie das?" Harry lehnte sich vor und starrte sie an. „Heißt das, dass sie wieder da ist?" Er schluckte hörbar.

„Warum haben Sie uns das nicht gleich erzählt?" Vivian nahm mit zitternder Hand ihr Weinglas und trank einen großen Schluck. „Sie können doch sehen, wie aufgebracht wir alle sind. Was ist los mit Ihnen?" Ihre Stimme war laut genug gewesen, dass die Unterhaltungen unter den übrigen Pubgästen erneut erstarben. „Wo ist sie?"

Alex schloss die Augen. „Ich hätte nicht herkommen dürfen. Das war eine schlechte Entscheidung meinerseits. Ich wusste, dass die Polizei nicht wollen würde, dass ich plappere, bevor sie die Leute befragen konnten."

„Wurde sie gefunden?" Harry stand auf, sein ganzer Körper war starr. „Sagen Sie es mir auf der Stelle."

„Pamela ist tot."

Acht

Die Gespräche im Pub blieben leise, doch Tony wusste, dass das nur daran lag, dass alle hören konnten, was im oberen Raum vor sich ging.

Alex stand unter Beschuss.

Rasch suchte er Lily und gab ihr Anweisungen, ehe er sich einen Weg durch den Pub bahnte. Harry Stroud stieß ihn auf seinem Weg zur Tür an. Der Mann sah totenbleich aus.

Als Tony die Frauengruppe erreichte, sah er Alex mit weit aufgerissenen Augen schweigend da sitzen. Mehrere andere Frauen weinten.

„Man verlangt nach uns", sagte er und bewegte sich seitwärts, um sie zu erreichen. „Die Polizei lassen wir lieber nicht warten."

„Die *Polizei*?", rief Radhika. „Was ist Pamela zugestoßen?"

Tony nahm Alex am Ellenbogen, als sie aufstand, und spürte ihr Zittern. Bogie sprang von Radhikas Schoß und folgte ihnen.

„Da bist du ja", sagte Lily, als sie den Eingang zur Snug erreichten. „Soll ich etwas Kaffee bringen?"

„Ich weiß es nicht", murmelte Alex.

Tony lächelte Lily an und sagte: „Wir werden uns melden, wenn wir etwas brauchen."

Er konnte sich nur knapp davon abhalten, einen Schritt zurückzutreten, als er O'Reilly und Lamb sah. Sie mussten gerade eingetroffen sein und legten noch Mäntel und Hüte ab.

„Bringen wir es hinter uns", sagte Bill Lamb. „Wir haben heute Nacht Zimmer hier, und je früher ich meines sehe, desto besser."

„Setzen Sie sich, bitte", sagte Dan O'Reilly zu Alex. „Sie haben einen schlimmen Abend hinter sich. Lassen Sie mich Ihnen einen Drink ausgeben."

Alex' Unentschlossenheit zeigte sich und es sah aus, als würde sie ablehnen, doch dann überlegte sie es sich anders. „Ein Glas Sauvignon Blanc wäre schön", sagte sie. Und als Dan fragend zu Tony blickte, fügte der hinzu: „Ich nehme einen Old Sodbury Mild, bitte."

Dan ging zu dem kleinen Milchglasfenster, das sich zur Bar öffnete, um ihre Bestellung aufzugeben.

Als sie mit Drinks versorgt waren – Bill und Dan tranken beide Bier – lehnte sich Dan auf seinem Stuhl zurück und starrte auf den Tisch, wo er mit dem Boden seines Glases einen nassen Kreis hinterlassen hatte.

„Worüber denken Sie nach?", fragte Tony. „Wie schwer war es, Pamela da rauszuholen?"

Alex gab ein leises Geräusch von sich, dass sie aber schnell mit einem Schluck Wein erstickte.

„Sie haben also Fragen", sagte Bill nach einem Schluck Bier, und durchbohrte Tony mit seinem Blick.

„Nur verständlich", sagte Dan. „Es war nicht leicht, aber wir haben ein paar talentierte Leute. Sie verstehen natürlich, dass wir die Leiche so wenig wie möglich bewegen oder zumindest ihre Haltung nicht verändern wollten. Aber es war nicht einfach, Fotos zu machen. Wenn die Sache rauskommt, werden wir die Leute vom Tatort fernhalten müssen, und der ist groß."

Tony dachte an die beiden Reporter im anderen Schankraum, sah aber keine Notwendigkeit, sie zu erwähnen. Die Detectives mussten daran gewöhnt sein, dass ihnen die Presse ins Gehege kam.

Dan O'Reilly lehnte sich zurück. „Ich würde jetzt gerne alles durchgehen, was geschehen ist, soweit es Sie beide betrifft, und alles, was Ihnen sonst noch einfällt."

„Anders gesagt: Alles, was Sie wissen", sagte Bill, doch er wirkte dabei nicht feindselig.

Es schien lange zu dauern, in allen Einzelheiten zu berichten, wie sie getestet hatten, ob Tony ein Gesicht im Gebüsch ausmachen konnte, und was danach geschah.

Dan und Bill unterbrachen sie nicht ein einziges Mal.

„Es wird mich ewig heimsuchen, dass ich in dieser Nacht nicht angehalten habe, um zu überprüfen, ob ich da irgendetwas gesehen hatte", sagte Tony.

„Wer weiß schon, wie wir in Sekundenbruchteilen solche Entscheidungen treffen", sagte Alex und zeigte damit ihr ehrliches Vertrauen in ihn. Das gab ihm Kraft. „Meine Mutter glaubt, Pamela am selben Abend eilig vom Pub fortlaufen gesehen zu haben. Mum hat nach ihr gerufen. Wer immer es war, hat nicht darauf reagiert, aber meine Mutter glaubt dennoch, dass es Pamela Gibbon war. Mum glaubt, irgendwie für ihr Schicksal verantwortlich zu sein. Wie sollte das stimmen? Wie solltest *du* schuld sein, Tony?"

„Ihre Mutter glaubt, sie gesehen zu haben?", fragte Dan und machte sich eine Notiz.

„Ja." Alex schien sich keine Sorgen um diese Aussage zu machen, doch Dan und Bill verfassten beide einen weiteren Eintrag in ihren Notizbüchern.

„Was halten Sie von den Sachen im Turm?", fragte Dan. Er zog eine Papiertüte aus der Hosentasche. „Hielten Sie das für billiges Zeug?"

Er tastete in der Tüte herum und holte ein klebriges Zitronenbonbon heraus, das er sich in eine Wange schob. Alle lehnten ab, als er ihnen ein Bonbon anbot.

„Das waren teure Dinge", sagte Alex. „Man könnte wahrscheinlich alles nach Broadway, Burton-on-the-Water oder Burford zurückverfolgen. Man kann all diese Dinge in Burford bekommen. Oder in Chipping Campden."

„Dann war es nicht der billige Kram irgendeines Teenagers", sagte Bill.

„Wenn der Teenager Geld hatte – oder die Sachen von zu Hause mitgenommen hat, wäre das möglich." Dan beförderte das Bonbon von einer Wange in die andere. Bogie setzte sich neben ihn und musterte ihn, als versuchte er, sich zu erinnern, ob er Freund oder Feind war. Dan streichelte den Hund am Kopf.

„Sagen Sie mir, wer da oben an dem Gespräch beteiligt war, als wir hereinkamen", sagte Dan. „Sie klangen etwas kleinlaut."

„Das liegt daran, dass ich mich dummerweise in eine Sackgasse manövriert hatte und ihnen gesagt habe, dass Pamela tot ist", sagte Alex. Sie überschlug die Beine, verschränkte die Arme und legte das Kinn auf die Brust. „Ich bin in die Falle getappt."

„Das ist ungünstig." Sie spürte die ganze Kraft von Bill Lambs unschuldigem, blassblauem Blick. „Haben Sie ihnen den Fundort der Leiche verraten, oder ..."

„Das tut nichts zur Sache", warf Dan ein. „Es ist ohnehin an der Zeit, Bewegung in die Sache zu bringen.

Haben Sie irgendwas Nützliches beobachtet? In ihren Reaktionen?"

„Ich habe nur gesagt, dass Pamela tot ist. Sie waren alle schockiert. Einige Frauen weinten. Harry wirkte am Boden zerstört."

„Er ist gegangen", sagte Tony. „Sah schrecklich aus."

„Ich habe nichts als Schock und Trauer beobachtet", sagte Alex.

Dan trank einen großen Schluck von seinem Bier. „Um ehrlich zu sein, Alex, ich muss Sie als befangene Zeugin einstufen. Ich glaube, sie wären zu vorsichtig, um ohne ausreichende Beweise mit dem Finger auf einen Bewohner von Folly zu zeigen. Damit will ich nicht sagen, ich würde Harry Stroud verdächtigen."

„Ich kann nicht glauben, dass so etwas schon wieder passiert, in diesem kleinen Dorf. Glauben Sie, es gibt eine Verbindung?

Dans Blick ruhte auf Alex. Er lächelte und entgegnete: „Das weiß ich nicht – noch nicht. Aber das ist auf jeden Fall etwas, was wir in Betracht ziehen müssen, bei einem weiteren anscheinenden Mordfall in einem kleinen Nest wie Folly-on-Weir. Wir müssen nach einer Verbindung zwischen dem letzten Verbrechen und diesem suchen."

Bill musterte sein Glas, trank einen Schluck und stellte es wieder ab. „Wir hatten das Gefühl, dass es noch Lücken in den Geschehnissen des vergangenen Winters gab. Es passte alles zu gut zusammen. Es wäre dumm, nicht nach Verbindungen zu suchen."

„Verbindungen?" Tony wollte dem Mann an die Gurgel gehen. „Alex wäre beinahe gestorben. Wir hatten alle großes Glück, diese Sache lebend überstanden zu haben. Und was meinen Sie mit Lücken? Warum haben Sie das nicht längst erwähnt?"

Bill starrte Dan an, der Tony überraschte, indem er sämtliche Blicke mied. „Lassen Sie uns sehen, wie es dieses Mal ausgeht."

„Suchen Sie nach Pamelas Verwandtschaft?", fragte Tony. „Ich wüsste nicht, dass jemand je ihre Familie erwähnt hätte."

Bill seufzte Genervt und sagte: „Glauben Sie nicht, dass die Suche nach ihrer Verwandtschaft unsere erste Maßnahme war?"

„Doch, natürlich."

„In Gloucester kümmert man sich darum", sagte Dan. „Haben Sie irgendetwas bewegt, als sie zu dem Opfer hinuntergestiegen sind?"

„Vermutlich ihren Kragen", sagte Tony. „Ich habe nach einem Puls getastet. All dem Blut nach zu urteilen, hat ihr Tod eine Weile auf sich warten lassen, aber ich bezweifle, dass sie sich viel bewegt hat. Auf den untersten Sprossen in der Wand habe ich kein Blut gesehen. Wenn sie danach gegriffen hätte, wären sie voller Blut gewesen. Sie muss Knochenbrüche und vielleicht sogar innere Verletzungen erlitten haben. Mit etwas Glück war sie bewusstlos."

„Darüber sollte uns die Obduktion aufklären", sagte Dan. „Die Gerichtsmedizin hat gerade viel zu tun, aber sie kümmern sich so bald wie möglich darum."

„Haben Sie das Glas gesehen? Sie hatte Scherben im Gesicht."

„Ich schätze, wir können einfach nach Hause gehen und den Fall dem Doktor überlassen, Boss." Bill wirkte immer noch selbstzufrieden.

Alex erhob sich halb. „Warum sind Sie so unausstehlich? Es macht mich wütend, wenn Sie so mit Tony sprechen. Ich dachte, wir hätten das hinter uns."

Ein unerwarteter Rotton trat auf die Wangen des Detective Sergeant, doch er versuchte nicht, sie zu beruhigen.

„Wir wissen von dem Glas", sagte Dan. Er warf Bill einen warnenden Blick zu. „Wonach sah das für Sie aus, Tony?"

„Es war recht dünnes Glas. Sah aus, als wäre es einfach zerborsten. Kann kein großes Stück gewesen sein – zumindest glaube ich das. Die Taschenlampe muss allerdings recht groß gewesen sein. Ich habe mir nicht viel Zeit genommen, um alles zu untersuchen."

Es klopfte an der Tür und Dan rief: „Herein."

Ein Mann trat ein und schloss die Tür hinter sich. Er war vermutlich Mitte vierzig, durchschnittlich groß und dünn. Er blickte in die vier Gesichter, die ihm entgegenstarrten.

„Das ist eine private Besprechung", sagte Bill.

„Jemand hat mich hergerufen." Er ließ eine Hand durch sein glattes, braunes Haar gleiten, das er nach hinten gekämmt trug. Er schien sich wohlzufühlen. „Ich lebe in Cheltenham, also kam ich gleich her. Ich muss sagen, dass mich Ihre Effizienz beeindruckt. Sie bestärken das Vertrauen der Öffentlichkeit in die Polizei. Natürlich muss ich davon ausgehen, dass die Beamtin einen Glückstreffer gelandet hat, als sie mich fand. Die Polizistin am Telefon meinte, Sie würden sich hier aufhalten, daher wollte ich mal schauen, ob Sie noch auf sind. Detective Chief Inspector O'Reilly und Detective Sergeant Lamb?"

Die beiden Detectives grunzten.

„Ich bin Jay Gibbon, Charles Gibbons Sohn aus erster Ehe – sein einziges Kind. Pamela Gibbon war meine Stiefmutter." Er bekreuzigte sich, als er ihren Namen nannte.

Neun

Der Wind traf auf dem Weg den Hang hinauf in Böen gegen Tonys Land Rover. Ihre Häuser standen beide in einem Bereich an der Spitze des Hügels in einem flachen Becken, das als Dimple bekannt war. Der leichte Regen auf der Windschutzscheibe ließ die Scheibenwischer quietschen.

„Sie konnten es kaum erwarten, uns loszuwerden", sagte Alex und lachte kurz. „Ich glaube nicht, dass es Dan viel ausmachte. Er glaubt, dass wir auf Seiten der Gerechtigkeit stehen, aber Bill will uns als potenzielle Feinde des Gesetzes brandmarken."

Tony holte ein Fensterleder aus dem Handschuhfach und wischte das Kondenswasser von der Innenseite der Windschutzscheibe. „Lass dir nichts vormachen. Keiner von beiden wollte uns noch dort haben, nachdem Jay Gibbon aufgetaucht war. Seltsam, dass niemand von uns von seiner Existenz wusste. Findest du es nicht seltsam, dass er herbeigeeilt kam, obwohl er offensichtlich keine Beziehung zu Pamela hatte? Das war eine rhetorische Frage. Ich könnte mich irren, aber glaubst du nicht, er könnte nur hier herumschnüffeln, für den Fall, dass ihm ein Erbanteil zusteht?"

„Wir werden abwarten müssen, wie sich alles entwickelt. Vielleicht sollten wir ein paar Fragen über Pamelas Beziehung zu ihrem Stiefsohn stellen – der allem Anschein nach älter ist als sie." Sie drehte sich auf dem Sitz zu ihm. „Du weißt, was das bedeuten könnte, wenn ihm noch etwas von Charles Gibbons Erbe zusteht, oder er in Pamelas Testament erwähnt wird, falls sie eins gemacht hat."

„Ja." Tony sah sie an. „Klingt nach einem Fall für Duggins und Harrison." Er lachte. „Wir sollten uns vermutlich raushalten, sonst haben wir die Detectives im Nacken."

Alex lehnte den Kopf zurück und dachte über alles nach, was sich bisher ereignet hatte. „Ich weiß, dass ich abgehärteter sein sollte, aber diese Sache macht mir Angst. Es ist schwer zu erklären. Ich glaube einfach nicht daran, dass dieser Fall simpel ist. Du etwa?" Er ließ sich Zeit mit der Antwort. „Oh, je. Nein, aber wie du, habe ich keine Ahnung, warum. Wir könnten uns zurückhalten und nur die Fragen beantworten, die sie zweifellos noch stellen werden."

„Natürlich könnten wir das tun. Wir werden es auch tun – mehr oder weniger. Ich werde nicht vorschlagen, dass wir Grenzen übertreten – zumindest nicht allzu häufig – aber dieser Fall hat uns gefunden, und wir haben die Verpflichtung, zu helfen, wenn wir können."

Tony sagte nichts mehr und als sie zu ihm blickte, stellte sie überrascht fest, dass er grinste. „Was? Was ist so witzig?"

„Nichts, ich kenne dich bloß sehr gut. Es hätte mich schockiert, wenn du etwas anderes gesagt hättest. Aber es ist gefährlich. Das war ein Mord. Und ich möchte, dass es der einzige Mord in diesem Fall bleibt."

Alex presste sich die geballten Fäuste gegen den Bauch. „Ich auch."

„Dann müssen wir vorsichtig sein. Und ich will nicht, dass du Angst haben musst, Süße. Ich sorge dafür, dass du in Sicherheit bist."

Seltsamerweise musste er nur sagen, dass er sich kümmern würde, und sofort ging es ihr besser – was sie amüsierte. „Wir werden aufeinander aufpassen", sagte sie. „Das ist nur fair." Frauen, die den Gleichheitsgedanken von innen sabotierten? Ganz und gar nicht. Sie war unabhängig und genoss bloß die Gegenwart eines großen, starken Kerls, der sie in seine Obhut nahm ... manchmal.

Sie kamen an der Zufahrt zur Lime Tree Lodge vorbei. Die hohen Torpfosten endeten in Greifen. Alex hatte das große, schmucklose Haus gekauft, als sie nach ihrer Scheidung nach Folly-on-Weir zurückgekehrt war. Das Grundstück war der verlockendere Teil dieser Anschaffung gewesen, doch sie hatte viel getan, um auch das Innere des Hauses wohnlich zu gestalten.

Bei ihrer Rückkehr nach Folly-on-Weir hatte sie außerdem das Corner Cottage für ihre Mutter gekauft, der dieses Haus schon immer gefallen hatte. Sie waren beide immer noch zufrieden mit ihren Wohnsitzen.

„Bist du dir sicher, dass es nicht zu spät ist, um ..."

„Absolut sicher", unterbrach Tony sie. „Und du hast es versprochen. Ich weiß, dass du deine Versprechen hältst."

Das tat sie, aber ... „Morgen wird für uns beide ein schwieriger Tag werden."

Der Land Rover wurde etwas langsamer. „Willst du lieber nach Hause, Alex? Ich will nicht das Gefühl haben, dich zu zwingen, zu mir zu kommen."

Alex wusste, was sie fühlte, und warum. „Ich werde mit dir kommen, und nicht, weil du mich zwingst. Ich glaube, es ist an der Zeit, dass wir ein paar Dinge klären – über uns, schätze ich, uns beide. Ich möchte bei dir sein. Es kommt mir nur irgendwie seltsam vor, und ich bin ein Angsthase, wenn es um ungewisse Situationen geht."

Er beschleunigte wieder und sagte für einige Augenblicke nichts. „Ich glaube wir sollten ... Meine Güte, wir haben verdammt lange gebraucht, um uns die Möglichkeit einzuräumen, mehr als nur Freunde zu sein. Nicht dass ich mich beschweren würde", fügte er rasch hinzu. „Und du bist alles andere als ein Angsthase, in jeglicher Hinsicht."

Sie lehnte sich hinüber, um ihm eine Hand auf die Schulter zu legen. „Ich beschwere mich auch nicht. Aber wer will sich schon die Chance entgehen lassen ... oh Mann, ich weiß nicht, was ich damit sagen wollte. Ich halte lieber den Mund. Wir sollten uns erst mal aufwärmen. Man glaubt gar nicht, dass es fast Frühling ist."

„Klingt gut. Besonders das, was du über uns beide gesagt hast. Wenn du mir nicht einschläfst, würde ich gern über uns sprechen."

Alex richtete sich in ihrem Sitz auf. „Wir sind beide vorsichtig, Tony. Aber warum sollten wir das sein? Was wir haben ist gut. Ich will das nicht verlieren und ... ich weiß nicht, was ich sagen soll. Außer dass es furchtbar wäre, deine Freundschaft zu verlieren."

„Ich glaube nicht, dass das möglich wäre. Nicht, wenn wir einen Pakt schließen, Freunde zu bleiben, was auch immer geschieht. Seien wir mal ehrlich; wir haben eine starke Verbindung zueinander."

Da hatte er recht, doch das sagte sie ihm nicht. „Dein Haus hat keinen Namen." Sie bogen in die Einfahrt zum schönsten Garten der Gegend ein, soweit es Alex anging. „Hast du je darüber nachgedacht, dir etwas Tolles einfallen zu lassen?"

„Nein." Er fuhr die Einfahrt hinauf und hielt vor dem riesigen Gebäude. „Ich frage mich immer noch, warum ich so ein großes Haus gekauft habe. Ich weiß, dass ich das Grundstück liebe, aber die Pflege ist anstrengend. Ich finde gerade so genug Zeit dafür."

„Ich liebe deinen Garten", sagte Alex. Dann hielt sie den Mund und presste sich ihre Hände in den Schoß.

Tony stellte den Motor ab, zog den Schlüssel aus dem Zündschloss und öffnete die Tür. „Geht es dir gut?" Er lehnte sich zu ihr, um ihr Gesicht zu betrachten, und legte eine Hand auf ihre. „Wenn ich es nicht besser wüsste, würde ich sagen, du hast vor irgendetwas Angst."

„Das ist so berechnend", murmelte sie. „Wir werden herausfinden, ob … ob wir gute Liebhaber sind." Sie schlug sich eine Hand auf den Mund und ihr war nach weinen zumute.

Tony legte eine Hand an ihren Kiefer und drehte ihr Gesicht zu sich. „Ich weiß nicht, was aus uns werden wird. Ganz ehrlich nicht. Aber wir werden es nie herausfinden, wenn wir dem ganzen nicht mal eine Chance geben. Können wir nicht einfach mit den Hunden reingehen und unserem Instinkt folgen?" Er hob die andere Hand. „Ich verspreche, dass ich mich nicht aufdrängen werde. Ja, das ist eine seltsame Situation, aber wenigstens scheint es, als könnten wir uns ihr geradeheraus stellen. Wir werden erfahren, wie es weitergeht, und wenn du reinkommst, und lieber wieder gehen willst, dann bringe ich dich nach Hause."

Er öffnete ihre Tür und Alex stieg aus, in den stetigen Regen. Sie zog sich die Kapuze ihrer Jacke über und ging zur Rückseite des Wagens. Mittlerweile lagen Katie und Bogie gern zusammen auf einem Teppich.

Tony öffnete die Heckklappe und die beiden Tiere sprangen heraus. Sie rannten zur Haustür. Alex sah Tony an, spürte, wie sie eine Gänsehaut bekam, und folgte den Hunden.

„Wie sollte ich das Haus deiner Meinung nach nennen?", Tony streckte die Hand an ihr vorbei, schloss auf und ließ Katie und Bogie hineinstürmen. Er berührte Alex im Nacken und sie folgte den beiden. „Honeysuckle Haven? Hier wächst viel Geißblatt. Lonely Lodge? Ich bin der Einzige, der je herkommt, ich sei denn, ich kann dich dazu überlisten, mich zu begleiten."

„My Place?", schlug Alex vor.

„Nicht ganz das, was ich im Sinn hatte." Er hielt ihren Mantel, bis sie ihre Arme daraus befreit hatte.

Es gab keine leichte Antwort darauf.

Sie wusste nicht, wie das hier in etwas anderem als einem peinlichen One-Night-Stand oder der Zerstörung einer großartigen Freundschaft enden sollte – beides würde eine Veränderung bedeuten, die sie nicht erleben wollte.

„Hör mal, der Regen", sagte Tony, während er seinen Mantel auszog. „Die Jahreszeiten laufen irgendwie rückwärts. Wir könnten ein Feuer anmachen, wäre das schön?"

Die Hunde waren ins obere Stockwerk verschwunden, das Alex noch nie gesehen hatte. Sie mochte das gemütliche Zimmer, in dem Tony immer ein

Kaminfeuer vorbereitet hatte. „Ja, sehr gern. Und vergiss den Brandy nicht."

Der cranberryfarbene Raum, den Tony von einem Frühstückszimmer in ein Wohnzimmer umgewandelt hatte, gefiel Alex am besten von den Zimmern, die sie bislang kennengelernt hatte. Sie mochte den weichen, alten, chinesischen Teppich und die dunkel gestreiften Ohrensessel. Die hüfthohe Vertäfelung hatte einen dunkleren Cranberry-Ton als die Wand.

Tony zündete das Feuer an und ging in die Küche.

Alex setzte sich in einen der Sessel, der sich anfühlte, als sei er ein Kokon, nur für sie gemacht, und trat ihre Schuhe von sich. Dann fragte sie sich, ob sie sie wieder anziehen sollte.

„Brandy für Duggins und Harrison", sagte Tony, als er zurückkehrte und ihr ein Kristallglas reichte. „Wie geht es dem Feuer?"

Die Holzscheite knisterten und die Flammen flackerten bereits in den Kamin hinauf. „Du bist Feuerprofi."

Tony lächelte. Der Feuerschein kam der ausgeprägten Knochenstruktur seines Gesichts zugute. Er zog sich nacheinander die Schuhe aus und ließ sie liegen, wo sie waren. „Also dann", sagte er und ließ sich auf den Teppich sinken. Er saß im Schneidersitz und lehnte sich mit dem Rücken an ihren Sessel. „O'Reilly und Lamb haben nichts davon gesagt, dass sie noch einmal mit uns sprechen wollen. Haben Sie das nur vergessen, oder haben sie tatsächlich nicht vor, uns noch einmal in die Mangel zu nehmen?"

Alex wollte nicht mehr über Pamelas Tod nachdenken. Sie rief sich ins Gedächtnis, dass dies der falsche Zeitpunkt war, um hysterisch zu lachen oder zu weinen. „Wir werden es herausfinden. Vermutlich morgen. Ich denke, sie werden noch weitere Fragen haben, besonders an dich."

„Wegen der kleinen Glasscherben? Da hast du vermutlich recht. Sie sahen sauber aus. Hätten sie schon länger dort gelegen, wären sie mit Schmutz und Staub bedeckt gewesen." Tony schnupperte an seinem Brandy und trank einen Schluck. „Der ist in Ordnung, oder?"

„Sehr gut." Die Hitze eines ersten Schlucks Brandy war eine ihrer liebsten Erfahrungen.

„Jemand hat geplant, was Pamela angetan wurde. Die Polizei hat reichlich Hinweise, denen sie nachgehen kann, und es schadet nicht, dass dieser Stiefsohn sie für eine Weile beschäftigen wird."

„Das klingt, als würdest du gern unbehelligt bleiben."

„Natürlich, Süße. Ich will, dass sie weit weg bleiben. Ich widme mich lieber den Dingen, die mich interessieren, ohne dass sich jemand einmischt."

„Wie diesem Brandy." Sie war nervös, also trank sie noch einen Schluck. „Wo gehen denn unsere kleinen Vierbeiner hin, wenn sie nach oben verschwinden?"

Tony hustete und bewegte sich, um den Kopf an ihren Oberschenkel zu lehnen. „Ins Bett. Das nehme ich zumindest an. Sie bevorzugen vermutlich meins – das hat die beste Matratze. Ich wette, sie haben es sich auf meiner Daunendecke bequem gemacht, in der Hoffnung, dass wir sie nicht allzu bald stören."

Es hatte keinen Zweck, so zu tun, als wüsste sie nicht, wie sie reagierte. Allein auf die Berührung seines Kopfes an ihrem Bein. Wie sollten sie von hier aus weitermachen? „Es sich mit jemandem gemütlich zu machen, dem man vertraut, ist schön", sagte sie. Wie subtil.

„Hm."

Er stellte sein Glas auf den Kamin und lehnte sich wieder an sie.

Für Alex klang seine Atmung gleichmäßig – als würde er in den Schlaf hinübergleiten. Wenn er nicht längst eingeschlafen war.

Verflucht! Sie würde nicht einschlafen. Der Brandy war gut und sie trank noch einen Schluck. Wäre es schlimm, so einzudösen? Gemütlich und überzeugt, dass es richtig war, einfach zusammen zu sein?

Tränen stiegen ihr in die Augen und sie kniff sie zu. Frauen waren immer albern. Sie wollten die Dinge geordnet haben, in Schubladen eingeräumt, geklärt.

Sein Kopf wurde schwerer und ihre Tränen verschwanden. Das war schön. Morgen würde die Hölle losbrechen und es würde sich wieder alles um den Mord und die dazugehörigen Schrecken drehen. Für den Moment war es genug, zusammen zu sein und zu entspannen.

Alex berührte seinen Kopf.

Tony regte sich nicht.

Sie ließ ihre Finger durch sein Haar gleiten, streichelte es und beugte sich vor, um ihm einen vorsichtigen Kuss auf die zerzausten Locken zu drücken. Er roch nach Kiefer, Zedernholz und nach freier Natur. Unter ihren Lippen schien sein Haar lebendig zu werden.

Alex lächelte, gab ihm einen Kuss auf die Schläfe und beugte sich vor, um sich etwas gemütlicher an ihn zu drücken.

Deine dunkelblauen Augen öffneten sich ruckartig, als hätte er auf der Lauer gelegen. Sie spürte sein Lächeln eher, als dass sie es sah. Und sie merkte, dass er seinen Arm in ihren Nacken legte. Sein anderer Arm fing ihr Gewicht auf, als er sie um sich herumzog, bis sie auf dem Teppich landete und an seinen Knien lehnte. Sein Gesicht war nur wenige Zentimeter von ihrem Entfernt.

Und dann fand nicht einmal mehr Luft Platz zwischen ihren Lippen.

Zehn

Die Hunde rannten und sprangen umher wie kleine Welpen. Sie waren nicht begeistert gewesen, als Tony sie aus seinem Zimmer in ein anderes Schlafzimmer gebracht hatte, nachdem sie es sich für ein langes Nickerchen bequem gemacht hatten, doch keiner der beiden hatte danach die unvergessliche Nacht gestört.

Er kniff die Augen gegen den Regen zusammen, während er über das leere, nasse Feld neben seinem Haus stapfte, und dabei zu seinem Schlafzimmerfenster hinaufblickte. Warum sollte er erwarten, dort etwas zu sehen? Wenn er hoffte, dort Alex zu entdecken, die ihm zuwinkte, war er ein Idiot. Na gut, dann war er eben ein Idiot.

Der Land Rover stand noch immer in der Einfahrt und sie würde nicht zu Fuß verschwinden, oder ohne Bogie. Das machte ihm Hoffnung. Nicht das Alex eine Frau wäre, die vor potenziell unangenehmen Begegnungen floh.

Er konnte die Szenen dieser Nacht mühelos immer wieder in seinem Gedanken abspielen. Das tat er, seit Katie ihn geweckt hatte, indem sie an seinem Fuß geleckt hatte, den er unachtsamerweise unter der Decke hatte hervorschauen lassen. Tatsächlich hatten Alex' und sein nackter Körper zu großen Teilen unter der verdrehten Bettdecke hervorgeschaut, aber er hatte sie sorgfältig zugedeckt, ehe er um kurz vor acht mit den Hunden rausgegangen war.

Es war eine Schande, sie zu bedecken. Sie sah so wundervoll aus, wie er vermutet hatte – und wenn die

Hunde nicht an ihm geknabbert hätten, hätte er Alex vermutlich geweckt und eine Menge Dinge gesagt, die er vielleicht später bereut hätte.

Oder vielleicht hätte er gar nicht bereut ... ihr zu sagen ...

Der Regen hatte nicht aufgehört. Er war sogar noch stärker geworden. Katie und Bogie trabten zur Hintertür, wo Tony zwei große Handtücher auf die Veranda geworfen hatte.

Beide Hunde hechelten und zuckten hin und her, während er sich Mühe gab, sie abzutrocknen. Als sie wie wild ihr Fell ausschüttelten, bedeckte er sein Gesicht.

Er hatte ausnahmsweise einmal daran gedacht, beim Gehen die Tür abzuschließen. Die Geräusche und die Wärme, die ihm aus der Küche entgegenkamen, ließen ihn wissen, dass Alex Frühstück machte, statt zu versuchen, zu verschwinden.

Das Atmen fiel ihm schwer.

„Waren die Hunde brav?", fragte sie, als sei das Teil eines täglichen Rituals. „Häng deine Sachen auf und trink einen Kaffee."

Es fiel ihm sonst nicht so schwer, sich eine Antwort einfallen zu lassen. Doch dies war kein gewöhnlicher Augenblick. Er schälte sich aus seinem Mantel, rubbelte sich mit einem Handtuch die Haare trocken und hüpfte von einem Bein aufs andere, während er die Stiefel auszog.

Alex flitzte in der Küche umher, als hätte sie sie schon etliche Male benutzt, dabei war es ihr erster Ausflug in sein kulinarisches Quartier. Der Kaffee kochte, Tassen standen gefüllt mit heißem Wasser neben der Kanne, um sie warm zu halten, und in einer Schüssel verrührte sie Eier. „Nimmst du Sahne?"

„Ich glaube, das weißt du", sagte er und strich sich das Haar aus dem Gesicht. „Genau wie du."

Sie goss das Wasser aus den Tassen, schenkte Kaffee ein und gab Sahne dazu. „Hm. Das duftet wundervoll. Ich mache Rührei. Du hast keinen Bacon da, aber ich konnte den Cotswold-Farmers-Würsten nicht widerstehen – es sei denn, du willst lieber etwas anderes."

Er wollte lieber sie, aber es war vermutlich nicht schlau, das auszusprechen. „Das wäre toll, aber du musst nicht für mich kochen. Ich bin daran gewöhnt, das selbst zu machen. Ich könnte für dich kochen."

„Halt die Klappe und setz dich, Blödmann. Manchmal fühle ich mich gern wie eine Hausfrau. Mich hat etwas beschäftigt, als du unterwegs warst. Glaubst du, die Polizei könnte Jay Gibbon so schnell gefunden haben? Er meinte, man hätte ihn angerufen."

„Es wäre möglich."

„Aber dann wäre das sehr schnell gegangen. Ich weiß es nicht, aber ich würde gerne herausfinden, ob vielleicht er derjenige war, der angerufen hat. Und falls ja, wie hat er dann von Pamelas Tod erfahren? Davon stand noch nichts in den Zeitungen, oder? Wie auch? Hugh hätte etwas gesagt, wenn die Reporter im Dog irgendetwas Interessantes aus Kev Winslet herausbekommen hätten. Ich meine, sie würden sich natürlich auf jede Information stürzen, aber Kev kann nicht gewusst haben, dass die Polizei nach Verwandten suchte, nicht mit Gewissheit."

„Ich weiß es nicht. Es könnte im Fernsehen oder im Radio gelaufen sein."

Alex sagte: „Dann hätten wir mittlerweile davon gehört, aber gewiss nicht vergangene Nacht, als noch niemand etwas wusste. Ich würde gern das dynamische Duo dazu befragen."

„Behalten wir das erst mal für uns und schauen, wie sich alles entwickelt."

„Du hast das ernst gemeint, dass Duggins und Harrison wieder ermitteln, oder? Das überrascht mich." Sie reichte ihm seinen Kaffee und widmete sich wieder den Eiern. Sie steckte Brot in den Toaster und drehte dicke Würste in der Pfanne um. „Ich habe darüber nachgedacht, selbst ein Diagramm anzulegen. Du weißt schon, ein Rad oder so etwas auf einem großen Blatt Papier. Wir könnten es weiter ausfüllen, sobald wir neue Dinge erfahren."

„Ein Ablauf der Geschichte, meinst du?", fragte er.

Sie nickte. „Möchtest du Senf zu deinen Würstchen? Du hast Coleman's da. Oder braune Soße – es gäbe HP und Ketchup."

„Nur Coleman's, danke."

„Marmelade auf den Toast?"

„Nein, danke. Lass uns jetzt nicht über diese Dinge sprechen", sagte er und spürte eine leichte Hitze an seinem Hals. „Also, was meinst du, wie es geklappt hat. Waren wir gut?"

„Was?" Ihr Gesicht war gerötet, und nicht vom Kochen.

„Du meintest, wir würden herausfinden, ob wir gute Liebhaber sind. Das sagtest du auf dem Weg hierher. Und, was denkst du?"

„Ich denke, du bist umwerfend."

„Danke."

Sie hätte die Eier beinahe auf den Herd gegossen, statt in die Pfanne. Die Würstchen spritzen und der Toast sprang noch viel zu hell aus dem Toaster.

Er war gleichzeitig schüchtern und wollte ein Klugscheißer sein. „Ich hätte dir von dem Toaster erzählen sollen. Man muss den Knopf mit einer Hand festhalten und dann die andere oben drüber halten, damit das Toast nicht rausfliegt. Du warst auch umwerfend, Alex. Ich wollte gar nicht mehr aufhören – nie wieder. Na ja, Pausen sind nötig, um wieder zu Atem zu kommen, aber ...“

Alex sah ihn über ihre Schulter hinweg an und ermahnte ihn mit ihrem Blick, den Mund zu halten. „Tut mir leid“, sagte er. „Ich bin ein wenig eingerostet, wenn es um ... ich bin einfach ein wenig eingerostet.“

„Um das klarzustellen: Ich finde es beeindruckend, dass du auf einen achtlosen Kommentar eingehst, den ich vor Stunden gemacht habe. Ich war verlegen und verwirrt.“ Sie steckte das Brot wieder in den Toaster und riskierte es, eine Hand wegzunehmen, um die Eier durchzurühren und rasch die Würstchen zu wenden.

„Redest du deshalb über alles andere als das Offensichtliche? Oh, Gott! Tut mir leid.“

Sie ließ einen Finger auf dem Knopf des Toasters, rührte noch einmal die Eier um und nahm die Würste vom Herd. Wenigstens schlug sie nicht mit Dingen um sich, wenn sie wütend wurde – oder schlimmer noch, warf sie.

Sie musste kochen vor Wut. Natürlich war sie wütend.

Was für ein Idiot er doch war. „Hör mal, Süße, ich mache alles kaputt. Es war toll, mit dir zusammen zu sein.“

Geklapper von Tellern und Besteck füllte die Stille – und der Regen, der gegen die Fenster trommelte. Beide Hunde waren aus der Küche geschlichen. Sie brauchten keine knallenden Töpfe, um die Anspannung zu spüren.

Alex stapelte den Toast auf einen Teller und brachte ihn mit etwas Butter auf den Tisch, stellte auch den Rest hin und kam um den Tisch herum. Sie stellte ihren eigenen Teller neben Tonys Sitzplatz ab, hielt seinen aber weiterhin in ihrer rechten Hand. „Es ist gut zu wissen, dass nicht nur ich mich fühle, als wäre ich gerade aus einem Flugzeug gesprungen, und wüsste noch nicht, ob sich der Fallschirm auch öffnet."

Alex stellte den Teller vor ihm ab und küsste ihn sanft auf die Stirn.

„Warte", sagte er, als sie sich setzen wollte. Er stand auf und nahm sie so fest in den Arm, dass sie keuchend nach Luft rang, dann küsste er sie, intensiv und anhaltend, und mit einem Gefühl, als würde er über eine Kante stürzen und müsste sich deshalb zurückziehen. Er hielt inne, ehe er sie erneut küsste.

Sie lösten sich zögerlich voneinander und setzten sich.

„Iss", sagte Alex mit brüchiger Stimme. „Ich bin froh. Das ist alles, was ich im Moment sagen möchte."

„Aber ..."

„Mir kam ein Gedanke."

„Anfängerglück." Er schien seine wahnwitzigen Entgegnungen nicht zurückhalten zu können.

Sie ignorierte ihn. „Wenn irgendjemand etwas Neues aus der Gerüchteküche aufschnappt, dann sind das Harriet und Mary. Ich würde gern zu ihnen gehen, nachdem du mich abgesetzt hast. Ich glaube, sie haben ohnehin ein paar Bücher, die ich mir ansehen sollte."

„Das ist lecker", sagte Tony. Er hatte sich daran gewöhnt, allein für sich zu sorgen. „Witzig, wie viel besser das Essen schmeckt, wenn es jemand für einen gemacht   hat."

„Stimmt. Und wenn es gut gemacht ist, schadet das auch nicht."

„Ja, natürlich! Das wollte ich eigentlich sagen. Ich würde dich gern zu *Leaves of Comfort* begleiten, wenn es dir nichts ausmacht. Radhika wird schon in der Praxis sein. Ich rufe sie an und gehe sicher, dass es keine Notfälle gibt. Sie kümmert sich heute um Bürokram und ich werde erst am Nachmittag oben bei den Derwinters erwartet. Wenn dein schmuddeliger neuer Fellfreund Probleme hat, werde ich ihn natürlich untersuchen müssen."

Leaves of Comfort war der Teeladen der Burkes. Der Name brachte Harriet zur Weißglut.

Alex reichte Tony ihr Handy. „Erkundige dich bitte gleich nach ihm. Und er ist nicht schmuddelig. Du wirst schon sehen, er wird wunderschön sein."

„Du wirst ein Zuhause für ihn finden müssen." Er hatte sein eigenes Handy in der Hosentasche, entschied sich jedoch dagegen, es rauszuholen.

Ihr finsterer Blick war zermürbend. „Das weiß ich. Du musst mich nicht immer wieder daran erinnern. Ich werde in Folly Aushänge machen.

Einige Windböen schlugen Regen gegen die Fenster. Sie sahen sich beide um. „Schreckliches Wetter dieses Jahr", sagte er und wählte die Nummer seiner Praxis.

„Radhika klingt immer noch aufgebracht", sagte er nach dem Gespräch. „Sie hat Pamela nicht erwähnt, aber ich glaube, sie hat wieder geweint. In der Praxis ist alles ruhig. Morgen ist Sprechstunde, da wird es voll sein. Und unserem Patienten geht es sehr gut. Er schnüffelt neugierig im Cottage herum. Noch etwas wackelig auf den Beinen, erholt sich aber schnell. Er hat gegessen, vermutlich mehr als gut für ihn ist, und scheint kein Interesse daran zu zeigen, nach draußen zu gelangen. Er kann bald nach Hause gehen."

„Armer Kerl. Er braucht nur jemanden, der ihn liebt, und ein warmes, sicheres Zuhause, wo er gefüttert wird."

„Wie die Lime Tree Lodge?", fragte er grinsend.

„Nein! Natürlich nicht. Ich kann mich nicht um noch ein Tier kümmern, aber ich werde jemanden für ihn finden."

Ihr Telefon klingelte und er reichte es ihr. Sie las die anrufende Nummer und hob die Augenbrauen. „Guten Morgen, Harriet und Mary", sagte Alex, als wären beide Frauen am Telefon. „Ähm, nein, noch nicht guten Tag. Und es wird heute auch kein guter Tag. Was kann ich für Sie tun?"

Sie legte eine Hand über das Mikro und sagte: „Wenn man vom Teufel spricht."

„Ja, Harriet, mein Wagen steht immer noch am Black Dog, aber woher weißt du das?" Sie legte die Stirn in Falten, wirkte aber eher amüsiert und nahm sich einem Moment, um einen Schluck Kaffee zu trinken, der längst kalt sein musste. Tony stand auf, um die Kanne noch einmal aufzuwärmen.

„Natürlich nicht", sagte Alex. „Ich würde nicht im Traum daran denken, Sie nach Namen zu fragen, aber Sie können mir später davon erzählen. Ich, also, Tony und ich kommen später vorbei, wenn das in Ordnung ist."

Es folgte eine lange Pause. „Wirklich? Die Leute tratschen gern, oder? Bis später. Tschüss."

„Ich schenke dir noch mal heißen Kaffee nach", sagte Tony und füllte ihre Tasse. „Warum siehst du so nachdenklich aus?"

„Ich versuche herauszufinden, wie ich damit zurechtkommen werde, dass ... Vermutungen über mich angestellt werden. Mein Land Rover stand die ganze Nacht am Dog, aber ich war nicht dort. Man hat uns gesehen, als wir zusammen gingen. Die Gerüchteküche brodelt."

„Ich weiß nicht, wie es dir geht", sagte Tony, und schenkte auch sich Kaffee nach, „aber ich werde nicht zu ihnen gehen, um mich über unsere Privatangelegenheiten ausfragen zu lassen."

„Sie werden uns vielleicht gelegentlich selbstgefällig und wissend angrinsen, aber sie wollen offensichtlich über Vivian Seabrook sprechen. Es heißt, sie wurde nicht mehr in Folly gesehen, seit sie vergangene Nacht das Dog verlassen hat. Sie ist nicht zu Hause und ist nicht zur Arbeit bei den Derwinters aufgetaucht. Dort hieß es, es sei das erste Mal, dass sie einen Tag versäumt hätte."

Elf

Hinter zwei marineblauen Türen, die ursprünglich die Haustüren von zwei verschiedenen Cottages gewesen waren, erwartete sie *Leaves of Comfort*, der Laden der Burke-Schwestern. Innen war es warm und duftete angenehm, und alles war bereit, um den besten Nachmittagstee der Gegend zu servieren. Oder zumindest würde es in einigen Stunden soweit sein.

Tony öffnete Alex die Autotür und sie sprang heraus. Sie hatten die beiden Hunde im Corner Cottage bei Lily abgegeben. Alex war auf Fragen vorbereitet gewesen, doch ihre Mutter hatte die Tiere nur mit einem Lächeln und dem Satz „Bis später, wir sind dann vermutlich gegenüber", entgegengenommen. Sie meinte damit, dass sie die Hunde in den Pub mitnehmen würde, sobald sie zur Arbeit ging.

Was könnte eine Frau noch nervöser machen, als sie ohnehin schon immer war, fragte Alex sich. Einzelne Szenen der vergangen Tage traten ihr ins Bewusstsein. Und ihnen folgten gemischte Gefühle.

„Alex?"

Sie zuckte zusammen und sagte: „Ja?" Er musste etwas gesagt haben, das sie nicht mitbekommen hatte. „Ich war gerade wo anders."

„Das habe ich gesehen. Wir werden beobachtet. Was bedeutet, dass sie uns erwarten. Bist du dir sicher, dass wir nicht selbst mit Fragen gelöchert werden?"

„So läuft das hier eben", sagte Alex und winkte Harriet am Fenster ihres Wohnzimmers im ersten Stock zu. „Aber, nein, ich bin mir nicht sicher, ob sie nicht darauf brennen, mehr über uns herauszufinden. Doch wir sind alt genug, um das ohne Nervenzusammenbruch durchzustehen."

Das Fenster öffnete sich einen Spaltbreit. „Die Türen sind offen. Kommen Sie rauf. Tee steht schon bereit. Battenberg and Eccles haben gerade geliefert. Und wir haben auch ihre Burbonkekse, Tony."

„Danke", riefen Alex und Tony einstimmig zurück.

„Eine Tasche mit Büchern steht unten an der Treppe. Mitnehmen oder hierlassen. Ganz wie Sie wollen." Harriet kicherte, als sie das Fenster wieder schloss.

„Spitzer werden die Bemerkungen hoffentlich nicht mehr", sagte Tony, wenngleich er sein Grinsen nicht ganz unterdrücken konnte.

Innen sah man, dass zwei Cottages zu einem verschmolzen waren. Die kleine Küche war nur dafür da, Tee und Kaffee zuzubereiten und Pasteten aufzuwärmen, oder auch mal eine Suppe. George's Bakery lieferte jeden Tag frischen Kuchen und Gebäck.

Ringsum lief ein Regal an der Wand entlang, das mit gehäkelten Zierdecken geschmückt war. Darauf standen Bücher, die meisten gebraucht, handgestrickte Stücke, Teekannen mit Teewärmern, die zwischendrin als Buchstützen dienten, Häkeltiere, Puppen und etliche kleine Schmuckstücke aus Glas oder Porzellan. Jeder Tisch war eine einzigartige Antiquität, die ebenfalls zum Verkauf stand, wie auch die Tischdecken, die von Näherinnen aus der Gegend gemacht wurden. Der Laden öffnete jeden Tag von drei bis sechs am Nachmittag und brummte in dieser Zeit, obwohl man auch zu anderen Zeiten Termine machen konnte, um sich die Waren anzusehen.

„Was hält euch noch auf", rief Mary von oben. „Oliver wird schon ungeduldig."

Ihre langgliedrige Tigerkatze interessierte sich für niemand anderen als die beiden Schwestern. „Wir kommen", rief Alex und nahm die versprochene Büchertasche mit, ehe sie dicht gefolgt von Tony die Treppe hinaufstieg.

Wie üblich saß Mary auf einem Sessel, der dem Fenster zugewandt war. All die dick gepolsterten Sitzmöbel, die meisten in dunklen Pink- oder Rottönen, waren mit leicht ausgeblichenem Samt bezogen. Das Sofa hing an jedem der drei möglichen Sitzplätze durch. Ein Feuer erhellte den Raum.

„Setzen Sie sich", sagte Mary. „Der Tee ist unterwegs." Sie blickte in die falsche Richtung und konnte nicht sehen, dass ihre jüngere Schwester mit den Augen rollte, während sie in einer Hand einen Teekessel trug und in der anderen eine Etagere am Ring an deren Spitze hielt.

Harriet stellte ihre Last auf einem polierten Teewagen ab und goss Milch in die leeren Tassen. „Angenehmer wird unser Treffen vermutlich nicht mehr", sagte sie, während sie den Kater Oliver ignorierte, der aus den Tiefen der Kaminecke hervorgekrochen kam, als er hörte, das potenzielle Knabbereien gebracht wurden.

Alex sah Tony an und der schüttelte den Kopf. Er hielt es vermutlich für das Beste, sie reden zu lassen, ohne etwas einzuwerfen.

Der Tee wurde herumgereicht und Kuchen und Gebäck auf winzige Teller verteilt, die sie anschließend unsicher auf den Oberschenkeln balancierten.

„Also", sagte Mary. „Wie viel wissen Sie?"

„Worüber?", antwortete Tony rasch.

Lass ihn glauben, dass er hier federführend ist. Sie wusste, wann sie sich einschalten musste.

„Wir haben wieder einen Mörder unter uns."

„So ist es." Oliver strich um Tonys Beine herum. Trotz missbilligender Geräusche der Schwestern, gab er dem Kater einen Krümel.

„Und jetzt ist Vivian Seabrook verschwunden." Harriet reihte kleine Eccles Cakes an ihrem Tellerrand auf. Es bestand kein Zweifel darüber, für wen die bestimmt waren.

„Wer hat denn diese brillante Schlussfolgerung gezogen?", fragte Alex. Ihre Eingeweide verknoteten sich bereits, obwohl sie dieser Nachricht skeptisch gegenüberstand.

Mary setzte ihre dicke Brille ab und putzte sie mit einem spitzenbesetzten Taschentuch. „Wir glauben, dass alles wieder von vorne losgeht. Wir haben uns sogar gefragt, ob es eine Verbindung zu den anderen Morden geben könnte."

„Unmöglich." Tony aß sein Kuchenstück auf und nahm sich einen Keks. Er wandte sich ihnen zu. „Dieser Ansatz würde die Sache nur noch verworrener machen."

„Genau das habe ich auch gesagt." Harriet vermied es, ihre Schwester anzusehen. „Das einzig Verstörende ist – abgesehen vom Offensichtlichen – dass rund um Folly wieder Menschen sterben wie die Fliegen."

„Eine Person." Alex stellte ihre Teetasse und ein unangetastetes Stück Kuchen zur Seite. „Warum glauben Sie, dass Vivian verschwunden ist?"

„Sie ist nicht hier, das ist alles." Mary hob die Schultern und war offensichtlich eingeschnappt.

„Was wird unternommen, um sie aufzuspüren?"

„Nun", sagte Mary. „Das ist das andere Problem. Winifred ... jemand meinte, die Polizei würde sich nicht dafür interessieren. Sie ignorieren diese Sache einfach."

Harriet seufzte schwer, ging zum Fenster und blickte zur St. Aldwyn's Church. „Sie ignorieren es nicht. Sie versuchen nur, ihre Maßnahmen geheimzuhalten. Wahrscheinlich haben sie Vivian sogar. Es geht das Gerücht um, dass sie auf dem Rücksitz eines dieser fürchterlichen Polizeiwagen aus Folly rausgebracht wurde."

„Sie könnte verhaftet worden sein", fügte Mary mit Begeisterung in der Stimme hinzu.

„Warum haben Sie das nicht gleich gesagt?" Tonys Worte hingen lange in der Luft.

Zwölf

Sie hatten wieder die Snug im Black Dog übernommen, aber da sie sich nicht einreden konnten, nicht im Dienst zu sein, und es zu spät für Mittagessen war, begnügten sich Dan O'Reilly und Bill Lamb mit Kaffee.

„Ich könnte ein Bier vertragen", sagte Bill. „Was glauben Sie, wie lange es dauert, bis jemand eine Ausrede findet, um hier hereinzukommen?"

„Dürfte jeden Moment so weit sein, wir können nur hoffen." Dan hatte die beiden Hunde eingelassen, damit sie ihren Platz am Kamin der Bar einnehmen konnten. „Ich wäre gern draußen, aber hier drinnen haben wir mehr Privatsphäre. Wenn irgendjemand mit uns sprechen will, wird diese Person hier eher auf uns zukommen. Außerdem ist alles besser als diese kalte Gemeindehalle. Ich hatte gehofft, dieses Gebäude nie wieder von innen zu sehen. Ich erwarte ständig, dass es durchs Dach regnet. Und man ist nicht einmal vor den Dorfpolizisten sicher. Ständiges Rein und Raus und Diskussionen darüber, wer gerade Pause hat."

„Wenn es nicht im ganzen Land so kalt und nass wäre, würde ich behaupten, dass dieser Ort mit schlechtem Wetter verflucht ist." Bill nahm seine Tasse und trank missmutig seinen Kaffee. „Sie glauben doch nicht, dass eine Verbindung zu dem Mist diesen Winter besteht, oder?"

Sie hatten die Durchreiche zur Bar geschlossen, doch Dan warf trotzdem einen Blick auf die Stelle. Bogie hatte sich auf den Schoß des Detectives geschlichen, doch das war Dan ganz recht. Wenn er je ein Haus hätte, das er wirklich ein Zuhause nennen konnte, mit einem Garten – und einem Menschen, mit dem er wieder sein Leben teilen konnte – würde er sich einen Hund anschaffen.

„Ich schließe es nicht aus und ich muss zugeben, dass mir das alte Sprichwort, der Blitz würde nie zweimal am selben Ort einschlagen, so langsam bedeutungslos erscheint. Ich hoffe, unsere Nachricht erreicht Tony Harrison bald. Ich hätte ihn gern hier. Ich habe noch einige Fragen an ihn."

„Verdammte Scheiße, ich könnte *töten* für ein Bier."

Mit einem Seufzen sagte Dan: „Das weiß ich schon."

„Ja, tut mir leid. Glauben Sie, Vivian Seabrook könnte es gewesen sein?"

„Nein, nicht wirklich", sagte Dan, „aber wir hatten genug, um sie zu verhaften, und vielleicht rüttelt das jemanden auf."

„Wie Harry Stroud?"

„Passen Sie auf, was Sie sagen. Es scheint hier drinnen recht sicher zu sein, aber man kann nie wissen."

Bill schob seinen Kaffee zur Seite. „Wenn jemand fragt, ich bin nicht mehr im Dienst, Boss, in Ordnung?"

Dan zuckte mit den Schultern und Bill erhob sich, ging zu der Klappe aus Milchglas und bestellte sich ein Pint Double Donn. Er sah mit gehobener Augenbraue zu seinem Vorgesetzten, doch der schüttelte den Kopf.

Als Bill an seinen Platz zurückkehrte, sagte er: „Ist uns beim ersten Durchgang irgendetwas entgangen? Stecken Tony und Alex tiefer drin, als wir dachten? Ich meine nicht, dass sie den Mord verübt hätten, das wissen wir, aber könnten sie mehr wissen, als wir ahnen? Sie haben die Angewohnheit, über Tatorte zu stolpern."

Dan konnte nicht sagen, was er dachte; dass er Alex Duggins zu sehr mochte, als dass er überhaupt in Betracht ziehen würde, sie könnte in ein Verbrechen verwickelt sein. „Nein. Ich denke, nicht. Aber ich glaube auch nicht, dass wir die Sache mit Tony Harrison und seiner Ehefrau vergessen dürfen. Ich habe mich bei den Australiern erkundigt. Die haben keine eindeutigeren Informationen über den Tod seiner Frau als beim letzten Mal."

Bill wirkte nachdenklich, was ungewöhnlich war.

„Was ist los?", fragte Dan.

„Das ist einer der Momente, in denen ich mir wünsche, wir würden eher dazu neigen, einen Psychiater einzuschalten. Wie kann ein Mann seine Frau umbringen und dann hierher zurückkommen, und die reine Unschuld spielen? Wie konnte er alle überzeugen, dass er nichts damit zu tun hatte?"

„Er wurde in Australien für unschuldig befunden, Bill. Ich glaube nicht, dass wir annehmen können, die Geschehnisse dort hätten etwas damit zu tun, was hier vor sich geht. Es ist völlig unklar, was dieses Mal das Motiv ist – aber wir werden es herausfinden. Und es wird anders als beim letzten Mal sein. Da ging es darum, ein anderes Verbrechen zu vertuschen, ein altes."

„Woher wollen Sie wissen, dass es hier nicht dasselbe ist?"

„Denken Sie mal nach." Er durchbohrte den Sergeant mit seinem Blick. „Soweit wir wissen, hat die Tote keine bedeutsame Vergangenheit in dieser Gegend. Sie kam von außen. Wissen Sie, was ich da glaube?"

Bill trank einen langen Zug von seinem Bier und verengte fragend die Augen.

„Das wird knifflig", sagte Dan. „Es gibt kein offensichtliches Drama vor Ort, das dahintersteht. Um die Ereignisse zu ermitteln, die zu diesem Mord geführt haben, müssen wir die Ohren spitzen und geduldig sein. Ich denke, der Mörder glaubt, er hätte uns in der Hand."

Bill grunzte und zuckte mit den Schultern. „Das hat er vermutlich auch – oder sie. Wir sind noch kein Stück vorangekommen. Die Befragungen von Haus zu Haus scheinen ewig zu dauern, dafür, dass es hier nicht viele Häuser gibt. Hoffen wir, dass nicht alle zusammenhalten und uns verschweigen, was sie wissen."

„Ich habe nicht den Eindruck, dass sie versuchen, etwas zu verbergen." Bills Bier fing an, sehr verlockend auf ihn zu wirken, dabei mochte er das Zeug nicht einmal. „Wir können davon ausgehen, dass die Constables so lange brauchen, weil es in jedem Haus Tee und Kekse gibt."

Er hob den Blick von seinem kalten Kaffee und sah Tony Harrison, der ihn an der halb geöffneten Tür vorbei ansah. „Sie haben angerufen?", fragte Tony. „Wir haben gehört, dass Sie hier sind. Es macht Ihnen hoffentlich nichts aus, dass wir in Ihre Besprechung platzen. Man erzählt sich in ganz Folly, dass Sie Vivian Seabrook verhaftet hätten. Heißt das, dass sie eine Verdächtige ist?"

„Entweder rein oder raus", sagte Bill. „Hier gibt es eine Menge Wichtigtuer, die Tratsch aufschnappen wollen. Und Tratsch kann eine ganze Ermittlung ruinieren."

Tony trat zurück, um Alex einzulassen. Sie war blass und offensichtlich nervös, schlüpfte in die Snug und setzte sich. Bogie verließ sofort Dans Schoß, um es sich auf ihrem gemütlich zu machen, und sie drückte ihn an sich. Dan beobachtete sie und sah sämtliche Anzeichen für extreme Anspannung. Nicht dass ihn das überrascht hätte.

„Ms. Seabrook hilft uns ...“

„Sie hilft Ihnen bei der Ermittlung“, beendete Tony den Satz für Bill, der daraufhin einen Bierdeckel in seine Richtung warf.

„Genau“, sagte Dan. „Wir hatten gehofft, dass Sie unsere Nachricht erreichen würde, wobei Alex nicht unbedingt anwesend sein muss für das, was wir gerne besprechen würden.“

„Ich möchte bei Tony bleiben.“ Ihre Stimme klang entschieden und so wie sie den Tierarzt ansah, würde er sie rauswerfen müssen, wenn er allein mit Tony sprechen wollte.

Tony sagte nichts, doch Dan seufzte.

„Ich war die ganze Zeit dabei“, fügte sie hinzu. „Vielleicht kann ich mich an Details erinnern, die ihm entfallen sind. Es ist schwer, sich an alles zu erinnern, wenn man eine so schreckliche Situation erlebt. Ich hole mir ein Bitter Lemon, was trinkt der Rest?“

Dan musste lächeln, weil sie so die Regie übernahm. Die Frau hatte Chuzpe, selbst wenn sie unter Druck stand. „Setzen Sie sich“, sagte er. „Ich werde die Getränke holen. Was darf es sein, Tony?“

„Was trinken Sie, Bill?“ Diese freundliche Art schien es Bill schwer zu machen, ungehobelt zu sein. „Double Donn, und es ist gut“, sagte er.

„Ein Halbes für mich“, sagte Tony und setzte sich auf. Seine Hündin stand vor ihm, hatte den Kopf auf sein Knie gelegt und betrachtete sein Gesicht mit liebevollem Blick.

„Warum haben Sie beschlossen, Vivian zu verhaften?"

Das konnte Bill übernehmen, entschied Dan.

„Das ist eine vertrauliche Information. Ich bezweifle, dass Sie damit einverstanden wären, wenn wir mit jedem, der fragt, über Ihre Angelegenheiten sprächen."

„Den Versuch kann man mir ja wohl kaum vorwerfen."

„Ich kann das sehr wohl", geiferte Bill, nachdem er gerade ein Schluck Bier getrunken hatte. „Wir hatten dieses Problem schon einmal mit Ihnen beiden. Sie sehen sich nicht als gewöhnliche Bürger. Sie sind etwas Besonderes. Also, das können Sie vergessen. Wir stellen hier die Fragen."

Tonys freundliches Lächeln verfinsterte Bills Gesichtsausdruck nur noch mehr.

Dan brachte die Drinks, inklusive einem neuen Kaffee für sich selbst. „Warum haben Sie nicht angehalten, als Sie glaubten, nachts eine Person am Straßenrand gesehen zu haben? Kam Ihnen nicht der Gedanke, dass da jemand in Schwierigkeiten stecken könnte?"

„Ich glaube, es wäre nützlicher, herauszufinden, ob das überhaupt Pamela war, statt hypothetische Antworten zu verlangen." Tony klang nicht ganz so entspannt, wie er aussah.

In der nachfolgenden Stille drangen Stimmen aus dem Pub zu ihnen. Da es schon etwas später war, trafen weitere Gäste ein. Lily Duggins bewachte vermutlich die Tür zur Snug, um zu verhindern, dass jemand hereinkam.

„Was Sie sagen", antwortete Dan, „könnte zutreffen, doch ich möchte ihre hypothetischen Antworten dennoch hören. Und sie sollten besser hilfreich sein."

Alex reagierte auf ein Klopfen an der Durchreiche und nahm zwei Teller mit Sandwiches von Hugh entgegen. „Ich dachte, Sie könnten alle etwas zu Essen vertragen", sagte er, und schloss die Klappe wieder.

„Danke", sagte Dan. Vielleicht würden Sie doch in die Gemeindehalle zurückkehren müssen. Hier wurde es etwas zu gemütlich. Er zuckte bei dem Gedanken an den zugigen Saal mit den blubbernden Heizkörpern und dem staubigen Geruch zusammen.

„Käse und Tomaten", sagte Bill und biss ein großes Stück von einem der Sandwiches ab. „Mein Lieblingsessen."

„Ich hätte anhalten müssen", sagte Tony. „Natürlich hätte ich das tun sollen. Aber statt sich bemerkbar zu machen, duckte sich die Person noch tiefer in die Büsche. Ich dachte, dass er oder sie sich versteckt, und wollte mich nicht einmischen. Das war falsch. Es war eine schlechte Entscheidung."

„Sie hätten vielleicht ein Leben retten können, wenn Sie angehalten hätten." Bill nahm kein Blatt vor den Mund, wenn er zum entscheidenden Schlag ansetzte. Er kaute sich durch sein Sandwich.

„Es gibt keinen Grund, so etwas anzudeuten", sagte Alex. „Das ist nicht fair."

„Gibt es eine Möglichkeit, herauszufinden, wer das war?", fragte Tony. Er wirkte erschlagen.

Ein weiteres Klopfen, dieses Mal an der Tür, entlockte Dan ein Seufzen. „Herein", sagte er, und die Gerichtsmedizinerin, Molly Lewis, stieß zu ihnen. Sie grüßte knapp, setzte sich an einen Tisch und stellte eine Aktentasche am Boden ab.

„Ich habe einige interessante Dinge gefunden", sagte sie, griff in die Aktentasche und reichte Dan ein Blatt Papier. „Das fällt in Ihren Zuständigkeitsbereich."

„Sollen wir gehen?", fragte Tony und erhob sich.

„Hm, nein", antwortete Dan, während er merkte wie hungrig er war, und selbst nach einem Sandwich griff. „Wer weiß. Vielleicht können Sie uns helfen."

Auch Alex nahm sich ein Sandwich. Sie alle ließen sich die mit Gewürzgurken verfeinerten Brote schmecken, inklusive Molly.

„Können wir uns jetzt bitte konzentrieren?", fragte Dan. „Das Glas befand sich also noch nicht sehr lange dort?"

„Nein." Molly holte Fotos aus ihrer Aktentasche und blickte erst zu Tony und Alex, und dann fragend zu Dan. „Und die Scherben stammten auch nur von einem kleinen Stück."

„Tony wird uns hierbei helfen", sagte er. „Wenigstens wird er uns ein paar aufrichtige Antworten geben müssen. Lassen Sie mal sehen."

Die gestochen scharfen Bilder überließen nichts der Vorstellung. In Pamela Gibbons blassem Gesicht waren mehrere kurze, zumeist geschwungene Schnitte zu sehen. Das verkrustete Blut war deutlich erkennbar, auch wenn alle bis auf zwei der Fotos nach dem Entfernen der Scherben aufgenommen worden waren.

Er reichte die Fotos herum und hatte kein gutes Gefühl, als Alex scharf einatmete. Aber sie brauchten Hinweise, und zu große Rücksicht auf die Gefühle anderer würde ihnen dabei nicht weiterhelfen. Und sie hatte darauf bestanden, hierzubleiben, obwohl er ihr die Gelegenheit gegeben hatte, sich zu verabschieden.

„Was sagen uns diese Bilder, Frau Doktorin?", fragte Tony. „Die Wunden haben geblutet, also war Pamela noch nicht tot, als sie in dem Glas landete?"

„Wir haben einen ersten Durchbruch", sagte Molly in ihrem trockenen Oxford-Akzent. „Das Glas stammt von einer Taschenlampe und muss zerbrochen sein, bevor sie fiel."

„Von Pamelas Taschenlampe?", fragte Alex. „Hat sie sie fallengelassen?"

Dan hob eine Hand. „Molly, was ist mit Fingerabdrücken? Gibt es welche auf dem Glas?"

Sie schüttelte den Kopf. „Aber reichlich auf den Leitersprossen. Alle von Pamela Gibbon und Tony Harrison, bis auf ein paar alte Flecken."

„Tony ist hinuntergestiegen, um zu sehen, ob er noch etwas tun kann", sagte Alex sofort.

„Aber das war nicht mehr möglich." Tony leerte sein Glas und holte sich ein neues Bier. Dieses Mal ein ganzes Pint. Als er wieder auf seinem Stuhl saß, lehnte er sich vor und stützte sich mit den Unterarmen auf den Tisch. „Sie wissen, warum ich da unten war, und das hatte nichts mit Pamelas Tod zu tun. Wenn Sie in diese Richtung ermitteln, verschwenden Sie wertvolle Zeit."

Dr. Lewis holte eine Beweismitteltüte heraus und legte sie auf den Tisch. „Das fanden wir in der Tasche des Opfers."

Sie alle lehnten sich näher und betrachteten eine Taschenlampe mit Stahlgehäuse. Die Linse war noch intakt.

„Dann stammt das Glas von einer anderen Taschenlampe", sagte Bill. „War sie dort?"

Molly schüttelte den Kopf. „Nein. Und man kann davon ausgehen, dass jemand hinunterstieg, um sie zu holen."

„Wo sind dann die Fingerabdrücke dieser Person?", fragte Alex. *Verfluchtes, loses Mundwerk.*

Dreizehn

Um zehn Uhr am folgenden Morgen, nachdem sie die Nacht bei ihrer Mutter im Corner Cottage verbracht hatte, lief Alex zu Tonys Praxis hinüber und stellte fest, dass er bereits Patienten behandelte.

Radhika ließ sie in einem kleinen Zimmer hinter dem Wartebereich Platz nehmen.

„Das ist wohl ein schlechter Zeitpunkt", sagte Alex.

„Ja." Radhika lächelte nicht. „Ich kann nur ein paar Minuten wegbleiben. Sobald ich Tony rauskommen höre, muss ich zurück. Ich werde ihn wissen lassen, dass Sie hier sind. Sagen Sie mir, was los ist. Sie haben gestern im Dog mit der Polizei gesprochen. Hat man Ihnen irgendetwas erzählt?"

Den scharfen Augen der Bewohner von Folly entging nichts. „Ich habe mit ihnen gesprochen." Jedes gesprochene Wort, jede Bewegung waren ihr so klar in Erinnerung, als würde sie alles noch einmal auf einem Bildschirm ansehen. „Pamela starb, weil sie diesen Schacht hinuntergestürzt ist und sich den Kopf gestoßen hat." Die Fotos würde sie nie wieder vergessen.

„Ich hörte, dass das Gitter wieder geschlossen war."

„Radhika, ich sollte nicht darüber sprechen. Ich wurde zum Schweigen verdonnert."

Die hübsche Frau neigte billigend den Kopf, doch in ihren Augen lag tiefe Trauer.

„Sie dürfen nichts weitererzählen", sagte ich. „Das Gitter war über dem Loch. Ich weiß nicht mit Sicherheit, was das bedeutet, aber ich kann raten. Und Sie auch. Aber sie scheinen keinen wirklichen Anhaltspunkt zu haben, auch wenn sie Tony unter Druck setzen, was mich wütend macht. Er kann nichts mit ihrem Tod zu tun gehabt haben und sie haben es nur auf ihn abgesehen, weil sie nicht wissen, was sie sonst tun sollen."

„Das ist falsch", sagte Radhika. „Einfach nur falsch. Sie haben auch noch Vivian auf die Polizeistation mitgenommen. Warum tun sie das?"

„Ich weiß es ehrlich gesagt nicht. Ich hoffe, das finden wir heute heraus. Man kann sie ohne Anklage nicht lange festhalten. Aber von so etwas verstehe ich nicht viel."

„Ich weiß nicht, was ich denken soll. Wie können wir herausfinden, wer das getan hat? Vivian kann es nicht gewesen sein, oder? Wie töricht. Sie waren gut befreundet. Vivian ist freundlich."

Alex schüttelte den Kopf. Sie wusste es einfach nicht.

„Dr. T. kommt raus", sagte Radhika und eilte aus dem Zimmer.

Es vergingen nur Minuten, bis Tony hereinkam und die Tür hinter sich schloss.

„Du siehst furchtbar aus", sagte sie. „Hast du nicht geschlafen?"

Er schüttelte den Kopf.

„Warum hast du mich nicht angerufen? Wir hätten reden können."

„Ich wollte dich nicht wecken." Er wandte den Blick ab. „Aber ich wollte dich bei mir haben. Ich hätte dich bitten sollen, mit zu mir zu kommen."

„Wir waren beide erschöpft", sagte Alex. Sie wollte seinen Arm nehmen und ihn dazu bewegen, sich hinzusetzen, doch er zog sie an sich und stand einfach da, hielt sie fest und ließ sein Kinn auf ihrem Kopf ruhen. Sie küsste ihn am Hals.

„Ich bekomme das nicht aus dem Kopf, Alex. Bill Lamb sagte, ich hätte ein Leben retten können, wenn ich angehalten hätte, und vielleicht hat er recht. Ich hätte sie vielleicht vor Angst und Schmerz bewahren können – und von beidem hatte sie reichlich."

„Ich weiß. Wenn das an der Straße Pamela war, und sie nicht gesehen werden wollte, dann deshalb, weil sie sich mit jemandem treffen wollte ..."

„Wir wissen gar nicht, ob sie auf dem Weg zu einem Treffen war."

„Verdammt, Tony." Sie entfernte sich von ihm. „Du hast Pamela Gibbon nicht umgebracht. Und wenn sie es war, die sich in den Büschen versteckte, dann wollte sie nicht gesehen werden."

Er setzte sich abrupt hin und ließ die Hände zwischen seine Knie sinken.

„Du sagtest, wir könnten als Team zusammenarbeiten. Ich habe das Angebot angenommen, also reiß dich zusammen. Bill Lamb hasst dich. Frag mich nicht, warum. Von mir hält er auch nicht viel. Na und? Wir wissen, was in der Nacht geschah, als wir beide dort oben waren, und jetzt werden wir uns an die Arbeit machen und herausfinden, wer diese abscheuliche Tat begangen hat und warum. Das Motiv muss ans Licht kommen. Aber wenn du hier herumläufst und aussiehst, als würdest du dich schuldig fühlen, dann wird uns das nicht helfen, oder?"

Tony schlug die Hände auf die Armlehnen des Chintz-Sessels und hob sich auf die Füße. Er legte ihr eine Hand in den Nacken und küsste sie – intensiv. „Du hast das Sagen, Ms. Duggins, aber nur, bis ich das ganze wieder mit klarem Verstand betrachten kann." Seine Augen wurden schmal. „Und das wird bald der Fall sein. Ich habe das Recht, zu erfahren, wie viele Fingerabdrücke sie von mir gefunden haben. Für ihre Version der Geschichte müsste ich die Leiter mindestens zweimal runter- und wieder hochgestiegen sein. Also ... um die Taschenlampe zurückzuholen, die jetzt vermisst wird, und dann noch einmal, als ich mit dir da oben war. Doch ich bin nur einmal nach unten gestiegen. Und ich hatte keinen Grund, Pamela zu töten."

„Großartig. Deine Patienten machen da drinnen Radau."

Tony grinste sie an. „Bis später." Er hielt auf dem Weg zur Tür an und drehte sich um. „Ich habe vergessen zu erwähnen, dass ich eine frühe Besucherin hatte. Harriet kam im Taxi her."

„Stimmt etwas mit Oliver nicht?"

„Sie war hier, um ...", er runzelte die Stirn und holte eine Karteikarte aus seinem weißen Kittel, „... Maxwell Aloysius Brady zu adoptieren. Auch bekannt als der schmuddelige, einäugige, rote Kater, den ich mit deiner Hilfe wieder zusammengeflickt habe."

Wie konnte sie da widersprechen? Sie hatte bereits betont, dass sie kein weiteres Haustier aufnehmen konnte. Ihre Augen brannten, doch sie konzentrierte sich auf ihre Handrücken. „Ich hoffe, Oliver ist nicht allzu verärgert."

„Das werden wir sehen", sagte Tony mit einer Hand an der Türklinke. „Irgendeine Idee, wie wir weitermachen?"

„Na, ich erzähle dir später mehr. Du machst dich lieber wieder an die Arbeit."

„Du hast doch nicht vor, etwas zu unternehmen, ohne mir vorher Bescheid zu sagen, oder?"

„Das ist etwas, das wir später besprechen sollten, Tony. Ich versuche, keine Dummheiten zu machen, aber ich werde nicht um Erlaubnis bitten, wenn ich entscheide, etwas zu unternehmen."

Vierzehn

Das Vines, seit drei Generationen das Zuhause der Familie Stroud, stand auf einem großen Grundstück am Rand von Folly-on-Weir. Eine kurze Zufahrt von der High Street führte Besucher an ein eisernes Tor, das sich in einem sanften Bogen zwischen honiggelben, steinernen Torpfosten erhob. Wer auf dem Weg nach oder von Underhill hier vorbeikam – dem kleinen Dorf jenseits des Kamms, der von Folly aus den Blick auf die nicht gerade prachtvollen Häuser versperrte – konnte nur die Schornsteine und das verwinkelte Dach der Stroud-Villa sehen.

Nachdem der nachmittägliche Andrang im Black Dog nachgelassen hatte, und Alex sich um ein paar zusätzliche Bestellungen aus der Küche gekümmert hatte, schien es ihr das Beste, zu Fuß zum Vines zu gehen. So konnte sie ohne viel Aufsehen durch eine kleine Tür zwischen einem der Torpfosten und einer makellos geschnittenen Hecke auf das Grundstück gelangen. Ein grüner Eisenzaun mit abschreckenden Spitzen umschloss das gesamte Anwesen.

Wäre sie mit dem Auto gekommen, hätte sie die Sprechanlage benutzen und darum bitten müssen, dass man ihr das Tor öffnete. Diese Vorstellung schreckte sie zwar nicht ab, die Möglichkeit, von einer körperlosen Stimme abgewiesen zu werden, allerdings schon.

Als kleines Mädchen hatte sie durch dieses Tor gespäht, doch sie war nie ins Haus eingeladen worden, nicht einmal, als sie sich in ihrer Jugend mit Harry angefreundet hatte.

Der Spaziergang vom Dog aus hatte ihr gutgetan. Sie hatte die beunruhigenden Gefühle abgeschüttelt, die nach ihrer Begegnung mit Tony zurückgeblieben waren. Ja, sie hatte übermäßig schnippisch reagiert, aber manche Dinge mussten lieber früher als später klargestellt werden.

Durch die offenstehende Tür neben dem Tor sah Alex den großen Lastwagen eines Landschaftsgärtners. Die Ladeklappe stand offen, und ein großer Aufsitzrasenmäher war bereits eingeladen. Zwei Männer stapelten übervolle Laubsäcke und Gartengerät in den Laderaum. Sie nickten ihr zu.

Der Kies knirschte wie brechendes Glas, als sie zur Haustür lief. Es war ein schönes Haus aus gelbem Cotswold-Stein, der nur davon profitiert hatte, jahrelang der strengen Witterung ausgesetzt gewesen zu sein.

Deshalb gab Harry sich größte Mühe, seine Eltern zufriedenzustellen. Da er einen älteren Bruder hatte, der in die Fußstapfen des Majors getreten und Offizier bei der Army geworden war, konnte Harry es sich nicht leisten, seine Eltern zu verärgern. Nicht wenn er seinen Anteil von all dem bekommen wollte, sobald die ältere Generation den Löffel abgab.

Sie stieg die ausgetretenen Stufen hinauf, stand vor der Tür und zögerte, ob sie ihren hastig gefassten Plan in die Tat umsetzen sollte. Wenn er wüsste, was sie tat, wäre Tony außer sich. Doch es war besser, wenn sie das allein erledigte. Nicht dass sie überhaupt große Hoffnungen hatte, Harry zu Hause anzutreffen. Sein silberner Maserati war nirgends zu sehen und er selbst mochte in London sein, aber der Major war im Dog und das bedeutete, sie hatte eine Chance, Mrs. Stroud allein anzutreffen. Alex kannte sie nicht und sah sie nur selten, wenn sie nicht gerade in einem indigoblauen Morgan Plus Four mit Mohair-Verdeck durch Folly fuhr, während ein großer Hut ihr Gesicht verdeckte. Der Wagen passte nicht zu dieser Frau, die ein stilles Wesen zu haben schien, und vielleicht nicht so kratzbürstig war wie der Rest der Familie. Das könnte hilfreich sein.

Alex ließ den übergroßen, aber schlichten Messingtürklopfer heruntersausen und trat sofort respektvoll einen Schritt von der Haustür zurück. Sie war vielleicht als Tochter einer alleinerziehenden Mutter in einem schäbigen Cottage in Underhill aufgewachsen, doch Lily hatte Wert auf gute Manieren gelegt.

Lautes Bellen antwortete auf ihr Klopfen. Es dauerte noch einige Minuten, bis die Tür von einer blonden Frau mit Dauerwelle geöffnet wurde, die eine Schürze über ihrem braunen Pullover und dem braunen Rock trug. Gladys Soundso aus Underhill. Alex erkannte sie. Sie kam mit ihrem Ehemann in den Black Dog. Gladys Lymer, das war ihr Name, und ihr Ehemann hieß Frank.

Ein älterer Labrador mit goldenem Fell kam heran, um Alex zu beschnuppern, und sie streichelte seinen samtenen Kopf.

Die beiden Frauen lächelten einander an. „Hallo, Alex", sagte Gladys. „Was für eine Überraschung." Sie zog eine Grimasse, als der Motor des Lastwagens brüllend ansprang und wartete, bis die Gärtner abgefahren waren. Die Torflügel schwangen wieder zu.

„Ja. Ich war noch nie zuvor hier." Sie hatte einige Jahre gebraucht, um zu verstehen, warum Harry sie nie nach Hause eingeladen hatte. „Ich hatte gehofft, mit

Harry sprechen zu können, oder mit seinen Eltern." Das arme Bastardkind von fraglicher Abstammung wäre in dieser Familie nicht willkommen gewesen.

„Kommen Sie." Gladys winkte sie herein. „Harry wohnt im hinteren Flügel, aber ich weiß, dass er unterwegs ist. Mrs. Stroud ist im Wintergarten. Sie wird sich über Gesellschaft freuen. Besuch ist selten. Komm, Batman. Lass uns dein Frauchen suchen."

„Batman?", fragte Alex. „Gibt es auch einen Superman?"

„Führen Sie mich nicht in Versuchung." Gladys kicherte. „Der Major erinnert sich gern an seine Zeit bei der Armee. Ich glaube, damals hatte er auch einen Batman. Ich schätze, er wünscht sich, der wäre noch am Leben, aber dieser alte Kerl muss genügen."

„Was für ein Haus", sagte Alex, während sie Gladys und Batman folgte. Offenstehende Türen boten ihr einen Blick in Zimmer, die mit Antiquitäten möbliert waren, und sie schienen alle echt zu sein. Weiche, alte Teppiche in gedämpften Farben lockerten den endlosen, grauen Schieferboden auf. Alex' Absätze klickten laut auf letzterem.

Je tiefer sie ins Haus vordrangen, desto überwältigender wurde die leichte Übelkeit, die sie verspürte. Ihre Brauen fühlten sich kalt und verschwitzt an. Sie hätte gründlicher über diese Idee nachdenken sollen. Ihr Plan war es gewesen, Harry zu überraschen, obwohl sie gewusst hatte, dass sie wahrscheinlich eher mit Mrs. Stroud sprechen würde – oder mit niemandem. Sie hatte geglaubt, sie wüsste, was sie sagen und fragen wollte. Doch jetzt war sie sich da nicht mehr so sicher.

Und das Rumoren in ihrer Magengegend sagte ihr, dass sie noch nicht ganz darüber hinweg war, hier als Kind Persona non grata gewesen zu sein.

„Hier entlang", sagte Gladys und führte sie in einen Wintergarten, der deutlich kleiner war als Alex erwartet hatte. Aber dennoch hätte er nicht beeindruckender sein können. Ein Sprühsystem sorgte für hohe Luftfeuchtigkeit und es roch nach Torf, Dünger und Blumendüften. Treibhauspflanzen gediehen zwischen Farnen und brachten Farbe ins Grün. Etliche der Pflanzen waren Alex völlig fremd.

„Sie haben Besuch, Mrs. S.", verkündete Gladys. „Alex Duggins vom Black Dog."

Eine unerwartet kräftige Stimme antwortete: „Gütiger Himmel. Besuch, sagen Sie?"

Alex zuckte zusammen. Sie hätte Gladys daran erinnern sollen, Mrs. Stroud wissen zu lassen, dass Alex sie sprechen wollte, ehe sie sich zu ihr führen ließ. „Guten Tag", sagte sie und folgte der Stimme zu einem Regal, in dem sich mit Torf gefüllte Anzuchttöpfe drängten. „Es ist wunderschön hier. Entschuldigen Sie, dass ich unangekündigt vorbeikomme. Ich hatte gehofft, mit Harry sprechen zu können."

Mrs. Stroud richtete sich auf und wandte sich ihr zu. Sie war durchschnittlich groß und auf drahtige Weise schlank. Ihr braunes, lockiges Haar war kurz geschnitten und passte gut zu ihrem ovalen Gesicht. Ihre Augen waren haselnussbraun und klar und wurden von Lidschatten und einer großzügigen Menge Mascara betont. Sie trug zudem hellroten Lippenstift, was verwirrend war: Alex hatte die Frau zwar nur auf der Straße und aus einiger Entfernung gesehen, erinnerte sich aber nicht daran, dass ihr derart starkes Make-up aufgefallen wäre.

„Ich hätte Sie nicht für eine Freundin von Harry gehalten", sagte sie. „Er ist nicht hier, aber er wohnt da drüben. Über den Garagen. Wir hielten dort auch Pferde, als die Jungs noch klein waren." Mit einer Schaufel deutete sie durch die Glaskuppel des Wintergartens nach oben auf einen Flügel, der aussah, als könnte er älter sein als der Rest des Hauses.

Es war kurz nach vier und das Tageslicht ließ bereits nach. Der Wind fuhr durch die hohen Bäume. Alex wollte verschwinden.

„Wie dumm von mir", sagte sie. Ihr Mund und ihr Hals waren trocken. „Wir kennen uns seit unserer Kindheit. Folly ist ein kleiner Ort, deshalb bezweifle ich, dass sich hier viele Menschen fremd sind. Aber ich hätte damit rechnen müssen, dass er zu dieser Zeit in London ist."

„Ist er nicht. Ich bin übrigens Venetia. Möchten Sie Tee?"

„Nein, vielen Dank."

„In diesem Fall können Sie Bat wegbringen und ihn füttern. Dann gehen Sie nach Hause", trug Venetia Gladys auf. „Wir kommen hier schon zurecht."

Sobald Gladys gegangen war, schälte Venetia sich aus den Gartenhandschuhen und enthüllte sauber manikürte Hände. Dann warf sie die Handschuhe und die Schaufel auf eine Bank. „Hat die Polizei Sie geschickt?", fragte sie, ohne Alex anzusehen. „Falls ja, geben Sie es zu und nennen Sie mir den Grund." Dieses Mal starrte sie Alex direkt ins Gesicht.

Wenn das unnachgiebige Starren einschüchternd wirken sollte, dann gelang das. Alex' Beine fühlten sich wackelig an. „Warum glauben Sie, die Polizei hätte mich geschickt? Sie geben keine Aufgaben an Zivilisten weiter, oder?"

„Sie stehen den Detectives nahe, oder nicht? Das habe ich zumindest gehört. Glauben Sie, Harry hatte etwas mit dem Tod dieser Frau zu tun? Das hatte er nicht, auch wenn sie diese Vivian Seabrook wieder nach Hause geschickt haben."

„Ich wusste nicht, dass Vivian wieder hier ist. Und ich stehe keinem Detective nahe."

„Da sagt der Major aber etwas anderes."

Der Major? Jetzt, da sie darüber nachdachte, konnte sich Alex nicht daran erinnern, je gehört zu haben, ob der Mann überhaupt einen Vornamen hatte.

„Wie auch immer. Harry hat einen Termin in Bourton-on-the-Water. Soweit ich weiß, wollte er bald wieder zurück sein."

„Was ist das für ein Termin?", fragte Alex, ohne nachzudenken. Das sollte sie sich wirklich abgewöhnen.

Venetia starrte sie erneut an.

„Ich vergeude nur Ihre Zeit. Ich hätte erst anrufen sollen."

„Ich habe alle Zeit der Welt. Sie haben reichlich Geld aus Ihrer Ehe. Warum haben Sie beschlossen, hierher zurückzukommen und ausgerechnet einen Pub zu kaufen? Ich hätte gedacht, Sie würden vergessen wollen, wie es war, in Underhill aufzuwachsen. Sie könnten in jede beliebige Stadt ziehen, es gibt viele Orte, wo niemand Sie kennt."

Alex fragte sich, wie schnell sie das Haus verlassen könnte. „Ich tue, was mir gefällt. Und lebe dort, wo ich wirklich gern leben möchte. Und ich male immer noch."

„Sind Sie gut?"

Das hier war einfach nur falsch. „Manchmal. So wie die meisten Künstler. Sie widmen sich wirklich hingebungsvoll Ihren Pflanzen und Ihrem Garten. Es ist wunderschön."

„Was wollten Sie von Harry?"

Sie hatte sich selbst in diese Sackgasse manövriert, dachte Alex. „Ich ... ich finde es wirklich ungerecht, dass so viele unbegründete Gerüchte über ihn verbreitet werden, und wollte ihm das sagen. Ich war spazieren und habe spontan beschlossen, hier vorbeizukommen." Diese Antwort kam ihr recht schlau vor und könnte noch ein paar nützliche Fragmente zu Tage fördern.

Venetia atmete hörbar durch die Nase ein. „Wir reden sinnloses Geschwätz", deklarierte sie, warf den Kopf in den Nacken und lachte aus vollem Hals, „füllen die Lücken aus. Aber wir sind auch Fremde, nicht wahr? Harry bringt nie Frauen her. Manchmal frage ich mich, ob er schwul ist. Aber Männer bringt er auch nicht her."

„Ich glaube, ich sollte gehen", sagte Alex.

„Alle glauben, ich wüsste nicht, was vor sich geht. Das ist wirklich komisch. Ich weiß vermutlich mehr, als die meisten von Ihnen zusammen. Ich bin mit Recherche vertraut, daher finde ich gern Dinge heraus. Ich habe ein Studium in Oxford abgeschlossen, müssen Sie wissen. In Anthropologie."

„Meinen Glückwunsch."

„Also, ich weiß, was Sie vorhaben. Aber ich bin es Harry schuldig, dafür zu sorgen, dass er mit Ihnen sprechen kann. Es wäre falsch, ihm diese Gelegenheit zu verwehren. Sie können in seiner Wohnung auf ihn warten – er bewohnt nur das obere Stockwerk. Allerdings ist das so groß wie die meisten Häuser. Folgen Sie mir."

Alex wollte Venetia Stroud nirgendwohin folgen.

„Wussten Sie, dass unser anderer Sohn bei der Army ist?", fragte Venetia mit einem liebevollen Lächeln. Sie legte den Kittel ab, den sie sich über ihr elegantes, graues Kleid und die Jacke gezogen hatte, und holte schwarze Pumps unter einer Bank hervor. Sie zog die Gummischuhe aus, die sie für die Gartenarbeit getragen hatte und ersetzte sie durch die schwarzen Schuhe mit den erstaunlich hohen Absätzen. Plötzlich war sie deutlich größer als Alex. Eine elegante Frau mit Ausstrahlung, die den ersten Eindruck, den sie Alex von sich vermittelt hatte, abstreifte wie eine Schlange ihre alte Haut. „Er ist natürlich älter als Harry. Wir haben hohe Erwartungen an seine Karriere."

„Ich hörte, dass Harry einen älteren Bruder hat. Allerdings habe ich ihn nie kennengelernt. Wie schön."

„Sind Sie an Harry interessiert?" Venetia musterte sie von oben bis unten.

Alex lächelte höflich. „Ich mag Harry. Er war immer nett zu mir."

„Das beantwortet meine Frage nicht."

„Besser kann ich das nicht ausdrücken."

„Verstehe." Venetia packte Alex mit festem Griff am Ellenbogen und führte sie aus dem Wintergarten zurück in den Flur, wo sie sie so plötzlich losließ, dass Alex stolperte und sich an der Wand abstützen musste.

„Entschuldigung." Venetia nahm Alex wieder am Arm und führte sie durch weitere Flure und schließlich eine Treppe hinauf in den ersten Stock. Das Billardzimmer wirkte in dem offenen Bereich am Ende der Treppe irgendwie fehl am Platz. Venetia schob Alex weiter vor sich her bis zu einer Tür, die mit grünem Fries bespannt war und in einen kurzen Flur führte.

„Hier wohnt Harry", sagte Venetia, und ihre Finger schlossen sich noch fester um ihren Arm. „Reichlich Privatsphäre, und er legt viel Wert auf seine Privatsphäre."

Der Flur endete in einer dunklen Holztür und Harrys Mutter trat ohne Bedenken ein. Sie schloss die Tür hinter ihnen.

„Ehrlich, Venetia, ich komme lieber an einem anderen Tag zurück. Ich werde Harry anrufen und ein Treffen ausmachen." Doch tatsächlich hatte sie nicht die Absicht, je zurückzukommen. Wenn sie noch ein Treffen ausmachte, würde es auf neutralem Boden stattfinden – falls.

„Unsinn. Er wird bald zurück sein. Kommen Sie mit in seine kleine Bibliothek – sein Lieblingszimmer. Dort können Sie es sich gemütlich machen."

Harrys Einrichtung im Stil der Fünfzigerjahre war beinahe ein Schock, nachdem sie den Rest des Hauses gesehen hatte. Sie kamen an einer Küche vorbei, die der Traum eines jeden Koches gewesen wäre. Wände waren entfernt worden, um ein offenes Raumkonzept zu ermöglichen, in dem Polstermöbel und Chromfüße dominierten. Die hängende Lichtinstallation, die hin und her schwang und einem bronzenen Vogelschwarm glich, spiegelte sich im gläsernen Esstisch.

Alles war in Rot, Grau, Schwarz und Lindgrün gehalten; zweifellos das Werk eines Innenarchitekten.

„Da wären wir", sagte Venetia und deutete durch eine deckenhohe Tür in einen mit Bücherregalen gesäumten Raum.

Links führte eine Treppe nach unten zu einer Eingangstür mit Glaspanelen zu beiden Seiten. Dort hingen Aktbilder schlanker Frauen von zeitgenössischen Malern, die an Figuren von Erté erinnerten. Die Frauen standen aufrecht, ließen aber den Kopf nach vorne hängen, sodass ihr glatter, in scharfer Linie geschnittener Bob ihre Gesichter verdeckte.

„Sherry?", fragte Venetia, und goss bereits ein Glas ein, als Alex ihr in die Bibliothek folgte. „Hier ist es sehr gemütlich, wenn sich der Tag dem Ende neigt. Setzen Sie sich. Dieses Teil, das wie eine grüne Hand aussieht, ist tatsächlich sehr gemütlich. Ich muss los. Ich fahre in die Stadt. Ballett ... das liebe ich."

Sobald sie sich sicher wäre, dass die Frau fort war, würde Alex schnellstmöglich hier verschwinden. Sie lächelte Venetia an. „Sie sind sehr freundlich, danke." Sie setzte sich in den grünen Handsessel und nahm das Glas Sherry entgegen.

Venetia wedelte in einer völlig unpassenden Weise mit den Händen. „Dann ist alles fein?"

Alex überlegte, ob sie diese Formulierung je zuvor gehört hatte. „Alles bestens", sagte sie, und sah der Frau hinterher, während ihre Schritte über die schwarzen Marmorfliesen klickten.

Als sie hörte, wie sich die Tür zum Rest des Hauses schloss, stellte sie das Glas ab und vergrub das Gesicht in ihren Händen. Diese ganze Situation war bizarr, unheimlich und furchteinflößend. Als sich ihre Atmung wieder beruhigte, trat sie an ein Fenster mit Blick auf den gepflasterten Bereich vor diesem Flügel. Die Fenster waren aus einem eigenartig welligen Glas, das alles verzerrte. Sie kauerte sich an die Wand neben dem Fenster, lauschte und warf gelegentlich vorsichtig einen Blick nach draußen. Venetia Stroud hatte gesagt, die Garagen lägen unter Harrys Wohnung, also musste sie dort vorbeikommen.

Wurde sie vielleicht abgeholt?

Alex kippte ein Fenster. Sie würde es hören, wenn sich die großen Torflügel öffneten. Oder?

Warum bat sie nicht Tony, sie holen zu kommen? Venetia würde es nicht verdächtig finden, wenn sie bei seiner Ankunft noch da wäre. Sie griff nach ihrem Handy in der Gesäßtasche ihrer Jeans.

Es war nicht da.

Sie tastete den grünen Handsessel ab und suchte darunter. Nichts. Wo könnte sie es verloren haben? Sie hätte doch etwas spüren müssen – doch sie war die ganze Zeit ziemlich durcheinander gewesen.

In der Bibliothek war kein Telefon zu sehen, auch nicht in der Küche oder dem großen Wohnbereich. Weder ihr Handy, noch ein Festnetzanschluss.

Ihr Herz machte einen Satz, als sie auf einer Arbeitsplatte in der Küche etwas entdeckte, was sie zuvor übersehen hatte. Mehr oder weniger von einem Chromkorb mit bunt bemalten Holzeiern verdeckt, lag dort ein Handy. Sie eilte hinüber, schnappte sich das Gerät, drehte es um und drückte den ersten Knopf, den sie fand. Wo war das Tastenfeld?

Greensleeves ... Die ersten Noten der Ballade erklangen auf Klavier.

Alex starrte das Gerät an und ließ den Kopf ob eines plötzlichen Schwächegefühls hängen. Es war kein Handy, sondern eines dieser kleinen Aufnahmegeräte. Sie spulte es zurück, schaltete es aus und legte es wieder neben den Eierkorb.

Ihr kam ein neuer, zusammenhangloser Gedanke. Vivian und Pamela hatten sich sehr nahegestanden. Sie mussten mit Vivian sprechen, um herauszufinden, was sie über Pamelas Leben wusste. Die beiden waren häufig zusammen unterwegs und hatten viel gemeinsam. Vivian würde bestimmt wissen, was Pamela in jüngster Zeit getrieben hatte; und mit wem.

Später, sagte Alex sich. Sie musste konzentriert bleiben. Bei einem weiteren Blick aus dem Fenster war immer noch keinerlei Bewegung auszumachen, und sie hörte auch nichts.

Sie könnte einfach gehen. Die Treppe hinunter zu Harrys Eingangstür war vermutlich die einfachste Variante. So müsste sie nicht ihren Weg zurück durchs Haus finden. Doch sie wünschte, sie wäre nicht allein.

Jenseits der Bibliothek gab es noch weitere Türen. Er musste ein Telefon in seinem Schlafzimmer haben. Die erste Tür führte sie in ein weißes Badezimmer mit Dusche und Wanne, das wirkte, als sei es noch nie benutzt worden. Die Fenster im nächsten Raum waren von innen mit weißen Holzläden verschlossen. Das Zimmer enthielt nichts als eine Menge Koffer, die dort in zueinander passenden Sätzen ordentlich gelagert wurden, und einige Holzkisten, die zugenagelt waren.

Die beiden Türen auf der anderen Seite des Flurs waren verschlossen. Sie wandte sich augenblicklich ab, während ihr Panik den Hals zuschnürte und ging zu einer deckenhohen Doppeltür hinüber. Dahinter musste Harrys Schlafzimmer liegen.

Die Klinken bewegten sich nicht.

Alex trat zurück, drehte sich um und rannte zur Eingangstür, wobei sie beinahe die Treppe hinunterfiel. Die Riegel oben und unten waren leicht zu öffnen. Ihr Herzschlag pochte in ihren Ohren, doch sie atmete tief durch und versuchte, die Tür zu öffnen. Sie bewegte sich nicht. Ihr Rütteln und Ziehen blieb wirkungslos.

Das Bodenschloss! Sie öffnete es und versuchte es erneut. Dabei fiel ihr Blick auf einen weiteren Riegel, oben an der Tür, der sich jedoch nicht von innen öffnen ließ. Solche Schlösser benutzte man doch sonst nur an Türen zu Lagerräumen.

Dies war nicht ihr Weg nach draußen.

Sie wollte Harry nicht begegnen, oder von ihm ausgefragt werden.

Sie rannte wieder nach oben. Ihre Ledersolen glitten über den Marmorboden, doch sie rannte dennoch weiter. Sie hätte diesen Weg zuerst versuchen sollen.

Die Tür, durch die sie hereingekommen war, war von innen mit silbernem Stoff beschlagen und mit Knöpfen dekoriert.

Und sie war von außen abgeschlossen.

Fünfzehn

Der Wind riss alles mit sich, was neben den neuen Trieben noch an alten, verwitterten Blättern und toten Zweigen in den Bäumen hing, und verwandelte es in Geschosse. Tony schlug den Kragen seines Mantels hoch, schob die Hände in die Taschen und zog die Schultern hoch.

Er lief von seinem Haus am Rand von Dimple, wie sie die weite, ovale Senke nannten, in der mehrere Häuser auf großen, stark bewaldeten Grundstücken standen, den Hang hinab über die Wiesen nach Folly hinein, was ihm Zeit zum Nachdenken bot. Katie lief an seiner Seite. Sie mochte das stürmische Wetter nicht. Er würde nach dem neuen Mitbewohner der Burke-Schwestern sehen, und dann zum Dog gehen. Alex könnte ihn im Auto mitnehmen. Egal zu welchem Haus ...

Er musste den See umgehen, um die Lücke zwischen den Häusern und die Straße vor dem Black Dog zu erreichen.

Direkt hineinzugehen, um Alex zu sehen, kam ihm verlockend vor, doch er musste nach den Wunden von Maxwell Aloysius Brady sehen.

Katie lief auf den Pub zu.

Tony pfiff sie zurück und legte ihr die Leine an. Er warf einen Blick an der Seite des Gebäudes vorbei, und seine Laune hob sich, als er das Licht sah, das sich in der Windschutzscheibe von Alex' Land Rover spiegelte.

„Komm schon, Mädchen, bringen wir das Geschäftliche hinter uns ... bevor wir uns um die andere

Angelegenheit kümmern, oder was auch immer." Zu Katies Vergnügen rannte er los. Er kannte jede Spalte und jedes Loch im Bürgersteig und machte sich keine Sorgen um die herannahende Dunkelheit.

Als er auf den Pfad vor *Leaves of Comfort* einbog, waren die Silhouetten von Harriet und Mary an einem Tisch dicht am Schaufenster des Teeladens nicht zu übersehen. Er hatte angerufen, rief ihnen aber dennoch zu, aus Angst, sie zu erschrecken. Harriets Gehör war ausgezeichnet und sie erhob sich augenblicklich, um ihn einzulassen.

„Entschuldigen Sie die Verspätung", sagte er. „Soll ich Katie hier anbinden?"

„Bringen Sie sie herein. Oliver ist oben eingesperrt und wir sollten herausfinden, wie Maxwell sich mit Hunden verträgt."

„Er hat Katie bereits kennengelernt. Sie kann eine gute Krankenschwester sein, wenn sie will." Er trat ein, legte den Mantel ab und nahm die Kaffeetasse, die Mary ihm reichte. „Danke. Wo ist denn das neue Familienmitglied?"

„Hier", sagte Mary und deutete auf ihren Schoß.

Er hatte den ramponierten, roten Kater gar nicht bemerkt, der in eine kleine Wolldecke gehüllt war und sein gesundes Auge fest geschlossen hatte.

„Er macht ein Nickerchen", sagte Mary. „Er hat den Großteil des Tages geschlafen, aber ich glaube, er gewöhnt sich bereits ein."

Harriet schnaubte. „Wie sollen wir das wissen, wenn er doch die meiste Zeit schläft?"

„Oliver hat ihn sich ganz genau angesehen. Er ist nicht beeindruckt, hat ihn aber auch noch nicht angefaucht. Die beiden werden schon zurechtkommen."

„Darf ich ihn mal ansehen?" Tony stellte sich einen Stuhl zu Mary und sie hob Maxwell in seine Arme.

„Die Wunde heilt gut", sagte er und war froh, keine Anzeichen für eine Infektion zu sehen. Er hatte sein Stethoskop in der Hosentasche mitgebracht und horchte Herz und Lunge des Tieres ab. „Klingt alles gut. Dass er erschöpft ist, ist ganz normal. Hat er sein Katzenklo von allein gefunden?"

Katie näherte sich vorsichtig und beschnupperte die Katze. Dann ließ sie sich, anscheinend zufriedengestellt, unter Tonys Stuhl auf den Boden sinken.

„Mit dem Katzenklo gab es keine Probleme", sagte Harriet. „Und er frisst für drei. Wir werden unsere Katzen wohl nicht nach draußen lassen, daher wird er sich an das Klo gewöhnen müssen."

Während Tony mit einer Hand durch das Fell strich, das vielleicht mal seidig sein würde, wenn es richtig sauber war, öffnete Maxwell sein goldenes Auge, sah ihn an und gähnte so ausgiebig, dass er einen kompletten Satz gesunder Zähne zur Schau stellte. Anschließend kroch er zu Mary zurück, die ihn sofort wieder in seine Wolldecke wickelte.

„Ich möchte, dass er noch ein paar Tage lang Antibiotika bekommt", sagte Tony und stellte ein Fläschchen auf den Tisch. „Er hat eine Spritze bekommen, aber das hier sind Pillen. Geben Sie ihm die mit weichem Futter. Ich werde in ein paar Tagen wieder vorbeischauen, es sei denn, Sie teilen mir mit, dass ich früher kommen sollte."

„Weiß Alex, dass wir ihn haben?" Harriet wirkte besorgt. „Ich frage mich, ob wir ihr hätten sagen sollen, was wir vorhatten."

„Auf Teufel komm raus die Wahrheit sagen", sagte Mary und lächelte ihre Schwester liebevoll an. „Wir haben befürchtet, Alex würde uns nicht zutrauen, dass wir uns um zwei Katzen kümmern, deshalb sind wir am frühen Morgen zu Ihrer Praxis hinübergeflitzt."

„Sie ist froh, dass Sie ihn aufgenommen haben." Das war nicht ganz die Wahrheit, diente aber einem guten Zweck.

Das einzige künstliche Licht im Erdgeschoss kam von der Küchentheke, in der zwei Scones zu sehen waren. Tony trank seinen Kaffee und dachte darüber nach, wie friedlich es hier war. Er hatte gehofft, Folly würde für lange Zeit unberührt bleiben. An grausame Morde hatte er dabei eher nicht gedacht.

„Darf ich Ihnen eine persönliche Frage stellen?", fragte Mary, während sie mit ihrer knorrigen, alten Hand sanft Maxwells Kopf streichelte. „Wir haben das Thema in der Vergangenheit vermieden, aber es muss mittlerweile fünf Jahre her sein, dass Sie aus Australien zurückkamen. Haben Sie sich von Penny scheiden lassen? Wir sind traurig, weil wir wissen, wie sehr Sie beide sich geliebt haben. Ach je ..." Sie neigte den Kopf. „Ich bin zu weit gegangen."

Es überwältigte Tony, die Frage zu hören, die ihm die ganze Zeit noch niemand direkt gestellt hatte. Zumindest niemand außerhalb seiner Familie. Er stützte sich mit den Ellenbogen auf dem Tisch ab und rieb sich mit den Zeigefingern zwischen den Augenbrauen. Bei seiner Rückkehr nach Folly hatten ihn die Bewohner

nicht fragen müssen, ob in seiner Ehe etwas schiefge-
gangen war. Oder sie hatten das Thema aus Respekt vor
seinem Vater gemieden, dem Hausarzt, dem sie alle seit
so vielen Jahren vertrauten.

„Regen Sie sich bitte nicht auf", sagte Harriet zögerlich. „Alex hat eine schlimme Zeit durchgemacht. Wir
glauben, es war sehr viel schlimmer, als sie zugeben
würde. Und wir glauben, dass sie ... nun ja, wir glauben,
sie könnte Sie gernhaben ... sehr sogar."

Er lächelte, auch wenn das vielleicht keine angemes-
sene Reaktion war, und blickte zwischen den beiden alten Damen hin und her. Es war wohl besser, ihnen
nicht zu erzählen, dass er Alex' Gefühle erwiderte –
wenn sie denn überhaupt recht hatten, was ihre anging. „Penny ist bei einem Tauchunfall ertrunken. Wir
hatten ein Boot. Sie fuhr gern alleine raus und las an
Deck. An diesem Tag ging sie alleine tauchen und das
ist in den Gewässern dort ohne Partner gefährlich. Ich
spreche nicht gern darüber."

Mary setzte ihre dicke Brille ab, um sich mit einem
spitzenbesetzten Taschentuch die Tränen wegzuwischen. „Armes, junges Ding. Das ist ja schrecklich."

„Wir hätten uns vermutlich ohnehin auf eine Scheidung zubewegt, aber ... mein Gott, es war schrecklich.
Ich wollte, dass sie ihrer Wege geht und glücklich wird.
Alex weiß davon, und Lily, und mein Vater natürlich
auch."

„Wir werden es nicht weitererzählen." Harriet
schenkte ihm Kaffee nach, ehe er sie aufhalten konnte.
„Ich bin froh, dass Sie und Alex wieder zueinanderge-
funden haben. Sie wissen ... nein, ich habe genug gesagt.

Aber wenn Sie je über Ihren Verlust sprechen wollen, wir sind hier."

„Ja", sagte Mary. „Aber das liegt alles in ferner Vergangenheit. Haben Sie Vivian Seabrook schon getroffen?"

Harriet schien sich unbehaglich zu fühlen. „Sie wurde am frühen Nachmittag in einem Polizeiwagen zum Gemeindesaal zurückgebracht. Sie wirkte erschöpft und wütend. Ich habe im Dog angerufen, um Alex zu warnen, dass sie dort hinkommen und Ärger machen könnte, doch Alex war unterwegs. Außerdem war die Polizei noch mal hier und hat weitere Fragen gestellt. Glauben sie wirklich, wir hätten mehr zu erzählen, wenn sie uns eine zweite Chance geben? Sie müssen glauben, dass wir ein geheimes Doppelleben führen, über das wir sonst nicht sprechen."

Er verarbeitete, was sie gesagt hatte: Das ergab kein beruhigendes Bild. „Ich gehe jetzt zu Alex rüber", sagte er. „Sie wirkt wie ein Fels in der Brandung, als könnte sie nichts erschüttern. Doch ich sehe manchmal die Risse in der Fassade. Was ihr in der Vergangenheit zugestoßen ist ... sie hat zu viel verloren und verarbeitet das noch immer. Ich möchte nicht, dass jemand sie aufregt. Das werde ich nicht zulassen."

„Doc James und Ihre Mutter haben einen guten Jungen erzogen, Tony Harrison." Harriet wartete, bis er seine Jacke angezogen und die schlummernde Katie unter dem Stuhl hervorgeholt hatte. „Gehen Sie da rüber und kümmern Sie sich um Alex."

Tony verließ *Leaves of Comfort*, und Katie zog begeistert an ihrer Leine. Sie zappelte von der Schnauze bis zum Schwanz. „Willst du schnell wieder ins Warme zurück?", fragte Tony. Katie erwartete stets, dass sie zum

Pub gehen würden, und dieser Wunsch wurde ihr auch oft genug gewährt.

Der Wind schlug ihm einen hohen Goldrute-Busch ins Gesicht. Er lief am Rand des Bürgersteigs weiter, mit größerem Abstand zu den Vorgärten. Der März hatte offensichtlich eingeschlagen. Dunkle, schwere Wolken hingen tief am Himmel und drückten den Rauch aus den Kaminen herunter, der ihm in den Augen brannte.

„Ich wollte mit Ihnen Sprechen", sagte eine Frau direkt hinter ihm.

Er wirbelte herum und stand im wahrsten Sinne des Wortes Angesicht zu Angesicht Vivian Seabrook gegenüber. Trotz der hereinbrechenden Dunkelheit war sie leicht zu erkennen, und der Mond war mittlerweile auch hinter den Wolken aufgegangen und warf schwaches, silbriges Licht auf die Szenerie.

„Oh, natürlich", sagte er. „Gleich hier?"

„Das ist ein guter Platz. Hier wird man uns wohl nicht stören. Ich habe auf Sie gewartet. Sie kamen neulich Abend in den erhöhten Bereich im Dog, wo wir alle saßen. Alex war auch dort. Hat sie Ihnen erzählt, worüber wir gesprochen haben?"

Er blickte sie finster an. „Wenn Sie Fragen für Alex haben, sollten Sie wohl mit ihr sprechen."

„Es ist nur eine simple Frage, verdammt." Sie atmete tief durch. „Und ich frage Sie. Sie folgt Ihnen wir ein Welpe. Da kann man annehmen, dass sie Ihnen alles erzählt. Was hat Alex hinterher über mich erzählt? Jemand hat gegenüber der Polizei irgendeine Andeutung gemacht, die damit endete, dass ich wie eine gewöhnliche Verbrecherin weggekarrt wurde. Ich bin nicht begeistert, Tony, und ich will wissen, wer das war. Wer auch immer das war, muss irgendetwas gehörig verdreht haben, um die Polizei auf mich anzusetzen."

„Alex würde so etwas nie tun."

„Ein Irish Hunter – Pamela Gibbons Pferd – hat mir die Tür seiner Box ins Gesicht getreten. Ich flog durch die Luft und habe mir unter anderem die Handgelenke aufgeschürft. Irgendjemand hat daraus gemacht, dass ich verletzt worden sein könnte, als ich Pamela ermordete, statt bei dem Zwischenfall mit einem Pferd – allein die Vorstellung ist aberwitzig. Deshalb wurde ich verhaftet. Ich bin alle durchgegangen, die dort waren, und die einzige Person, die sich gut mit den Detectives versteht, ist Alex. Ich habe nichts dagegen, dass sie sich gut verstehen – das geht mich nichts an – aber was würden Sie an meiner Stelle annehmen?"

„Haben O'Reilly und Lamb über die Verletzungen gesprochen?"

„Natürlich. Das habe ich doch gerade gesagt."

„Jeder könnte so einen Kommentar gemacht haben. Wie vielen Menschen haben Sie davon erzählt? Und Alex versteht sich nicht gut mit O'Reilly und Lamb. Sie ist bloß stets höflich."

„Ich hatte gehofft, dass Sie mir erzählen würden, was ich wissen will, aber offensichtlich werden Sie sie decken. Ich gehe selbst zum Dog rüber. Ich wäre beinahe schon vorhin rübergegangen, aber ich brauchte Schlaf, nach allem, was ich durchmachen musste. Ich habe Mr. und Mrs. Derwinter angerufen, um alles zu erklären und die beiden sind nicht allzu glücklich mit ihr, das kann ich ihnen sagen. Pamela und ich waren beste Freundinnen. Wir standen uns sehr nahe. Sie war einer der Gründe dafür, dass ich hergezogen bin."

Tony stapfte wütend los und Vivian lief neben ihm her. „Ich decke Alex nicht", sagte er. „Sie hat nichts getan. Ich kann gern ein privates Treffen arrangieren. Wenn Sie es immer noch darauf anlegen wollen."

„Ich treffe meine eigenen Entscheidungen."

Katie lief auf dem ganzen Weg zum Black Dog so weit voraus, wie es die Leine erlaubte. Als sie dort ankamen, öffnete Tony die Tür und löste die Leine. Katie verschwand im Pub.

Tony ließ die Stimme gesenkt und fragte: „Warum sollte Alex Ihnen das antun, Vivian? Warum sollte sie versuchen, Sie zu verletzen?"

„Ich glaube nicht, dass Sie den Grund kennen, Tony, und es wird Ihnen nicht gefallen, wenn Sie es herausfinden. Aber ich möchte lieber nicht diejenige sein, die Ihnen davon erzählt."

„Hören Sie auf mit den Spielchen. Was haben Sie gegen Alex? Was hat sie Ihnen angetan?"

„Ich habe auch meine Quellen", sagte Vivian. „Und ich werde Ihnen nicht erzählen, was ich erfahren habe, Tony. Aber ich werde ihnen folgendes Sagen: Wer im Glashaus sitzt, sollte nicht mit Steinen werfen. Das ist nicht sehr originell, aber es passt. Ich werde nicht mit reinkommen. Ich muss noch etwas nachdenken. Sie können Alex ausrichten, dass ich eine Erklärung erwarte."

„Sagen Sie ihr das selbst ..."

„Was hatten Sie gestern Abend oben an der Ruine zu suchen? Was haben Sie wirklich getrieben? Wir haben nur Ihr Wort als Erklärung."

Tony ignorierte sie und ging hinein.

Der Pub war angenehm warm. Vivian war davonge-
eilt, noch ehe sich die Tür hinter ihm geschlossen hatte,
und er betrat die Bar mit einem Gefühl der Angst. Diese
Frau suchte einen Sündenbock für ihr Ungemach und
hatte Alex als Unruhestifterin ausgemacht. Vivian hielt
offensichtlich beharrlich an ihrer Theorie fest – bis sie
widerlegt werden konnte.

Wie erwartet war es an der Bar rappelvoll und das Geschwätz hatte einen ohrenbetäubenden Pegel erreicht.
Tonys Vater stand an der Bar und hatte ihm den Rücken zugewandt. Er lenkte seine Schritte in diese Richtung und nickte den Gästen im Vorbeigehen zu. Katie
hatte ihr Ziel bereits erreicht: Das Feuer.

„Hey, Tony", sagte Kev Winslet, der Wildhüter der
Derwinters, und schob Tony sein gerötetes Gesicht entgegen. „Schon wieder so ein Pfusch, was? Was halten
Sie davon? Es ist nicht sehr wahrscheinlich, dass in einem kleinen Ort wie diesem zwei zusammenhanglose
tödliche Verbrechen geschehen, oder?"

Kev roch wie eine Brauerei. „Was meinen Sie?", fragte
Tony.

„Sie stehen miteinander in Verbindung, oder nicht?
Haben die Ermittler nicht längst gesagt, das wäre ein zu
großer Zufall? Ich muss allerdings sagen: Es überrascht
mich, dass sie sich so schnell auf Vivian gestürzt haben.
Sie ist ein fieses Ding. Ich wusste immer, dass mit ihr
etwas nicht stimmt, aber Mord?"

„Vivian wurde wieder freigelassen", sagte Tony. „Sie
ist nach Hause zurückgekehrt." Das war alles, was er
dazu sagen wollte.

„Alex war beim Titten-und-Ärsche-Treffen ...“

„Das lassen Sie besser keine der Frauen hören."

Kev lachte schallend. „Wofür soll TA denn sonst stehen? Die halten sich für so clever. Was hat Alex erzählt? Ich hörte, ein paar von ihnen hätten geweint, als sie von Pamela erfahren haben." Er hörte auf zu grinsen. „Pamela war in Ordnung. Sie hatte nicht viel, an dem sie sich festhalten konnte, bis auf ihr Geld, und man sagt, das hält einen nachts nicht warm. Manche hier gingen zu hart mit ihr ins Gericht."

Dich eingeschlossen.

Lily kam aus dem leeren Restaurant herüber und hob eine Hand, um Tonys Aufmerksamkeit zu erregen.

Er sagte zu Winslet: „Entschuldigen Sie mich", und ging zu Lily, die mittlerweile neben seinem Vater stand. Hugh trat zu ihnen, während er ein Glas polierte, und wartete auf ihre Bestellung.

„Hallo, Lily, Dad", sagte Tony. „Ist euch irgendetwas Nützliches zu Ohren gekommen?"

Sie schüttelten beide den Kopf. Lily schien sich elend zu fühlen. „Ich weiß, dass wir uns nur um das Sorgen machen sollten, was Pamela zugestoßen ist, aber man müsste eiskalt sein, um sich nicht bedroht zu fühlen. Ich glaube nicht, dass Vivian das getan haben konnte, ihr etwa?"

„Sie war es nicht", sagte Tony. „Und sie ist wieder zu Hause. Anscheinend hat jemand bei der Polizei schlecht über sie geredet." Er würde nicht erwähnen, dass Vivian versucht hatte, Alex die Schuld zuzuschieben.

„Was trinken Sie?", fragte Hugh und Tony bemerkte erst jetzt, wie angespannt der Mann wirkte.

„Lily?", fragte Tony.

„Für mich nichts."

„Ich bin versorgt", sagte sein Vater.

„Lagavulin, pur", sagte Tony. „Fühlt sich an wie ein Scotch-Abend."

„Wissen Sie, was Alex trinken möchte?", fragte Hugh.

Tony drehte sich um. „Wo ist sie?"

„Auf dem Damenklo?", fragte Hugh und klang verwirrt. „Wo wollte sie denn hin? Sie ist doch bestimmt mit Ihnen reingekommen, oder?"

„Nein." Er musste sich nicht umschauen, um zu wissen, dass er sie hier nicht finden würde.

Hugh schob den Scotch über die Bar.

Tony fühlte sich desorientiert. „Alex ist nicht hier? Wo ist sie hingegangen?"

„Sie sagte, sie hätte etwas zu erledigen, aber das war vor Stunden. Sie haben hier angerufen, weil Sie nach ihr suchten, deshalb ging ich davon aus, Sie beide hätten sich getroffen."

Tony holte sein Handy raus und rief in der Lime Tree Lodge an, obwohl es keinen Sinn ergab, dass sie dort oben wäre, wenn ihr Auto hier unten hinter dem Pub stand. In der Dunkelheit würde sie zu Fuß nicht so eine lange Strecke antreten. Nicht, während es möglich war, dass ein Mörder in der Gegend unterwegs war. Niemand nahm ab und er hinterließ keine Nachricht auf dem Anrufbeantworter. Als Nächstes versuchte er es auf ihrem Handy. Sie ging nicht dran und er wurde nicht zum Anrufbeantworter weitergeleitet. „Lily. Sie haben sie auch nicht gesehen?"

„Sie war schon weg, als ich herkam." Sie presste die Lippen zu einer dünnen Linie zusammen. „Hat sie Bogie mitgenommen? Nein, natürlich nicht, er ist im Restaurant."

„Beruhigen wir uns erstmal", sagte Doc James. „Wir werden ihre Bewegungen nachverfolgen, zumindest die, die wir kennen. Hugh, sie muss mit ihrem Auto gefahren sein."

„Nein, es steht noch im Hof."

Tony wählte noch einmal Alex' Handynummer und rief bei ihr zu Hause an, wartete beide Male auf den Anrufbeantworter und rieb sich mit der Hand durchs Gesicht. Er ließ sich von seinem Stuhl gleiten und eilte zum Restaurant. Dort lag Bogie, mit dem Kopf auf den Pfoten, und verdrehte die Augen, um ihn anzusehen. Der Hund stand nicht auf und zeigte keine Anzeichen dafür, rausgehen zu wollen. Doch er winselte leise.

Sechzehn

Alex hatte die Arme verschränkt und lief auf und ab. Sie konnte nicht glauben, dass sie eingesperrt worden war.

Nein, sie war zwar eingeschlossen, aber vielleicht war das nicht absichtlich geschehen. Es wurde dunkler in der Wohnung. Draußen war jetzt endgültig die Nacht hereingebrochen. Sie atmete tief durch. „Reiß dich zusammen." Sie schaltete nach und nach die Lichter an. Vielleicht würde jemand bemerken, dass Harrys Wohnung strahlend hell erleuchtet war. Sie hoffte, dass der Major nach Hause kommen würde, doch vermutlich würde er im Dog sitzen, bis der Pub zumachte.

Sie musste annehmen, dass Harry nur noch sein Handy besaß, wie so viele dieser Tage. Es sei denn, hinter einer der verschlossenen Türen versteckte sich noch ein Festnetzanschluss.

Ein Schlüssel drehte sich im Schloss. Das Geräusch durchfuhr sie wie ein Stromschlag. Sie wirbelte herum und sah, wie sich die Tür öffnete. Sie ließ die Hände seitlich baumeln und setzte ein entspanntes Gesicht auf. Angst hatte einen mächtigen Einfluss, besonders dann, wenn man sie zeigte.

Harry kam herein und sah in grauem Nadelstreifenanzug, weißem Hemd und blauer Seidenkrawatte gepflegt und professionell aus. „Hallo, Alex", trällerte er fröhlich. „Ich wollte nach meiner Mutter sehen, doch ich fand nur die Nachricht, dass sie ausgegangen und sei und Sie hier wären."

„Ja." Sie atmete durch den Mund.

Er drehte sich zur Tür um und legte die Stirn in Falten. „Wie sind Sie hereingekommen?"

„Ihre Mutter hat mich durch diese Tür hereingeführt. Sie muss abgeschlossen haben, ohne darüber nachzudenken, als sie wieder ging."

„Aber sie haben es versucht? Sie wollten raus?" Sein Gesicht nahm einen verletzen Ausdruck an. „Sie wollten gehen, bevor ich zurückkomme?"

Diese Leute waren mindestens genauso seltsam, wie sie immer vermutet hatte. „Nein! Ich wollte nur im Dog anrufen und sie wissen lassen, dass ich später als erwartet kommen würde, aber ich muss mein Handy irgendwo fallengelassen haben. Ihre Mutter hat darauf bestanden, dass ich auf Sie warte."

„Ist das Handy schwarzweiß?", fragte er und als sie nickte, fügte er hinzu: „So eins liegt auf dem Tisch im Eingangsbereich."

„Gut", sagte sie. Warum hatte Venetia, die vermutlich als Einzige noch im Hauptteil des Hauses gewesen war, ihr das Handy nicht zurückgebracht? Hatte sie Alex in diesem Flur absichtlich aus dem Gleichgewicht gebracht und ihr das Handy abgenommen? Die Haushälterin hätte es nicht einfach nur auf den Tisch gelegt, als sie ging. „Ich habe nach Ihrem Telefon gesucht, aber anscheinend sind Sie kein Anhänger dieser Technologie."

Er lachte leise. „Ich habe ein Handy." Er klopfte auf die Innentasche seines Jacketts. „Aber in meinem Schlafzimmer ist ein Festnetzanschluss. Ich hätte Ihnen verziehen, dort zu suchen. Ich habe keine Leichen im Keller."

Ihre Kiefermuskeln spannten sich an, doch sie sagte ihm nicht, dass sie das bereits versucht hatte, die Tür aber abgeschlossen gewesen war.

„Ich ... nun, ich hätte nicht damit rechnen können, sie hier anzutreffen, aber ich freue mich", sagte Harry. „Wie schön. Setzen Sie sich zu mir. Es ist längst überfällig, dass wir uns wieder besser kennenlernen – es muss Jahre her sein, dass wir ein richtiges Gespräch geführt haben."

Er hielt ihren Arm oberhalb des Ellenbogens, fester als nötig, wie sie fand, und führte sie in die Bibliothek – ganz in Venetias Stil. „Meine Mutter ist eine Heilige. Wie ich sehe, hat Sie Ihnen bereits etwas eingeschenkt." Er hob das Sherryglas an und rümpfte die Nase. „Oh Gott, sie lebt noch im finsteren Mittelalter. Damen bekommen zu solchen Anlässen stets Sherry, nur weil sie Sherry trinkt."

„Das war sehr nett von ihr", sagte Alex, dachte jedoch, dass Venetia Stroud alles andere als „nett" war.

„Aber Sie mögen einen guten Cognac. Das weiß ich noch. Eine Frau mit einem Faible für meinen Lieblingsdrink, das hat etwas. Setzen Sie sich. Ich werde Ihnen etwas Besonderes holen."

Sie wollte protestieren, doch er war bereits fort. Sie ließ sich auf den nächstbesten Stuhl sinken.

Er stellte eine besondere, gewellte Flasche auf seinen Barwagen. „Cuvée ist das Beste, was ich anbieten kann", sagte er und kicherte beinahe. Er füllte zwei Gläser großzügig mit einer dunklen, goldenen Flüssigkeit.

Alex musste sich davon abhalten, ihn anzugaffen und hoffte, dass er etwas weniger Kostspieliges in die Camus-Flasche umgefüllt hatte.

Sie nahm das Glas mit gehobenen Augenbrauen entgegen, schnupperte am Inhalt, schwenkte es und schnupperte erneut, ehe sie probierte. Sie war keine Expertin, doch sie wusste, wenn sie etwas Exquisites trank. „Meine Güte", rief sie und räusperte sich. „Samt und Feuer. Wundervoll. So etwas habe ich noch nie gekostet." Es war die Wahrheit, doch das Glas war ihr zu voll und sie wollte so schnell wie möglich wieder gehen. Sie spielte mit der Idee, sich einen banalen Grund einfallen zu lassen, um zu verschwinden.

„Es gibt nur wenige Frauen, die nur das Beste verdienen, Alex. Ich wusste immer, dass Sie eine von ihnen sind. Wenn Bailey-Jones mir nicht zuvorgekommen wäre ... nun, aber so war es, doch jetzt spielt er keine Rolle mehr."

Alex war fassungslos und merkte, dass ihre Wangen rot wurden. Sie ließ ihren Blick zu einem kleinen, modernen Gemälde hinüberwandern, das sie nicht kannte und für das sie sich nicht interessierte. Daneben stand ein Bücherregal mit Glasfront. Sie würde sich nicht wundern, wenn es voller wertvoller Erstausgaben wäre.

„Sie besitzen einige schöne Dinge, Harry." „Ich habe Sie in Verlegenheit gebracht." Er setzte sich neben ihr auf den Boden, richtete ein Knie auf und stellte sein Glas darauf ab. „Sie waren schon immer ein schüchternes, kleines Ding. Aber sie haben vieles aus Ihrer Vergangenheit bewältigt und sich ein Leben aufgebaut."

Er war herablassend, und das gefiel ihr gar nicht. Er ging doch nicht wirklich davon aus, dass sie mit diesem Treffen eine Beziehung zwischen ihnen anbahnen wollte, oder? Sie trank noch einen Schluck, achtete aber darauf, besonders wenig zu trinken. „Wie ich Ihrer Mutter vorhin bereits erzählt habe, genieße ich es, hier in Folly zu leben und zu arbeiten", sagte sie mit monotoner Stimme. „Deshalb kam ich zurück. Ich glaube nicht, dass ich allzu viel mitgemacht habe – abgesehen von einer Scheidung, aber über die bin ich hinweg. Oder meinten Sie etwas anderes, was ich bewältigt haben soll?" Wie ihre bescheidene Herkunft?

Er tätschelte ihren Oberschenkel, ließ seine Hand dort ruhen und blickte ihr ernst in die Augen. „Dinge sprechen sich herum. Sie haben mehr durchgemacht, als eine Frau ertragen müssen sollte, und sind mit erhobenem Kopf daraus hervorgetreten, Gott sei Dank."

„Danke." Was sollte sie dazu sagen?

Harry nahm seine Hand von ihrem Bein. „Alex, Sie haben sich wieder ins Leben gestürzt und einige große Entscheidungen getroffen. Den Black Dog zu kaufen, war ein mutiger Schritt. Sie haben sich keine Zeit gelassen, um zu ruhen und Ihre Balance zu finden."

Balance finden?

„Ich möchte Sie nicht aufregen", sagte er, „aber das Mädchen, das ich in meiner Kindheit kannte, würde anderen keinen Ärger machen wollen. Nicht, wenn sie sich treu war."

„Halt, Harry. Was wollen Sie andeuten?"

„Pscht. Regen Sie sich nicht auf. Ich bin ein guter Freund, wissen Sie noch? Hören Sie, ich hatte eine wundervolle Idee. Warum bleiben Sie nicht hier bei mir, zumindest für eine Weile, und nehmen sich die Gelegenheit, darüber nachzudenken, was passiert ist, und was das aus Ihnen gemacht hat."

Die Sorge in seinem attraktiven Gesicht wirkte aufrichtig und ließ sie beinahe glauben, sie hätte ihn falsch verstanden, doch als sie seinen Blick erwiderte, blinzelte er rasch und wich für einen kurzen Moment aus.

„Sie machen wohl Witze", sagte sie. „Ich habe ein erfülltes Leben. In den vergangenen Monaten habe ich einige abscheuliche Erfahrungen gemacht, aber es geht mir gut, danke."

„Warum sind Sie hier?", blaffte er, und das mitfühlende Lächeln war wie weggewischt. „Was versuchen Sie hier? Haben Sie eine Vorstellung davon, was Vivian Seabrook Ihretwegen durchgemacht hat? Was hat sie Ihnen getan?"

Alex starrte ihn mit offenem Mund an.

„Sie haben nichts dazu zu sagen? Das überrascht mich nicht. Sie sollten sich schämen. Und wenn es nach mir ginge, würde ich Ihnen den Kopf zurechtrücken und verhindern, dass sie weiterhin anständigen, unschuldigen Menschen Ärger machen."

Sie sammelte sich. „Das ist doch Wahnsinn. Seit wann sind Sie mit Vivian befreundet? Ich habe keinem von Ihnen beiden je etwas angetan." Doch sie hegte einen starken Verdacht bezüglich Harry, und es war töricht gewesen, allein herzukommen. „Es tut mir leid, dass ich Sie am Abend gestört habe, aber ich muss zurück an die Arbeit."

„Ich bin das ganz falsch angegangen." Er zog sein Jackett aus und warf es auf den grünen Sessel, zog sich die Krawatte vom Hals und warf sie hinterher. „Beruhigen wir uns und reden wir vernünftig darüber. Ich habe die Beherrschung verloren, das hätte mir nicht passieren dürfen. Pamela und ich standen uns nahe –

das ist kein Geheimnis, doch das war nur eine zweckdienliche Nähe, mehr nicht. Sie war älter als ich."

„Na und? Wenn Sie der Ältere gewesen wären, wäre sie dennoch tot." Und wenn Pamela tatsächlich älter als er war, konnte der Abstand nicht groß gewesen sein.

„Sie sind mir hier keine Hilfe. Pamela zu verlieren war ein schwerer Schlag, doch ich muss jetzt an mich denken. Es ist gefährlich, wenn Sie und Tony Harrison Gerüchte über mich verbreiten. Das habe ich nicht verdient, Alex." Er stand da und blickte auf sie herab. „Dieser Detective glaubt, Ihnen würde die Sonne aus dem Arsch scheinen – nach diesem letzten Fiasko glaubt er alles, was Sie sagen. Aus irgendeinem Grund haben sie sie zur Heldin erklärt. Doch das war etwas anderes. Da ging es um Folly und alte Probleme. Das hier ist offensichtlich der wahllose Mord eines Verrückten."

„Ich möchte gehen, Harry. Sie klingen verstört." Sie erkannte ihren Fehler, sobald die Worte ihren Mund verließen. Sie war zu schnell vorgegangen. „Ich werfe Ihnen nicht vor, dass Sie aufgebracht sind. Sie war eine enge Freundin und jetzt ist sie ausgelöscht. Einfach so."

Die folgende Stille machte ihr mehr Angst als seine Anschuldigungen und seltsamen Vorstellungen.

„Verschwenden Sie den guten Cognac nicht", sagte er und lief auf und ab. Er trank einen Schluck aus seinem Glas, dann noch einen. „Sie sind nicht mit dem Auto hier."

„Ich bin gelaufen. Es ist nicht weit. Ich kam aus einer Laune heraus her, weil ich noch kein privates Wort mit ihnen wechseln konnte, seit das alles anfing."

„Und weil Sie beschlossen haben, dass ich ein Mörder bin", schrie er und unterstrich das, indem er ihr mit der Seite seiner Faust auf die Schulter schlug.

Alex stand auf, rieb den schmerzenden Knochen und versuchte, sich zu entfernen. Er öffnete die Faust und hielt sie an Ort und Stelle fest.

„Das hat wehgetan", sagte sie. „Sie sind nicht mehr nüchtern. Lassen Sie mich gehen. Sofort."

„Ich denke nicht", sagte Harry. „Vielleicht hole ich einen der Detectives her, damit Sie ihm sagen können, was Sie von mir halten. Und wenn Sie schon dabei sind, können Sie sich dafür entschuldigen, Vivian schlechtgemacht zu haben, nur weil Sie sie nicht leiden können. Sie können Ihnen sagen, dass Sie ihren Unfall mit dem Pferd ins Böse verkehrt haben. Die Detectives haben offensichtlich schon herausgefunden, dass sie die Wahrheit gesagt hat, aber Sie können Vivian unterstützen. Nur so können Sie mir zeigen, dass es Ihnen leidtut."

„Sie ein Unsinn", blaffte sie. „Ich weiß nicht, was Sie vorhaben und ich will es auch nicht herausfinden."

Er packte sie an den Schultern und schüttelte sie fest. „Lüg mich nicht an du kleines Miststück. Du hast deinen Platz früher nicht gekannt und kennst ihn auch jetzt nicht. Mit Geld kann man sich keine Klasse kaufen. Vergiss das nicht!"

Er war erbärmlich, doch er machte ihr Angst. Alex sprach ruhig und beherrscht: „Sie sind nicht Sie selbst, Harry. Sie waren als Kind nie boshaft wie so viele andere." Es konnte nicht schaden, noch einmal die ursprüngliche Ausrede für ihre Anwesenheit hier zu betonen. „Venetia fragte mich, warum ich hier sei, und ich habe es ihr gesagt. Ich finde es ungerecht, dass manche Leute Anspielungen über Sie machen, und wollte, dass Sie das wissen."

Es verging so viel Zeit, dass sie innerlich in Panik geriet.

„Du warst immer eine von den Guten", sagte er leise, zog sie an sich und schlang die Arme um sie. „Es tut mir leid, Alex. Ich habe dich vorschnell verurteilt und hätte es besser wissen müssen. Du warst als Kind ein kleiner Engel und bist es noch. Vergibst du mir?"

Er schob sie weit genug von sich, um in ihr Gesicht zu blicken. Sie nickte rasch und drehte ihr Gesicht dann in einem schwierigen Winkel, für den Fall, dass er versuchen könnte, sie zu küssen. Sie konnte ihr Schaudern nicht unterdrücken.

„Frierst du, Süße?" Er rieb ihren Rücken und ihr wurde schwindelig. „Ich habe dir Dinge angetan und es tut mir leid. Ich war krank vor Sorge um alles, was vor sich geht, und die Gründe dafür. Ich werde auf dich aufpassen, Alex, wie in unserer Kindheit."

„Danke." Er machte ihr höllische Angst. „Es geht mir gut. Was ich jetzt brauche, ist ein weiterer Spaziergang an der frischen Luft. Sie waren sehr nett, Harry, und das werde ich nicht vergessen." Sie würde es nie vergessen.

„Es ist dunkel", sagte er. „Ich kann dich fahren."

„Es ist noch nicht so spät und ich bin ein Nachtmensch. Ich mag das. Man erwartet mich im Black Dog. Auf Wiedersehen, Harry, und danke für alles."

Er schaffte es, unglaublich traurig auszusehen, doch er hielt ihr die Tür zum Rest des Hauses auf. „Wenn du darauf bestehst. Vergiss nicht dein Handy auf dem Tisch am Eingang."

„Mache ich nicht", sagte sie und lief durch das dunkle Haus. Sie war dankbar für ihren ausgezeichneten Orientierungssinn.

„Ich behalte dich im Auge, liebste Alex." Beim Klang von Harrys Stimme rannte sie los.

Sie hielt mehrmals inne, um darüber nachzudenken, aus welcher Richtung sie gekommen war. Sie hatte sich so auf Venetia konzentriert, als sie raufgekommen war, und jetzt kamen ihr die Flure oder Treppen nicht bekannt vor. Alex lief weiter.

Wenn sie hier wohlbehalten rauskam, würde sie sich niemals wieder in eine solche Situation begeben. Sie erinnerte sich flüchtig daran, sich früher schon ein ähnliches Versprechen gegeben zu haben. Dieses Mal hatte sie ihre Lektion hoffentlich gelernt – falls sie hier in einem Stück rauskam.

Ihr Herz hämmerte in ihrer Brust.

Sie erreichte einen weiteren Treppenabsatz und bemerkte, dass sie vor der Treppe ins Erdgeschoss stand. Sie schluchzte erleichtert, eilte hinunter, hielt sich am Geländer fest und nahm zwei Stufen auf einmal.

Einer ihrer Absätze blieb am Teppich hängen. Sie stürzte die letzten drei Stufen hinunter und krachte auf die Schieferplatten.

Siebzehn

Tony hätte am liebsten die Polizei gerufen oder wenigstens mit O'Reilly gesprochen. Sie hatten zusammen Schlimmes durchgestanden. Immerhin steckte in dem Detective auch ein Mensch, und Dan würde genauso verzweifelt sein wie Tony.

Erst nach vierundzwanzig Stunden, hatte sein Vater betont, trotz Lilys Flehen und Tonys Sorge.

Wenn er sie nicht innerhalb einer Stunde fand oder von ihr hörte, würde er zu O'Reilly gehen, verdammte 24-Stunden-Regel bei vermissten Personen hin oder her. In dieser Zeit konnte viel passieren. Ein kurzer Augenblick war genug, um ein Leben auszulöschen.

Er musste all seinen Mut zusammennehmen, um in Alex' Wagen noch einmal zur Ruine zu fahren. Bei dem Gedanken, noch einmal diesen Brunnenschacht überprüfen zu müssen, klammerte er sich so fest ans Lenkrad, dass seine Knöchel weiß wurden. Und wenn Alex ... im Augenwinkel sah er etwas und zuckte zusammen, doch es war nur der scharfe Umriss des Prunkbaus, der auch als Folly bezeichnet wurde, und dem der Ort seinen Namen verdankte: Hoch auf dem Hügel jenseits des Dimple ragte Tinley Tower auf, oder auch der Zahn, wie die Einheimischen ihn nannten. Es war ein trostloser Anblick. Er war teilweise zerfallen und die schartigen spitzen ragen in den plötzlich blutroten Himmel. Als Kinder hatten sie viel Zeit dort verbracht und in oder an dem einst prächtigen Prunkbau gespielt. Dieser Tage konnte man ihn nur noch auf Bildern im Ganzen sehen.

Er hätte nicht gedacht, dass die Ruine noch wie ein Tatort aussehen würde: Die Absperrbänder flatterten noch im Wind und ein Scheinwerfer leuchtete in den Schacht. Offensichtlich war er gerade nicht in der Lage zu denken. Natürlich war es noch ein Tatort. Ein Übertragungswagen stand in der Nähe und er konnte sehen, dass die Gestalten vorne im Wagen mit Ferngläsern die Gegend beobachteten. Selbst aus der Entfernung konnte er einen Polizisten sehen, der auf einem Stuhl ausharrte, und Aktivität am Fuß des Rundturms ausmachen. Die Spurensicherung arbeitete wohl rund um die Uhr, nahm Tony an. Dieser Anblick beruhigte ihn genug, um den Wagen zu wenden und zur Straße zurückzukehren, wo er nach links Richtung Underhill abbog. Er wollte die Polizisten nicht mit Fragen stören, die garantiert Verwunderung auslösen würden, doch er war froh, dass die Männer dort jede Person mit üblen Absichten fernhalten würden.

Plötzlich überwältigte ihn ein Schwindelgefühl und er krümmte sich über das Lenkrad. Er hielt für einen Moment am Straßenrand, um sich zu beruhigen. Wenn er nur einmal tief durchatmen könnte, würde das schon helfen.

Nachdem sie Alex' Zimmer im Dog überprüft hatte, das sie im Notfall nutzte, wenn ihr das Wetter nicht gestattete, in die Hügel hinaufzufahren, war Lily ins Corner Cottage gegangen, um auch da nachzusehen. Doch Alex war nicht dort.

Tony hatte eine Runde gedreht und persönlich in der Lime Tree Lodge nachgesehen, zu der er einen Schlüssel hatte. Er schaute auch kurz in seinem eigenen Haus vorbei, ehe er weiterfuhr.

Wo sollte er jetzt weitermachen?

Die Cottages von Underhill lagen vor ihm.

Licht fiel gedämpft durch die Gardinen. Im Licht einer Lampe, die die ganze Nacht über einem Schaufenster brannte, waren die Worte „Millers", und „Lebensmittel und Allerlei" zu lesen, was wohl bedeutete, dass sie ein wenig von allem im Angebot hatten. Die Menschen hier waren anständig und arbeiteten hart. Zu Schade, dass es in Folly Menschen gab, die jemanden brauchten, auf den sie herabblicken konnten.

Er fuhr durch das Dorf und dann eine Steigung hinauf. „Alex, wo bist du, verdammt?" Er musste sich wohl eingestehen, dass sie zu impulsiv war. Das war sie tatsächlich, aber wie hätte sie sich in eine ungeschickte – oder gar gefährliche – Situation bringen können? Sein Bauchgefühl sagte ihm, dass sie genau das getan hatte. Als sie sich verabschiedet hatten, hatte sie betont, dass sie eine unabhängige Frau war.

Er hatte keine Ahnung, wohin sie gegangen sein könnte.

Auf der Rückfahrt nach Folly spürte er stechende Hilflosigkeit. Schweiß bildete sich auf seiner Stirn und zwischen seinen Schulterblättern. Sie hatte eine Art sechsten Sinn. Nichts Eindeutiges wie Erscheinungen, aber Vorahnungen. Er wünschte sich verzweifelt irgendeine Eingebung, und ihm war egal, woher sie kam.

Er kam an einigen großen Häusern vorbei und beschleunigte, als der Rest von Folly in Sicht kam.

Etwas bewegte sich.

An der linken Straßenseite. Er hatte es beinahe erreicht und stieg auf die Bremse. Eine Gestalt humpelte vorwärts und hielt sich an Mauern und Pflanzen fest.

Sie drehte sich um, wich an einen Baum zurück und seine Scheinwerfer erleuchteten ihr Gesicht.

„Alex", schrie er und hielt den Wagen so abrupt an, dass die Hinterreifen ins Rutschen gerieten. Er warf die Tür auf und rief erneut: „Alex." Er rannte zu ihr und half ihr hoch. „Mein Gott, wo warst du? Warum humpelst du? Wir waren alle krank vor Sorge um dich."

Achtzehn

Ihr Knöchel schmerzte, doch sie beschwerte sich nicht. Sie hatte bereits entschieden, niemals zu erwähnen, dass Harry ihr auf die Schulter geschlagen und sie deshalb einen blauen Fleck hatte. Tony schien wütend auf sie zu sein. Nein, er *war* wütend auf sie. Es hatte einen Augenblick gegeben, nachdem er ihren Protest ignoriert und sie in den Wagen gehoben hatte, in dem sie glaubte, er würde sie schütteln. Stattdessen hatte er ihre zitternden Hände aus dem Weg geschoben, sie angeschnallt und dann die Tür zugeschlagen.

„Es tut mir leid", hatte sie gesagt, als er zu ihr eingestiegen war. „Ich habe dir Sorgen bereitet. Ich wollte dich anrufen, sobald ich in Sicherheit wäre."

Er überkreuzte die Arme auf dem Lenkrad und lehnte sich mit der Stirn darauf. „Und du konntest beim Laufen nicht sprechen oder ... Alex, ich verstehe es nicht. Ruf sofort deine Mutter an. Sag ihr, dass du bei mir und in Sicherheit bist. Sie wird die anderen informieren."

Sie konnte kaum ihr Handy stillhalten, tat aber, wie ihr geheißen, und hörte Lily beim Weinen zu – sie konnte sich nicht daran erinnern, ihre Mutter jemals weinen gehört zu haben. Lily meinte, sie müsse jetzt die anderen beruhigen und sie würden Alex am Morgen sehen, wenn sie alle geschlafen hätten.

Tony drehte den Schlüssel im Zündschloss. „Warum humpelst du?"

Sie fand ein Taschentuch in ihrer Tasche und schnäuzte sich die Nase. „Ich wusste nicht, was geschehen würde. Nichts hätte mich darauf vorbereiten können." Er sagte nichts. „Ich bin ein paar Stufen hinuntergefallen."

Er lenkte den Wagen auf die Straße und beschleunigte. Alex wagte es, einen Seitenblick in sein Gesicht zu werfen, das vom Armaturenbrett angeleuchtet wurde. Sein Haar war zerzaust und auf seinem Gesicht zeigten sich Sorgenfalten ... und Wut.

„Wo soll ich dich hinbringen? Mein Wagen steht bei mir, deshalb musste ich deinen nehmen."

Sie kämpfte gegen die Tränen an, gegen das Selbstmitleid und ihre Sehnsucht nach seinem Lächeln. Sie wünschte sich, er würde verstehen, was sie ihm sagen würde.

„Ich war jetzt seit ein paar Tagen nicht mehr zu Hause – es ist bestimmt kalt und ... und ich will nicht dorthin. Ich will bei dir sein", beendete sie eilig den Satz. „Mum wird Bogie mit zu sich nach Hause nehmen."

„Alex ..."

„Ich hätte dich schon vor Stunden angerufen", fiel sie ihm ins Wort. „Nimm mich mit zu dir nach Hause, bitte. Mach ein Feuer an und hör mir einfach nur zu. Du wirst wütend sein – und noch wütender auf mich – aber dann wirst du verstehen, warum ich tat, was ich getan habe, und warum ich dich nicht früher anrufen konnte. Als ich da endlich raus war und versuchte, nach Folly zu laufen, hatte ich zu viel Angst, um vernünftig zu denken. Ich wollte dich bei mir haben."

Der Blick, den er ihr zuwarf, brachte sie noch mehr zum Weinen.

„Du bist mir wichtig, verstehst du das nicht?", fragte er. „Ich bin wütend, weil ich immer noch schreckliche Angst habe. Ich fühle mich wie ein Vater, dessen Kind mitten auf die Straße gerannt ist." Er verstummte, warf ihr immer wieder Blicke zu und legte die Stirn in Falten, während sie durch Folly fuhren. „Wovor musst du fliehen? Wo warst du?"

„Ich wurde im Haus der Strouds eingesperrt. Es war schrecklich, Tony. Die ticken nicht richtig. Wenn sie nicht wahnsinnig sind, sind sie nah dran. Irgendetwas läuft dort gewaltig schief."

Er fuhr zu schnell, doch es kümmerte sie nicht. Er war über das Lenkrad gebeugt und der Wagen schoss in die Hügel hinauf und an ihrem Haus vorbei, bis er schließlich in seine Auffahrt einbog.

„Das Haus der Strouds", murmelte er, nachdem er mit quietschenden Reifen vor seiner Haustür zum Stehen gekommen war. „Im Haus der Strouds? Bis so spät in der Nacht? Du bist Stufen hinuntergefallen? Verdammt, Alex, du klingst, als wärst du nicht bei Verstand."

Er stieg aus, schlug die Tür zu und ging zum Kofferraum, um Katie aus ihrem Zwinger zu lassen. Alex öffnete ihre Tür und schwang die Beine nach draußen. Als sie sich auf den Boden gleiten ließ, konnte sie nicht vermeiden, scharf einzuatmen. Stechender Schmerz zuckte durch ihre Schulter und ihren Arm. Sie sehnte sich danach, ihren Schuh auszuziehen, befürchtete aber, ihn nie wieder anziehen zu können, wenn ihr Fuß und ihr Knöchel so geschwollen waren, wie sie befürchtete.

Katie kam zu ihr und schnupperte an ihr, während Tony ihr einen Arm um die Taille legte und sie beinahe ins Haus trug. Er sprach nicht, doch sein steifer Körper strotzte vor Frustration.

In seinem Wohnzimmer neben der Küche zog er ihr die Jacke aus. „Die ist nicht warm genug für dieses Wetter, oder?", fragte er, doch sie nahm nicht an, dass er eine Antwort hören wollte.

Er setzte sie an ein Ende des Sofas und stützte sie einigermaßen sanft mit Kissen, dann breitete er eine große Häkeldecke über ihr aus. Er zog die Decke weit genug hoch, um sich ihre Füße ansehen zu können. „Worauf bist du denn gefallen? Einen Haufen Steine? Ich will, dass mein Vater einen Blick darauf wirft, aber das kann bis morgen warten."

Alex schaute in sein Gesicht und er erwiderte den Blick. Seine blauen Augen fixierten sie. Sie war froh, dass er nicht bemerkt hatte, wie sehr sie ihren linken Arm schonte.

„Das wird wehtun", sagte er und versuchte, ihr den Schuh vom verletzten Fuß zu ziehen – sie nahm an, dass er so vorsichtig wie möglich vorging, doch es tat höllisch weh.

Ihre Schulter brannte bei jeder kleinsten Bewegung.

Verdammter Harry Stroud!

Alex spürte, dass sich Tränen aus ihren Augen lösten, doch sie schluckte und gab keinen Ton von sich.

„Beweg dich nicht", sagte Tony emotionslos und professionell. „Wenn wir Glück haben, ist der Knöchel nur schlimm gestaucht und nicht gebrochen, aber eine Verstauchung kann fast genauso schlimm sein wie ein Bruch."

Er zog ihr den anderen Schuh aus und deckte ihre Füße wieder zu. Alex beschwerte sich nicht darüber, dass ihr das Gewicht der Wolle zu viel war.

Endlich zog er seinen Mantel aus und entzündete ein Feuer. Katie setzte sich zu ihr und legte den Kopf auf der Sofakante ab. Die Augen der großen Hündin beobachteten sie mit traurigem Blick.

„Ich werde das bandagieren", sagte Tony, „und etwas Eis daraufpacken. Dann werden wir durchgehen, welche Dummheit du da auch immer begangen hast – Schritt für Schritt."

Alex presste die Lippen aufeinander. Ihn zu bitten, sie in Ruhe zu lassen, würde nichts Positives bewirken; nicht aus dieser Position der Schwäche.

Er ging in die Küche und sie hörte Geschirr klappern. Binnen einer Minute kehrte er mit einer dampfenden Tasse in einer Hand und mit einer großen Plastikschachtel in der anderen zurück. „Horlicks", sagte er. „Das magst du, oder? Ist beruhigend, oder so ähnlich."

Sie nickte, obwohl sie das malzige Milchgetränk seit Jahren nicht mehr probiert hatte. Er stellte die Schachtel ab, schob einen kleinen Beistelltisch zu ihr und stellte die Tasse darauf. „Das fühlt sich in deinen Händen vielleicht gut an. Tröstlich."

Aus der Schachtel holte er eine breite, elastische Bandage. Er fing an ihrem Spann an und wickelte rasch und geübt, bis sich ein sauberer Fischgrätenverband bis über ihren Knöchel hinaus erstreckte.

„Vielen Dank, Tony", sagte sie.

Er befestigte das Ende des Verbandes und antwortete ihr nicht. Als die Schachtel wieder zu war, stellte er sie beiseite und zog sich einen Sessel dicht genug ans Sofa, dass er sie direkt ansehen konnte. Er setzte sich, legte die Unterarme auf den Beinen ab und verschränkte die Hände zwischen seinen Knien.

Alex fiel das Horlicks wieder ein. Es war bereits abge-kühlt und sie trank einige Schlucke.

Tony schweig weiter und blieb wachsam.

„Ich habe einen Fehler gemacht", sagte sie als sie das Schweigen nicht mehr aushielt. „Aber das heißt nicht, dass du recht hattest, und auch ich nicht, als ich dir sagte, dass ich meine eigenen Entscheidungen treffen würde. Diese hier ging schlecht aus, aber meine Beweg-gründe waren gut. Niemand scheint auch nur die ge-ringste Ahnung zu haben, was Pamela zugestoßen ist und ich habe das Gefühl ... wir haben sie gefunden, und deshalb fühle ich mich verantwortlich. Die Toten kön-nen sich nicht selbst helfen und dieser Fall muss bald aufgeklärt werden; um ihretwillen und weil wir stän-dig mit einem weiteren unnatürlichen Tod rechnen müssen, solange wir das Motiv nicht kennen."

„Die Polizei ermittelt bereits, Alex. Lass sie ihre Arbeit machen."

„Und was haben sie bislang erreicht?"

„Sie hatten erst wenige Tage Zeit. Und wir wissen nicht genau, was sie herausgefunden haben."

„Was ist daraus geworden, dass wir selbst ein wenig herumschnüffeln wollten?"

„Du hast mir einen höllischen Schrecken eingejagt, das ist passiert. Ich habe schon einmal geglaubt, ich hätte dich verloren. Erinnerst du dich?"

Sie erinnerte sich, doch sie sah es nicht ein, dass sie in Watte gepackt werden musste.

„Warum warst du bei den Strouds? Was ist dort ge-schehen?"

Er würde noch ausrasten, bevor sie mit ihrer Ge-schichte fertig war.

„Ich bin heute Nachmittag hingelaufen und habe darum gebeten, Harry sprechen zu können."

„Du hast was? Meine Güte."

„Er war nicht da, aber seine Mutter, Venetia Stroud. Sie war es, die mich in seiner Wohnung eingeschlossen hat – wenn man es so nennen kann. Sie umfasst das gesamte obere Stockwerk eines Flügels über den Garagen, hinten am Haus. Die Garagen sind groß genug, dass sie dort noch einen ganzen Stall untergebracht hatten, als Harry und sein Bruder jünger waren. Wenn sie zu den heutigen Ereignissen befragt werden würde, würde sie alles abstreiten. Und obwohl Harry die Wahrheit kennt, würde er seine Mutter decken."

Er zog seinen Stuhl näher heran, ohne je den Blick von ihrem Gesicht abzuwenden. „Warum warst du dort? Was hast du erwartet, damit zu erreichen?"

Sie stellte ihre Tasse ab und zuckte zusammen. Selbst die Bewegung des rechten Arms zog im linken. „Ich war mir nicht ganz sicher, aber ..."

„Dein Arm tut weh."

„Das ist nichts."

Tony nahm ihren Ellenbogen und ihre Hand und streckte ihren Arm. Sie setzte einen gelassenen Gesichtsausdruck auf. Er führte den Arm sanft zur Seite, parallel zu ihrem Körper, bewegte ihn wieder zurück und hob ihn, bis er einen rechten Winkel erreichte. Sie konnte es nicht vermeiden, vor Schmerz zu stöhnen, und stütze ihren Oberarm mit der anderen Hand. Tony ließ ihren Arm behutsam sinken und zog ihr das Oberteil von der Schulter.

Sie wandte den Blick ab und hoffte, dass dort nichts zu sehen war. Das Letzte, was sie jetzt brauchte, war irgendeine Auseinandersetzung zwischen Tony und Harry.

„Du hast einen einzelnen, großen Bluterguss an der Schulter." Er tastete herum. „Sieht nach einem Hämatom aus, und deine Schulter ist geschwollen. Was ist passiert?"

„Das ist wahrscheinlich passiert, als ich die Treppe hinunterfiel."

Sein Starren machte es ihr unmöglich, seinen Blick zu erwidern.

„Hast du dich überschlagen und bist kopfüber gestürzt?"

„Lass es einfach, Tony. Hör auf, mich zu bedrängen."

Er stand auf, ging in die Küche und kehrte mit mehreren Eisbeuteln und Handtüchern zurück. Der Eisbeutel, den er mit einem der Handtücher an ihre Schulter gebunden hatte, war unangenehm. Die anderen wickelte er um ihren Knöchel.

„Ich will mir nicht noch einmal vorwerfen lassen, dich zu bedrängen, also erzähl mir bitte ganz genau, was passiert ist; von Anfang an bis zu dem Zeitpunkt, als ich dich an der Straße aufgelesen haben."

Hemmungslos zu weinen, würde ihr vielleicht ein paar Minuten verschaffen, doch dann würde er wieder davon anfangen. „Hast du Brandy da?"

Ohne ein Wort brachte er ihr ein Glas, verzichtete aber darauf, sich auch eines zu holen.

Die einlullende Wärme fühlte sich wundervoll an ... für wenige Sekunden. „Ich bin zum Haus gelaufen und habe darum gebeten, mit Harry sprechen zu können. Er war unterwegs. Ich habe mit Venetia gesprochen, die eine üble Person ist. Sie hat mir eine ganze Reihe von

Fragen gestellt, mir vorgeworfen, ein Eindringling zu sein, und mich gefragt, ob ich ein Auge auf Harry geworfen hätte. Sie erklärte mir, was ich für eine unwürdige Freundin für Harry wäre, und hat mir generell schrecklich abfällig die Meinung gesagt. Als ich ihr sagte, ich wäre der Meinung, Harry würde ungerecht behandelt werden, wurde sie gleichzeitig zuckersüß und bissig und drängte mich beinahe nach oben zu seiner Wohnung. Dabei muss ich mein Handy fallengelassen haben. Ich merkte erst, dass es fort war, als sie mich in der Wohnung zurückgelassen hatte, und wenn Harry dort oben ein Telefon hat, war es hinter seiner verschlossenen Schlafzimmertür."

„Das ist unglaublich." Tony hatte die Ellenbogen auf den Knien abgestützt und massierte sich die Stirn. „Wir wissen nicht, wer der Mörder ist, aber er ist da draußen, Alex, und du hältst das für einen guten Zeitpunkt, um Amateurdetektivin zu spielen – ganz auf dich allein gestellt. Erzähl weiter."

„Irgendwann kam Harry zurück und ich konnte gehen." Sie biss die Zähne zusammen und wünschte sich, Tony würde aufhören, nachzuhaken; zumindest für den Moment.

Tony stand auf. Er war immer noch sehr nah und sie musste den Kopf in den Nacken legen, um sein Gesicht sehen zu können.

„Warum deckst du Harry?"

„Was?" Sie verschränkte die Arme und sog vor Schmerzen Luft ein. „Ich decke Harry nicht. Ich habe heute jeden nur denkbaren Fehler gemacht und den Preis dafür gezahlt. Ich zahle ihn immer noch."

Als er sie weiterhin finster ansah, überkam sie ein Anflug von Selbstmitleid. „Als Nächstes werde ich Vivian Seabrook aufsuchen und eine private Unterhaltung mit ihr führen. Sie war Pamelas engste Freundin hier und ich glaube, sie weiß mehr, als sie bislang preisgegeben hat. Ich werde logisch und vernünftig vorgehen."

„Wirklich? Du klingst so gescheit. Würdest du mir jetzt bitte im Detail erzählen, was passiert ist, nachdem Harry zurückkam? Du warst viel zu lange verschwunden, als dass das schon alles gewesen sein könnte."

Katie winselte leise und Alex streichelte ihren Kopf – Schmerz zuckte durch ihren Arm und in ihre Brust. „Könnte ich noch etwas Brandy bekommen, bitte?"

Wortlos kam er ihrem Wunsch nach, setzte sich dann wieder und wartete schweigend.

All die Angst und Verzweiflung, die sie in Harrys Wohnung gespürt hatte, brach wieder über sie herein und Alex spürte, dass ihr Tränen über die Wangen rannen. Sie versuchte nicht, sie wegzuwischen, doch fing an zu erzählen.

Sie ließ beinahe nichts aus, auch nicht Harrys Vorschlag, bei ihr zu bleiben. „Er klang völlig wahnsinnig", sagte sie an diesem Punkt. „Er hat mir vorgeworfen, ich hätte Vivian ungerecht behandelt. Er meinte ich hätte mir eine Geschichte über sie ausgedacht und die der Polizei erzählt. Und am Ende hatte ich wirklich Angst. Ich dachte, er würde mir etwas antun." Und das hatte er auch getan.

„Warum ließ er dich gehen?" Tonys Stimme war voller Wut. „Ich muss alles ganz genau wissen, denn ich werde für eine kleine Unterhaltung zu ihm gehen."

Alex holte Luft. „Nein, das wirst du nicht. Es geht um mehr als das, was mir heute zugestoßen ist. Wir werden es zusammen herausfinden, so wie wir es uns versprochen haben." Ihre Stimme wurde mit jedem Wort höher.

„Wie bist du entkommen?"

Sie hob das Kinn und blaffte ihn an: „Als ich glaubte, er würde mir etwas antun, sagte ich, es sei nicht gerecht, dass er verdächtigt wird. Ich sagte, ich hätte ihn das nur wissen lassen wollen. Er sagte ich sei immer eine der Guten gewesen, und sei es noch. Und er werde mich im Auge behalten, was auch immer das bedeutet. Vielleicht meinte er, er würde mich beschützen, oder so etwas."

„Ich werde ihn umbringen", sagte Tony.

„Sag das nicht."

„Na gut, ich werde ihn aus Folly verjagen, sodass er nie wieder zurückkommt."

„Testosteron", murmelte sie, setzte die Füße auf den Boden und stand unsicher auf. „Komm damit klar. Wir müssen uns alle Möglichkeiten offenhalten, um zu sehen, was wir herausfinden können."

„Setz dich ..."

Ihre Haut wurde eiskalt und prickelte, und ihr drehte sich der Magen um.

Das Licht verblasste. Ganz leise hörte sie noch: „Alex!"

Neunzehn

Was auch immer man ihr gespritzt hatte, hatte sie erfolgreich ausgeschaltet. Ein leichtes Beruhigungsmittel, hatten sie gesagt. Er lächelte. Im Krankenhaus war ein Dr. Harrison aus Folly-on-Weir aktenkundig, doch sie hatten den Vornamen nicht überprüft, und wussten nicht, dass er Tony der Tierarzt, und nicht James der Allgemeinmediziner war!

Tony lief am Bett auf und ab und betrachtete die schlafende Alex. Zwei Stunden Schlaf waren genug. Es war jetzt später Abend, doch man sollte sie nicht die Nacht durchschlafen lassen, ohne ihren Zustand zu überprüfen.

Er war ein verdammter Idiot, weil er ihrer Schulter nicht mehr Aufmerksamkeit geschenkt hatte. *Ihr Knöchel war geschwollen und blau gewesen und vermutlich verstaucht.* Doch ihm war das gebrochene Schulterblatt entgangen.

„Ich bin ein Idiot!"

„Warum?"

Er blieb stehen und starrte sie an. Sie musste die Frage gestellt haben, ohne die Augen zu öffnen, doch ihre Lider hoben sich langsam, als würde sie etwas zuhalten.

„Du bist endlich wieder wach."

„Das ist dir aufgefallen?"

Er unterdrückte ein Grinsen. „Du wirst schon wieder gesund werden, du spitzzüngiges Ding. Wenn du eine Gehirnerschütterung hast, was die Ärzte hier für möglich halten, hat sie deinen messerscharfen Verstand nicht beeinträchtig. Wie geht es dir?" Er setzte sich auf den Stuhl an ihrem Bett. „Tut mir leid. Du bringst das Schlimmste in mir zum Vorschein ... und das Beste. Du hast einen Haarriss im linken Schulterblatt. Es tut mir leid, Alex. Ich war zu sehr auf deinen Knöchel fokussiert und habe mir deine Schulter nicht gründlich genug angesehen. Ich war viel zu sehr mit meinem eigenen Schock und meiner Reaktion auf dein Handeln beschäftigt. Das war unverzeihlich."

„Nein. Ich wäre auch wütend auf dich gewesen."

Konnte man jemanden auf einen Kommentar festnageln, der unter der Wirkung von Betäubungsmitteln gemacht wurde? „Die gute Nachricht ist, du hast dir sonst nichts gebrochen, nur eine Verstauchung." Er würde sie selbst herausfinden lassen, wie lästig ein verstauchter Knöchel sein konnte.

„Ich möchte gehen. Ich hasse Krankenhäuser." Sie hob den Kopf ein wenig an und sah sich um. „Ja, das ist ein Krankenhaus. Wie ich dachte. Bring mich hier raus."

„Ich möchte dich auch von hier wegbringen. Es wird bald jemand nach dir sehen. Wenn dabei nichts Besorgniserregendes festgestellt wird, werden wir gehen. Ich will etwas von dir wissen, Alex. Hat Harry dir etwas angetan ... wie einen Schlag auf die Schulter?"

Sie blinzelte mehrmals. „Nein."

Das war kein glaubwürdiges Dementi. „Du hast deine Schulter nicht erwähnt, bis ich gesehen habe, dass du dort Schmerzen hast."

Sie hielt seinen Blick mit ihren grünen Augen und wirkte jetzt sehr konzentriert. „Das war alles sehr emotional. Du warst wütend und hattest auch jedes Recht dazu. Ich hätte mich zusammenreißen und anrufen sollen, sobald ich aus dem Haus raus war. Doch ich war ängstlich. Völlig aufgelöst. Steh das mit mir durch. Wir haben schon genug Ärger, ohne uns selbst noch mehr zu machen."

Er hätte darauf wetten können, dass sie etwas verschwieg, doch er verstand den Grund nicht.

„Klopf, klopf." Hugh aus dem Black Dog streckte den Kopf ins Zimmer. Er lächelte Alex an. Sie haben großes Glück. Immerhin liegen Sie nicht in einem dieser verdammten Krankensäle, Alex. Was ist passiert?"

„Angebrochenes Schulterblatt und verstauchter Knöchel", sagte Tony. Der Mann war etwas zu gutaussehend und strahlte mehr männliches Selbstbewusstsein aus, als ihm lieb war. „Woher wussten Sie, dass wir hier sind?"

Und was war überhaupt mit ihm los? Er wirkte wie jemand, dem die Welt zu Füßen lag, und der es nicht nötig hatte, einen Pub in einem verschlafenen, englischen Nest zu führen. Er wirkte entspannt und selbstsicher – und besorgt um Alex."

„Geht es Ihnen gut, Alex?", fragte Hugh und runzelte die Stirn. „Was ist passiert? Oh … nein, ich sollte Sie nicht unter Druck setzen, nicht heute Abend. Und ich sollte auch wieder verschwinden, ehe man mich rauswirft. Ich musste meinen schottischen Charme einsetzen, um Sie überhaupt besuchen zu dürfen."

„Sie haben doch Lily nichts gesagt." Alex richtete sich mit Hilfe ihrer rechten Hand auf. „Es wäre besser, wenn sie mich erst in Folly wiedersähe …"

„Nein, ich habe ihr nichts gesagt." Er sah sich in dem schmucklosen Zimmer um. „Wenigstens ist es hier nachts ruhig, was?"

„Ja", antwortete Tony für Alex. „Sie haben noch nicht beantwortet, woher Sie Bescheid wissen."

„Ein Reporter hat mich unterrichtet – im Black Dog."

Tony bemerkte Alex' Staunen.

Hugh hob eine Hand. „Ich weiß, wer erwartet schon, dass so jemand Bescheid weiß. Anscheinend hören die Leute von der Presse den Funk der Einsatzkräfte ab. Nur deshalb wusste er überhaupt, dass er zum Dog kommen musste. Der Anruf mit der Information über Alex kam rein, als er gerade subtil versuchte, mich über die Geschehnisse in Folly auszufragen – über Pamela."

„Er kam einfach rein und hat angefangen, Fragen zu stellen?", fragte Alex. „Glaubte er, Sie würden alles wissen und ihm aus irgendeinem Grund sämtliche Einzelheiten erzählen?"

Tony rieb sich den Nacken. „Das ist ihr Job, Schätzchen. Sie werden dafür bezahlt, Geschichten auszugraben. Und wenn sie dafür aufdringlich sein müssen, gehört das wohl zu der Arbeit, für die sie bezahlt werden."

Das Vertrauen, das ihn ihrem Blick lag, stellte etwas Interessantes mit seinem Herzen an, das er für weitgehend eingefroren gehalten hatte. „Wir wollen nicht, dass mehr öffentlich herumgeschnüffelt wird als unbedingt notwendig. Diese Leute sind nur im Weg."

Ein Blick zu Hugh zeigte ihm, dass der neugierig auf Alex' Anmerkungen reagierte.

Er räusperte sich und trat ans Ende des Bettes. „Deshalb kam ich so schnell wie möglich her, während der Reporter eines der Zimmer im Gasthaus bezog. Er sagte ein paar Dinge, die Sie vermutlich gern wissen würden, und wenn auch nur, um sie gehört zu haben."

Ihre Reputation als selbsternannte Ermittler in dem Fall im Winter hatte offensichtlich auch Hugh erreicht. Was wohl zu erwarten gewesen war.

„Entschuldigt mich bitte", sagte Alex. „Ich muss auf die Toilette."

„Ich werde eine Schwester rufen", sagte Hugh.

„Das ist nicht nötig. Ich brauche nur ein wenig Hilfe auf dem Weg zur Tür. Ich komme schon zurecht – muss ich wohl, wenn ich am Morgen hier raus sein will. Sie schlug vorsichtig die Bettdecke zur Seite und ließ die Beine seitlich aus dem Bett rutschen.

Tony trat hinter sie und knotete fest ihr Patientenhemd zu. Er brachte sie sicher an ihr Ziel und sie schenkte ihm ein strahlendes Lächeln – mit gehobenen Augenbrauen – als sie die Tür schloss.

„Sie beide stehen sich ziemlich nahe", sagte Hugh. Er wirkte amüsiert und lächelte schief.

„Wollen Sie irgendetwas sagen, was sie vielleicht aufregen könnte?", fragte Tony und ignorierte die persönliche Bemerkung.

„Ich denke nicht. Es geht nur um Pamela und vermutlich bloß um einen Haufen Gerede – ich weiß nicht, was ich denken soll."

Sie hörten die Spülung und Wasser im Waschbecken, während Alex wohl ihr Bestes gab, um sich die Hände zu waschen. Sie öffnete die Tür, hüpfte ein Stück und packte Tonys Arm. „Ich könnte nach Hause gehen. Ehrlich, ich fühle mich gut. Natürlich habe ich Schmerzen an manchen Stellen, aber es geht mir gut genug. Meinst du, ich darf jetzt gehen?" Sie sah aus, als erwartete sie, dass er sie rausschmuggeln würde. „Du weißt: Je länger man sich in einem Krankenhaus aufhält, desto wahrscheinlicher fängt man sich eine tödliche Krankheit ein."

Er lachte. Einen Arm hatte er unter ihren Ellenbogen gelegt und stützte sie am Handgelenk. So führte er sie zum Bett zurück, zog das Kissen hoch und wartete, bis sie sich dagegen lehnte. Dann deckte er sie wieder zu. „Ich verspreche dir, dass wir hier verschwinden, sobald jemand bereit ist, dich zu entlassen."

Ihre Mundwinkel sackten nach unten. „Was wissen Sie, Hugh?"

„Es ist eigenartig", sagte er, ging zum Fenster und blickte in den Nachthimmel hinaus. „Der Reporter – Patrick Guest von einer Zeitung aus Gloucester – wartete, bis sich der Pub geleert hatte. Der Major und Leonard Derwinter hatten am Fenster die Köpfe zusammengesteckt, aber ansonsten war niemand mehr da."

„Nicht einmal Heather Derwinter?", fragte Alex. „Sie hat nicht genug zu tun. Das macht sie neugierig."

„Keine Heather", sagte Hugh. „Und die beiden konnten auch nicht hören, was wir sagten. Guest war ganz freundlich und ungezwungen, doch er versuchte, Fragen zu stellen, ohne etwas preiszugeben. Ich glaube nicht, dass er allzu gut darin ist, andere einzuschätzen. Ich war der Kerl an der Bar und musste daher ein wenig dümmlich sein. Er wollte wissen, ob Pamela feste Partner hatte."

„Wo kommt diese Frage denn her?", fragte Tony. „Sie ist ... sie war Witwe und ich kann mir nicht vorstellen, dass er im Einsatzfunk etwas gehört hat, das ihn in diese Richtung führen würde."

„Ich sagte, ich wüsste nichts darüber."

„Gut so", sagte Alex anerkennend. „Er ist ein Schnüff-
ler. Er zählt bloß eins und eins zusammen ..."

„Und zieht seine Schlüsse", sagte Tony. „Aber sie trieb
sich nicht mit vielen Männern herum. Soweit ich
weiß."

Alex' heimliches Lächeln brachte ihn dazu, mit dem
Gesicht auf ihre Höhe zu kommen. „Wofür war das?"

Das Schulterzucken fühlte sich nicht gut an und sie
sog Luft ein, ehe sie ihm antwortete: „Du bist nicht der
Mann, zu dem die Leute mit sogenannten Folly-Fakten
oder erdachtem Unsinn kommen, Tony. Ich glaube
nicht, dass Pamela *viele* Männer in ihrem Leben hatte,
aber sie genoss ihre Gesellschaft und war sehr ... weib-
lich. Doch was geht das irgendjemanden an?"

„Wenn ein Mann, mit dem sie sich traf, sie umgebracht hat, geht das einige Leute etwas an", sagte Hugh.
„Dieser Guest hat mich keinen Moment aus den Augen
gelassen, als er sagte, er hätte den Tipp bekommen, Pamela Gibbon könnte schwanger gewesen sein, als sie
starb."

Zwanzig

Das Papier war dünn, hatte ein schwaches Wasserzeichen in der Form kleiner Blüten und duftete nach Rosenwasser. Es glitt widerstandslos aus dem passenden Umschlag, der mitten in der Nacht eingeworfen worden war.

Mein Freund, *lautete die Anrede.*

Furcht machte das Lesen schwer. Furcht und Wut.

Diese kleine Närrin. Sie musste lernen, nie wieder ein Wort zu sprechen oder zu schreiben. Ihr diese Lektion zu erteilen, würde eine Freude sein.

Zurück zum Brief:

Ich habe Pamela so sehr geliebt wie du (diese Worte waren paralysierend), auf meine Weise. Und ich weiß, wie schlimm der Schmerz sein muss, wie düster die Verzweiflung. Auch mein Herz ist gebrochen. Wenn ich aufwache, denke ich, es war alles nur ein Traum, und sie wird da sein, wenn ich sie anrufe. Ich habe so oft bei ihr angerufen, doch mittlerweile haben sie sogar den Anrufbeantworter abgestellt. Wollen sie alles säubern, als wäre sie nie bei uns gewesen?

Pamela zu verlieren, ist ein schwerer Schlag. Es wird nie wieder eine andere Frau wie sie geben. Ich erwarte bei jeder Reiterin in der Ferne, dass sie es ist. Wenn das Pferd dann näherkommt und eine Fremde auf seinem Rücken trägt, laufe ich jedes Mal weg und weine.

Du weißt, dass ich immer da sein werde, wenn du einen Freund brauchst. Du kannst deine Gefühle mit mir teilen, wann immer und wo immer du willst. Vielleicht können wir dabei helfen, dieses Verbrechen an einem geliebten Menschen aufzuklären.

Zögere nicht, zu mir zu kommen.

Das zerknüllte Papier verbrannte rasch im Kamin.

Verdammt. Dieser Besuch hätte nicht so lange aufgescho-
ben werden dürfen.

Einundzwanzig

Als Alex den Pub betrat, erblickte sie dort O'Reilly und Lamb im grauen Licht der Morgendämmerung. Sie hätte sie am liebsten rausgeworfen und ihnen gesagt, dass eine Frau ein Recht auf Privatsphäre hatte, erst recht nachdem sie so eine schlimme Zeit hinter sich hatte.

„Wie sind Sie hier hereingekommen?" Sie schaltete das Licht ein, inklusive der Lichterkette, die draußen an der Dachkante hing. Damit fühlte sie sich besser.

„Wir haben hier Zimmer", sagte Lamb sanft, nachdem er die Krücke, die Fußschiene und den Arm in der Schlinge bemerkt hatte. Sie kam nicht besonders gut mit der Krücke zurecht. Eine zweite konnte sie mit ihrer Schulterverletzung unmöglich benutzen, aber sie hatte die Wahl gehabt: Das oder ein Rollstuhl, und den wollte sie um keinen Preis.

„Stellen Sie die Kaffeemaschine an", sagte Alex. „Es ist alles vorbereitet. Es ist noch Gebäck von gestern da, das wird noch gut sein." Sie war am Verhungern.

Lamb folgte ihren Anweisungen und sie bemerkte ein Funkeln in Dan O'Reillys Augen. Schön, dass er das das amüsant fand.

„Setzen Sie sich", sagte er und zog ihr am Tisch der Burke-Schwestern einen Stuhl zurück. „Wir machen das Feuer an."

„Hugh wird gleich hier sein, sobald er geparkt hat. Er kümmert sich darum." Sie erwähnte nicht, dass Tony ebenfalls noch parkte, nachdem er sie an der Tür abgesetzt hatte. Sollten sie selbst mit ihrer gegenseitigen

Abneigung fertig werden. Was viel anstrengender werden würde, war die Ankunft des Reporters. Sie hoffte, dass er Langschläfer war.

Alex setzte sich.

„Sie hatten einen Unfall", sagte Dan. „Was ist passiert?"

„Sie sehen doch, was passiert ist", sagte sie, war allerdings nicht stolz darauf, ihn so anzublaffen.

„Ja, aber wie? Sie kommen aus dem Krankenhaus, oder?"

„Ich bin gestürzt, und ja, ich musste ins Krankenhaus. Ich habe ein angebrochenes Schulterblatt und einen verstauchten Knöchel. Fühlt sich nicht besonders gut an, aber ich komme schon zurecht."

Er setzte sich und drehte seinen Stuhl so, dass er sie sehen konnte. „Natürlich fühlt sich das nicht gut an. Tut mir leid."

Seine ungeteilte Aufmerksamkeit war ihr unbehaglich. Sie blickte auf ihre Armbanduhr. „Fünf Uhr dreißig. Ich werden heute Aushilfen brauchen. Wir servieren ab sieben das Frühstück für die Gäste."

„Das sind nur wir, und wir brauchen nichts. Also vergessen Sie das wieder."

Sie erwähnte Patrick Guest von der Zeitung aus Gloucester nicht.

Tony kam mit Hugh in den Pub. Sie grinste beinahe, angesichts Tonys irritiertem Gesichtsausdruck, dann sah sie einen identischen Ausdruck bei Dan und musste sich eine Hand über den Mund legen, bis sie erfolgreich das Lachen unterdrückt hatte, das in ihrem Hals aufstieg. Wenn sie nicht vorsichtig war, würde sie noch hysterisch werden und sich ihren Ruf ruinieren!

Bill Lamb kam mit Kaffee und einem Teller mit Gebäck zurück, das ihr den Magen umdrehte.

„Sie trinkt ihren Kaffee mit Sahne", sagte Tony und der Blick, den er dafür von Lamb erntete, hätte die meisten Menschen in die Knie gezwungen.

Tony hatte den Anstand, die Sahne selbst zu holen und schaffte es, noch zwei weitere Tassen Kaffee mitzubringen. Er ging zurück um noch zwei zu holen, und stellte eine davon Hugh hin.

„Ich könnte im Moment sogar Pappe esse", sagte Bill und versenkte die Zähne in einem glasierten Teilchen, an dem er eine Weile herumreißen musste, bis er einen Bissen lösen konnte.

Hugh entzündete das Feuer, stand auf und schlug die Handflächen aneinander.

„Ist das nicht gemütlich?", fragte Tony, als er sich neben Alex setzte. „Das sollten wir häufiger machen."

Dan grinste ihn an und richtete seine Aufmerksamkeit dann auf Hugh, der telefonierte, um Aushilfen zu bekommen.

„Das muss ein schwerer Sturz gewesen sein", sagte Dan, der offensichtlich nicht länger amüsiert war. „Eine Treppe hinunter vielleicht?"

„Ja." Sie musste dieses Thema herunterspielen, so schwer das auch sein würde. „Ich habe das Ende einer Stufe verfehlt und bin gefallen. Ich war überrascht, dass ich mich aufrichten konnte und nicht tot war."

Die Anwesenden lachten.

„Aber das ist nicht hier passiert", sagte Dan. „Das hätte ich gehört. Ich schlafe in der Nähe der Treppe."

„Bei mir zu Hause", sagte Tony, ohne Alex anzusehen.

Sie war dankbar, bemerkte aber auch, wie sehr Tony es genoss, ihr diesen Ausweg anzubieten. Es gefiel ihm, sie für sich zu beanspruchen – na gut, ihr gefiel es eigentlich auch.

Sie spürte Hughs Blick. Er legte die Stirn in Falten und sie begriff, dass Lily ihm erzählt haben musste, dass Alex sich verletzt hatte, bevor sie bei Tony eingetroffen war. Sie fixierte Hugh mit ernstem Blick und er nickte leicht.

„Was wissen Sie über Jay Gibbon? Hat er Pamela je besucht? Kannten Sie ihn?", fragte Dan.

„Ich hatte ihn noch nie gesehen, bevor er an diesem Abend herkam", sagte Alex und die anderen stimmten zu. „Was nicht bedeutet, dass er Pamela nicht besucht hat. Oder vielleicht hat sie auch ihn besucht. Ist er ihr nächster Angehöriger, Dan?"

„Das überprüfen wir noch."

Er hätte auch hinzufügen können: *Aber ich würde es Ihnen ohnehin nicht erzählen.* Alex richtete den Blick jetzt auf die Flammen, die über den rußgeschwärzten Kaminsims leckten.

„Pamela hatte doch bestimmt irgendwo Familie", sagte Hugh.

Bills Gesichtsausdruck ließ keinen Zweifel daran, dass sie nicht noch einen weiteren Zivilisten brauchten, der sich in die Ermittlung einmischte.

„Irgendwann werden wir darüber sprechen können", sagte Dan. „Wir werden wieder in der hübschen Gemeindehalle arbeiten. Zu schade, dass sich das Wetter nicht für den Frühling entscheiden kann. Die Halle ist kühl. Und wir werden beten müssen, dass es nicht durch die Löcher im Dach hereinregnet."

Bill schnaubte verächtlich.

„Das gehört alles zum Beruf", sagte Hugh. „Aber wir sollten in der Lage sein, uns besser um Sie zu kümmern. Ich werde versuchen, ein paar Heizlüfter zu beschaffen – und Eimer." Sein Lächeln war überwältigend, auch wenn die beiden Detectives ungerührt blieben. „Wir werden auch dafür sorgen, dass Sie genug Kaffee und frische Snacks bekommen. Rufen Sie einfach an, wenn Sie etwas brauchen, das wir vergessen haben."

„Vielen Dank", sagte Dan. „Wir stellen eine Spendenkasse auf."

Alex hielt sich gerade so davon ab, ihnen zu sagen, sie würde eine Rechnung stellen. „Haben Sie die Gerüchte gehört, die gerade umgehen?"

„Welche Gerüchte? Worüber?"

Tony lehnte sich zu Dan und sagte in hörbarem Flüsterton: „Pamela Gibbon, war sie bei ihrem Tod wirklich schwanger?"

Tony stocherte wild im Feuer herum.

Die Detectives setzten einen verschlossenen Gesichtsausdruck auf, doch erst nachdem sie sich irritiert angesehen hatten.

„Wo haben Sie das denn gehört?" Dieses Mal übernahm Bill die Führung.

„Irgendwo." Tony trank noch einen Schluck Kaffee. „Aber das wird vermutlich die Runde machen, wenn wir nichts dagegen unternehmen."

„Wir wissen, wo sie das gehört haben", sagte Dan ausdruckslos. „Aber ich werde es bald wissen. Und Sie halten besser den Mund und bringen auch andere Tratschtanten zum Schweigen, denn mehr als Tratsch ist das nicht. Der Obduktionsbericht liegt noch nicht vor. Die Arbeit staut sich."

In Alex' häufig so kreativem Vorstellungsvermögen blitzen Bilder von endlosen Reihen mit Tüchern bedeckter Leichen auf Bahren auf. Sie sammelte sich. „Wie viele Morde gab es in der Gegend ... in den letzten Tagen?"

Dan schüttelte den Kopf, hob eine Augenbraue und fragte dann: „Wussten Sie, dass Jay in Pamelas Haus wohnt? Ist vergangene Nacht eingezogen."

Es folgten verwirrte Blicke – und Schweigen.

„Er wollte nicht länger hierbleiben. Nicht solange Bill und ich hier wohnen. Es schien keinen Grund dafür zu geben, ihn nicht in Cedric Chase wohnen zu lassen, da er ihr Stiefsohn ist und der Anwalt keine Probleme mit ihm hatte. Es gibt eine sehr ausführliche Liste des Hausinventars. Ob sie es glauben oder nicht, das war Harry Strouds Idee. Der Mann mischt sich in jede Unterhaltung ein."

Alex schluckte mit einigen Schwierigkeiten und versuchte, die Reaktionen am Tisch zu deuten. Die meisten Gesichter waren ausdruckslos. Nur Bill Lamb beobachtete mit seinen arglosen, blauen Augen ebenfalls die Gesichter.

„Ich bin überrascht, dass Sie schon mit dem Haus fertig sind", sagte Tony schließlich und holte sich noch einen Kaffee.

„Wir haben alles mitgenommen, was wir brauchen", sagte Dan. „Die Haushälterin war seit Mrs. Gibbons verschwinden bereits mehrfach dort gewesen. Es war längst nicht mehr alles unangetastet und wir sind der Meinung, sehr gründlich gewesen zu sein."

„Warum bleibt er überhaupt noch hier?", fragte Hugh.

Dan warf ihm einen Seitenblick zu, als hätte er vergessen, dass Hugh auch noch hier war. „Denken Sie darüber nach. Sie werden sich schon einen Grund einfallen lassen."

Alex fühlte sich nicht wohl und wurde immer reizbarer. „Ich habe zu tun", sagte sie. „Ich bin mal in der Küche."

„Nein", sagte Tony sanft. „Du könntest eine Gehirnerschütterung haben."

„Ich habe reichlich Hilfe zusammengetrommelt." Hugh nahm das Sahnekännchen, das Tony gehalten hatte, und schenkte Alex und sich selbst ein. „Sie werden bald hier sein."

Sein Handy klingelte und Tony klopfte mehrere Taschen ab, bis er es ausfindig gemacht hatte. Er ging ran und wurde sehr still.

„Ja, Reverend", sagte er nach einigen Sekunden. „Ich bin unterwegs. Nein, nein, zweifeln Sie bei einer solchen Entscheidung nicht."

Zweiundzwanzig

O'Reilly musterte Alex neugierig. Seit Tony mehr oder weniger aus dem Pub gerannt war, rutschte sie auf ihrem Stuhl herum, als wäre sie lieber nicht in ihrem eigenen Pub. Als sie seinen Blick bemerkte, zeigte sie ihm ein wenig überzeugendes Lächeln. „Mysterium nach Mysterium." Die abweisende Leichtigkeit blieb.

„Hugh, könnten Sie mir nach oben helfen? Ich muss mich hinlegen. Dan, es tut mir leid, Sie zu belasten, aber wenn das Personal kommt, erklären Sie ihnen bitte, dass ich total erledigt bin und sie einfach weitermachen sollen. Sie wissen alle, was sie zu tun haben."

Bill wartete, bis Hugh und Alex außer Sichtweite waren, und lehnte sich dann näher zu Dan. „Wir müssen herausfinden, wo Harrison hingegangen ist."

„Das werden wir. Halten Sie sich bereit, Hugh zu folgen, wenn er geht. Mrs. Duggins telefoniert vermutlich in diesem Moment mit Harrison. Hugh wird gehen, um ihm zu helfen; was auch immer da vorgehen mag." Die Flammen im Kamin wurden kleiner und er stand unwillkürlich auf, um ein paar Holzscheite nachzulegen. Er drehte sich um, schloss die Augen und lauschte. „Ist das ein Fahrzeug, das in diese Richtung kommt?"

Bill kniete sich hinter einem Vorhang auf einen der Stühle am Fenster und warf vorsichtig einen Blick nach draußen. „Ich bin mir nicht sicher, ob es herkommt, aber es hat einen starken Motor."

„Schauen Sie Mal, ob Sie Harrisons Handy orten können."

„Verstanden." Bill hielt inne, drückte sich flach an die Wand und öffnete die Gardine ein kleines Stück. „Ein großer, burgunderroter Mercedes. Das ist Doc James' Wagen. Er fährt zur Rückseite des Pubs."

„Eine Medaille für Raffinesse verdienen sie sich damit nicht", sagte Dan.

Bill telefonierte bereits in dringlichem Ton mit der Polizeistation, um Tonys Aufenthaltsort festzustellen.

Reverend Ivor Davis rannte mitten auf die schmale Straße, an der er auf Tony gewartet hatte. „Beeilen Sie sich bitte. Ich hätte nicht gehen dürfen, aber ich befürchtete, Sie würden mich nicht finden."

Ivor Davis war fast zwei Meter groß und gebaut wie ein Diskuswerfer – lang, schlank und muskulös, mit dem Oberkörper eines Ruderers. Unter einem seiner Arme baumelte ein langhaariger, fuchsroter Dackel wie ein Kartoffelsack.

„Hier entlang." Hinter der nächsten Linkskurve bog der Vikar auf eine Fahrspur ein, die man nur zu leicht übersehen konnte. Lärchen standen so dicht, dass sie den überwachsenen Pfad verbargen.

Ivor hatte gesagt, dass es um einen medizinischen Notfall gehe, und Tony hatte bereits seinen Vater gebeten, sich bereit zu halten.

Plötzlich ging ihm etwas auf. „Wir kommen von hinten", sagte er. „Radhika hat hier oben ein kleines Haus gemietet."

„Ja", sagte Ivor. „Halten Sie sich an mich." Sie erreichten einen Punkt, vom dem aus sie ein einstöckiges, graues Steincottage sehen konnten, das kaum größer war als ein Schuppen.

„Kommen Sie." Ivor bog von dem kleinen Weg ab, der von der Fahrspur am anderen Ende des Grundstückes herführte, über die man wohl das Cottage erreichte. Dann schlug er sich durch ein hüfthohes Gestrüpp aus Sträuchern und Unkraut. Der Gestank von blühendem Bingelkraut stieg ihm in die Nase.

„Sagen Sie mir, was los ist", rief Tony, während sich seine Eingeweide verknoteten.

„Da drüben." Ivor deutete in eine Richtung.

Zuerst wusste Tony nicht, wohin er zeigte, dann sah er am Fuße eines Baumes eine kleine Erhebung zwischen dem Unkraut. Als er näher heraneilte, erkannte er, dass helle Seide unter einem schwarzen Mantel hervorschaute.

„Gütiger Gott." Er wusste, dass es Radhika war. Er hatte sie mit wenigen Schritten erreicht und ließ sich neben sie fallen. Der Seidenschal war ihr aus dem Haar gefallen, das jetzt in seiner ganzen Länge zerzaust dalag. „Radhika?" Er tastete an ihrem Hals, fand einen Puls, ließ in einem Augenblick der Erleichterung das Kinn auf seine Brust sinken.

„Ich glaube, sie wurde geschlagen", sagte Ivor, während er sich neben Tony hockte. Er setzte den Hund ab und zog den Kragen seines eigenen schwarzen Regenmantels auf. „Sie wollte erst gar nicht sprechen. Dann sagte sie, sie wolle nur Sie sehen. Niemanden außer Ihnen."

Tony rief noch einmal seinen Vater an und hörte den mächtigen Motor im Hintergrund. Mit einer Hand schob er weiter Haar aus dem Gesicht der Frau. „Bei Radhikas Haus, Dad. Ruf einen Krankenwagen, aber du wirst schneller hier sein." Er steckte sein Handy weg.

„Wo tut es weh?", flüsterte Tony dicht an ihrem Ohr, doch sie murmelte nur unverständlich.

„Helfen Sie mir, Ivor. Ich versuche, zu verstehen, was sie sagt." Die beiden neigten die Köpfe dicht über sie und Tony fragte: „Irgendwelche Schmerzen oder Taubheitsgefühle, Radhika?"

Er schob das Haar ganz aus ihrem Gesicht und sie schüttelte den Kopf.

„Ich will sterben", sagte sie ganz leise. „Das ist besser."

Die beiden Männer wechselten einen Blick.

„Ich werde versuchen, mir ein Bild zu verschaffen", sagte Tony. Das Blut im Gesicht war bereits getrocknet, beide Augen waren beinahe zugeschwollen. Auf der Unterlippe war ein tiefer Schnitt zu sehen und aus ihrer Nase war Blut über die untere Gesichtshälfte geströmt. Sie sagte nichts mehr und schloss die Augen ganz.

„Dad hat einen Krankenwagen gerufen, aber wir sollten lieber die Polizei informieren."

„Nein! Ich kann nicht. Ich darf nicht. Bitte, keine Polizei. Lassen Sie mich hier." Radhika zwang die Worte heraus, als müsste sie dafür ihre letzten Kraftreserven mobilisieren.

Sie hier zum Sterben zurücklassen?

Sie hatte Gefühl in allen Extremitäten, doch das war auch schon das Beste, was er über ihren Zustand sagen konnte. Tony hob ihre Schulter ganz leicht an und wartete ab. Als sie kein Geräusch von sich gab, hob er sie noch kleines Stück mehr an. Stück für Stück drehte er sie um, während Ivor einen Großteil ihres überschaubaren Gewichts hob, und legte sie wieder ab.

„Wir brauchen ein Brett", sagte Tony und hob den Blick, als er aus Richtung der Zufahrt zu der kleinen Lichtung Motorengeräusche hörte. Er stand auf und rannte los, um seinem Vater den Weg zu zeigen.

Der alte Mann stieg eilig aus seinem Wagen aus. Hugh tat es ihm vom Rücksitz aus gleich, und Alex ließ sich vom Beifahrersitz gleiten und richtete sich strauchelnd auf.

„Radhika wurde verprügelt", sagte Tony. „Sie ... also, sie ist voller Blut und blauer Flecken und will nicht reden. Ich glaube, wir sollten sie lieber für eine Weile vor all dem Trubel verstecken – es sei denn, sie muss unbedingt ins Krankenhaus. Ich glaube, es könnte schwierig werden, sie dort hinzubringen. Sie sagte, sie kann nicht mit der Polizei sprechen. Ich werde zum Cottage gehen, um zu schauen, ob wir eine Trage improvisieren können."

„Mein Kofferraum", sagte sein Vater und warf ihm die Schlüssel zu. „Eine Faltbahre und meine Tasche." Er lief erstaunlich schnell in die Richtung, aus der Tony gekommen war.

„Bitte setz dich, Alex", sagte Tony, und an Hugh gerichtet fügte er hinzu: „Holen wir die Sachen aus dem Kofferraum. Wir sollten sie aufwärmen. Ich weiß nicht, wie lange sie schon hier draußen liegt. Reverend Davies hat sie gefunden, als er mit Fred spazieren war."

Als sie die Bahre und Doc Harrisons Tasche hatten, kamen sie an Alex vorbei, die immer noch an derselben Stelle stand. „Ich will helfen."

Tony gab ihr einen raschen Kuss auf die Wange. „Sie wird eine Menge Hilfe brauchen, vielleicht auch länger als ein oder zwei Tage, denke ich. Aber jetzt müssen wir sie erst mal ins Cottage bringen. Sie sprach davon, sterben zu wollen."

Dreiundzwanzig

„Scheiße", sagte Hugh. „Was machen die beiden denn hier?"

Mit finsterem Blick liefen Harry Stroud und Vivian Seabrook aus derselben Richtung auf das Cottage zu, aus der Tony und Reverend Davies zuvor gekommen waren.

Tony schirmte seine Augen gegen die Sonne ab und stand von der abgenutzten Holzbank auf. Sein Vater und Alex waren bei Radhika im Cottage, und Ivor Davis war für eine Messe zur St. Aldwyn's zurückgekehrt.

„Ich habe O'Reilly und Lamb gebeten, sich zurückzuhalten. Sie werden ohnehin nicht viel tun können, wenn Radhika weiterhin behauptet, nicht zu wissen, wer das war, und keine Anzeige erstattet." Tony stemmte die Füße auf Schulterbreite in den Boden und wartete auf die Ankunft der Gesellschaft. „Es gefiel ihnen nicht, aber sie warten auf ihren Moment. Wie zum Teufel haben Harry und Vivian hiervon erfahren?"

„Hören wir uns an, was sie zu sagen haben", sagte Hugh leise.

Als sie näherkamen, eilte Vivian voraus. Ihre Hände ballten sich zu Fäusten und der Schock in ihrem Gesicht war nicht zu übersehen. „Ich will Radhika sehen", sagte sie. „Ist sie noch da drinnen?"

„Ja", sagte Tony. „Aber sie kann noch keine Besucher empfangen. Doc James ist bei ihr. Alex ist auch drinnen und hilft, wenn sie kann."

Vivian wollte sich an Tony vorbeischieben, doch es war Harry, der ihm die Aufgabe abnahm, sie aufzuhalten. Mit einiger Schwierigkeit drehte er sie um und hielt sie fest. „Sie warten lieber", sagte er.

„Sie ist eine gute Freundin." Vivians Schniefen war kein beruhigendes Geräusch. „Sie kam wegen Pamela her. Jetzt sehen Sie sich an, was geschehen ist. Sie wurden beide angegriffen. Wie kann jemand einer sanften Seele wie Radhika etwas antun? Was geht in Folly vor sich? Das ist beängstigend."

Harry rieb ihr unbeholfen den Rücken und Vivian schüttelte ihn ab. „Alex sollte nicht bei ihr sein – sondern ich. Wenn Alex ihren Kopf durchsetzt, höre ich als Nächstes, dass ich etwas damit zu tun haben könnte."

„Unsinn", sagte Hugh. „Es wurde bereits bestätigt, dass es nicht Alex war, die diesen Hinweis über Sie abgegeben hat. Außerdem ist das Geschichte, Mädel. Setzen Sie sich auf die Bank und ruhen Sie sich aus. Das ist eine schockierende Sache. Und so sinnlos. Aber der Doktor hat bereits gesagt, dass man sie hier behandeln kann. Obwohl sie kurz ins Krankenhaus muss, um mit einem Röntgenbild zu überprüfen, ob irgendetwas gebrochen ist."

„Dann ist es wahr", sagte Harry. „Jemand ... das ist ja schrecklich ... jemand hat sie angegriffen?"

„Ja", bestätigte Hugh. „Sie ist so klein, man hätte sie viel zu einfach zu Boden stoßen und verprügeln können."

„Nicht!", sagte Vivian. Sie setzte sich auf die Bank und bedeckte ihr Gesicht.

Hugh verschränkte die Arme und fragte Harry: „Wie haben Sie davon erfahren?"

„Wir waren spazieren. Der Lieferant von George's Bakery hat angehalten und uns unterrichtet", sagte Harry.

Hugh und Tony schüttelten beide den Kopf.

Die Tür des Cottages ging auf und Tonys Vater kam heraus. Er schloss die Tür hinter sich. „Wo bleibt der verdammte Krankenwagen?", fragte er. „Radhika wird wohl nicht viel sagen, aber wir mussten die Polizei wissen lassen, was los ist; mehr oder weniger. Ich habe ihnen allerdings nicht allzu viele Details genannt. Dieser Dan O'Reilly ist ein vernünftiger Kerl. Er wird vorsichtig vorgehen und hat zugestimmt, ihre Befragung noch ein wenig aufzuschieben. Er sagte mir, dass sie auf dem Weg zur Gemeindehalle sind, wo sich jetzt ihr Team eingerichtet hat. Radhika darf noch keinem Druck ausgesetzt werden."

Tony hob fragend die Augenbrauen.

Doc Harrison nahm ihn zur Seite und flüsterte: „Ihr wurden absichtlich die Finger gebrochen. Manche der Fingerspitzen sind zerquetscht."

Vierundzwanzig

Der Klang des Messingtürklopfers hallte durchs Haus, doch die Tür schrammte über eine ausgetretene Steinstufe, ehe jemand reagieren konnte. Bill Lamb blickte am Eingang zur Gemeindehalle über die Schulter. „Schau mal einer an, wer da zu uns kommt, Boss."

„Wissen Sie noch, worüber wir vorhin gesprochen haben?", fragte Dan. „Wir sind an einem Ort wie diesem auf Kooperation angewiesen. Die Menschen gegen uns aufzubringen wird uns nicht weiterhelfen."

Er erhob sich ein Stück von seinem Stuhl und winkte Tony und Alex herüber. Die beiden waren schmutzig und wirkten erschöpft.

Tony half Alex, die sich hüpfend und schwankend vorwärtsbewegte, und winkte O'Reilly und Lamb zu. „Wenigstens regnet es nicht", sagte er und nickte den vorbeivorbeilaufenden Beamten zu. „Das ist Sonnenschein, der da durch die staubigen Fenster dringt. Alle sehr geschäftig hier."

O'Reilly wollte gern noch sehr viel mehr Aktivität in der Halle sehen. Sie hatten viele Vorfälle aber nur wenige Anhaltspunkte.

Die Fenster lagen hoch in den Mauern. Bleiglasfenster in einer Kombination aus Grün, Gelb und Rot, die mit Spinnweben übersät waren. „Setzen Sie sich", sagte Dan und holte zwei weitere Klappstühle an den Schreibtisch.

„Kaffee?", fragte Bill und Dan lachte beinahe laut los. Sein Sergeant war bereits auf den Beinen und lief zur

Kaffeemaschine, die Hugh Rhys erst vor einer halben Stunde vom Black Dog herübergebracht hatte.

„Danke, Bill", sagte Alex, während sie sich auf einen Stuhl sinken ließ und ihre Krücke an den Tisch lehnte. „Wir sind hergekommen, weil wir das für nötig halten, auch wenn niemand Anzeige erstattet. Doc James hat uns hergefahren. Er würde später auch gern mit Ihnen sprechen."

Bill kehrte mit einem Tablett zurück und brachte Kaffee, ein Kännchen Milch und einen Teller mit Schokoladenkeksen. „Wer sollte denn Anzeige erstatten? Doc James sagte, wir würden eine vollständige Erklärung bekommen ... oder geht es um etwas anderes?"

Er erhielt keine Antwort auf diese Frage.

„Was ist da draußen an dem Cottage passiert?", fragte Dan. „Wie heißt die Frau, die dort lebt?" Er blätterte durch sein Notizbuch.

„Radhika Malek", sagte Alex unverzüglich. „Sie ist Tonys Assistentin in der kleinen Tierarztpraxis hier in Folly." Sie kniff die Augen zusammen, um einen besseren Blick auf die Tafel zu erhaschen, die das Team aufgestellt hatte.

Fallnotizen, Fotos, Kommentare und ein Spinnennetz aus Linien, das verschiedene wichtige Indizien miteinander verband, doch leider wirkte das alles noch sehr provisorisch. Alex war offensichtlich zu weit entfernt, um etwas zu entdecken, was sie noch nicht wusste.

„Sie wurde für eine Röntgenuntersuchung in ein Krankenhaus gebracht", fügte Tony hinzu. „Sie besteht darauf, nach Hause zurückzukehren, sobald diese Untersuchung abgeschlossen ist, doch ich glaube nicht, dass sie dort allein sein sollte. Sie braucht jemanden, der sich um sie kümmert und ... sie ist dort zu verwundbar."

„Sie haben noch nicht erzählt, was passiert ist", warf Bill ein.

„Genau das, was mein Vater Ihnen bereits erzählt haben muss. Sie wurde brutal zusammengeschlagen. Ich glaube, sie lag schon eine ganze Weile auf dem Boden, als Reverend Davis sie fand." Tony sah Alex von der Seite an und räusperte sich. „Ihre Finger wurden gezielt gebrochen. Manche Fingerspitzen waren zerquetscht – die Fingernägel. Sie werden Vermutungen anstellen müssen, womit der Täter das gemacht hat. Ich habe kein Metallgitter in der Nähe gesehen."

„Welches Krankenhaus?", fragte Dan, ohne auf Tonys Anspielung auf Pamela Gibbons Tod und die offensichtliche Ähnlichkeit der Verletzungen einzugehen. Er würde keine weitere Heimlichkeit tolerieren. „Wir brauchen jemanden, der dort auf sie aufpasst."

„Ich bin mir nicht sicher, wohin sie gebracht wurde", sagte Tony. „Es war so chaotisch."

Dan war geneigt, ihm zu glauben. „Williams", rief er einem weiblichen Detective Constable zu, „finden Sie heraus, in welches Krankenhaus Radhika Malek aus Folly-on-Weir eingeliefert wurde."

„Bin dran", antwortete die Beamtin. „Vermutlich Cheltenham oder Gloucester, es sei denn, das war eine wirklich kleine Sache."

„Ich kann meinen Vater anrufen", sagte Tony und wählte seine Nummer. „Er wird es wissen."

Das lockere Gespräch zwischen Tony und seinem Vater zu beobachten, machte Dan ein wenig neidisch.

„Cheltenham", sagte Tony.

„Cheltenham", rief Detective Constable Williams von ihrem Schreibtisch aus. „In der Ambulanz."

„Ihre Leute sind schnell, aber Sie werden sie nicht zum Reden bringen, wenn sie nicht reden möchte. Sie hat vor irgendetwas Angst und hat offensichtlich gute Gründe dazu."

Nur ein Narr würde die Meinung eines Menschen zurückweisen, der noch nützlich sein mochte. Dan rieb sich seitlich an der Nase. „Haben Sie irgendeine Idee, was diese Gründe sein könnten?"

„Ich glaube, sie verschweigt etwas, weil sie es sich nicht leisten kann, es preiszugeben", sagte Alex. In ihren ausdrucksstarken Augen sah er neben dem Schatten ihrer Wimpern auch große Sorge. „Sie hielt es für gut, wenn sie sterben würde. Das hat sie so gesagt. Ich glaube nicht, dass das bedeutet, dass sie sterben will ... ich habe eigentlich keine Ahnung, was das bedeutet."

„Tony", sagte Dan, „haben Sie Bewerbungsunterlagen von Radhika? Die müssen Ihnen doch vorliegen."

„Ja, natürlich. Ich kann sie nicht aus dem Kopf wiedergeben, aber mir ist in ihrem Lebenslauf nichts Negatives aufgefallen. Sie kam mit guten Referenzen aus einer anderen Tierarztpraxis. Sie ist eine gute Angestellte."

„Wir werden uns diese Unterlagen ansehen müssen", sagte Bill. „Ich kümmere mich sofort darum, dass eine Wache bei ihr aufgestellt wird." Er ging zu seinem eigenen Schreibtisch und telefonierte.

Ihm entging irgendetwas. Dan legte sich die gespreizten Fingerspitzen an die Stirn.

„Als sie hier ins Dorf kam, wohnte Radhika bei Pamela." Alex Stimme klang, als wäre sie weit entfernt, als würde sie nur laut denken.

Tony murmelte: „Ist das nicht allen bekannt?"

Dan ließ die Hände fallen, um Tony zu antworten: „Mir war es nicht bekannt. Williams! Finden Sie heraus, wer Radhika Malek zu Pamela Gibbon befragt hat – nachdem das Opfer starb. Jesus, ich habe nicht ein Wort dazu gelesen."

„Pamela hat sie mir empfohlen", sagte Tony. „Sie sprach oben im Stall der Derwinters mit mir. Sie sagte mir, eine Freundin sei bei ihr zu Besuch und sie wolle nach Folly ziehen. Radhika hatte in einer Tierarztpraxis in Cornwall gearbeitet ... St. Kew. Ich glaube, das ist der Ort, in dem Pamela mit ihrem Ehemann lebte, bevor sie herzogen."

Alex legte den Arm in der Schlinge auf dem Tisch ab und starrte Dan ausdruckslos an. „Man muss nicht besonders schlau sein, um zu bemerken, dass es da Verbindungen und Ähnlichkeiten gibt. Wie kommen Sie mit den Dingen voran, die in dem Turm von Ebring Manor deponiert waren? Haben Sie irgendetwas davon zurückverfolgen können?"

Bill räusperte sich. „Solche Informationen können wir nicht rausgeben."

Tony streckte die Füße aus, lehnte sich auf seinem Stuhl zurück und verschränkte die Hände hinter dem Kopf. Sein Lächeln brachte O'Reilly dazu, mit den Zähnen zu knirschen. „Alles klar. Alex und ich waren wirklich von dem Fernglas angetan. So teuer und doch in einem so alten Beutel zurückgelassen?" Er machte spöttische Geräusche. „Da müssen Fingerabdrücke drauf gewesen sein, neben denen von Alex und mir."

O'Reilly sah Bill an, der den Blick ausdruckslos erwiderte.

Das war eine heikle Sache. „Das Fernglas?", fragte er.

„Zeiss. Ausgefallen – sehr teuer." Tony sah ihn verwirrt an. „In einer grünen Segeltuchtasche."

Alex rutschte gereizt herum, oder wahrscheinlich war ihr eher unbehaglich. „In der Tasche im Turm, zusammen mit glasierten Maronen oder so etwas. Eine Schachtel davon war auch in der Tasche."

„Scheiße", sagte Bill. „Wir haben weder eine Tasche noch ein Fernglas gefunden."

Fünfundzwanzig

Etwas, das nach einer großen, weißen Serviette aussah und von der Sonne angestrahlt wurde, flatterte aus einem der oberen Fenster von *Leaves of Comfort*. Auf der Pond Street an dem Teeladen vorbeizulaufen, war der kürzeste Weg von der Gemeindehalle zum Black Dog.

„Ergeben sie sich?", fragte Tony, als er einen besseren Blick auf das Gebäude hatte und deutlich Harriet sehen konnte.

„Du warst ein witziger Teenager", sagte Alex und versuchte, nicht zu zeigen, wie erschöpft sie war. „Ewig jung, das bist du, Harrison. Ich kann nicht hören, was Harriet sagt."

Tony winkte. „Wir müssen nichts hören. Wir werden herbeizitiert. Ich hätte jemanden anrufen sollen, der uns am Gemeindesaal abholt."

„Es ist nicht weit bis zum Dog." Sie war froh, dass er einen Arm um sie gelegt hatte und sie mit der Hand an der Taille festhielt. „Vielleicht gönne ich mir ein Glas eines sehr teuren Brandys."

„Ich auch. Aber schauen wir mal, was die Damen von uns wollen. Dann werde ich jemanden bitten, mein Auto herzufahren, damit ich dich auf einen Brandy mit nach Hause nehmen kann. Du musst heute nicht im Dog sein, oder?"

„Tony! Alex!" Harriet hatte das Fenster weit aufgestoßen.

„Wir kommen", rief Tony, und sagte dann leise: „Man weiß ja nie, vielleicht haben sie etwas Nützliches aufgeschnappt. Obwohl ich mir nicht sicher bin, ob ich dir erlauben sollte, weiterhin deine Nase in die Ermittlung zu stecken."

„Mir?" Ihre Stimme brach und wurde zu einem Quietschen.

Er grinste sie an. „Sagt dir der Name ‚Gidley-Rains' irgendetwas? Sah aus, als hätte ‚Bourton' darunter gestanden. Bourton-on-the-Water, nehme ich an."

Sie traten durch das Gartentor der Burke-Schwestern. Ermutigt vom Sonnenschein waren entlang des Weges ein Überfluss von gelben und violetten Stiefmütterchen aufgeblüht. „Ich weiß es nicht", antwortete Alex. „Ich muss darüber nachdenken ... aber was meintest du damit, dass ich meine Nase nicht in den Fall stecken sollte? Hast du nicht gerade heimlich Dinge auf der Tafel in der Gemeindehalle gelesen? Hast du so nicht diesen Namen aufgeschnappt?"

„Beeilen Sie sich. Kommen Sie gleich herein. Der Kaffee wird kalt. Und hier wartet ein volles Haus auf Sie."

„Was meint sie?", flüsterte Tony. „Sie wussten doch nicht, dass sie uns hier sehen würden."

Er drückte die blaue Haustür weit auf und ließ Alex eintreten. Sekunden später tauchte Harriet am oberen Ende der Treppe in der Tür auf und Katie raste an ihr vorbei. Mir heraushängender Zunge und ekstatisch jaulend stürmte sie auf Tony zu. Bogie tauchte hinter Harriet auf. Sein gesamter Körper wackelte.

„Hallo, meine Liebe", sagte Tony und rubbelte durch Katies Fell. „Was machst du denn hier?" Er kniff die Augen zusammen. „Ich habe sie bei Radhika gelassen, natürlich."

„Lily hat die beiden hergebracht", sagte Harriet. „Würden Sie das Mädchen nach oben bringen, Tony Harrison? Und ich meine nicht Ihre Hündin."

„Ja, Madam", sagte Tony und genoss es, die finster dreinblickende Alex hochzuheben und zu tragen, auch wenn sie ganz starr war.

„Lily musste zu irgendeinem Kunstmarkt." Harriet streichelte Bogie am Kopf und schob sowohl Oliver als auch ihren neuen Kater Maxwell Brady in die Wohnung zurück. Er trug eine schwarze Augenklappe und schien sich damit wohlzufühlen.

„Hat Mum gesagt, wie Katie zu ihr gekommen ist?"

„Sie ist gegen Mitternacht am Dog aufgetaucht und zog ihre Leine hinter sich her", rief Mary aus dem Wohnzimmer der Damen. „Wir glauben, Radhika muss die Leine losgelassen haben, als sie angegriffen wurde."

Tony lehnte sich an eine Wand und erwiderte Alex' verdutzten Blick. Sie schüttelten beide den Kopf. „Lass mich dir helfen, dich zu setzen", sagte er. „Dann fangen wir mit der Inquisition an. Wir wären für ein oder zwei frische, warme Brötchen zu haben – egal ob etwas drauf ist oder nicht."

„Ich werde Ihnen etwas aufwärmen", sagte Harriet. „Setzen Sie Alex aufs Sofa."

Das durchgesessene, ausgeblichene, rosarote Samtsofa war nicht besonders bequem, doch Alex setzte sich dankbar. Das Wohnzimmer der Schwestern hüllte jeden Besucher in seine rosarote Wärme ein. Ausgeblichene, mit Fransen besetzte rotbraune Samtvorhänge rahmten die dicken Fensterscheiben ein und rosarote und grüne Teppiche, so abgetreten, dass sie glänzten, bedeckten einen großen Teil des dunklen Eichenholzbodens.

Mary Burke war in einen grünen Schal gehüllt und schaukelte sanft auf ihrem gedrechselten Lieblingsstuhl. Sie saß dem Fenster zugewandt, das auf den Friedhof von St. Aldwyn's blickte. Sie deutete mit einem dünnen Finger in einer eleganten Bewegung auf Tony und Alex. „Ich bin von Ihnen beiden enttäuscht."

Alex hob die Augenbrauen. „Wirklich?"

„Es ist so viel los. So viel, wovon Sie offensichtlich noch nicht wissen. Aber Sie sind nicht vorbeigekommen, um zu hören, ob wir etwas Nützliches wissen. Sie kamen recht schnell, als Sie uns für ... als Sie uns beim letzten Mal brauchten."

„Ich will, dass das alles aufhört", sagte Alex. „Es ist unglaublich, dass wir noch einen Mord in Folly haben – oder in der Nähe von Folly. Und es war alles sehr chaotisch, Mary. Sie wissen, dass wir immer gern Ihre Meinung hören."

Katie legte sich vor den kleinen Kamin, ließ den Kopf auf den Pfoten ruhen und beobachtete misstrauisch die beiden Katzen, während Oliver und Maxwell sie von beiden Seiten des Kamins aus beäugten. Bogie lehnte sich an das Sofa, auf dem Alex lag, und warf ihr unheilvolle Blicke zu.

Harriet war in der Küche verschwunden und kehrte mit einem dampfenden Kessel zurück, aus dem sie Wasser in die Kaffeetassen aus Porzellan goss. Sie brachte den Kessel wieder weg und kam dann mit einem Teller mit dampfenden Brötchen zurück, und einer Schüssel mit kleinen Marmeladentöpfchen, während sie auf dem Brötchenteller die Butter balancierte.

„Es ist noch zu früh für die frische Lieferung, aber die werden Ihnen schmecken."

Während Harriet Brötchen, Butter und Marmeladentöpfchen auf die Teller verteilte, zwängte Tony sich zu Alex auf das Sofa und hob ihre Füße auf seine Oberschenkel, wo sie sehr gemütlich lagen.

„Harriet?", fragte Mary. „Was ist mit ... du weißt schon?"

„Oh, meine Güte, ja." Sie holte ein Päckchen hinter einem Kissen hervor, wie ein Zauberer, der ein Kaninchen aus dem Hut zieht. Harriet überreichte es Alex. „Öffnen Sie es nicht zu hastig. Wissen Sie, wer Sarah Chauncey Woolsey war?"

Alex öffnete schwerfällig die Augen. „Das ist ein Buch. Es muss ein Kinderbuch sein." Die sammelte sie. „Ich bin in diesem Jahr zu sehr abgelenkt, um viel an Bücher zu denken."

„Wir werden später darüber sprechen, was das alles mit dir macht", sagte Tony.

Seine Gefühle für sie machten sich bemerkbar. Er wollte, dass sie glücklich war ... und er *wollte* sie. Ihr Körper spannte sich an und wurde warm. Sie lächelte ihn an. „Vielleicht machen wir das", murmelte sie.

„Und nach allem, was ich höre, waren Sie auch zu sehr abgelenkt, um zu malen, Alex." Mary sah sie missbilligend an. „Sie sollten dieses große Talent nicht verschwenden. Also, Sarah Woolsey ..."

Alex neigte den Kopf nach hinten und grinste. „Es ist natürlich Susan Coolidge. Sie war Amerikanerin, aber ich habe in meiner Kindheit alle Katy-Bücher gelesen." Sie konnte es kaum erwarten, das Papier aufzureißen. „Du meine Güte" *What Katy Did*, und es ist eine alte

Ausgabe. Es ist ... nein, es kann nicht die Erstausgabe sein. Doch!" Das Buch hatte einen goldenen Pappdeckel auf dem einige Ameisen oder Grillen zu sehen waren – sie war sich nicht sicher. Doch das Erscheinungsdatum war 1872. Eine Erstausgabe. „Das können Sie mir nicht einfach schenken. Puh, was schulde ich Ihnen? Ich weiß, dass Sie es gekauft haben müssen."

Sie beiden Damen wechselten einen Blick. „Sollen wir es ihr sagen?", fragte Mary, und als Harriet nickte, fügte sie hinzu: „Wir haben es in einer Kiste mit Dingen aus unserer Kindheit gefunden. Ich erinnere mich kaum an die meisten Sachen."

„Sie sollten es behalten", sagte Alex. „Es muss eine besondere Bedeutung für Sie beide haben."

„Es gibt nur uns beide. Keine Familie, an die wir Dinge weitergeben könnten. Und wenn das Buch so ein Lächeln hervorbringen kann, junge Frau, dann ist es in den richtigen Händen. Auf jeden Fall gehört es uns, also können wir es Ihnen schenken. Ende der Diskussion."

„Vielen, lieben Dank", flüsterte Alex.

„In Ordnung", sagte Tony. „Ich wechsle nur ungern das Thema, aber Katie lief zum Dog und Lily hat sie mitgenommen, richtig? Hat irgendjemand versucht, herauszufinden, ob es Radhika gutgeht?"

„Juste Vidal hat sie angerufen. Sie meinte, Katie sei ihr davongelaufen und sie sei froh, dass es dem Hund gutgeht. Lily hat angeboten, den Hund bei sich zu behalten, und Radhika hatte nichts dagegen. Sie hat einfach aufgelegt."

Die Muskeln in Tonys Oberschenkeln zuckten unter Alex' Knöcheln. „Wie haben Sie herausgefunden, dass Radhika verletzt wurde?", fragte sie.

„Ihre Mutter hat es uns erzählt, als sie heute Morgen vorbeikam. Wir müssen herausfinden, wann Radhika angegriffen wurde. Juste sagte uns, dass sie nur sehr einsilbig geantwortet hat. Wie sieht der Zeitstrahl aus?"

Alex unterdrückte ein Lächeln, weil Harriet so selbstverständlich mit der Ermittlungsarbeit begann.

„Nachdem Ihre Mutter gegangen war, wussten wir, dass wir nach Ihnen Ausschau halten mussten, weil Sie vermutlich von der Gemeindehalle zurücklaufen würden", sagte Mary. „Doc James hat Sie dort abgesetzt, richtig?"

„Hm", sagte Alex.

Mary stand plötzlich auf und hielt ihre Gehhilfe mit einer Hand fest. Sie wandte sich Tony und Alex zu und wirkte, als würde sie etwas Bedeutsames verkünden. „Harriet und ich werden Radhika hier aufnehmen, nicht wahr?"

„Sobald sie aus dem Krankenhaus entlassen wird", sagte Harriet. „Ich werde sie besuchen, sobald man mich lässt. Ich möchte ihr sagen, dass wir sie nicht allein in ihr Cottage zurückkehren lassen. Wir werden Prue Wally anstellen, um uns zu helfen. Seit Pamela Gibbon tot ist, kann Prue die Arbeit gut gebrauchen."

Alex machte die Vorstellung Angst, dass Radhika allein sein könnte, doch sie fragte sich, wie es ihr hier ergehen würde. Würde das Harriet und Mary auch in Gefahr bringen?

„Sie bekommt mein Zimmer", sagte Harriet. „Es hat ein eigenes Bad. Ich werde bei Mary einziehen. Sie hat ein Doppelbett. Wir werden vielleicht Ihre Hilfe brauchen, damit sie sich eingewöhnt."

Es schien keinen Grund zu geben, dem Plan zu widersprechen. Wenn so viele Menschen bei den Burke-Schwestern waren, sollte Radhika in Sicherheit sein.

„Das ist sehr gütig", sagte Tony. „Alex kann dabei helfen, Radhika dazu zu überreden – sie hat Alex gern. Und ich werde mit allem helfen. Aber wir müssen das mit der Polizei abklären und sicherstellen, dass Sie drei in Sicherheit sind."

„Ich hoffe, der entzückende Dan O'Reilly kommt uns besuchen. Ich habe einige Fragen an ihn."

Harriet verstecke ein Lächeln hinter ihrer Tasse und sagte: „Mary hatte schon immer etwas für gutaussehende Iren übrig. Ich frage mich nur, warum sie sich so viel Zeit lassen. Der junge Jay Gibbon war gestern da und hatte so viel zu erzählen. Wir haben ihn seit einer Ewigkeit nicht mehr gesehen ... ich glaube, zuletzt, als er vor Jahren seinen Vater besucht hat. Er hat sich sehr verändert. Wirkt ein wenig verwahrlost."

„Sie kannten Jay?", fragte Alex langsam. „Ich erinnere mich überhaupt nicht an ihn."

„Das war, als Sie nicht hier waren", erzählte Harriet. „Sie waren einige Jahre lang kaum hier, als sie in London zur Schule gingen."

Alex wollte nicht darüber sprechen. „Aber Jay kam gestern hier vorbei? Nur auf einen Tee?"

Mary richtete ihre Brille mit den Gläsern wie Flaschenböden direkt zu ihnen aus. „Er hat einen Tee getrunken, aber wir haben ihn nach Ladenschluss reingebeten. Er hat immerhin auch einiges durchgemacht. Er wirkte einigermaßen schockiert. Ich war allerdings überrascht, dass er in Pamelas Haus eingezogen ist, selbst wenn es mal seinem Vater gehört hatte."

Fliederduft wehte aus einer bunten Blumenschale in der Nähe des Feuers herüber. Alex ließ die Augenlider eine Weile geschlossen, und sanfte Stille breitete sich um sie aus. Als sie die Augen wieder öffnete, streckte Maxwell sich, krümmte den Rücken und rückte näher zu Katie. Der Kater machte es sich gemütlich, Rücken an Rücken mit der Hündin, und schloss sein eines Auge. Offensichtlich war noch eine Verbindung vorhanden, weil Katie sich um Maxwell gekümmert hatte, als er verletzt gewesen war.

„Was hatte Jay genau zu sagen?", fragte Tony nach einer Weile.

„Laut Jay hat der Anwalt das Testament noch nicht bekanntgegeben. Anscheinend war der Mann im Urlaub." Harriet stellte ihre Tasse ab. Sie stand auf, öffnete das Fenster und ließ den Duft von Lehmboden und dem kürzlich geschnittenen, dicken Gras unter den Bäumen herein. „Er glaubt immer noch, dass etwas Seltsames vor sich geht, aber er weiß nicht, was. Anscheinend hat sein Vater immer gesagt, Jay würde Geld bekommen, wenn er vierzig wird, selbst wenn Charles Gibbon tot wäre und Pamela alles geerbt hätte. Er sieht älter aus, ist aber vor einer Woche oder so vierzig geworden und hat seitdem noch nichts gehört."

„Er hat Pamela gehasst", sagte Mary. Sie betrachtete ihr Brötchen aus allen Richtungen, als wäre es etwas, das sie noch nie gesehen hatte. „Sie hatte alles und er kam nie auf einen grünen Zweig."

„Mary", sagte Harriet sanft, „er hat nie gesagt, er würde Pamela hassen."

„Aber man hat es gemerkt", sagte Mary und schürzte störrisch ihre blassen Lippen. Sie wandte sich wieder

Tony und Alex zu. „Hat die Polizei schon mit dem Anwalt gesprochen? Glauben Sie, sie machen das
schnellstmöglich?"

„Sie sagen uns nicht, was sie vorhaben", sagte Tony
zurückhaltend, obwohl der Blick, mit dem er Alex ansah, eiskalt war. „Moment mal. Ich will etwas nach-
schauen." Er holte sein Handy heraus und ließ die Daumen über den Touchscreen sausen.

„Ich war überrascht, Venetia Stroud zu sehen", sagte
Harriet. „Sie hat sich Jay angeschlossen, als er unten am
Tisch saß. Es war eigenartig, fast so, als hätte sie darauf
gewartet, ihm herein zu folgen."

Tony tippte geistesabwesend auf Alex' Knöchel. Sie
versteifte sich bei der Erwähnung von Venetia.

„Wann war das?", fragte Alex. Der kleine Raum fühlte
sich zu warm an und zu einengend.

„Kurz vor Ladenschluss", sagte Mary sofort. „Deshalb
war es kein Problem, Jay in unsere Wohnung hochzu-
bitten. Venetia hatte als erste den Laden verlassen und
ich sagte Jay, ich hätte etwas für ihn."

Tony lächelte Alex an und runzelte dann die Stirn.
„Geht es dir gut?" Sie musste mit ihrer Angst zu kämpfen haben. Sie nickte ihm zu. Er hatte bestimmt bemerkt, dass Venetia ins *Leaves of Comfort* gekommen
war, während sie in Harrys Wohnung eingesperrt war.
„Ich habe gefunden, was ich in Bourton-on-the-Water
gesucht habe. Der Name auf der Tafel in der Gemeindehalle. Das ist ein Anwalt."

Was bedeutete, die Polizei wusste, dass sie mehr Informationen über Pamelas Testament brauchten. Warum hatten sie und Tony nicht daran gedacht?

So fröhlich wie immer sagte Mary: „Sie meinen, Sie haben Pamelas Anwalt gefunden? Könnten wir uns eine Ausrede einfallen lassen, um in seiner Kanzlei anzurufen und herauszufinden, ob er wirklich im Urlaub ist?"

„Nein, sagte Alex schlicht. „Ihr entzückender Dan O'Reilly würde uns den Kopf abreißen."

„Hat Jay irgendetwas über Venetia gesagt?", fragte Tony die Schwestern. „Ich hätte nicht gedacht, dass sie sich überhaupt kennen."

„Venetia und der Major haben Jay bei seinem ersten Besuch in Folly kennengelernt. Er suchte nach dem Haus seines Vaters und war bei den Strouds, um zu sehen, ob sie ihm eine Wegbeschreibung geben könnten. Er war ja nah dran. Cedric Chase liegt ganz in der Nähe."

„Dann sah Venetia Jay in den Teeladen kommen und folgte ihm, um Hallo zu sagen?" Tony wirkte skeptisch.

„Wir haben beschlossen, dass sie ihm hierher gefolgt ist, nicht wahr, Mary?", fragte Harriet. „Vielleicht hat sie ihn zufällig gesehen, aber sie war noch nie zuvor hier, warum sollte sie also jetzt kommen, es sei denn, sie war auf der Suche nach Jay. Und sie hatte sich schick gemacht. Ich habe nie mehr als ein oder zwei Worte mit ihr gewechselt, aber sie war immer sehr zurückhaltend gekleidet. Gestern trug sie auch eine Menge Make-up. Sie war aufgeregt, als würde ein bedeutsames Ereignis bevorstehen."

Genau so, wie Alex sie erlebt hatte. Und die Zeiten passten vermutlich zusammen. Venetia musste das Haus der Strouds verlassen, Jay gesehen und ihn beobachtet haben, um herauszufinden, wohin er ging.

„Sie wollte wissen, ob er Sie schon kennengelernt hätte, Alex", sagte Harriet, „und ob Sie irgendetwas über Harry gesagt hätten. Er hatte das Gefühl, Venetia würde Sie nicht mögen, oder Ihnen nicht vertrauen, und Jay warnen wollen. Er solle darauf achten, was er Ihnen über Pamela erzählt und darüber, was ihr zugestoßen sein könnte."

Tony pfiff einen langen, tiefen Ton. „Das ist doch grotesk. Warum hat sie es auf Alex abgesehen?"

„Ich bin mir nicht sicher, aber Jay fragte sich, ob Venetia glaubt, ihr Sohn hätte etwas Falsches getan, und deshalb versucht, ihn zu decken. Sie meinte, Alex sei eine Frau, die zweimal verschmäht wurde."

Alex starrte Harriet an und zwang sich, zu schlucken, um ihren donnernden Herzschlag zu beruhigen.

„Sie dürfen sich nicht darüber aufregen", sagte Harriet.

Mary schüttelte mitfühlend den Kopf. „Ganz und gar nicht."

„Sie sagte, erst hätte Ihr Ehemann Sie verschmäht, und jetzt Harry. Deshalb hätten Sie den Plan, sich an ihm zu rächen. Sie sagte Jay, er dürfe nichts ernst nehmen, was Sie sagen."

Sechsundzwanzig

Ich komme der Sache näher, und es wäre zu einfach, alles zu beschleunigen.

Sie picken nach jeder Brotkrume, die ich ihnen hinwerfe – verdammte, inkompetente Amateure. Aber ich darf nicht lockerlassen, bis ich habe, was ich brauche. Wenn sich meine kleinen Sherlock-Holmes-Klone aus der Sache rausgehalten hätten, könnte bereits alles vorbei sein. Man sollte meinen, sie hätten aus dem letzten Desaster gelernt, dass sie sich nicht einmischen sollten. Alex wäre beinahe gestorben. Zu schade, dass es nicht so kam.

Erfolg hat einen Geschmack, nicht süß, nicht scharf – er ist aufregend! Es ist wie der Geschmack des Körpers einer Geliebten, wenn sie sich unterwirft und man gewonnen hat. Ich kenne diesen Geschmack gut und kann ihn mir nach belieben vorstellen. Das hätte alles ganz anders laufen können, wenn Pamela sich nur eingestanden hätte, wie sehr sie mich liebte. Wir hätten zusammen alles haben können. Liebe und Hass sind solch enge Weggefährten.

Jetzt ist nicht die Zeit für Träume oder Bedauern.

Sie ist mir mittlerweile gefährlich geworden, doch sie hat nicht genug Angst – das macht sie zum perfekten Opfer.

Ich bin direkt hinter dir, Alex.

Siebenundzwanzig

Er war mit Alex zu Hause.

Mitten am Tag.

Mitten in all dem Chaos, und er spürte Ruhe. Das hier war richtig.

„Ist dir immer noch nach Brandy zumute?", fragte er und betrachtete ihr blasses, erschöpftes Gesicht, den verschlossenen Ausdruck und die andere Sache, die er in ihr sah – Unsicherheit?

Sie nickte und legte den Kopf auf ihre Handrücken auf dem Küchentisch. „Ich sollte nach Hause gehen und nach der Lodge sehen", sagte sie mit gedämpfter Stimme.

„Lily hat bereits daran gedacht und sich umgesehen. Es ist alles in Ordnung, und Prue Wally wird dort einmal durchputzen."

„Prue wird schwer beschäftigt sein", sagte Alex und richtete sich auf, als Tony ein Glas Brandy neben ihr abstellte. „Ich habe immer noch nicht dieses Geschenk von Harriet und Mary verdaut. Das Buch ist ein kleiner Schatz."

Er strich mit einer Hand über ihr lockiges Haar. „Du bist ihnen wichtig." Ein einziger Blick aus diesen mandelförmigen, grünen Augen, und er war ihr verfallen. Und das freute ihn.

„Warum sollte Venetia einen Witz darüber machen, dass ich zweimal verschmäht wurde? Sie weiß, dass da nie etwas zwischen mir und Harry war."

„Glaubst du, Jay hat recht, und die Frau befürchtet, Harry könnte etwas Kriminelles getan haben? Du sagtest, sie sei seltsam. Sie könnte krank vor Sorge um ihren kleinen Jungen sein und versuchen, ihn zu decken." Bogie stand von seinem Platz unter dem Tisch auf, stellte sich neben Alex und sah sie mit einem finsteren, besorgten Blick an. „Dein Junge braucht Bestätigung", sagte Tony.

„Es tut mir leid", sagte sie, streckte die Hand aus und verschränkte ihre Finger mit seinen. „Es ist für dich auch sehr belastend. Wir werden das durchstehen."

Die Wanduhr tickte mehrfach laut, ehe er ihre Hand drückte. „Ich meinte Bogie, aber ich bin froh, dass ich auch dein Junge bin."

Sie lief rosarot an und lachte. „Armer Bogie." Beim Klang seines Namens von den Lippen seines geliebten Frauchens schob der Hund seinen Kopf auf ihren Schoß.

Das Telefon im Haus klingelte und Tony ging dran. „Harrison."

„Lily hier. Geht es euch beiden Gut? Ich möchte Alex so bald wie möglich sehen. Meinst du, sie wäre im Corner Cottage besser aufgehoben? Wir könnten dafür sorgen, dass sie sich ausruht und immer jemand bei ihr ist, zumindest dann, wenn wir beide gleichzeitig arbeiten müssen."

„Einen Moment." Tony legte eine Hand über die Sprechmuschel. Ein anständiger Mann hätte nicht darüber nachgedacht, das Angebot abzulehnen und sich eine Ausrede für Alex einfallen zu lassen. „Deine Mutter möchte wissen, ob du im Corner Cottage besser aufgehoben wärst. Deine Entscheidung."

Er setzte seinen besten Hundeblick auf. Ein anständiger Mann zu sein, war manchmal sehr anstrengend.

Alex nahm den Telefonhörer. „Hallo, Mum. Es geht mir schon besser." Sie hörte ruhig zu und sagte dann: „Ich glaube, es geht mir hier gut. Aber ich behalte mir vor, mich umzuentscheiden."

Ihr Lächeln deutete an, dass sie ihre Mutter amüsiert hatte. „Ich weiß", sagte Alex. „Sobald man uns lässt, fahren wir zum Krankenhaus. Man sagte uns, wir sollten warten, bis Radhika wieder bei Kräften ist. Hm. Später. Liebe dich." Sie gab ihm das Telefon zurück und er legte auf.

„Trink den Brandy", sagte Tony. „Dann bringe ich dich ins Bett."

Alex trug eines von Tonys T-Shirts, lehnte mit dem Rücken an einem Kissenstapel und beobachtete ihn, während er im Zimmer umherlief. Es fiel immer noch Sonnenlicht durch die offenen Vorhänge und vor dem Fenster wiegte sich ein Ahorn sanft im Wind.

„Tony, darf ich …"

„Nein, du kannst noch nicht duschen. Nicht ohne meine Hilfe. Das würde zu lange dauern und du bist noch zu schwach."

Glaubte er, sie wäre weniger schwach auf den Beinen, nachdem er ihr aus ihren Sachen und in sein T-Shirt geholfen hatte?

„Ich fühle mich schmutzig. Und ich bin schmutzig."

„Bist du nicht." Er kam mit mehreren feuchten Waschlappen und einem Handtuch auf sie zu. Ihren Protest ignorierte er, und wusch ihr das Gesicht und den Hals, und rieb jedes Ohr einzeln ab.

„Hey, Tony!"

Er kicherte.

Ein weiterer Waschlappen wanderte unter das T-Shirt und suchte sich auf unsägliche, wenn auch angenehme Weise seinen Weg über ihren Körper, gefolgt vom Handtuch. „Sag mir nicht, dass sich das nicht besser anfühlt." Er hob die Bettdecke von ihren Füßen und wusch auch die gründlich.

„Das reicht, vielen Dank", jammerte sie, während sie die Bettdecke fest an sich klammerte. „Du wirst deine Strafe bekommen. Irgendwann werde ich warten, bis du eingeschlafen bist, und dir dasselbe antun."

Eingebildet – das beschrieb den Blick, mit dem er sie ansah. „Wirklich? Das klingt wundervoll. Beeil dich und werd schnell gesund, damit das etwas wird."

Er warf die Waschlappen auf das Handtuch, rollte alles zusammen und legte das Paket zur Seite.

Seine eigene Kleidung landete auf einem mit Schottenstoff bezogenen Lehnstuhl in der Ecke des Raums, der hauptsächlich in Grüntönen gehalten war, bis er völlig unbefangen und nackt vor ihr stand. Sie klappte ihren offenen Mund zu, konnte aber nichts gegen ihr hüpfendes Herz tun. Es musste eine Sünde sein, diesen Körper unter weiter, rustikaler Kleidung zu verstecken.

„Ich will dich nicht ärgern", sagte er, „aber ich springe schnell unter die Dusche."

Das sah ihm ähnlich. Sie hörte das Wasser der Dusche und sah, wie der Dampf um die Badezimmertür kroch, die er nicht ganz geschlossen hatte.

Sie ließ die Augenlider zufallen und schwebte, eingehüllt in Tonys gemütlichem Bett.

Tony glitt vorsichtig zu Alex unter die Decke. Er hatte ganz langsam die Vorhänge geschlossen, um keine

Geräusche zu machen. Er stützte den Ellenbogen auf, legte den Kopf in die Hand und betrachtete sie. Im Schlaf sah sie unglaublich jung aus.

War es falsch von ihm zu fördern, dass sich ihr Leben verband? Es passierte, wenn es nicht sogar schon fast unumgänglich war.

Sie waren voneinander abhängig geworden. Das gefiel ihm. Doch taugte er auch zu einer Beziehung? Konnte er ihr geben, was sie brauchte? Penny hatte er nicht auf Dauer glücklich machen können.

Und Penny war ein ganz anderes Thema – ein heikles.

Er rutschte vorsichtig näher zu Alex. Sie hatte sich bereits an den geschienten Fuß gewöhnt. Ihr Schulterblatt würde einfach sein Ding machen, und das konnte kurz oder lange dauern, je nachdem was das für ein Riss im Knochen war, und wie gut er verheilte. Das Bild, wie er ihr sein T-Shirt angezogen hatte, war ein schönes.

Sie hatte keine Miene verzogen und sich stoisch gezeigt, während er ein halbwegs klinisches Verhalten an den Tag gelegt hatte.

Er hatte sich keinen Moment lang ärztlich distanziert gefühlt, und tat es auch jetzt nicht. Die Hand, die er an ihrem Bauch auf das T-Shirt gelegt hatte, wanderte wie von selbst zu ihrer Hüfte und über ihre Taille. An diesem Punkt sollte er aufhören. Sein Verstand und sein Körper machten kein Geheimnis daraus, wo er hinwollte.

Ohne ausreichende Schuldgefühle legte er die Hand auf ihre weiche Brust und spürte ihre Reaktion.

Ihre Augen öffneten sich flatternd und er hatte immer noch kein schlechtes Gewissen. Als sich ihr Rücken bogenförmig von der Matratze hob, verfluchte er innerlich die Schlinge.

Sein Handy klingelte. Man hatte sich gegen sie verschworen! Nachdem es fünfmal geklingelt hatte, hörte es auf, doch Alex war hellwach und blinzelte.

Das Telefon klingelte erneut. Tony unterdrückte diverse Flüche und nahm ab.

Eine der Stuten der Derwinters warf ein Fohlen. „Bin unterwegs." Er legte auf. „Ich glaube es nicht. Ich muss zu den Derwinters, um bei einer Geburt zu helfen. Pferde. Bleib, wo du bist, Süße. Mit etwas Glück geht es schnell."

In die Dusche zu gelangen, war nicht allzu schwer, abgesehen davon, dass sie ihren bandagierten Knöchel nach draußen halten musste und ihren linken Arm nicht bewegen durfte. Die Schulter fühlte sich etwas besser an – oder vielleicht auch nicht.

Zum Glück musste sie sich nur mit den Fingern durchs nasse Haar fahren, und sich einen Kamm in die Locken wickeln, wenn sie aus der Dusche käme.

Sie drehte das Wasser auf und genoss es, das Gesicht dem heißen Regen entgegenzudrehen. Tonys Seife zu benutzen, gefiel ihr. Nicht dass sie eine Wahl gehabt hätte. Sich am ganzen Körper einzuseifen fühlte sich wundervoll an ... bis Bogie beschloss, die Tür zum Badezimmer aufzustoßen und sie anzubellen. Er mochte Wasser nicht besonders gern und nahm anscheinend an, sie würde gefoltert werden, so wie er sich bei einem Bad gefoltert fühlte. Alex schaute ihn an der Duschtür vorbei an und er zog ab, auch wenn er immer noch entrüstet wirkte, bellte und im Kreis lief.

Sie lachte und drehte das heiße Wasser weiter auf, als es kühler wurde, bis es trotz voll aufgedrehtem Heißwasserhahn eiskalt war. „Du liebe Güte!" Sie stellte das Wasser ab, stand zitternd da und versuchte, zu Atem zu kommen.

Ehe sie das Bad wieder verließ, öffnete sie ein Fenster und in der kühlen Brise bekam sie am ganzen Körper Gänsehaut. Als sie auf den Duschvorleger trat, musste sie sich mit einem verzweifelten Griff an der Duschtür festhalten, um nicht mit dem Vorleger wegzurutschen und zu stürzen.

Alex wickelte sich in ein großes Handtuch und rieb sich ab.

Bogie bellte immer noch.

Alex beeilte sich, um die Tür ein Stück weiter zu öffnen.

Der Hund klang nicht normal. Ein hysterischer Klang drang aus seiner Kehle, war aber irgendwie gedämpft. Es könnte ein Eindringling im Haus sein, oder jemand versuchte, einzubrechen.

Alex tappte gehetzt umher. Sie zog Tonys T-Shirt und ihre Unterhose über ihren immer noch feuchten Körper und legte die Schlinge an. Irgendwie hatte sie ihre Knöchelbandage nass gemacht. Sie würde sie wechseln müssen.

Bogie war bestimmt verletzt. Sie kämpfte gegen nervöse, panische Gefühle an, die sie noch langsamer machten, entschied sich gegen die Krücke und verfluchte den Schmerz. Sie hüpfte und hielt sich an Wänden, Möbeln und Türrahmen fest, bis sie das obere Ende der Treppe erreichte.

„Bogie", rief sie. „Hier, Junge. Komm her."

Er bellte weiter.

Könnte er nach draußen gelangt sein und jetzt versuchen, wieder reinzukommen? Tonys Haus hatte dicke Steinwände und schwere Türen, die Geräusche dämpfen konnten.

Alex klammerte sich an das Geländer und hüpfte langsam nach unten ... in diesem Moment flog die Haustür auf und eine Böe blies altes Laub und Regen herein.

Sie schlug sich eine Hand aufs Herz und schrie: „Raus hier." Dann schloss sie dem Mund, als sie merkte, wie albern sie klang.

„Bogie?", fragte sie zögerlich, doch es war Katie, nicht Bogie, die ins Haus gewetzt kam. Tony folgte dicht hinter ihr.

„Was tust du hier?"

Er schloss die Tür hinter sich. „Ich lebe hier", sagte er. „Was machst du hier? Wo ist deine Krücke? Du bist ganz durchnässt, Alex."

Sie winkte ab und wandte sich zur Rückseite des Hauses um. „Bogie sitzt entweder draußen fest oder irgendwo hier im Haus. Hast du eine Zeitschaltuhr an deinem heißen Wasser?"

„Halt!" Tony zog sie an sich und hielt sie fest. „Ich verstehe nichts. Erklär mir das bitte."

Bogies gedämpftes Bellen setzte wieder ein. Er klang verzweifelt. „Hörst du das?", fragte Alex und war froh um Tonys festen, stabilen Körper neben ihr. „Ich muss ihn finden."

„Es klingt, als wäre er in der Küche", sagte Tony. Er brachte sie in die Küche und ließ sie auf einem Stuhl

Platz nehmen. „Scheint aus der Waschküche zu kommen."

Die Waschküche befand sich in einem Flur, der von der Küche abging. Er stieß die Tür auf und gab den Blick auf Waschmaschine und Trockner frei – doch Bogie war nicht dort.

Katie trottete an der Waschküche vorbei und weiter den kleinen Flur entlang, bis zu einer Hintertür, die selten benutzt wurde. Dort stand ein Schrank mit Geräten und dahinter lag ein kleiner Vorraum mit einem Waschbecken.

Tonys Hündin jaulte und jammerte. Alex hörte, wie sie an den alten Terrakottafliesen am Boden schnüffelte. Als verzweifeltes Kratzen zu hören war, eilte Tony hinter Katie her und Alex zog sich auf die Beine. Sie hüpfte auf den Flur zu, in dem Tony und Katie verschwunden waren.

Bogie raste mit wildem Blick auf Alex zu und hätte sie beinahe umgeworfen. Sie schaffte es bis zum Türrahmen und hielt sich fest. „Wo war er?"

„In dem Schrank eingesperrt", sagte Tony, als er wieder auftauchte. „Ich verstehe nicht, warum er da drin war."

Ein unerwarteter Donnerschlag ließ Alex zusammenzucken. Sie lehnte sich an die Wand. „Bogie kam ins Bad, als ich geduscht habe. Er bellte und rannte wieder raus. Das hat mir Angst gemacht, deshalb kam ich aus der Dusche und habe nach ihm gesucht. Lässt du die Tür zu diesem Schrank offen? Er muss hineingerannt sein und sie aus Versehen geschlossen haben."

„Ich lasse die Tür nicht offen", sagte Tony. Er half Alex auf ihren Stuhl zurück. „Wer könnte sie zugemacht haben?"

Alex bekam Kopfschmerzen. „Ich bin wütend auf mich." Und das war sie. Eine kleine Ungereimtheit und sie spann sofort abstruse Theorien.

„Weil du Angst bekommen hast?"

Ein Blitz erleuchtete das kleine Fenster in der Außentür.

Regen prasselte gegen das Glas.

„Ich dachte, es würde ein schöner Tag werden", sagte sie. Das Thema zu wechseln, war wohl die beste Idee. Hatte sie nicht gelernt, Konflikte zu vermeiden? Sie dachte nicht oft an ihre Ehe, doch in diesem unpassenden Moment hörte sie beinahe Mike, der ihr sagte, sie solle sich „abregen". Er sah zu viel fern.

„Alex, ich habe dir eine Frage gestellt. Warum bist du wütend auf dich?"

„Ich hinterfrage alles, was passiert, und das ist töricht. Ich gerate in blöde Situationen. Schau mich nur an." Sie deutete auf ihre geschundenen Gliedmaßen. „Alles umsonst. Man sollte meinen, ich würde daraus lernen. Bogie hat also gebellt und wurde dann irgendwie eingesperrt. Daraus habe ich sofort geschlossen, dass hier unten ein Mörder lauert – der es möglicherweise auf meinen Hund abgesehen hat. Es tut mir leid. Ich sollte mich wohl beruhigen – vielleicht muss ich einfach schlafen."

„In Ordnung." Tonys lockiges Haar war feucht und zerzaust, doch seine blauen Augen wirkten ruhig. Er betrachtete sie so eindringlich, dass Alex sich unwohl fühlte. „Zuerst: Was hast du über das Wasser und eine Zeitschaltuhr gesagt?"

„Nur das. Ich habe mich gefragt, ob das heiße Wasser mit einer Zeitschaltuhr geregelt wird. Es wurde eiskalt, während ich in der Dusche war, und das schon nach wenigen Minuten. Vergiss es. Es ist nichts."

Er fuhr sich mit den Fingern durchs Haar, dann lief er noch einmal den Flur hinunter und öffnete den Schrank. Darin war kaum genug Platz für ihn. Er überprüfte etwas, das sie nicht sehen konnte, und verzog konzentriert das Gesicht. „Licht würde helfen", sagte er, und legte einen Schalter um. „Das würde es erklären. Das heiße Wasser wurde abgestellt. Du hast bekommen, was noch in den Rohren war, und danach nur kaltes Wasser. Das tut mir leid, aber ich habe hier nichts angerührt. Du hast gesehen, dass ich eilig aufgebrochen bin."

„Dann glaubst du, jemand hat das heiße Wasser abgestellt, um mir Angst zu machen?"

„Ja. Und Bogie kann sich nicht selbst in dem Schrank eingesperrt haben. Der lässt sich nur von außen abschließen und er ist nicht Houdini."

Alex erschauderte. „Ich frage mich, ob du früher zurückkamst als die Person gedacht hatte. Wer weiß, was sie noch vorhatte."

„Wir werden es nie erfahren, und das ist auch besser so. Jetzt werden wir wachsam sein."

Ihr fiel die Stute wieder ein. „War das Fohlen schon zur Welt gekommen, als du dort ankamst? Es muss schnell gegangen sein."

„Wenn ich mit den Gedanken nicht so sehr bei unserem aktuellen Drama gewesen wäre, hätte ich mich daran erinnert, dass das Fohlen erst in einigen Wochen erwartet wird. Ich kam dort an und niemand wusste, warum ich da war. Niemand hatte die leiseste Idee, warum ich gerufen wurde. Ich nahm an, dass es einer der Stallburschen war, konnte aber nicht rausfinden, wer."

„Wir wissen, was das war", sagte sie ihm mit monotoner Stimme. „Ein alberner Trick, um dich von hier wegzulocken und mich zu erschrecken. Wer immer das war, hat das heiße Wasser abgestellt und Bogie eingesperrt. Was soll uns das sagen? Ist es eine Warnung, dass ich oder Bogie in Lebensgefahr schweben?" Sie erschauderte.

„Eine Verzweiflungstat", sagte Tony rasch. „Jemand fühlt sich belästigt und will, dass wir uns aus den Vorgängen im Ort raushalten."

„Den Mord an Pamela und das, was Radhika angetan wurde, kann man allerdings nicht als alberne Tricks bezeichnen. Und wir werden uns nicht in die Flucht jagen lassen. Zumindest ich nicht. Was ist das?" Sie deutete auf seine linke Hand, in der er zusammengeknüllte Taschentücher hielt, die er beinahe hinter seinem Rücken versteckte. „Komm schon, Tony, gib das her."

„Ein Würstchen", sagte Tony in scharfem Ton. „Ich wollte es entsorgen, also lass mich."

„Du beeindruckst mich", sagte sie und stach ihm mit dem Zeigefinger in die Brust. „Wo war das Würstchen? Zeig es mir."

Er schlug zögerlich die Taschentücher auseinander und ein Stück Cumberland-Wurst kam zum Vorschein.

„Auf dem Boden im Hauswirtschaftsraum", sagte Tony und zog eine Grimasse. „Ich werde es testen."

„Auf Gift?"

„Genau. Wir werden Bogie im Auge behalten, aber es sieht nicht so aus, als hätte er es angerührt. Ich glaube, sie wurde nur zurückgelassen, um das schreckliche Bild zu vervollständigen. Erwähnen wir diese Sache gegenüber der Polizei?"

„Nicht bis wir mehr Beweise dafür haben, dass überhaupt etwas passiert ist", sagte Alex. Sie hüpfte zur Hintertür. Die ließ sich leicht öffnen und sie betrachtete die Türklinken auf beiden Seiten sowie das Schloss. Die bekommt man selbst mit einer Haarklammer auf. So etwas machen Kinder seit Ewigkeiten."

Immerhin hatte er den Anstand, betreten dreinzuschauen. „Ich werde das heute noch beheben. Ich lasse dieses und alle anderen Schlösser im Haus austauschen. Ich sollte vielleicht auch eine Alarmanlage einbauen lassen."

„Die mag ich nicht besonders", sagte Alex. „Ich habe eine, und sie hat mich beinahe zu Tode erschreckt, wenn du dich erinnerst."

„Ich mache es trotzdem. Aber ich bin geneigt, dich an einen sicheren Ort zu schicken", sagte Tony.

Alex schnaubte. „Ich werde das als Witz auffassen, Tony. Du weißt, dass ich mich nirgends hinschicken lasse. Wenn du stattdessen gesagt hättest, dass wir schneller und besser ermitteln müssen, wäre ich sofort an Bord gewesen."

Er stieß einen langen Atemzug aus. „Ich würde mich nicht wohl damit fühlen, dich alleinzulassen. Stimmst du mir zu, dass ständig jemand bei dir sein sollte?"

„Das bringt doch nichts ..."

„Stimmst du mir zu, Alex?"

„Wenn du so fragst: Nein."

Achtundzwanzig

Sein Boss ließ entweder seine Autorität spielen – wozu er durchaus das Recht hatte – oder er testete ihn. Bill Lamb lief den Krankenhausflur entlang und vermied jeglichen Augenkontakt; besonders mit Patienten auf Bahren in Rollstühlen oder mit Infusionsständern.

In einem Krankenhaus war ihm noch nie etwas Gutes widerfahren – oder nichts, was gut genug war, um die anderen Erinnerungen zu verdrängen: Menschen die ihm wichtig waren und starben. Dan O'Reilly wusste das.

Er erreichte das Zimmer und holte seinen Dienstausweis hervor. Man hatte Radhika Malek in ein Einzelzimmer verlegt und der wachhabende Beamte richtete sich auf und salutierte nachlässig. „Guten Abend, Sir. Hier ist alles ruhig."

„Das ist gut." Um kurz vor sechs hatte sie die Nachricht erreicht, dass Radhika einzelne Besucher empfangen könnte. Sein Boss hatte ihn auf der Stelle nach Cheltenham geschickte.

Eine Schwester im Büro der Station hatte ihm gesagt, er könne zu Radhika gehen, dürfe die Patientin aber auf keinen Fall belasten. Er hatte andere Bewohner von Folly in einem Wartezimmer gesehen. Also war nicht nur die Polizei informiert.

Natürlich waren Alex und Tony dort, und die Frau des neuen Vikars. Er hatte sie nicht begrüßt.

So ein Mist, er wollte es hinter sich bringen.

Er klopfte an das kleine, quadratische Glasfenster in der Tür, erhielt aber keine Antwort.

Er drückte leise die Klinke hinunter und öffnete die Tür einen Spaltbreit. „Radhika Malek?", fragte er. „Darf ich kurz mit Ihnen sprechen?"

Er hörte, wie sie „Ja" sagte, auch wenn es kaum mehr als ein Flüstern war.

Er schloss die Tür hinter sich und stellte sich ans Fußende des Bettes. Doch er achtete darauf, nicht zu nah heranzutreten. Er musste Rücksicht auf den emotionalen Zustand der Patientin nehmen – oder in diesem Fall: des Opfers.

Wenn er diese Frau schon einmal gesehen hätte, hätte er sie nicht wieder vergessen. „Ich bin Detective Sergeant Lamb. Entschuldigen Sie die Störung, aber wir warten bereits darauf, Ihnen einige Fragen zu dem Angriff stellen zu können."

Ihr blauschwarzes, glänzendes Haar lag als dicke Decke über einer Schulter. Ihre dunklen Augen mussten riesig sein, wenn sie nicht so geschwollen waren. Sie war blass und er bekam den Eindruck, dass sie sich nicht sonderlich bemühte, nicht ängstlich zu wirken. Ms. Malek sah mit ihrer olivfarbenen Haut einfach umwerfend aus.

„Ist es in Ordnung, wenn ich mich setze?", fragte er, und sie nickte.

Er nahm sich einen Stuhl mit hässlichem, blassgrünem Plastikbezug, der zu den Wänden und den Vorhängen am Bett passte, setzte sich und legte die Unterarme auf seine Schenkel. Es war wohl das Beste, entspannt zu wirken, zumindest hatte er das immer geglaubt. Das war nicht immer einfach. Er hatte nicht ohne Grund den Ruf, eine Bulldogge zu sein.

„Können Sie mir sagen, woran Sie sich aus der Nacht ihres Angriffs noch erinnern?"

Ihre schwer zugerichteten Hände lagen neben ihr auf dem Bettlaken. Sie hob sie jetzt an und an den Enden der Finger waren die Metallschienen zu sehen. Die Frau starrte ihre Hände an, als würde sie sie zum ersten Mal sehen, sagte aber kein Wort.

Bill ließ einige Minuten verstreichen.

„Es muss schwer sein, darüber zu sprechen", sagte er. „Noch schlimmer als darüber nachzudenken, nehme ich an."

Sie begegnete seinem Blick, doch ihrer war unmöglich zu deuten. Sie nickte.

„Wir wissen, dass es in Folly-on-Weir einiges aufzuklären gibt. Sie sind die beste Zeugin, die wir haben, ansonsten würde ich Sie gar nicht belästigen."

Panik zeigte sich in ihrem Gesichtsausdruck und sie sah kurz so aus, als würde sie nach einem Fluchtweg suchen.

„Haben Sie gesehen, wer Sie angegriffen hat?"

Dieses Mal schüttelte sie den Kopf.

„Haben Sie irgendeinen Eindruck von ihm? Eine Vorstellung, wie groß er gewesen sein könnte? Jedes Detail könnte uns weiterhelfen."

„Groß", sagte sie. „Schwer. Er hat mich umgestoßen und sich auf mich gelegt. Er ... er schlug mein Gesicht auf den Boden und hat mit ... ich weiß nicht womit, auf meine Hände eingeschlagen. Vielleicht ein Hammer, oder ein Stein. Ich weiß es nicht."

„Wo waren Sie?"

Dieses Mal überraschte ihn ihr Schweigen.

„Hatten Sie den Eindruck, Sie könnten die Person kennen?"

Sie schüttelte wieder den Kopf und wandte dieses Mal rasch den Blick ab.

Er konnte sie nicht fragen, ob sie log, nicht jetzt, doch er hielt es für möglich.

Eine Krankenschwester klopfte an und trat ein. „Geht es Ihnen gut, Radhika? Lassen Sie sich nicht überanstrengen."

Radhika gab auf keine der Fragen eine Antwort.

„Das hier wurde persönlich für Sie abgegeben, bevor meine Schicht begann."

Lamb hob den Kopf und betrachtete den Umschlag in der Hand der Schwester, doch sie drehte ihn bewusst um und steckte ihn in die oberste Schublade des Nachttisches. „Das müssen Genesungswünsche sein", sagte die Frau. „Ich helfen Ihnen später, den Brief zu öffnen."

Als die Krankenschwester ging, setzte Lamb sich wieder und dachte darüber nach, wie er Radhika Malek befragen sollte. Irgendetwas an ihr hielt ihn von einem übermäßig rabiaten Ansatz ab.

Er lehnte sich wieder vor. „Kann ich Ihnen eine Tasse Tee bringen lassen?"

„Ja, bitte."

Er war dankbar, dass sie zumindest ein wenig lockerer wurde, ging zu der Wache an der Tür und trug ihr auf, Tee und Kekse zu holen – für zwei.

„Haben Sie irgendeine Ahnung, wer das getan haben könnte?" Er setzte sich wieder, knöpfte sein Jackett auf und strich seine Krawatte glatt. „Erzählen Sie mir von Ihrer Vermutung, selbst wenn sie verrückt klingt. Alles, was Ihnen in den Sinn kommt. Irgendetwas."

Stille.

„Hatten Sie die ganze Zeit Dr. Harrisons Hündin bei sich?"

„Ja."

„Haben Sie sie laufen lassen oder ist sie ausgerissen?" Sinnlose Fragen halfen Zeugen manchmal dabei, sich zu öffnen.

„Als ich zu Boden gedrückt wurde, ließ ich die Leine los und sagte Katie, sie solle verschwinden. Sie lief ..."

„Zum Black Dog. Ja, das wissen wir. Was glauben Sie, warum sie nicht nach Hause gelaufen ist?"

„Das war zu weit entfernt. Wenn sie im Dorf ist, versucht sie immer, zum Pub zu laufen. Dort ist sie am Glücklichsten."

Lamb betrachtete Radhika genauer. „Weinen Sie, Miss?" Er griff nach einer Taschentuchbox, warf einen Blick auf ihre Hand und zog einige für sie heraus. Sie hob den Blick in sein Gesicht und er konnte nicht anders, als ihre Augen und ihr Gesicht abzutupfen.

„Ich muss gehen", murmelte sie. „Ich muss verschwinden, bevor er herausfindet, dass ich nicht tot bin. Ich wurde dort zum Sterben zurückgelassen."

Statt des Beamten an der Tür traten Alex und Tony ein, mit Tassen auf einem Tablett und in Plastik eingepackten Keksen.

„Alex", sagte Radhika und sprach zum ersten Mal aus eigenem Antrieb, seit Lamb hier war. „Ich wollte nach Ihnen schicken lassen, aber Sie sind verletzt. Ich brauche Sie bei mir. Tony ... gute Menschen. Ich bin so dankbar für Ihr Vertrauen. Ich habe Folly geliebt. Ich möchte nicht gehen, aber ..."

„Sie werden nicht gehen", sagte Alex.

Tony rollte den Nachttisch näher heran und holte dann noch einen Stuhl für Alex.

„Wir sind mitten in einem ..." Lamb hätte beinahe „Verhör" gesagt, konnte sich aber gerade noch unterbrechen. „Wir führen hier eine offizielle Unterhaltung. Die Dame soll ohnehin nicht mehr als einen Besucher gleichzeitig haben."

„Das Telefon des Beamten klingelte, deshalb habe ich angeboten, das Tablett für ihn reinzubringen", sagte Alex. Sie war eine Meisterin des unschuldigen Blickes. „Er dachte, Sie seien schon wieder fort, weil er in der Cafeteria aufgehalten wurde."

Lamb hatte keinen Zweifel daran, dass Alex nur mit Manipulation in das Krankenzimmer gelangt war, doch er würde später mit dem Beamten an der Tür sprechen.

„Sie müssen gehen", sagte er. „Ich bin in dienstlicher Angelegenheit hier."

„Ich kann nichts sagen, wenn Alex nicht hier ist." Radhika richtete den Blick auf Tony Harrison und lächelte ihn entschuldigend an. „Sie verstehen doch, dass ich die Unterstützung einer Frau brauche, nicht wahr, Tony?"

„Natürlich. Ich bin dann im Wartezimmer. Die Frau des Vikars ist auch da." Radhika blickte auf ihre Hände, die auf dem Bett lagen. „Sie meint es bestimmt nur gut, aber ich brauche nur Alex."

Warum sollte Radhika mich wählen?, fragte Alex sich. Wir kennen uns kaum.

Radhika fuhr fort: „Sie blieb bei mir nachdem ... nachdem es passiert ist, obwohl sie sich selbst hätte ausruhen müssen. Ich vertraue Alex."

Lamb wirkte ein wenig überfordert, aber entschlossen. Er blickte immer wieder zum Nachttisch, so schien es zumindest, doch Alex konnte nichts sehen, was dort sein Interesse wecken könnte.

Als Tony draußen war und die Tür hinter sich geschlossen hatte, fielen sie in ein unbehagliches Schweigen. Radhika streckte eine bandagierte Hand nach Alex aus, die sie vorsichtig ergriff.

„Nachdem der Hund in der Nacht fortgelaufen war", sagte Lamb, „haben Sie auf dem Handy einen Anruf von Lily Duggins entgegengenommen."

„Ja, sie wollte wissen, warum Katie zum Pub gelaufen war. Ich bat Lily, für mich auf Katie aufzupassen, und sie willigte ein."

„Aber Sie waren bereits angegriffen worden?"

Radhika schloss die Augen und atmete durch den Mund. „Ja."

„Warum haben Sie nicht um Hilfe gebeten?"

Tränen losten sich aus ihren Augen. „Ich wollte allein zurechtkommen. Ich hatte ganz vergessen, dass ich mein Handy bei mir hatte, bis es klingelte. Ich wollte keine Hilfe." Sie erhob die Stimme. „Ich will auch jetzt keine Hilfe. Wenn es mir besser geht, werde ich Folly verlassen. Das wird das Beste sein."

„Hören Sie zu", sagte Alex, rückte näher zu Radhika und senkte die Stimme. „Wenn es Probleme gibt – und die haben wir gerade – dann ist es besser, zusammenzuhalten. Wir helfen uns gegenseitig. Harriet und Mary Burke sind bereit, Sie bei sich aufzunehmen. Sie haben schon ein Schlafzimmer vorbereitet. Dort sind Sie in Sicherheit und können sich erholen."

„Ich darf sie keinem Risiko aussetzen. Nein, ich kann ihr freundliches Angebot nicht annehmen."

„Ich verstehe nicht, wie Sie das ablehnen können. Alle wissen, dass sie allein in Ihr Cottage zurückkehren wollen. Damit würde sich keiner von uns wohlfühlen."

„Wir werden das Cottage rund um die Uhr bewachen", sagte Lamb. „Das wird das Beste sein. Sie wollen bestimmt nicht bei den Schwestern ständig die Treppe hinaufsteigen müssen."

„Sie könnten auch bei Harriet und Mary Wachen aufstellen. Das würde doch keinen Unterschied machen. Außer dass Radhika die ganze Zeit Gesellschaft hätte."

Lamb sah kurz so aus, als stünde er am Rande eines Wutausbruches, doch er beherrschte seinen Gesichtsausdruck und stand auf. „Ich muss telefonieren. Bitte haben Sie Verständnis dafür, dass sie nirgends hingehen dürfen, ohne uns über Ihre Pläne zu informieren, Ms. Malek." Er lief rasch hinaus, war genervt und entschlossen, sie tun zu lassen, was er wollte, ganz egal was sie davon hielten.

„Die Polizei ist eine Gefahr für mich", sagte Radhika.

Neunundzwanzig

Nachdem Lamb fort war, hielten sie sich noch eine Weile schweigend an den Händen.

Alex konnte sich die Frage nicht verkneifen: „Was meinen Sie damit, dass die Polizei eine Gefahr für Sie ist?"

„Vergessen Sie, dass ich das gesagt habe." Radhika lächelte Alex schwach an. „Danke, dass Sie bei mir sind. Es ist schön, dass es endlich friedlich ist. Diese Menschen machen mir Angst und Druck. Sie sind entschlossen, zu bekommen, was sie wollen."

„Sie?", fragte Alex.

Sie erntete einen langen Blick aus Radhikas dunkelbraunen Augen. „Die Polizei, die guten Menschen um mich herum ... und ... Menschen eben."

„Können Sie mir sagen, wer diese Menschen sind?"

Radhika wandte den Blick ab und sagte nichts.

„Gehöre ich dazu?"

„Sie sind anders. Das spüre ich. Und Tony vertraue ich auch." Sie griff nach ihrer Teetasse und legte die Stirn in Falten. „Und anderen natürlich auch."

Alex hob ihr die Tasse an die Lippen und wartete, bis sie einige Schlucke getrunken hatte. „Möchten Sie einen Keks? Es gibt auch Garibaldi-Kekse."

„Ich mag Johannisbeeren." Radhika hob die Schultern. „Wenn Sie mir einen Garibaldi-Keks auspacken, kann ich ihn mit der rechten Hand nehmen."

Der Segen opponierbarer Daumen. Alex steckte den Keks in die Zange, die Radhika mit zwei Fingern bildete. „Sagen Sie mir Bescheid, wenn Sie noch mehr wollen."

„Sie sind nicht für mich verantwortlich. In keiner Weise. Aber darf ich Sie um Hilfe bitten? Ich würde es auch nicht ausnutzen. Aber es wäre gut, wenn ich Sie anrufen oder zu Ihnen kommen könnte, falls ich etwas nicht allein hinbekomme."

Eine Schwester kam herein und die Vorhänge am Bett bläthen sich. Die Metallhaken, an denen sie befestigt waren, rasselten. „Geht es Ihnen gut, Ms. Malek? Ich dachte der Polizeibeamte sei bei Ihnen."

„Er ist gegangen. Das hier ist meine gute Freundin Alex. Sie ist angereist, um mich zu besuchen."

Alex bemerkte den kurzen Seitenblick. Ja, „anreisen" war ein weiter Begriff.

Die Schwester nickte. „Ich werde bald zurückkommen, um Sie für die Nacht hinzulegen. Keine Besucher mehr. Es ist schön zu sehen, dass es Ihnen ein wenig besser zu gehen scheint."

Als sie wieder allein waren, starrte Radhika Alex an. „Hören Sie mir bitte zu. Ich weiß nicht, wie viel Zeit wir haben, bis sie wiederkommt, und ich will fertig werden. Es gibt vieles, das ich Ihnen nicht sagen kann – und auch sonst niemandem. Das wäre nicht sicher. Eines Tages, und das ist ein Versprechen, komme ich zurück und erzähle Ihnen alles. Wenn alles vorbei ist. Wenn diese Zeit jemals kommt."

„Hat das irgendetwas mit Pamelas Tod zu tun?", fragte Alex atemlos. Im Zimmer war es nicht kalt, aber etwas stickig und mit den schmucklosen Wänden und dem Boden sah es hier aus, wie in einer Zelle.

„Es hat nichts mit der armen Pamela zu tun. Sie war wundervoll zu mir, obwohl sie keinen Grund dazu hatte, so viel für mich zu tun. Ich muss von hier fort. Erst muss ich gesund werden und einen Plan schmieden, aber dann werde ich verschwinden."

Ein Schaudern führte dazu, dass Alex ihre Hände zu Fäusten ballte. Nein, sie glaubte nicht, dass Radhikas Geschichte nichts mit Pamela zu tun hatte, oder mit anderen Dingen die hier noch im Spiel waren. Die Frau, die dort im Bett lag und sie aufrichtig ansah, wusste vielleicht gar nicht genau, worin sie da verwickelt war, was es noch wichtiger machte, dass sie beobachtet und beschützt wurde. Alex fragte sich, was nötig war, um ihr die ganze Geschichte zu entlocken, doch es war nicht der richtige Moment, um sie unter Druck zu setzen.

„Ich werde Ihnen helfen, aber ich muss Tony wissen lassen, was Sie mir erzählt haben."

Der sorgenvolle Blick kehrte zurück, doch sie sagte: „Natürlich. Ich weiß, dass er das Problem verstehen wird."

„Ich bezweifle, dass er es auch nur einen Deut besser verstehen wird als ich."

„Ich habe es ganz vergessen, da liegt ein Umschlag in der Schublade. Könnten Sie ihn mir bitte zeigen?" Radhika deutete auf den Nachttisch und drehte sich in die Richtung. „Ich war froh, dass die Schwester ihn dort hineingelegt hat, nachdem sie sah, dass sich der Polizist dafür interessierte."

Alex lief um das Bett herum. Sie konnte immer besser laufen – vermutlich, weil sie keine Gelegenheit dazu hatte, still zu liegen und steif zu werden.

„In dieser Schublade?", fragte sie. Als Radhika nickte, öffnete sie die oberste Schublade des verschrammten Nachttisches aus weiß lackiertem Metall. „Der Umschlag liegt oben drauf – es ist der einzige Umschlag." Ein schwerer Umschlag aus elfenbeinfarbenem Velinpapier.

Alex drehte ihn um und runzelte die Stirn. „Warren, Frankel und Gidley-Rains. Ich kenne den Namen Gidley-Rains. Das ist Pamela Gibbons Anwalt."

„Warum sollte er mir schreiben?"

„Ich weiß es nicht. Sie machen ihn wohl lieber auf."

Irgendetwas stieß scheppernd an die Wand im Flur und die beiden Frauen hielten den Atem an. Als dann das Geräusch von Gummirädern zu hören war, sagte Radhika: „Bitte machen Sie ihn schnell für mich auf."

Natürlich, mit den geschienten und bandagierten Händen war das unmöglich.

Das Siegel war stabil. Alex ließ einen Finger unter die Klappe gleiten und holte ein dickes Bündel Papier und ein Begleitschreiben heraus. „Was steht da, Alex? Was ist das alles? Sagen Sie es mir bitte."

„William Gidley-Rains ist ein Anwalt aus Bourton-on-the-Water. Er war Pamelas Anwalt und schreibt, dass er eine Kopie ihres Testaments beigelegt hat, weil Sie eine Begünstigte sind."

„Pamela hat mich in ihrem Testament erwähnt?", Radhika wirkte verdutzt. „Vielleicht wollte sie, dass ich im Falle ihres Todes etwas für sie tue. Sie war sehr gut zu mir."

„Sie sind als Begünstigte genannt. Das bedeutet, dass sie Ihnen etwas hinterlassen hat."

Radhika nahm die Unterlagen. „Sie sollte mir nicht noch mehr geben." Sie sog Luft ein und atmete zischend wieder aus. Dann stiegen ihr Tränen in die Augen. „In Folly zu sein, hat mir Glück, Frieden und großen Schrecken gebracht. Ich weiß nicht, was ich als Nächstes tun soll."

„Wir werden es herausfinden", sagte Alex und hoffte, dass sie zuversichtlicher klang als sie sich fühlte.

„Würden Sie mir bitte den Rest vorlesen?" Radhika drückte ihr die Unterlagen wieder in die Hand. „Oder lesen Sie es einfach, und sagen Sie mir, was ich wissen muss. Es macht mich so traurig, darüber nachzudenken."

„Ich werde es schnell überfliegen. Wir könnten jeden Augenblick unterbrochen werden."

Radhika ließ den Kopf auf ihr Kissen sinken und sagte: „Danke."

„Also, der Anwalt wird von Ihnen hören wollen. Er möchte sich mit Ihnen treffen, wenn Sie all das gelesen haben." Sie schlug die erste Seite des Testaments auf und übersprang die Fachsprache am Anfang. „Wow. Das wird Aufsehen erregen, wenn es rauskommt. Und das wird es. Harry ist der erste Begünstigte. Alle möglichen Finanzsachen ... das geht über ein paar Seiten, in enger Schrift. Sie hatte ein Haus in Kew in Cornwall, und das geht an Harry."

„Ich wusste nicht, dass sie es behalten hat. Wir haben uns kennengelernt, während ich dort arbeitete."

„Harry bekommt das ganze Paket. Geld, Häuser, Anlagen – die Liste ist endlos."

„Denken Sie, er wird auch Cedric Chase bekommen?"

„Das wird hier nicht erwähnt. Sie besaß ein Cottage in Windermere und in einem Ort in der Schweiz. Und Mietobjekte, sowohl Wohnraum als auch Gewerbeflächen.

„Als Nächstes wird Jay Gibbon erwähnt." Sie las sich durch, welcher Teil des Nachlasses an ihn ging. „Entsprechend dem Letzten Willen ihres Ehemannes bekommt Jay Cedric Chase, wenn er vierzig ist und falls sowohl Pamela als auch Charles vor ihm versterben. Das gilt aber nur für Jays Lebenszeit – es sei denn, er hat Kinder. Wenn er ohne Erben stirbt, geht das Haus ... du liebe Güte ... es geht auch an Harry."

„Also ... nun, es scheint, als hätte er ein Motiv gehabt ... ich sollte das nicht sagen."

„Das wird jeder sagen", erklärte Alex. „Vivian soll das Pferd bekommen, das sie immer ritt, und sich darum kümmern. Und noch ein Rennpferd, das ihr gehörte. Es ist Geld vorgesehen, um für die Pflege der Pferde aufzukommen. Und etwas Schmuck."

„Radhika Malek soll eine Summe von", Alex senkte die Stimme und flüsterte dicht an Radhikas Ohr: „Du liebe Güte. Sie werden eine wohlhabende Frau sein. Und Harry und Mr. Gidley-Rains sollen Ihnen alle nötige Hilfe zukommen lassen, was auch immer Sie tun wollen. Mr. Gidley-Rains ist der Testamentsvollstrecker."

„Aber wenn ich tot bin, geht das Geld auch an Harry?"

Alex nickte. Radhika war zu schlau, um die potenziellen Nachteile zu übersehen.

„Ich wünschte, das würde nicht bekannt werden. Ich werde nicht darüber sprechen, da ich ... manchen im Weg bin."

„Dieses Testament *wird* der Mittelpunkt des Interesses werden, Radhika. Es wird rauskommen. Aber es kann Ihnen auch zum Vorteil gereichen, statt Sie zu gefährden, wie Sie befürchten. Denn niemand wäre dumm genug, Ihnen jetzt noch etwas anzutun."

„Nein? Vielleicht hat man mir deshalb schon wehgetan? Man sagte mir, ich solle verschwinden. Für immer."

Platitüden würden nicht weiterhelfen. Und auch nicht der Hinweis, dass jeder, der in Pamelas Testament begünstigt wurde, unter Mordverdacht stehen würde.

Dreißig

„Du könntest einfach mit mir nach Hause kommen", sagte Tony. Nach einer rasanten Fahrt vom Krankenhaus aus erreichten sie gerade Folly-on-Weir. „Du hast angestellte, die sich um so etwas kümmern."

Lily und Hugh hatten sie wegen eines Tumults im Black Dog angerufen. „Jemand fängt sich gleich einen Schlag in die Leiste", hatte Hugh gesagt. Das machte Alex Angst.

„Es liegt in meiner Verantwortung, dafür zu sorgen, dass man in meinem Pub sicher ist", sagte sie. „Ich will nicht, dass irgendjemand betrunken Auto fährt – oder in eine Schlägerei gerät und andere Gäste verletzt."

„Was willst du dagegen unternehmen? Jay rauswerfen?"

„Du kannst manchmal so sarkastisch sein. Ich möchte dort sein und die Lage einschätzen."

„Und das kann Hugh nicht?"

„Doch, aber er arbeitet für mich." Sie fummelte an ihrem Sitz herum und war bereit, den Gurt zu lösen. „Ich trage die Verantwortung. Ich habe Hugh gebeten, nichts zu unternehmen, bis ich da bin."

„Du bist dem nicht gewachsen", sagte Tony, doch statt links Richtung Dimple und seinem Haus abzubiegen, fuhr er weiter und bog in die Gasse ein, die zum Parkplatz hinter dem Black Dog führte.

Die stürmische, mondlose Nacht wirkte unheilvoll. Jeder Windstoß brachte große Regentropfen mit sich. Die Scheibenwischer zogen immer wieder quietschend über die Windschutzscheibe und ließen Streifen zurück, die die Sicht nicht gerade verbesserten. Die bunten Lichter am Dach des Pubs konnten Alex auch nicht aufmuntern, doch die leuchtenden Fenster und die zugezogenen Vorhänge waren vertraut und beruhigend.

„Ich werde nicht zögern, die Polizei zu rufen. Ich verstehe nicht, warum das nicht längt passiert ist."

„Wirklich nicht? Komm schon, Alex. Im Moment laufen alle wie auf rohen Eiern. Sie haben Angst davor, Aufsehen zu erregen. Wie auch immer, wohnen O'Reilly und Lamb nicht immer noch im Dog?"

So war es. „Ja." Alex legte die Stirn in Falten. „Würden sie nicht nach unten kommen und etwas unternehmen, wenn es Tumult gibt?"

Tony hielt auf einem Parkplatz hinter dem Gebäude und die Reifen gruben sich in den feuchten Schotter. „Davon wäre ich ausgegangen. Es sei denn, sie unterliegen irgendeiner Regel, sich nicht einmischen zu dürfen, solange sie nicht darum gebeten wurden."

„Ich bin so müde", sagte Alex und lehnte sich kurz an die Kopfstütze, ehe sie Tonys Beifahrertür öffnete. Die Rückseite des Gebäudes war nur eine massige, dunkle Silhouette. „Ich werde das Angebot meiner Mutter annehmen und heute Nacht im Corner Cottage schlafen. Ich glaube, ich habe gerade noch genug Kraft, um mit Bogie über die Straße zu laufen und ins Bett zu fallen."

Sie sah Tony nicht an, spürte aber, wie er sich zurückzog.

„Du musst nicht in den Pub gehen", sagte er. „Bleib hier, dann kümmere ich mich darum."

Alex richtete sich auf. „Danke dafür, mein Fels in der Brandung zu sein, Tony, aber ich muss da reingehen und sehen, was mit Jay Gibbon los ist. Er hat auch viel durchgemacht. Ich vermute, er betrinkt sich nur, und andere, deren Namen nicht genannt werden, genießen das Durcheinander. Vermutlich mischen sie sogar ein wenig mit."

Er seufzte laut. „Du hast mir noch nicht einmal erzählt, was passiert ist, nachdem ich Radhikas Zimmer verlassen habe."

Das bereitete ihr ein schlechtes Gewissen, doch sie hatte Zeit gebraucht, um über ihr Gespräch mit Radhika nachzudenken. Ihr war noch immer nicht klar, was sie sagen sollte und was lieber nicht. „Wir reden später darüber. Vielleicht morgen. Das kommt darauf an, wie lange das hier dauert." Sie befürchtete bereits, dass das Testament etwas damit zu tun hatte, dass Jay in ihrem Pub Ärger machte.

Tonys schweigen sagte mehr als wenn er sich darüber beschwert hätte, dass sie ihm Informationen vorenthielt. Er musste annehmen, dass sie mehr wusste, als sie sagte.

Alex ließ sich aus dem Wagen gleiten, stützte sich auf die Krücke und betrat das Gebäude durch eine Hintertür. Tony folgte dicht hinter ihr.

Die Küche war leer, doch aus dem Schankraum drang Stimmengewirr herein.

„Lass mich das für dich erledigen", sagte Tony.

„Ich würde mir vorkommen, als hätte ich gekniffen. Mum hat mich angerufen, und Hugh auch. Ich soll zurückkommen und übernehmen. Das verstehst du doch, oder?"

Tony drehte sie zu sich um. Als sie strauchelte, fing er sie auf und drückte sie an sich, bis sie ihr Gleichgewicht wiedergefunden hatte. „Ich verstehe es, weil ich dich verstehe. Ich schätze deine Stärke ist ... eines der Dinge, die ich an dir liebe."

Alex hatte Angst davor, etwas zu sagen, und genauso davor, nichts zu sagen. Sie hielt ihn am Arm fest und blickte in sein Gesicht. Sie musste antworten. „Vorsicht, mein Freund. Etwas, das du so ernst sagst, könnte ich noch ernst nehmen." Es war feige, aus einem so ernsten Augenblick einen Witz zu machen, aber es war der beste Ausweg, den sie im Moment hatte. „Wir sind beide stark. Das macht uns zu so einem guten Team. Ich werde jetzt reingehen. Vielleicht ist es ja gar nichts. Manchmal reagieren die Leute auch über."

Sie spürte, dass er sie nicht gehen lassen wollte, doch sie richtete sich auf und entfernte sich von ihm.

Als Erstes fiel ihr auf, dass niemand hinter der Bar arbeitete. Als Nächstes die Abwesenheit von Musik. Das ständige Klingeln der Spielautomaten fehlte auch. Doch es mangelte nicht an Krach, obwohl es nur ein oder zwei wütende Stimmen waren, die sich immer wieder im Schankraum erhoben.

Alex hüpfte voran, bis sie die Bar sehen konnte. Lily stand im Eingang zum Restaurant, als würde sie es vor Eindringlingen beschützen. Sie bemerkte Alex und deutete auf Jay Gibbon, der am Tisch neben Harriets und Marys Stammplatz saß – die an einem normalen Tag längst gegangen wären. Jay hielt den Henkel eines Bierkrugs in der einen und ein großes, zerknittertes, schmutzig weißes Taschentuch in der anderen Hand.

Hugh näherte sich von rechts, lief zwar recht entspannt, aber zielstrebig, und sein Gesichtsausdruck war versteinert. „Nur ein Wort, dann hole ich die

Polizei", sagte er, als er Alex erreichte. „Sie durchsuchen gerade die Gegend um Ebring Manor, wobei ich nicht weiß, was sie dort mitten in der Nacht zu finden hoffen. O'Reilly und Lamb sind dort oben. Sie sind von hier aufgebrochen, als würden sie zu einem Brand ausrücken. Da wir jetzt keinen Dorfpolizisten mehr haben, kann so ein Streit größer werden als nötig, wenn wir nicht vorsichtig sind."

„Jemand sollte hinter der Bar stehen", sagte Alex geistesabwesend. „Ich dachte, Juste würde hier sein."

„Er hat gerade zwei Frauen zu ihrem Wagen gebracht – sie hatten Angst, wegen all dem hier, schätze ich. Er sollte gleich wieder hier sein. Zu blöd, dass Kev nicht geht. Der Mann genießt Auseinandersetzungen etwas zu sehr. Da ist ihm jede Ausrede recht."

Kev Winslet würde sich nie ändern. Alex nahm an, dass er als Wildhüter der Derwinters unersetzbar war, weil er sonst längst entlassen worden wäre. Er war ein lauter, streitsüchtiger Rüpel, sobald er ein paar Drinks intus hatte. Ein dicker, rotgesichtiger Mann. Je angespannter er wurde, desto tiefer sanken ihm die buschigen Brauen über die Augen. Er war der Inbegriff eines Mannes vom Land. Heute hatte er vermutlich deutlich mehr als zwei Drinks getrunken. Er ließ sich über die Fersen seiner Gummistiefel, in die er seine Kordhose gestopft hatte, nach vorne kippen und stieß sein gerötetes Gesicht vor, während seine Aufmerksamkeit ganz auf Jay gerichtet war.

Ein plötzlicher Strom abgehackter Worte ergoss sich auch Jays Mund, der sich eher an alle Anwesenden zu richten schien. Sein nächster Zuhörer war Major Stroud, der mit einem furchteinflößenden Purpurton im Gesicht an Jays Tisch stand, zuhörte und in seinen Wildleder-Halbschuhen leicht hin und her wankte.

„Glaubst du, Harriet und Mary haben zu viel Angst, um aufzustehen?", fragte Alex Tony leise.

Er lachte kurz. „Ich glaube, sie haben zu viel Angst davor, etwas zu verpassen, wenn sie aufstehen."

„Die Hunde sind auch nicht besser." Alex neigte den Kopf zu Katie und Bogie, die jeweils neben einer der Schwestern saßen und dabei fröhlich und zufrieden wirkten. „Mann sollte meinen, sie sollten hier drüben sein und uns freudig begrüßen."

Tony lachte. „Undankbares Pack. Mir kommt das alles recht ruhig vor. Kannst du verstehen, was Jay sagt?"

Alex schüttelte den Kopf. „Aber ich glaube, er hat bereits ordentlich getrunken. Schau dir die Leute an. Sie wollen unbedingt mitbekommen, was er als Nächstes sagt – in der Hoffnung, es verstehen zu können."

„Wäre er ein Mann, würde er zu mir kommen und sich stellen", sagte Jay deutlich.

„Sturzbesoffen", brüllte Kev und strauchelte schnaubend und mit Lachtränen in den Augen herum, weil er so geistreich war.

Major Stroud ignorierte Kev und sagte: „Und damit auf die Herausforderung eines Betrunkenen reagieren? Ich denke nicht, Gibbon." Er erhob die Stimme. „Ich habe einen Drink bestellt, wo bleibt der?"

Juste kam in diesem Augenblick herein und brachte einen Schwall kalter Nachtluft mit sich.

„Behalt die Sache im Auge", sagte Hugh und ging hinter die Bar, um einen doppelten Glenlivet einzuschenken.

Hinter dem Major und Kev drängte sich eine kleine Gruppe von Stammgästen zusammen. Liz Hadleys Ehemann Sam – Liz kam nur wenn es der Arbeit geschuldet war –, Frank Lymer aus Underhill, ein weiterer Arbeiter der Derwinters, und mehrere Mitglieder des Dart-Teams, die zuvor gespielt hatten. Mary Burke gehörte immer noch zum Team, obwohl sie, soweit Alex wusste, fast nur noch nach Gefühl warf, während sie sich auf ihre Gehhilfe stützte.

„Guten Abend, Jay", sagte Alex, bahnte sich unbeholfen einen Weg zu seinem Tisch und setzte sich. „Was ist los?"

Er sah sie mit blutunterlaufenen Augen von der Seite an. Sein dünnes, glattes Haar hing ihm in die Stirn, und durch die Strähnen konnte man seine Kopfhaut sehen. „Das geht Sie nichts an", sagte er. „Wir kennen uns nicht." Er wischte sich mit dem schmutzigen Taschentuch Gesicht und Augen ab. Sie merkte, dass er den Tränen nahe war.

„Sie machen eine schwere Zeit durch", sagte sie ruhig, und hoffte, den richtigen Ton anzuschlagen. „Sind Sie müde? Sie sehen sehr erschöpft aus. Soll Sie jemand nach Hause fahren?"

Er sah sie mit einer Mischung aus Grinsen und anzüglichem Blick an. „Ich habe jetzt ein eigenes Zuhause. Auf seinem Terrain. Ich wette, das nervt ihn gehörig."

„Hören Sie ihm nicht zu, Alex", sagte der Major leicht lallend. „Er ist eine verdammte Schande. Kommt hier rein und brüllt weiß Gott was. Er hat meinen Sohn angeprangert, obwohl die beiden sich gar nicht kennen. Warum sollte Harry irgendetwas mit diesem Stück Dreck zu tun haben wollen?"

„Er braucht einen ordentlichen Anpfiff", sagte Frank. „Er macht sich hier wichtig und beschimpft uns, als wäre er etwas Besonderes."

Jay stand strauchelnd auf, holte aus und wollte Frank Lymer schlagen. Seine Faust verfehlte ihr Ziel, noch bevor Tony Jay packen und ihn auf seinen Stuhl drücken konnte. Kev Winslet holte ebenfalls zum Schlag aus und stolperte aus eigenem Schwung zur Seite.

„Ich gebe einen feuchten Dreck auf ihn", sagte Kev, während er mit wedelnden Armen um sein Gleichgewicht rang. „Ich hau ihm eine rein. Schmieriger, kleiner Scheißkerl. Hab ihn hier noch nie gesehen, bis er glaubte, er hätte hier irgendwas verdient."

„Ich glaube, es ist Zeit für diesen Anruf", sagte Tony. „Ich würde dich gern hier rausbringen, Alex."

„Das weiß ich", sagte sie sehr ruhig. „Keine Sorge, es geht mir gut."

Jay wedelte mit seinem widerlichen Taschentuch. „Holt mir diesen Harry Stroud. Er hat viel zu erklären. Wie hat er es getan? Das würde ich gern wissen. Ich lasse ihn nicht damit davonkommen. Ich werde ihn herausfordern, ich sage es euch." Er stürzte den Rest seines Biers herunter und schwenkte das Glas, um Nachschub zu bekommen."

„Wovon redet der Mann?", fragte Stroud.

Sie war auf sich allein gestellt. Nur sie wusste, dass Jay so reagierte, weil er seine Kopie des Testaments gelesen hatte. Und er nahm es gar nicht gut auf, dass Harry so viel hinterlassen wurde.

„Kaffee bitte, Hugh", sagte Alex. Zum Glück bemerkte Jay entweder nicht, was sie gesagt hatte, oder er dachte, der Kaffee wäre für sie. Er konzentrierte sich darauf, sein Glas wieder auf dem Tisch abzustellen, und neigte sich von rechts nach links, als würde sich für ihn alles drehen.

„Ich bringe Sie nach Hause, Jay", sagte Tony. „Cedric Chase ist nicht weit weg, aber Sie sind erschöpft. Ich fahre Sie."

„Ich gehe verdammt noch mal nicht nach Hause, bis ich Harry Stroud gesagt habe, dass ich ihm auf der Spur bin." Er schlug auf den Tisch. Sein Glas geriet ins Rutschen, fiel zu Boden und zersprang in ein halbes Dutzend Teile. „Jetzt schaut euch an ... was ihr angerichtet habt. Ihr alle. Mich zu beobachten, als wäre ich ein Käfer im Glas. Verpisst euch, ihr alle. Bringt mir Harry Stroud, sonst schnappe ich ihn mir selbst. Er hat einiges zu erklären. Es ist an der Zeit, ihm ein paar Fragen zu stellen."

„Jay, das ergibt alles wenig Sinn", sagte Alex. „Was immer Sie umtreibt, wird Ihnen morgen klarer erscheinen."

Juste kehrte die Glasscherben zusammen nahm sie mit einem Kehrblech auf.

„Das denken Sie. Er hat etwas getan, das sage ich Ihnen. Wenn ihr alle so aufrechte Bürger seid, wie ihr glaubt, würdet ihr dieser Sache auch auf den Grund gehen wollen. Was hier vor sich geht, ist nicht richtig, sage ich euch, und er wird nicht damit davonkommen."

„Es ist an der Zeit, die Polizei zu rufen, Alex", verkündete Harriet Burke mit durchdringender Stimme. „Er muss hier raus und von der Straße runter sein, bevor wir alle versuchen, nach Hause zu gehen. Er ist eine Bedrohung."

Jay ignorierte sie, rülpste laut und versuchte, sich auf seinem Stuhl aufzurichten. „Fragen wir ihn doch, warum", sagte er. „Warum er? Wie hat er sie dazu gebracht? Verdammter Wichser."

„Das reicht", sagte Hugh und kam hinter der Bar hervor. „Ich bringe Sie nach Hause."

„Das wirst du schön lassen", sagte Jay. „Ich habe es hergeschafft, ich schaffe es auch zurück. Ich lebe jetzt auch in Folly. Es ist mein Dorf, gewöhnt euch daran. Und wenn ich herausfinde, was hier vor sich geht, dann wird es noch eindeutiger mein Dorf sein." Er deutete mit zitterndem Finger auf den Major. „Ich werde bestimmen, wo es langgeht."

Einunddreißig

Es verlief alles nach Plan. Der Anfang vom Ende, und es konnte gar nicht schnell genug gehen.

Ein weiterer Windstoß pfiff durch die Bäume, die die Zufahrt zu Cedric Chase säumten. Die schweren Äste bogen sich unter dem Druck und der Regen fiel in großen, kalten Tropfen.

So weit so gut. Je mehr Krach, desto besser.

Der Wagen rollte dicht an den Bäumen entlang und die Scheinwerfer waren ausgeschaltet. Selbst wenn der Motor lief – der starke, leise Motor – würde dieser dumme Flegel den Mercedes nicht hören, wenn er tatsächlich so betrunken war. Gott sei Dank war der Wagen schwarz wie die Nacht.

Der Regen nahm zu und die Bäume hielten ihn nicht auf. Dicht an den Stämmen bleiben, die Beifahrertür einen Spaltbreit öffnen, um alles einfacher zu machen, und wartete. Der Plan war perfekt, solange nicht die kleinste Kleinigkeit schiefging – oder der Mann ohnmächtig wurde, eher er hier ankam.

Der Himmel öffnete seine Schleusentore und schickte prasselnd den Regen zu Boden. Rechter Hand war ein glucksendes Geräusch zu hören, das beinahe vom Trommeln des Regens und dem peitschenden Wind verschluckt wurde. Ein Mann kämpfte sich mit unregelmäßigen Schritten durch die Mischung aus Schlamm und Kies und fluchte vor sich hin.

Er schrie und sein Sturz war deutlich zu hören. Dann kam er näher.

Da war er, und er hatte den Wagen bemerkt. Sein Kopf schwenkte von rechts nach links, während er mit alkoholgetrübtem Verstand versuchte, den Anblick des schimmernden, makellos schwarzen Lacks zu verarbeiten.

Er fluchte nicht mehr, und näherte sich stolpernd und rutschend dem Wagen. Erstaunlicherweise ließ sich die Beifahrertür öffnen.

Er war zu langsam, um auf den Stoß zu reagieren, der ihn mit dem Kopf voran auf die Sitze schleuderte.

Schließ ihn ein und setz dich hinter das Lenkrad.

Scheiße, scheiße, scheiße. Der Idiot blutete alles voll. Er war mit dem Gesicht auf den Schaltknüppel gestürzt, lag stöhnend da und rieb sich die Augen.

Es war nicht weit. Halt ihn zurück. Bleib außerhalb der Reichweite seiner klammernden Hände. Leg einen Gang ein und fahr los. Höchstens hundert Meter nach vorn und in die Garage. Der kleine, leuchtende Ball, der an einer Schnur von den Balken hing, stieß gegen die Windschutzscheibe. Das war das Zeichen zum Anhalten.

Der Wodka stand bereits offen bereit. Schnell war die Flasche in die glitschige Hand gedrückt und in seinen Mund geleert. Er wehrte sich nicht, sondern öffnete die Lippen und trank.

Mit einem stumpfen Aufprall fiel die Wodkaflasche zu Boden.

Er war ohnmächtig.

Er hat dir sein Blut gegeben – benutze es. Seine Hände an das Lenkrad zu drücken war nicht leicht. Sie herumzubewegen und die Mittelkonsole sowie die Sitze großzügig mit dem Blut zu beschmieren, dauerte ewig.

Leg los. Der Idiot ist schon ohnmächtig.

Mach beide Türen zu.

Wo ... der Schlauch war genau da, wo er bereitliegen sollte. Das eine Ende an den Auspuff, das andere in das leicht geöffnete hintere Fenster des Wagens.

Das Atmen fiel bereits schwer.

Für den Säufer, der zurückgelassen wurde, würde es bald unmöglich werden.

Zweiunddreißig

Herumzuschleichen war aufregend und vielleicht auch ein wenig amüsant. Alex fuhr mir quälender Aufmerksamkeit, nur so schnell, dass sie kein Aufsehen erregte, und lächelte und grummelte abwechselnd vor sich hin. Als sie sich Lilys silbernen Fiesta ausgeliehen hatte, hatte sie sich ernste Drohungen darüber anhören müssen, wenn sie darauf bestand, „in ihrem Zustand" selbst zu fahren. Lilys Gejammer war nur ein kleiner Preis dafür, nicht den Hang hinaufsteigen zu müssen, um ihr eigenes Auto zu holen, oder zu riskieren, dass jemand bemerkte, wie sie in dem Land Rover das Dorf verließ.

Die Straßen waren noch feucht, doch der Tag versprach strahlenden Sonnenschein. Dampf erhob sich von gewundenen Bruchsteinmauern, wo die Sonne sie erwärmte. Pferde schlenderten zu den wenigen Passanten und streckten ihnen hoffnungsvoll die Nüstern entgegen.

Tony hatte sein Bestes gegeben, optimistisch zu wirken, obwohl Alex ihre Nacht im Corner Cottage hatte verbringen wollen, und war kläglich gescheitert. Sie dachte über die Frage nach, die in seinen Augen gestanden hatte, bis sie versuchen musste, das Bild von Jay Gibbons Auftritt zu verdrängen, bei dem sich ihr der Magen umdrehte. Wenigstens machte es ihr die Nacht im Cottage noch leichter, ungesehen das Dorf zu verlassen.

Sie hatte den Arm aus der Schlinge genommen und ihn auf dem Schalthebel des Automatikgetriebes abgelegt. Sie würde nie wieder diejenigen verspotten, die nicht mit Schaltgetriebe fuhren.

Der Fuß war ein größeres Problem als die Schulter. Sie musste vor allem vermeiden, zu fest oder zu plötzlich aufs Gas zu treten und den linken Fuß für die Bremse benutzen. Sie hatte große Angst vor einer plötzlichen Vollbremsung, bei der sie nicht daran dachte und mit dem falschen Fuß auf die Bremse trat.

Ihre Mutter war ein Schatz, die beste Mutter der Welt. Sie würde nicht verraten, dass Alex das Dorf verlassen hatte, selbst Tony nicht, der zum Glück in der Praxis einiges nachzuholen hatte und später drei Bauernhöfe besuchen würde. O'Reilly wollte sie sehen. Er hatte im Corner Cottage angerufen, kurz bevor sie aufgebrochen war, und sie hatte sich seine Nachricht angehört, ohne abzunehmen.

Sie fühlte sich, als wäre sie auf der Flucht. Sie mied O'Reilly und schob auf, was sie am vergangenen Abend vermieden hatte: Tony von dem Testament zu erzählen. Sie hatte Radhika versprochen niemandem davon zu erzählen – doch natürlich schloss das nicht Tony mit ein, das hatte selbst Radhika gesagt.

Sei ehrlich mit dir. Du hast Angst, dass er dich davon abhalten würde, noch tiefer in „Polizeiangelegenheiten" herumzustochern.

Alex fuhr auf einer einspurigen Straße – überholen auf eigene Gefahr – zwischen weiten Feldern hindurch, die im Juli bei der Lavendelblüte einen violetten Farbton annehmen würden. Allein an die Lavendelernte zu denken, brachte die Erinnerung an den schweren Duft zurück, der sich im Umkreis von mehreren Kilometern durch offene Autofenster hereinschleichen würde.

Ein halbes Pint Donnington Ale und ein Ploughman's Lunch mit einem Ausblick über Hügel und Täler klangen perfekt. Vom Mount Inn aus hätte sie einen Panoramablick auf die umliegenden Dörfer, die Schafweiden an den Hängen, mit üppigen Wollknäuelen auf dürren Beinchen, und auf Felder, die auf gutem Weg zu sein schienen, um bald zur Ernte bereit zu sein.

Das einzige Fahrzeug vor ihr war ein schlammverschmierter, grüner Traktor, der dahintuckerte, während der Fahrer auf seinem hohen Sitz auf und ab wippte, als säße er auf einem Pferd in langsamem Schritt. Er holperte auf den Grünstreifen, um sie überholen zu lassen.

Sie musste weg, brauchte Zeit zum Nachdenken. Das Gefühl, unter Beobachtung zu stehen, machte sie fix und fertig. „Aua." Ihr Knöchel beschwerte sich bitterlich, als sie ihre Gedanken treiben ließ und vergaß, den anderen Fuß zu benutzen.

Manche meinten, Stanton sei der repräsentativste und malerischste Ort der Cotswolds. Wenn man sie gefragt hätte, hätte sie ein gutes Wort für ihr wunderschönes Folly-on-Weir eingelegt. Doch als die sie Ausläufer von Stanton erreichte, schien ihr die Welt zu entgleiten, oder vielleicht war sie in Alice' Spiegelreich geraten.

Stantons Cottages aus honigfarbenem Stein, die meisten mit Stroh gedeckt, waren wie ausgebeult und schienen manchmal sogar über die gewundenen Straßen zu hängen. Ein Cottage, an dem sie vorbeikam, musste sie genauer betrachten. Es hatte ein Fenster, dessen Fensterbrett beinahe die Straße berührte und eine niedrige

Tür, die auf derselben Höhe hing, doch die Schwelle lag tiefer als die Straße selbst.

Wein wuchs in dicken Ranken über den Türen und die frischen Blätter leuchteten.

In ihrem Rückspiegel war immer noch kein Fahrzeug zu sehen, das ihr folgte, oder ihr bekannt vorkam. Alex entspannte sich ein wenig. Sie hatte befürchtet, dass O'Reilly, der ein Frühaufsteher war, oder Tony sie sehen und ihr folgen könnten.

Die *Church of St. Michael and All Angels*, ein altes, normannisches Gebäude, musste am perfekten Ort stehen, und den perfekten Boden für Rosen haben. An einer alten Wand reihten sich smaragdgrüne Knospen auf, in denen bereits die Blütenblätter zu erahnen waren. Sie würden bald korallenrot, gelb und rosarot blühen. Alex wusste, wie die Jahreszeiten diese Gärten veränderten, und konnte die Farben in ihrer Vorstellung sehen.

Doch heute war nicht der Tag, um anzuhalten. Ihr Ziel war der Pub, das Mount Inn. An seiner erhöhten Position musste der Name naheliegend gewesen sein. Alex erreichte den Pub, während sich die Mittagsgäste auf einer Seitenterrasse drängten und in Gruppen an der Eingangstür herumstanden. Der milde Tag musste die Gäste nach draußen ziehen, ebenso wie der Wunsch zu rauchen.

Alex fuhr an dem Gebäude vorbei, bog nach links auf eine steile Zufahrt ein und fuhr auf einen Parkplatz hinter dem Gebäude. Einige Handwerker strichen gerade, während andere im Garten arbeiteten. Sie wusste nur zu gut, wie aufwändig es war, einen Pub zu unterhalten, besonders, wenn lange Öffnungszeiten die Norm waren.

Nachdem sie die Schlinge wieder angelegt und die Krücke unter dem Arm hatte, obwohl sie lieber ohne die Krücke herumhumpelte, trat sie durch die Hintertür ein und ging durch in den Schankraum. Es war voll, doch ein Mann, der allein an einem Ecktisch saß, musterte ihren geschundenen Körper und nickte ihr zu, ehe er seinen Teller und sein Glas mit nach draußen nahm.

Selbst an einem trockenen Tag roch es hier sehr dominant nach Pferd und ein wenig nach Bier und warmen Pub-Gerichten. Alex setzte sich auf einen Stuhl, der dem Fenster zugewandt war. Dies war genau der richtige Ort, wenn man Tweedkleidung, Kniehosen und Reitstiefel sehen wollte, die ein wenig abgenutzt waren, aber gut kleideten. Die meisten Gäste unterhielten sich in kultivierter Lautstärke, doch gelegentlich brach auch lautes Gelächter aus.

Sie bestellte ein halbes Pint Double Donn und entschied sich für ein Schinken-Käse-Sandwich. Ihr Hunger hatte nachgelassen und der Ploughman's Lunch wäre zu viel gewesen. Sie war hierhergekommen, um in Ruhe durchgehen zu können, was sie über Pamela Gibbons Tod wusste und was nicht. Dieser Fall würde offensichtlich nicht abgeschlossen sein, solange die Schlüsselfigur, der Mörder, noch auf freiem Fuß und entschlossen war, sich zu holen, was er wollte.

Ihr gefiel die Vorstellung nicht, dass es sich lohnen würde, noch einmal mit Venetia Stroud zu sprechen. Ihr Verhalten gegenüber Alex und die Tatsache, dass sie Jay zum *Leaves of Comfort* gefolgt war, warf zu viele Fragen auf. Ein zweites Mal allein dort hinzugehen, war eine miese Idee, doch wenn sie mit Tony darüber sprach, würde er vermutlich die Polizei einschalten. Sie hatten keinen guten Grund dafür, ihnen von Venetia zu erzählen, nicht ohne solide Beweise.

Alex blickte durch das Fenster den Hang hinab, auf die Dächer und Türme von Stanton. In der Ferne breitete sich zwischen anderen Feldern ein gelbes Rapsfeld aus. Man liebte die Pflanze und ihren Geruch oder man hasste sie, so wie es auch beim Kohl der Fall war, doch sie kam nicht umhin, sich an der schamlosen Farbenpracht zu erfreuen.

„Wie schaffen Sie es, so zu fahren, Alex?"

Sie biss die Zähne zusammen und hob den Blick in Harry Strouds graue Augen. Er hatte den unteren Teil seiner Reitjacke zurückgeschoben und die Hände in den Taschen seiner hellbraunen Köperhose geschoben. Er passte perfekt ins Mount Inn. Ein kleinkariertes Hemd und die grüne Krawatte vervollständigten das Outfit. Manchmal lag Trost darin, einem Bekannten zu begegnen, doch nicht bei ihm und nicht hier.

Sie schüttelte den Kopf und war erstaunt, ihn hier zu sehen. „Ich kann problemlos fahren, danke."

„Darf ich mich zu Ihnen setzen?" Er ließ sich bereits auf den Stuhl ihr gegenüber sinken. „Ich will nicht lügen. Ich habe gesehen, dass Sie das Dorf in Lilys Wagen verlassen haben und bin Ihnen gefolgt. Ich habe eine Weile gebraucht, weil ich einen großen Abstand gehalten habe. Dann musste ich noch den Mut aufbringen, Ihnen hierher zu folgen."

Alex reagierte gereizt. „Und glauben Sie immer noch, dass das eine gute Idee war?"

„Seien Sie glimpflich mit mir", sagte er und lächelte sie schief an, was sie nicht gerade bezauberte. „Ich war ein Idiot, an diesem Abend in meiner Wohnung. Meine einzige Entschuldigung ist, dass ich bereits viel durchgemacht habe, und Sie mich überrascht haben. Ich habe das Gefühl, dass ganze Dorf hätte sich gegen mich gestellt."

„Wirklich? Warum? Mir wäre nicht aufgefallen, dass Sie anders als üblich behandelt werden." Hatte der Major seinem Sohn von Jays Gerede erzählt?

„Oh, Gott." Er stützte die Ellenbogen auf dem Tisch ab und fuhr sich mit den Fingern durch die kurzen, dunklen Locken, während er den Kopf neigte. „Die ganze Situation wird mit jedem Moment schrecklicher. Ich weiß nicht, was los ist. Sie etwa?"

Ah, er hatte also keine Ahnung, dass sie von den Testamentkopien wusste. „Wie geht es Ihrer Mutter?" Sie konnte auch frustrierende Spielchen spielen, wenn es sein musste. „Hat sie an dem Abend noch das Ballett genossen?" *War sie je dort gewesen, nachdem sie sich im* Leaves of Comfort *Jay Gibbons geschnappt hatte? Hatte sie das überhaupt je vorgehabt?*

„Sie werden das wohl nicht so schnell vergessen."

„Nein. Warum geben Sie mir nicht eine vernünftige Erklärung für das Verhalten von Ihnen und Ihrer Mutter, bevor Sie mich hier verhören? Sollten Sie nicht in London in Ihrem Büro sein?" Er schien keinen festen Arbeitsplan zu haben, seit jeher.

„Ich erledige die meiste Arbeit direkt bei meinen Klienten zu Hause. Sie bevorzugen das, und ich auch."

Alex zuckte mit den Schultern. Sie fand, dass er ein wenig durch den Wind zu sein schien, sogar desorientiert wirkte. Doch sie spürte auch eine kaum beherrschte Aufregung. Aber warum sollte er nicht aufgeregt sein? Er würde bald ein sehr wohlhabender Mann sein.

Eine Kellnerin brachte ihr das Bier und das Sandwich und sah dann Harry an. „Ich nehme dasselbe", sagte er mit ausdrucksloser Stimme.

„Wenn ich Ihnen sage, was ich denke, behalten Sie es dann für sich?", fragte er.

Ehe sie zustimmen oder ablehnen konnte, fuhr er fort.

„Meine Mutter ist nicht die stabilste Frau der Welt, aber ich liebe sie. Sie hat immer für mich gesorgt, was ich über andere Menschen nicht sagen kann. Ich weiß nicht, wer den Zweifel gesät hat, aber ich glaube, sie ist besorgt, dass ich etwas mit Pamelas Tod zu tun gehabt haben könnte. Es sollte eigentlich nicht bekannt werden, dass wir uns gelegentlich trafen, aber in einem Dorf ... nun, ich muss die Erklärung nicht ausführen, oder? Als Sie zu unserem Haus kamen, wollte Mutter Sie vermutlich davon überzeugen, dass nichts an den Gerüchten dran ist."

Das Bier war perfekt und für das Sandwich hatte man zwei dicke Weizenbrotscheiben mit köstlicher Kruste verwendet. „Und mich in Ihrer Wohnung einzusperren, was das Mittel der Wahl?"

„Sie sagte, das sei ein Versehen gewesen. Sie erzählte mir, dass Sie davon gesprochen hätten, mich unterstützen zu wollen. So ziemlich dasselbe haben Sie auch mir gesagt. Dass Sie die Aufmerksamkeit, die auf mir liegt, für ungerechtfertigt halten, und mir das mitteilen wollten. Wenn sie absichtlich gehandelt hat, war das falsch, aber könnte sie nicht einfach befürchtet haben, Sie könnten gehen, ohne mit mir zu sprechen? Oder es sich anders überlegen, ehe Sie mir Ihre Unterstützung zum Ausdruck bringen konnten?"

Sein Blick wurde ernst und in seinem Gesichtsausdruck lag ein wenig Trauer und große Sorge, während er in ihre Augen sah.

„Das wäre möglich, aber sie ist alles ganz falsch angegangen. Und Sie haben auch nicht geholfen, Harry. Sie haben sich falsch verhalten. Sie haben mich zu Tode erschreckt, auch wenn Sie das gewiss nicht wollten."

„Nein, natürlich nicht. Ich habe es versaut. Ganz einfach. Ich möchte das wiedergutmachen, Alex. Und ich will, dass Sie mir helfen – da, jetzt ist es raus."

Die Haut in Alex' Rücken spannte sich. Ihre Kopfhaut kribbelte. Es war nichts – sie musste sich ins Gedächtnis rufen, dass sie so reagierte, wenn sie aufgebracht war oder sich in einer fremden Situation befand. Wie etwa, als sie sich im vergangenen Winter der im Schnee versteckten Leiche eines Mannes genähert hatte, und dabei die Totenklage seines Hundes hörte, die sie nicht verwechseln durfte mit …

Eine Vorahnung der Gefahr.

„Wollen Sie sonst noch etwas sagen?" Alex starrte ihn an und beobachtete, wie sich seine Pupillen verengten und sein Puls sichtlich an den Schläfen pochte. Vielleicht log er nicht, aber er sagte ihr auch nicht die ganze Wahrheit. Er wollte weitaus mehr als sich für diese furchtbare Nacht zu entschuldigen.

„Sie waren gestern bei Radhika im Krankenhaus. Ich habe Sie mit Harrison gesehen. Wie geht es ihr?" Die Muskeln in seinem Kiefer spannten sich an.

Gäbe es Alarmglocken, so würden sie jetzt läuten. Sie hatte unter anderem aus dem Dorf verschwinden wollen, um zu entscheiden, wie sie Tony erzählen sollte, was Radhika gesagt hatte, ohne dass er direkt zur Polizei lief. Und das Testament ... die Frau hatte sie angefleht, niemandem von dem Testament zu erzählen.

Harry war ihr nur gefolgt, um sie über Radhika auszufragen, da war sie sich sicher. Doch sie wusste nicht, warum er sich überhaupt für die Frau interessierte. Es schien weit hergeholt, anzunehmen, dass er sich um sie oder den Angriff auf sie Sorgen machte.

Verdammt, sie musste den Verstand verlieren. Er wollte wissen, ob Radhika am vergangenen Abend bereits Pamelas Testament gesehen hatte und ob sie Alex davon erzählt hatte.

Er wollte herausfinden, ob sie wusste, was in dem Testament stand.

„Alex?" Hakte Harry nach. „Wie geht es Radhika? Wie geht es ihren Augen? Ich durfte sie gestern Abend nicht besuchen. Man sagte mir, es sei schon zu spät."

„Es geht ihr nicht besonders gut, aber sie wird wieder auf die Beine kommen."

„Pamela hat viel von ihr gehalten, wissen Sie? Sie half ihr dabei, in Folly Fuß zu fassen. Ist es wahr, dass sie wegziehen wird? Ich möchte ihr helfen – für Pamela."

Ihn auf Abstand zu halten, ohne preiszugeben, wie viel sie wusste, konnte heikel werden. „Ich glaube nicht. Es gefällt ihr hier. Sie hat hier Freundschaften geschlossen." Er erhielt Informationen aus unbekannter Quelle – wie sonst konnte er wissen, dass Radhika Malek davon sprach, Folly zu verlassen?

„Wann wird sie aus dem Krankenhaus entlassen?"

Sein Bier und sein Sandwich kamen, was ihr eine willkommene Pause verschaffte, um ihre Gedanken ein wenig zu ordnen.

„Gutes Bier, das Donnington's", sagte Harry nach dem ersten, großen Schluck. „Wann kommt Radhika nach Hause?"

Er würde das Thema nicht ruhen lassen. „Ich weiß es nicht. Sie ist schwer verletzt."

„Sie waren zusammen mit diesem Detective da drinnen. Was wollte er von ihr wissen, abgesehen vom Offensichtlichen?"

„Er hat ihr in meiner Anwesenheit nicht viele Fragen gestellt." Das traf sogar zu. „Er ging, kurz nachdem ich ins Zimmer kam."

„Wird sie in ihr Cottage zurückkehren, wenn sie entlassen wird?"

War ihm nicht bewusst, dass seine unverblümten Fragen verdächtig klangen? „Falls ja, wird sie für eine Welle Hilfe brauchen. Ihre Finger werden noch einige Zeit geschient und bandagiert bleiben." Damit konnte sie wohl kaum zu viel verraten.

„Armes Ding", sagte Harry und schüttelte langsam den Kopf. „Wer würde ihr so etwas antun? Sie ... sie ist doch kein Mensch, der irgendwie auffällt. Warum sie?"

Harry hatte Radhika Malek anscheinend noch nie gesehen, wenn sie ihr exotisches Ich zeigte.

„Was sagen die Leute in Folly über mich, Alex?", fragte Harry und lehnte sich mit ernstem Blick zu ihr. „Sie würden doch nie etwas Verletzendes sagen. Aber die Menschen sprechen mit Ihnen. Wenn ich auftauche, hören sie auf zu sprechen. Ich will wissen, was ich nicht hören soll."

Aus dem Nachbarraum war plötzlich eine Geige zu hören, gekonnt gespielt. Alex ergriff die Gelegenheit, um sich abzuwenden, und sah, dass sich die Gäste auf die Musik zubewegten. Sie erkannte da Stück. Ein altes, schottisches Volkslied: *Lassie Wi'the Yellow Coatie*, zumindest war das der Name, an den sie sich erinnerte. Es passte so gut hierher und manche Gäste wiegten sich im Takt.

„Alex?"

Sie drehte sich zögerlich wieder zu Harry um. „Ist das nicht schön?"

„Ja, ist es wohl, wenn man so etwas mag. Ich habe Ihnen eine Frage gestellt. Bitte, Alex, sie waren immer die Eine, die Verständnis hatte."

Und er war immer anständig gewesen, wenn es nicht gerade darum ging, sie zu sich nach Hause einzuladen. Die Kindheit war vergangen und musste vergessen werden. „Ich fürchte, ich kann Ihnen nicht sagen, was Sie wissen wollen."

„Sie hatten einen Reporter, der im Black Dog wohnte", sagte er. „Namens Patrick Guest. Er hat mehrmals versucht, mir Fragen zu stellen. Ich bin ihm ausgewichen. Er glaubt aus irgendeinem Grund, dass es sich lohnt, mir Fragen zu stellen."

Guest war noch immer in der Gegend, fuhr manchmal stundenlang mit seinem Wagen weg, doch kam immer wieder zurück. Es überraschte sie, dass es kein größeres Medieninteresse gab, doch Folly war winzig und Pamela keine Berühmtheit gewesen.

„Harry", sagte sie mit fester Stimme. „Ich bin hier, um von all dem wegzukommen. Wir haben ein paar schreckliche Tage hinter uns. Ich kann Ihnen nicht sagen, was Sie wissen wollen. Aber ich werde erwähnen, dass Sie beim nächsten Mal lieber zweimal nachdenken, bevor Sie einer Frau auf die Schulter schlagen." Das hätte sie nicht sagen sollen, doch es war zu spät.

Seine Augenbrauen hoben sich. Er warf einen Blick auf die Schlinge und blinzelte mehrfach. „Oh, kommen Sie mir nicht damit. Sie können mir doch nicht die Schuld an etwas geben, das passierte, als ich nicht einmal zugegen war. Sie sagten, sie hätten sich verletzt, als sie irgendwo eine Treppe runtergestürzt sind."

„In der Dunkelheit. Im Haus Ihrer Eltern. Und das war, nachdem Sie mir mit der Faust auf die Schulter geschlagen haben. Und dass Sie zu viel getrunken hatten, ist keine Entschuldigung. Ich habe niemandem erzählt, was wirklich passiert ist, und habe nicht vor, das zu ändern. Aber ich werde es auch nicht vergessen. Ich schulde Ihnen nichts, Harry, halten Sie sich von mir fern."

„Aber ..." Sein Unterkiefer klappte herunter. „Aber Sie sagten, Sie wüssten, dass ich schlecht behandelt werde. Sie kamen zu meinem Haus, um Unterstützung anzubieten. Jetzt bitte ich Sie um Unterstützung. Sie wissen, was vor sich geht, das weiß ich. Sie könnten mir dabei helfen, mich auf die Lügen vorzubereiten, die man sich gegen mich ausdenkt, und sie abzuschmettern."

Dass sich ihre Haut zusammenzog, war ein vertrautes Gefühl, und hatte nichts mit der Temperatur zu tun, nur mit Distanziertheit, und in diesem Fall Abscheu.

„Werden Sie das tun, Alex? Werden Sie mir helfen? Es heißt, die Gerechtigkeit siege immer, doch wir wissen beide, dass das nicht stimmt. Ich weiß, dass Sie für den Mann einstehen können, der ich wirklich bin."

„Harry", sagte sie leise, „ich werde nichts tun, was Ihnen schadet, aber ich *weiß*, was für ein Mann Sie wirklich sind." *Er hat Angst.*

Er sah sie lange und schweigend an. „Sie haben zusammen mit Tony Harrison Pamelas Leiche gefunden."

„Ich würde es vergessen, wenn ich könnte."

„Wo war sie?"

Hysterisches Gelächter vom Nachbartisch gab Alex kurz das Gefühl, die ganze Welt sei verrückt geworden. Ein Biertropfen, der aus dem weit aufgerissenen Mund eines Mannes stammte, ließ sie nach einem Fluchtweg suchen.

„Sie wissen, wo sie war." Alex ballte in ihrem Schoß die Hände zu Fäusten. „Das ganze Dorf weiß, wo sie war."

Er erinnerte sich an sein Bier führte es halb bis zu seinem Mund und stellte es dann wieder ab, ohne einen Schluck zu trinken. „Ich habe Sie nur getestet, für den Fall, dass sie die Wahrheit zurückhalten."

„Warum sollten sie das tun?"

„Um zu sehen, ob ihnen jemand in die Falle geht, indem er durchblicken lässt, wo sie wirklich war."

Schweiß glänzte auf seiner Stirn. Wenn dies der Moment war, in dem er einen Nervenzusammenbruch erlitt, dann war sie hier wenigstens nicht mit ihm allein, wie beim letzten Mal, als er zu weit ging. „Ich war dort, Harry. Leider." Sie schluckte. „Pamelas Leiche lag am Boden dieses fürchterlichen Schachtes."

Harry bedeckte seine Augen mit beiden Händen und stützte die Ellenbogen auf den Tisch. Die Geige war immer noch zu hören, doch Alex kannte das Lied nicht, das der Geiger jetzt spielte.

Sie berührte Harry zögerlich am Arm, und war versucht, in zu beruhigen, indem sie ihm sagte, dass niemand in verdächtigte. Doch das wusste sie nicht, und sie wusste nicht einmal, ob sie selbst davon überzeugt war.

„Es lagen Sachen in dem alten Turm", murmelte er undeutlich. „Vivian wurde dazu befragt, als sie verhaftet wurde. Man trug ihr auf, nichts davon zu erzählen, doch sie hat mir immerhin so viel verraten. Wir kennen uns kaum, und doch ist sie anständig zu mir. Man hätte dort alles Mögliche hinlegen können, um mir die Tat anzuhängen."

„Harry!" Sie zog an seinem Ärmel, bis er sie mit geröteten Augen ansah. „Sie machen sich verrückt. Sie wurden befragt, oder?"

„Zweimal."

„Hat die Polizei gesagt, Sie seien ein Verdächtiger?"

„Nein, aber sie sagten, dass ich die Gegend nicht verlassen dürfe. Das haben sie Vivian auch gesagt. Und meiner Mutter, was auch immer das sollte. Wir werden schikaniert, weil wir Pamelas Freunde waren."

„Das waren viele von uns. Die Polizei möchte eine ganze Menge Leute befragen. War Ihre Mutter mit Pamela befreundet? Es klang nicht danach, als ich mich mit ihr unterhielt."

Harry sah sie mit einem scharfen Blick an. „Mutter sondiert gerne das Terrain. Sie sucht immer nach Reaktionen auf das, was sie sagt. Ich glaube, sie mochte Pamela ganz gern."

Das war eine dreiste Lüge, die nur noch mehr Fragen aufwarf.

Die Bedienung kam an den Tisch. „Kann ich Ihnen noch etwas bringen?"

Sie schüttelten beide den Kopf und ignorierten die bedeutsamen Blicke der Frau in Richtung einiger Menschen, die auf einen Tisch warteten.

„Erzählen Sie mir, was Radhika gestern Abend gesagt hat." Der plötzliche Vorstoß war unangenehm.

„Versuchen Sie nicht, mich herumzuschubsen", sagte Alex. „Das wird nicht funktionieren."

„Hat sie Ihnen irgendetwas gezeigt – etwas, das sie gestern erhalten hat?"

Sie wagte es kaum zu atmen. Wenn er damit herausrückte und über das Testament sprach, würde sie es dann für wahrscheinlicher halten, dass er unschuldig war?

„Was sollte sie denn erhalten haben? All diese Andeutungen sind doch lächerlich."

Er beobachtete sie genau. „Na gut. Vergessen Sie das. Was war in dem Turm?"

„Hören Sie auf, Harry. Wenn Sie das wissen wollen, fragen Sie bei der Polizei nach. Ich habe keine Inventur gemacht und ermittle nicht in diesem Fall."

„Sie werden mir nicht helfen, oder?" Seine Lippen verbogen sich zu einem höhnischen Grinsen. „Sie wollen sich an all denen von uns rächen, die wissen, was Sie sind. Sie genießen das."

Jemand stieß an die Lehne ihres Stuhls. Sie zuckte ob des Schmerzes in ihrer Schulter zusammen. „Ich glaube, Sie sollten gehen", sagte sie. Und aus irgendeinem wahnsinnigen Grund wollte sie lachen. „Sie sind so engstirnig, so unbedeutend. Und Sie sind ein Snob, Harry, wenn Sie so etwas andeuten. *Was ich bin?* Was Sie sind, ist ekelerregend."

„Haben Sie gesehen ..."

„Bitte gehen Sie."

„Alex, es tut mir leid. Das war unangebracht. Ich fühle mich bloß hilflos. Haben Sie eine Tasche im Turm gesehen – mit verschiedenen Dingen darin? Ein Fernglas vielleicht?"

Diese Unterhaltung musste beendet werden. „Es waren etliche Dinge da oben." Eine Lüge war ihre einzige Option, es sei denn, sie wollte etwas sagen, was sie nicht preisgeben sollte. „Ich erinnere mich nicht an irgendetwas Spezielles, nur an einen Haufen Kram, der mit einer Plane abgedeckt war."

Harry atmete ein und sie sah, dass sich seine Schultern ein wenig entspannten.

Es wurde lauter im Pub. Eine große Gruppe von Wanderern stapfte herein, mit Wanderstöcken und von Sonne und Wind geröteten Gesichtern. Sie bestellten Bier, lachten, wippten auf ihren Fersen und sprachen über ihre letzten Wanderungen. Die Energie, die von ihnen ausging, verbreitete überall gute Laune.

„Haben Sie Ihr Fernglas verloren?", fragte Alex. Was konnte diese Frage schon schaden? Er hatte es zuerst erwähnt.

Sein Blick huschte durch den Schankraum und dann wieder zu ihr. „Ich weiß nicht, was Sie meinen. Lassen Sie uns etwas Richtiges trinken."

„Nein, danke, ich mache mich lieber auf den Weg", sagte sie.

„Was will dieser Idiot denn hier?", fragte Harry und überraschte sie mit seiner Vehemenz. Wenige Sekunden später sah sie überrascht Dan O'Reilly auf sich zukommen. Seine Lippen bildeten eine grimmige Linie. Sein dunkles, lockiges Haar war vom Wind zerzaust und ließ ihn etwas weniger aussehen, als sei er des Lebens überdrüssig. Doch aus Alex' Blickwinkel fiel das Licht auf die Narbe, die sie vor Monaten entdeckt hatte, und ließ sie recht frisch aussehen.

Er nickte Alex zu und sie erwartete einen Spruch darüber, dass sie nicht an ihr Telefon gegangen war. Stattdessen richtete er seine Aufmerksamkeit auf Harry. „Gut, dass Ihr Wagen so schwer zu übersehen ist."

„Was haben Sie getan?", fragte Harry mit leichtem Zähnefletschen. „Ihn zur Fahndung ausgeschrieben?"

„Sie schauen zu viel fern, Stroud. Ich muss mit Ihnen reden, und ich glaube, Ihnen wurde aufgetragen, dafür zu sorgen, dass wir wissen, wo Sie sich aufhalten."

„Sie haben mir gesagt, ich soll in der Nähe bleiben, und das habe ich getan."

„Das reicht. Alex, entschuldigen Sie uns bitte."

Sie hätte beinahe gesagt: *Nur zu gern.* „Ich muss ohnehin zurück", sagte sie und stand auf.

„Wenn es Ihnen nichts ausmacht, würde ich auch gern mit Ihnen sprechen. Und warum nicht gleich hier. Mr. Stroud und ich werden nicht lange brauchen."

Welche Wahl hatte sie? Sie sah zu, wie O'Reilly Harry zum Hinterausgang des Mount führte und bestellte Kaffee. O'Reilly wollte allein mit ihr sprechen, ohne Tony, soviel war offensichtlich.

Da war etwas, das sie nicht zu fassen bekam. Etwas regte sich am Rande ihres Bewusstseins. Etwas, an das sie sich erinnern musste, das ihr entgangen war. Je mehr sie sich darauf konzentrierte, desto unerreichbarer schien diese Erinnerung zu werden.

War es etwas, das jemand gesagt hatte? Harry war der einzige, mit dem sie sich heute wirklich unterhalten hatte. Alex ging in Gedanken noch einmal ihre Unterhaltung durch, fand aber nicht die Gedankenstütze, die sie brauchte.

Dreiunddreißig

Wenn Lily Duggins Wagen nicht immer noch hinter dem Pub gestanden hätte, wäre Dan vielleicht davon ausgegangen, dass Alex vor ihm abgehauen war. Eine Gruppe von vier Männern saß an dem Tisch, an dem er sie mit Stroud angetroffen hatte.

Er suchte und sah sie schließlich durch eines der vorderen Fenster. Sie lehnte anscheinend zufrieden an einer Wand und streckte die Hand nach unten, um die Schnauze eines verdammt großen Pferdes zu streicheln. Der Reiter, ein strammer, junger Mann in einem enganliegenden, blauen Pullover, der seine Muskeln betonte, unterhielt sich mit Alex. Doch als Dan zu ihr nach draußen ging, hob der Mann die Hand, winkte und ritt davon, während er ihr über die Schulter ein Grinsen zuwarf.

„Wer war das?", fragte er, und wunderte sich dann, dass er diese Frage gestellt hatte.

„Nur ein alter Freund", sagte sie. Die Krücke lehnte neben ihr, sie hatte das Gewicht auf den gesunden Fuß verlagert und das Gesicht der Sonne zugewandt.

Natürlich hatte sie Freunde. Männer, die sie verehrten. Er sah im rechten Moment nach rechts, um zu sehen, wie Strouds Maserati vom Parkplatz rollte. Der Mann war völlig durch den Wind. Durcheinander, wütend und arrogant. Dan hatte Bill Lamb bereits vorgewarnt, dass ein streitlustiger Harry Stroud eintreffen würde.

Als O'Reilly Alex zum ersten Mal begegnet war, hatte er sich dafür gescholten, von ihr angetan gewesen zu sein. Später, als er herausgefunden hatte, wie es um Alex und Tony stand, hatte er sich seine wenig erfolgreiche Bilanz im Umgang mit dem anderen Geschlecht ins Gedächtnis gerufen und sich eingeredet, dass er verschont worden war.

Er würde diese Ansicht vielleicht revidieren müssen. Sie und Harrison standen sich nahe, doch er spürte ab und zu Spannungen zwischen ihnen.

Alex drehte sich zu ihm und verschränkte die Arme. Sie lächelte, doch es war nicht ganz überzeugend. Er kam nicht umhin, in ihr eine sehr gutaussehende Frau zu sehen. Soweit er wusste, war er immer noch ein Mensch.

Der geschiente Knöchel hatte sie dazu gebracht, Röcke zu tragen. Heute ein Jeansrock, der knapp über dem Knie endete. Sie hatte schöne Beine, wirklich schöne Beine.

„Detective Sergeant Lamb sagte mir, dass Sie gestern Abend im Krankenhaus Zeit mit Ms. Malek verbracht haben."

„Ich würde mich gern setzen." Sie lief zu einem hölzernen Picknicktisch in der Nähe und setzte sich an ein Ende der Bank. Der Mittagsandrang hatte nachgelassen und sie hatten den Tisch für sich.

Dan rutschte auf die gegenüberliegende Bank und dachte kurz, wie schön es wäre, wenn sie sich keinen Kampf liefern müssten – und es würde auf einen Kampf hinauslaufen. Alex Duggins stellte sich zwar nicht bewusst quer, doch es war auch nicht einfach, sie zu befragend.

Er schob den schweren, gläsernen Aschenbecher weg, der auf allen vier Seiten für Cinzano warb. „Ich habe gehört, dass es am vergangenen Abend eine Auseinandersetzung im Black Dog gab", sagte er. „Tut mir leid, dass ich nicht da war, um zu schlichten."

„Es war nichts."

Sie war keine gute Lügnerin. „Zögern Sie nie, offiziell Hilfe anzufordern, wenn jemand über die Stränge schlägt."

„Hm", sagte sie.

Was vermutlich bedeutete, dass ihrer Meinung nach im Black Dog blieb, was im Black Dog geschah. Doch diese Angelegenheit war vielleicht zu wichtig, um ihr nicht nachzugehen. Sein neuer Freund im Ort hatte angerufen, weil ihm einige der Drohungen von Jay Angst gemacht hatten.

„War Ihnen ... unangenehm, was Jay gesagt hat?"

Sie sah auf ihre Hände; sehr vorhersehbar. „Nein. Nicht wirklich. Es waren nur leere Drohungen. Er wohnt gern in Cedric Chase. Dadurch scheint er sich wichtig zu fühlen, wobei ..." Er merkte, dass sie über den vergangenen Abend nachdachte und dann schwieg. „Dieses Mal wirkte er draufgängerisch."

Sie errötete. Es gab noch mehr, was sie ihm nicht sagte. Er konnte noch hinauszögern, sie unter Druck zu setzen, aber nicht mehr lange, so wie die Dinge standen.

„Bill Lamb hat Sie am frühen Abend bei Radhika Malek zurückgelassen. Ich würde nur ungern annehmen, dass Sie relevante Informationen zurückhalten."

Die Farbe in ihrem Gesicht wurde noch dunkler, doch es lag eher Wut als Verlegenheit in ihrem Ausdruck. Sie antwortete nicht.

„Ich glaube, ich weiß, was Sie herausgefunden haben. Bill sagte, dass Radhika etwas zugestellt wurde, während er dort war. Ist es das, was sie gesehen haben?"

Sie presste ihre Lippen aufeinander, sodass sie blass wurden.

Trotz des warmen Wetters war kurz eine kühle Brise zu spüren. Er glaubte, Abendlevkojen zu riechen. „Alex, wissen Sie, was sich in dem Umschlag befand?"

Ihre grünen Augen fixierten seine, aber nur kurz. „Es scheint, als würden wir ein Spiel spielen, oder wären auf einem Angelausflug. Warum fragen Sie mich etwas, das Sie bereits wissen?"

„Ich weiß nicht, wem Sie gesagt haben, was Radhika Ihnen anvertraute."

„Sie und ich, wir schienen ein wenig Vertrauen und Verständnis füreinander aufgebaut zu haben, als Sie beim letzten Mal hier waren. Glauben Sie, ich habe mich seitdem zu einem unverantwortlichen Großmaul entwickelt?"

Das tat weh, doch er musste seiner Arbeit nachgehen. „Nehmen wir mal an, Sie wüssten, was Radhika zugeschickt wurde. Wissen Sie, was es bedeutet – abgesehen davon, dass über manche Menschen in der Gegend noch ein Haufen weitere Fragen aufgeworfen wurde?"

„Sagen Sie es mir."

Er grinste beinahe. „Sie werden nie eine leichte Gegnerin sein, junge Frau. Ich glaube, wir haben eine kleine Liste von Mordverdächtigen im Fall von Pamela Gibbon, denken Sie nicht auch?" Das war mehr, als er hätte sagen sollen. Doch wenn Alex, so unwahrscheinlich es auch war, irgendwie in das Verbrechen verwickelt war, würde es sie vielleicht aus der Fassung bringen, zu erfahren, dass sie der Aufklärung näherkamen.

Mit einem langen Seufzen sagte sie: „Sie machen Ihre Arbeit gut, Chief Inspector. Ich bin überzeugt, dass Sie dem Mörder näherkommen. Gott sei Dank." Sie hielt inne und zupfte an den Splittern im alten Holz des Picknicktisches. „Ist die Autopsie abgeschlossen?"

Nur wenige Fragen überraschten ihn, doch diese hatte er von ihr nicht erwartet. „Ja." Es konnte nicht schaden, wenn sie das wusste, doch mehr würde sie nicht erfahren.

Ein weißhaariger Mann ließ sich mit einem Pint und seinem großen Ploughman's Lunch am anderen Ende der Bank nieder. Sein orangefarbenes Seidenhemd war am Bauch zum Bersten gespannt und aus seiner weiten Shorts ragten blasse, dürre Beine hervor. Der Geruch eingelegter Zwiebeln kitzelte Dan in der Nase. Er hatte nicht bemerkt, wie hungrig er war, bis er die dicke Scheibe Rind, die Käsebrocken und die Haufen aus Salat und Gewürzsoße auf dem Teller des Mannes sah.

„Wir sollten diese Unterhaltung vielleicht in meinem Wagen beenden", sagte er.

Ihr entschiedenes, ablehnendes Kopfschütteln half seinem Ego nicht, erinnerte ihn aber daran, dass er mit Ablehnung zu rechnen hatte.

„Sie mischen sich ein", sagte er neutral. Manchmal half es, den Ansatz zu wechseln.

Dieses Mal wirkte sie wütend, antwortete aber nicht.

„Sie mögen Stroud nicht, aber Sie verbringen Zeit mit ihm."

„Ich habe nichts gegen Harry. Aber ich verbringe keine Zeit mit ihm. Ich hatte seit unserer Kindheit kaum noch etwas mit ihm zu tun."

„Das ist nicht der Eindruck, den er mir vermittelt hat."

„Was hat er Ihnen erzählt?" Jetzt sah sie ihn direkt an. Sie wurde unruhig.

„Was hat er Sie gefragt? Ich fand, er wirkte ziemlich angespannt, als ich hier eintraf."

„Haben Sie schon einen DNS-Test gemacht?" Ihre Lippen blieben leicht geöffnet, während sie auf seine Reaktion wartete.

„Was für einen DNS-Test?"

„War Pamela schwanger?"

Er lachte unwillkürlich. „Sie sind wirklich einzigartig, Alex Duggins. Sie können mir nicht solche Fragen stellen."

„Fragen zu stellen verstößt nicht gegen das Gesetz."

„Wenn ich sie beantwortete, wäre es ein Verstoß."

Sie rammte den Zeigefinger in den Tisch und zuckte zusammen, während sie zu verbergen versuchte, was sie getan hatte.

„Sieh mal einer an", sagte er und hob ihre Hand an, um sich den Finger anzusehen. „Sie haben aber eine Laune." Ein langer Splitter ragte unter dem Fingernagel hervor. Er zog ihn heraus und hielt ihre Fingerspitze fest. „Der Schmerz ist gleich wieder vorbei."

Wenn sie nicht so fest entschlossen wäre, zäh zu wirken, hätte sie vielleicht mehr gesagt. So zischte sie nur zwischen den Zähnen hindurch: „Danke. Sie wussten, dass ich Harrys DNS meinte. Sie müssen nach einem Maulwurf Ausschau halten. Ein Reporter war der erste, der davon sprach."

Zum ersten Mal seit Jahren sehnte er sich nach einer Zigarette. „Sie hätten jeden meinen können, ehe sie das klargestellt haben. Und Sie wissen, dass ich Ihnen die Frage so oder so nicht beantworten kann oder würde."

Sie wirkte ein wenig selbstgefällig, sagte aber nichts.

„Es gehört zum Standardrepertoire eines Reporters, einen Kommentar zu machen, bei dem man die Ohren spitzt. Das muss dieser schmierige Kerl gewesen sein, der ein Zimmer im Black Dog hatte. Als könnte er irgendetwas gewusst haben, besonders so früh, wie er diesen Kommentar abgegeben haben muss. Er hat sich in dieser Idee verbissen und wird nicht lockerlassen. Zum Glück gibt es bislang sonst kaum Medieninteresse und er glaubt, er könnte eine pikante Story aufschnappen, wenn er sich lange genug hier herumtreibt. Er kann sich zweifellos hervorragend ausdrücken und wird am Ende alles wundervoll ausschmücken."

Ihr Lächeln ließ ihn verstummen.

„Was?"

Sie hatte hübsche Zähne, klein aber kräftig. „Nichts. Ich merke nur, dass Sie Reporter und ihresgleichen nicht leiden können. Das ist der längste Monolog, den ich je von Ihnen gehört habe."

Er würde darüberstehen, dass sie seine Emotionen gelesen hatte, und nicht wütend werden. „Sie haben Recht. Die meisten von ihnen sind Abschaum ... na ja, ich schätze, ich sollte sagen, manche von ihnen. Es gibt immer ein paar, die mit ihrem Geschwafel weiterkommen."

„Sie werden mir nicht sagen, ob Pamela schwanger war?"

Eine ausweichende Antwort war so gut wie ein Ja. „Es ist einem Polizisten nicht gestattet, über Verdächtige oder Opfer zu sprechen, Alex. Ich denke, das wissen Sie."

„Na gut", sagte sie. „Ich hoffe, Sie wissen, dass ich allein herkam, um nachzudenken. Manchmal ist es einfacher, allein zu sein, statt in der Menge."

„Wenn Harry sich nicht zu ihnen gesetzt hätte, hätte es ein anderer Mann versucht." Jetzt hatte er zu viel gesagt. „Möchten Sie es sich noch anders überlegen, und mir sagen, worüber Sie mit Radhika gesprochen haben?"

Ihr Blick wurde stechend. „Ich werde den Kommentar darüber ignorieren, dass ich es willkommen heißen würde, wenn sich herumstreunende Männer zu mir setzen. Sie kennen mich nicht." Ihre blauschwarzen Locken wehten im Wind. Der einfache, grüne Rollkragenpullover und der Jeansrock kleideten sie einfach perfekt. Leger und schmeichelhaft. Sie hatte einen ansehnlichen Körper.

Verdammt, seine Vorstellungskraft ging manchmal einfach mit ihm durch, ganz egal, wie diszipliniert er geworden war. „Und?", fragte er und räusperte sich.

„Bill Lamb hat Ihnen nicht erzählt, dass Harriet und Mary Burke bereit wären, Radhika bei sich aufzunehmen, wenn sie das Krankenhaus verlassen kann?"

Bill hatte sich heute kein goldenes Sternchen verdient. Er hätte Radhika und Alex nicht allein lassen und nicht seine stillschweigende Zustimmung zu dem Plan der Burkes geben dürfen, ohne zuerst seinen Vorgesetzten zu fragen.

„Und?", fragte Alex in einer perfekten Parodie seines Tons.

„Ms. Malek darf gehen wohin sie möchte, doch nach allem, was passiert ist, werden wir über sie wachen. Es wird nicht einfach sein, mit dem Kommen und Gehen im Teeladen, aber wir werden es wohl schaffen."

„Sie werden Hilfe haben."

Er hob eine Augenbraue.

„Tony und ich, und vermutlich noch ein oder zwei Leute, werden dafür sorgen, dass niemand ohne Einladung diese Treppen hinaufgelangt."

Diese verdammten Amateure sind nur im Weg. „Das werden wir besprechen, wenn die Zeit gekommen ist. Ich habe einen Termin, um darüber zu sprechen, wann sie aus dem Krankenhaus entlassen werden kann. Sagen Sie mir, was Sie über die Familie Stroud wissen? Bitte. Ich weiß, dass es einen älteren Bruder mit Offizierspatent gibt, und der Major ist ständig im Dog, daher habe ich ein recht gutes Bild von ihm. Es wurde angedeutet, dass die Frau des Majors ein wenig seltsam sei."

„Das habe ich auch gehört – über Mrs. Stroud. Kommt es häufig vor, dass Ihnen Einheimische Dinge zutragen? Ich weiß nicht, wie Sie sonst so viel herausfinden."

„Es gehört zu meinem Beruf, Dinge herauszufinden", sagte er ausweichend. „Hatten Sie kürzlich mit Venetia Stroud zu tun?"

Alex reagierte, als hätte sie nicht erwartet, dass sich das Gespräch in diese Richtung wenden würde. Sie wurde vorsichtig. Ein Landwirt trieb eine Ziegenherde den Berg herauf in Richtung Mount, und sie war offensichtlich froh über die Gelegenheit, ihre Gedanken ordnen zu können. Die Tiere hatten hauptsächlich fuchsrotes und weißes Fell. Jungtiere liefen dicht bei ihren Müttern und blökten, weil sie davon abgehalten wurden, zwischen ihren Nickerchen auf der Wiese friedlich an steinigen Hängen zu grasen.

„Wann waren Sie im Haus der Strouds? An welchem Abend?"

„Lassen Sie mich beobachten?", fragte sie in scharfem Tonfall und richtete sich auf. „Falls ja, und falls ich dort war, haben Sie ja Ihre Antwort."

„Sie werden nicht beobachtet. Wir beschatten nicht anlasslos. Aber Sie waren dort und das ist keine sehr beruhigende Vorstellung. Es wäre mir lieber, wenn sie nicht wieder dort hingingen. Zumindest, bis das alles vorüber ist."

Sie gab ihm immer noch keine eindeutige Antwort auf seine Frage.

„Alex, ich meine das wirklich ernst. Eine Frau ist gestorben und eine andere wurde brutal zusammengeschlagen. Wir haben keinen Hinweis darauf, dass der Täter weitergezogen ist, was vermutlich auch gut ist, da wir ihn schnappen und aus dem Verkehr ziehen müssen."

„Da stimme ich zu."

„Gut. Haben Sie irgendetwas gesehen oder gehört, das vielleicht für mich interessant sein könnte? *Irgendetwas*? Gibt es etwas, dass Sie und Tony uns noch nicht gesagt haben? Es gibt keine zu kleinen oder scheinbar unwichtigen Details, die sie noch mit uns teilen könnten? Jemandes Leben könnte davon abhängen." Er hätte nie gesagt *„inklusive Ihrem"*, doch er dachte es.

„Wir glauben, dass jemand ins Haus eingedrungen ist und versucht hat, Bogie zu vergiften."

Hörte er Stimmen? „Wann?"

„Die Würste waren nicht vergiftet. Es war nur ein alberner Streich, um mir Angst zu machen."

„Sie hätten uns kontaktieren müssen", sagte er und war ratlos.

„Haben Sie die Tasche gefunden, von der ich Ihnen erzählt habe?"

Ihr wiederholtes Ausweichen frustrierte ihn. „Sie haben uns von der Tasche erzählt. Wir haben Ihnen für diese Information gedankt."

„Aber Sie wollen mir nicht sagen, ob sie die Tasche gefunden haben, oder das Fernglas? Sie haben andere Leute nach der Tasche gefragt. Wissen Sie, wem das Fernglas gehört? Es kann nicht allzu viele solcher Ferngläser in der Gegend geben."

Wer hatte ihr gegenüber die Tasche und das Fernglas erwähnt? „Hat Harry Stroud danach gefragt?" Er hoffte, dass sie das entweder bestätigen oder einen anderen Namen ausspucken würde. Doch so viel Glück war ihm nicht vergönnt.

Ihre Augen verloren den Fokus. Sie sah ihn nicht an, sondern durch ihn hindurch, und rieb sich die Stelle zwischen ihren Augenbrauen.

Dan O'Reilly blieb regungslos sitzen und wartete.

Bis sein Handy klingelte und er den Fluch hinunterschlucken musste, der ihm auf der Zunge lag. „O'Reilly", sagte er und hörte zu. Bill war mit Worten nicht verschwenderisch, doch er sprach ein oder zwei Minuten lang. „Ich treffe sie dort", antwortete Dan schließlich und steckte das Handy wieder in die Tasche.

„Ist irgendetwas vorgefallen?" Alex beobachtete seine Bewegungen, als er aufstand, und erhob sich ebenfalls von der Bank. „Dan, was ist los?"

Er konnte beinahe ihre Angst hören.

„Sie werden es ohnehin herausfinden. Wir haben eine weitere Leiche."

Vierunddreißig

Ihr Knöchel war steif und schmerzte. Sie hatte es mit ihrer ersten Autofahrt nach dem Unfall übertrieben.

Tindale Tower, oder auch der Zahn, wie ihn die Einheimischen nannten, erhob sich mit scharfen Konturen von einem Hügel hinter Folly, oberhalb des Dimple, wo Alex' vernachlässigtes Haus stand. Sie blickte immer wieder zu dem Turm hinauf, während sie die letzten Kilometer zum Dorf zurückfuhr. Der Anblick fühlte sich vertraut an und half ihr dabei, sich von den Schmerzen unter ihrer Bandage abzulenken. Doch von dem übelerregenden Gedanken an einen weiteren vorzeitigen Tod im Dorf konnte er sie nicht ablenken.

Sie kam aus dem Osten über eine ausgefahrene Straße, die kaum mehr als ein Feldweg war und von irgendjemandem den Namen Pilgrim's Way erhalten hatte. Die Rückseiten der äußeren Cottages reihten sich jenseits eines Gehöfts inmitten bunter Felder zu einer gepunkteten Linie auf und leuchteten gelb in der Sonne.

Wer war es?

Dans Körpersprache hatte sie davon abgehalten, weiter Fragen zu stellen, doch sie hätte trotzdem fragen sollen.

Panisches Zucken kroch unter ihrer Haut entlang. Schweiß trat ihr auf die Stirn. „Wer ist es, verdammt?", fragte sie laut und ihre Augen brannten. Sie hatte Angst, obwohl sie sich weigerte, an Namen und Gesichter zu denken, um die sie am meisten fürchtete. Es waren so viele, und zwei raubten ihr den Atem.

Hinter dem Dog gab es keine befahrbare Straße. Alex fuhr auf die High Street und bog halb rechts ab, um zu ihrem Pub zu gelangen. Nach einem Blick nach vorn wich sie zur Seite aus und trat fest auf die Bremse. Wieder mit dem falschen Fuß. Für einen Augenblick ließ sie die Stirn auf ihren Händen am Lenkrad ruhen. Das hatte verdammt wehgetan.

Als sie den Kopf hob, hatte sich die Szene nicht verändert. Menschen liefen vor dem Black Dog umher und sie erkannte sofort die Gestalt, sie sich vom Rest löste und auf das kleine Auto zu rannte.

Alex wagte es nicht, weiterzufahren. Mit den klappernden Zähnen und Zuckungen in jedem Muskel hätte sie ihn vielleicht noch überfahren. Stattdessen stellte sie den Motor ab und stieg mühselig aus, gerade rechtzeitig, um zu sehen, wie Tony mit wehendem Haar und angewinkelten Armen auf sie zu rannte.

„Alex", schrie er. „Alex, verdammt, wo hast du gesteckt? Ich versuche seit Stunden, dich zu erreichen."

Ihr Handy. Sie hatte es extra ausgeschaltet, ehe sie am Morgen aufgebrochen war. „Tony, mach langsam", rief sie. „Es geht mir gut. Ich habe nur eine kleine Tour gemacht." Und das würde sie bald genauer ausführen müssen.

Aber er war lebendig ... und rasend vor Wut.

„Bist du wahnsinnig?" Er schlang die Arme um ihren Hals und stand dicht vor ihr. „Du hast eine Tour gemacht? Du kannst deinen rechten Fuß doch gar nicht richtig benutzen. Lily sagte, sie hätte dir ihren Wagen geliehen ... das hätte sie nicht tun sollen. Du nutzt jeden aus, der dich liebt."

„Nein, Tony." Er reagierte übertrieben. Er wusste nicht, was er sagte. „Was ist los? Ich verstehe die Aufregung nicht. Ich war nur in Stanton und habe im Mount zu Mittag gegessen."

„Hast du dein Handy absichtlich ausgestellt?"

Sie konnte nicht länger so stehenbleiben. „Ja." Warum sollte sie bei solchen Kleinigkeiten lügen? „Ich wollte etwas Ruhe und ... und ... allein sein, Tony. Gerade du solltest das verstehen."

„Und du zählst mich zu den Menschen, von denen du wegkommen wolltest." Seine Stimme was ausdruckslos. Die hochrote Gesichtsfarbe, die sie gesehen hatte, als er zu ihr gerannt war, war komplett aus seinem Gesicht gewichen.

„Darf ich mich ins Auto setzen?", fragte sie leise. „Ich glaube, ich habe es übertrieben."

„Verdammt, natürlich hast du das, Alex", knurrte er durch zusammengebissene Zähne. Ohne ein weiteres Wort legte er ihr einen Arm um die Taille und stützte sie auf dem Weg zur Beifahrerseite des Autos, wo er sie kurzerhand absetzte. Sie hätte weinen können, als er sich hinkniete und vorsichtig ihre Beine hineinhob. Als er aufstand, legte er kurz seine Stirn an ihre.

„Ich sollte in den Dog gehen und meine Mutter wissen lassen, dass es mir gutgeht."

„Sie weiß es." Er setzte sich hinter das Lenkrad und startete den Motor. „Sie stand neben mir, als du um die Ecke kamst und an den Straßenrand gefahren bist wie ein unartiges Kind, das beim Äpfelstehlen erwischt wurde."

Das brachte sie zum Lächeln – ein wenig.

„Sollten wir nicht losfahren?", fragte Alex. Ihr Herz hämmerte viel zu schnell.

„Willst du wissen, warum die Menschenmenge da ist?"

„Natürlich." Sie drehte sich zu ihm.

„Wir glauben, dass noch jemand ermordet wurde. Wir wissen noch nicht wer oder wo, aber es gehen Gerüchte über eine Leiche und eine unnatürliche Todesursache um."

„Das wusste ich schon."

Wie erwartet starrte er sie ausdruckslos an.

„O'Reilly. Er hat heute Morgen versucht, mich anzurufen. Vermutlich wegen einer weiteren Befragung. Ich hörte seine Stimme und deshalb habe ich mein Handy ausgemacht. Er sah, dass ich das Dorf verließ und folgte mir. Im Mount hat er sich an mich herangeschlichen. Er ging, als er einen Anruf erhielt, wegen einer ‚weiteren Leiche', wie er es ausdrückte."

Tony ließ den Kopf gegen die Kopfstütze sinken. „Wer könnte auch nur hoffen, mit dir mitzuhalten? Hat er gesagt, wer gefunden wurde?"

„Nein." Sie schluckte. „Und ich hatte zu viel Angst, um nachzufragen. Er hatte miese Laune."

„Dann kannst du ja verstehen, warum ich beinahe durchgedreht bin, als ich herausfand, dass du nicht da bist. Selbst als Lily mir sagte, dass du dir ihren Wagen geliehen hast, wusste ich immer noch nicht, wo du warst."

„Es tut mir leid", flüsterte sie.

„Mir auch. Dad ist nicht zu Hause und ich erreiche ihn auch nicht auf dem Handy. Ich weiß nicht, wer woher welche Informationen hat. Ich glaube nicht, dass es eine gute Idee wäre, da drüben alle Anwesenden durch-zuzählen." Er nickte in Richtung der Menschen, die sich unterhielten und in beiden Richtungen die Straße beo-bachteten.

Zwei Pferde trabten von der Dorfwiese über die High Street und näherten sich dem Vorplatz des Black Dog. Alex kniff die Augen zusammen, um die Reiter zu er-kennen. „Heather Derwinter und Vivian, glaube ich. Wenn Heather nichts weiß, wird sie sich etwas aus-denken."

„Ich will wissen, wo mein Vater ist, und wohin O'Reilly gefahren ist, nachdem er bei dir war." Tony setzte den Blinker und fuhr wieder auf die Straße. „Ich war schon beim Haus meines Vaters. Er ist nicht dort und sein Auto auch nicht. Schnall dich an. Ich stell den Wagen hinter dem Black Dog ab, dann kannst du rein-gehen und den Fuß hochlegen. Ich nehme dann mei-nen Range Rover und versuche, an Informationen zu gelangen."

„Dreh sofort um", sagte Alex und biss kurz die Zähne zusammen. „Entweder begleite ich dich oder ich fahre wieder selbst. In diesem Auto werden wir nicht so sehr auffallen."

Er warf ihr einen finsteren Blick zu, dann wirbelte er das Lenkrad herum und fuhr wieder in die Richtung, aus der sie gekommen war. „Deine Mutter wird nicht begeistert sein."

„Meine Mutter mischt sich nicht in meine Entschei-dungen ein."

„Touché." Er seufzte. „Ich werde eine große Runde hinten um das Dorf fahren und dann zur Gemeinde-halle. Wenn die beiden Kater aus dem Haus sind, werden die Mäuse vielleicht etwas ausplaudern. Wir müssen außer Sichtweite der Leute sein, ehe wir abbiegen."

„Wir können die Straße nehmen, die an Wilkins' Milchbetrieb vorbeiführt."

„Hillop", sagte Tony. „Gute Idee."

Er sah mehrmals in den Rückspiegel, als sie sich der Hillop Road näherten. „Das wird reichen", sagte er und bog nach rechts ab. „Wir sollten in ein paar Minuten dort sein."

Er erwartete bestimmt, dass sie ihm von der Begegnung mit O'Reilly erzählte – und von ihrer Zeit bei Radhika am vergangenen Abend. „Harry Stroud ist mir auch nach Stanton gefolgt", sagte sie. Das war eine weitere Sache, die sie mit ihm teilen musste, und irgendwie fühlte sie sich bei dem Thema etwas sicherer. Und es bot eine gute Ablenkung. „Ich wäre fast vom Stuhl gefallen, als er reinkam. Er setzte sich an meinen Tisch, als sollte ich froh sein, ihn zu sehen. Dann hat er mich über meinen Beouch bei Radhika ausgefragt und immer wieder Fragen gestellt, die ich nicht beantworten konnte oder wollte."

„Er ist dir gefolgt?" Tony klang ungläubig. „Der Mann ist verblüffend. Ich erinnere mich noch, wie er in der Schule war – ein Arsch, und er hat sich nicht verändert. Wie hat er erfahren, dass du bei Radhika warst?"

Das rechte Vorderrad des Fiestas sackte in ein Schlagloch und Alex suchte nach Halt. „Er hat mich gesehen."

Tony warf ihr einen raschen Blick zu. „Wann? Wo?"

Sie rieb sich den schmerzenden Fingernagel, unter dem der Splitter gesteckt hatte. „Er sagte, er hätte mich reingehen sehen."

„Ins Krankenhaus? Sibyl Davis war die Einzige, die noch im Wartezimmer war, oder?"

„Das war es", sagte sie aufgeregt. „Ich wusste, dass mir da etwas hätte auffallen müssen. Er war nicht im Krankenhaus, wie hatte er mich also sehen können?"

„Sibyl könnte ihm davon erzählt haben."

Alex dachte darüber nach. „Das wäre möglich. Wenn er herausfand, dass sie dort war, hätte er nicht gezögert, ihr Fragen zu stellen. Ich weiß es nicht. Ich kann mir nicht vorstellen, dass sich Harry und Sibyl unterhalten würden."

Unebene Straßen trennten die Höfe voneinander. Sie rasten weiter, sackten in Löcher und gerieten in Spurrillen. Ein ordentlicher Regenschauer würde alles in Schlamm verwandeln, doch mit etwas Glück gab der getrocknete Schlamm dann eine geradere Straße ab.

„Harry meint, die Polizei hätte es auf seine Mutter abgesehen. Ich weiß nicht, ob ich das glauben kann."

„Sie wirkt auf mich sehr labil."

„Ich hätte ihr – oder Harry – gegenüber nie andeuten dürfen, dass ich Verständnis für ihn habe." Sie hatten beinahe die Mallard Lane erreicht. „Er ist mir heute gefolgt, weil er glaubte, ich sei auf seiner Seite und wüsste vielleicht etwas, das ihm helfen könnte, und würde es ihm sagen."

Ein Transporter tauchte hinter ihnen auf und der Fahrer lehnte sich auf die Hupe.

Tony fuhr an die Seite und hielt mit dem Fiesta an einer schwindelerregend steilen Böschung, um den weißen Transporter vorbeizulassen. Er bog in die Mallard Lane ein.

„Spurensicherung", sagte Alex. „Oh nein. Wo fahren sie hin? Doch nicht zur Kirche, oder?"

Sie waren wieder auf der Straße und dieses Mal fuhr Tony wirklich zu schnell, um dem Weg des Behördenfahrzeugs zu folgen. „Ich weiß es nicht, Alex. Wir werden sehen."

Der Transporter fuhr an der St. Aldwyn's Church vorbei, auch am Pfarrhaus und am Friedhof.

Alex merkte, wie nah sie am Haus der Burke-Schwestern waren, doch an der Kreuzung mit der Pond Street bog der Transporter nach rechts ab und sie konnte wieder freier atmen. Sie mussten auf dem Weg zur Pfarrhalle sein, um zum Rest des Teams zu stoßen.

Doch statt anzuhalten, fuhr der Wagen geradewegs an der Gemeindehalle vorbei, wo Alex weder Dan O'Reillys noch Bill Lambs Auto ausmachen konnte.

Tony fuhr ebenfalls weiter.

„Ich verstehe", sagte Alex. „Sie tun dasselbe wie wir und meiden das Zentrum von Folly."

Ein paar Kilometer weiter bog der Transporter nach links ab, in Richtung der Stelle, ab der die High Street nur noch als Hauptstraße bezeichnet wurde. Es war dieselbe Straße, die auch durch Underhill führte.

„Das hat vielleicht gar nichts mit uns zu tun", sagte Tony.

Doch an der Hauptstraße bogen sie nach links ab, zurück in Richtung Folly.

„Das Anwesen der Strouds?"

Kaum hatte Tony diese Vermutung ausgesprochen, bog der Transporter nach rechts auf eine andere Zufahrt ein, es war die Zufahrt vor The Vines.

„Cedric Chase", sagten Alex und Tony einstimmig.

Keiner der beiden sagte ein Wort, bis der Transporter der Spurensicherung das breite Tor passiert hatte, das die lange Zufahrt zum Haus versperrte. „Wir werden es nicht leicht haben, hineinzukommen", sagte Tony, als ihnen ein Polizist entgegentrat und eine Hand hob, um sie anzuhalten.

Der Mann beugte sich zum Fahrerfenster herunter und Tony sagte: „Dr. Harrison, ich werde erwartet." Sie wurden durchgewunken.

So unangemessen das auch sein mochte, Alex prustete vor Lachen und legte sich eine Hand über Mund und Nase. „Du überraschst mich immer wieder", sagte sie. „Ich dachte, du wärst zu geradlinig für so etwas."

Tony fuhr sehr langsam und drehte sich mit einem lächerlich unschuldigen Gesichtsausdruck zu ihr. „Ich weiß nicht, wovon du sprichst. Ich bin Dr. Harrison und ich glaube nicht, dass hier irgendjemand überrascht sein wird, mich zu sehen ... oder dich."

Alex schüttelte den Kopf, wurde aber wieder ernst und blickte nach vorn. Sollen wir hier parken und ... laufen?" Sie fuhren an Beamten vorbei, die das Gebüsch neben der Zufahrt durchsuchten.

„Wir sind fast da. Egal ob wir zu Fuß sind oder fahren. Sie können uns ganz schnell wieder rauswerfen. Du bist im Auto besser aufgehoben."

„Es ist vermutlich Jay, oder?"

Tony atmete tief ein, hielt die Luft an, und ließ sie dann langsam ausströmen. „Ein weiterer Fehler? Jemand hätte ihn gestern Abend nach Hause bringen sollen."

Etliche Fahrzeuge standen dicht an dicht vor der Frontseite von Cedric Chase, Pamela Gibbons viktorianischem Ziegelhaus. Das Garagentor stand offen und Menschen in geschlechtsneutralen Overalls gingen zielstrebig ein und aus. Doc James' Mercedes stand nehmen einem kleinen, zerbeulten Wagen, dessen Lack fast vollständig fehlte.

„Das ist Prue Wallys Auto, neben dem deines Vaters", sagte Alex. „Ich nehme an, sie putzt hier immer noch." Ihr Magen drehte sich wieder.

Sie parkten in der Nähe des Mercedes. Tony stieg aus. Alex war langsamer, schaffte es aber und klemmte sich die Krücke unter den Arm.

„Gehen wir durch die Haustür rein, oder nähern wir uns von hinten?", fragte Tony.

„Sie werden uns ohnehin aufhalten", sagte Alex. „Ich bin für die Haustür."

„Ich auch."

Sie hatten kaum die große Eingangshalle mit dem schwarzweißen Schachbrettmuster am Boden betreten, als sie Prue Wally sahen, die ein Tablett mit Tassen trug. Sie war rundlich, hatte dünnes, braunes Haar und leuchtend schwarze Augen, wie die eines Rotkehlchens. Ihre Mundwinkel hingen nach unten und sie hatte offensichtlich geweint. Sie bemerkte die beiden und nickte in Richtung einer Tür zu ihrer Linken.

„Da drinnen", sagte sie. „Der Doc wartet darauf, dass die Polizisten zurückkommen – so wie ich auch. Dieses Haus bringt Unglück. Das hat sich Jay Gibbon selbst angetan."

Fünfunddreißig

„Noch kein Lebenszeichen von ihm, Chef", sagte Bill Lamb und steckte sein Handy ein. „Und sein protziger Wagen wurde auch nirgends gesichtet."

„Scheiße", sagte Dan und brachte damit seine ganze Frustration zum Ausdruck. Ich habe dem verrückten Mistkerl gesagt, er solle ohne Umwege hierher zurückkehren. Er schien einverstanden zu sein."

„Das könnte aber auch der Grund dafür gewesen sein, dass er irgendwo anders hinfuhr", sagte Bill. Er beobachte Dr. Molly Lewis, die sich geschäftig so dicht wie möglich an die Leiche heranwagte, während sie noch im Auto war.

„Sehr schlau", sagte Bill und schaffte es nicht die Beherrschung zu verlieren. „Der Mann muss ein Idiot sein, wenn er nicht glaubt, dass es schlecht für ihn aussieht. Selbst wenn der DNS-Test beweist, dass er der Vater ist, müsste daraus nicht folgen, dass er etwas Ungesetzliches getan hat. Aber wenn er abhaut, sieht das ganz anders aus."

„Wir werden ihn finden. Hoffen wir nur, dass er nicht auch den Löffel abgibt. Uns gehen langsam die Verdächtigen aus."

„Bei dem großen Erbe, das auf ihn wartet, wird er wohl nicht lange wegbleiben." Bill duckte sich, um einen Blick in den Mercedes zu werden. „Und er weiß, dass ihm das Testament einen verdammt guten Grund liefert, der einzig überlebende Begünstigte sein zu wollen. Er müsste eine Schraube locker haben, wenn er uns jetzt aus den völlig falschen Gründen direkt zu sich führt."

„Wäre nicht das erste Mal, dass es ein gieriger Vollidiot mit umgekehrter Psychologie versucht", merkte Bill an.

Auf die Gefahr hin, einen sarkastischen Kommentar von ihr zu ernten, trat Dan hinter Molly. „Schon irgendeine Idee, Molly? Sieht recht eindeutig aus, oder?"

Sie murmelte weiterhin unverständlich vor sich hin. Er streckte ihr den Kopf entgegen. „Was war das?"

„Sie haben mir noch nie irgendetwas Eindeutiges vorgesetzt, Dan O'Reilly. Ich werde hier keine Vermutungen anstellen, aber ich habe einen Verdacht. Ich weiß mehr, wenn ich ihn auf dem Tisch habe."

Prue setzte sich auf einen dick gepolsterten Ohrensessel mit blaugrünem Samtbezug. Sie drückte sich in die Polster, als würde sie versuchen, ganz zu verschwinden.

Doc James trank mit zerzausten, weißen Haaren seinen Tee.

„Sind sie alle in der Garage?", fragte Tony. Weder er noch Alex konnten glauben, dass sie noch nicht rausgeworfen worden waren.

„Das ist heikle Arbeit", sagte Doc James. „Sie können es sich nicht leisten, einen Fehler zu machen, bevor sie alle Beweise gesichert haben."

„Glauben Sie, das Wasser ist noch heiß, Prue?", fragte Alex. Ich könnte mich in die Küche schleichen und noch ein paar Tassen Tee machen."

„Es gibt einen elektrischen Wasserkocher. Der ist schnell heiß."

Alex ging zu Tür, stand an einer Seite und spähte hinaus. Kein Mensch zu sehen. Sie betrat den Flur und humpelte in die Richtung, aus der sie Prue kommen gesehen hatte.

Als sie die Küche endlich erreichte, waren Tony und Doc James bereits dicht hinter ihr. Anscheinend legte Prue Wert darauf, Anweisungen zu befolgen, und wollte den Salon nicht mehr verlassen. Oder vielleicht war sie zu ausgelaugt oder aufgebracht, um sich zu bewegen.

Alex wollte gerade den Wasserkocher einschalten, als Tony eine Hand hob und sehr leise „Psst", sagte. Er deutete auf eine Tür. Dahinter waren gedämpfte Stimmen zu hören. „Garage." Er formte das Wort nur mit den Lippen.

Doc James stöhnte, als sein Sohn langsam den Türknauf drehte und die Tür gerade weit genug öffnete, um den Rest mitanzuhören. Doch der Hausarzt und Alex waren binnen Sekunden bei Tony und standen dicht beieinander, während sie an dem unendlich kleinen Spalt lauschten, durch den die Stimmen minimal deutlicher geworden waren.

Eine vertraute Frauenstimme sagte: „Das hängt davon ab, was zuerst kam, der Alkohol oder das andere, und ob er in der Lage war, den Schlauch anzubringen und wieder ins Auto zu steigen. Das Problem ist, dass wir mit dem Nachweis Probleme haben könnten, je nachdem, wie viel er vor seinem Tod eingeatmet hat."

„Wie stellen Sie das fest?", fragte Bill Lamb.

„Nur schwer." Das war Molly Lewis, die Gerichtsmedizinerin, erkannte Alex. „Die Prozentsätze müssen deutlich genug sein, um uns ein klares Bild zu liefern."

Das Küchen-Team wechselte bedeutungsvolle und verwirrte Blicke.

„Prue ist draußen", flüsterte Alex und deutete in einen Hof jenseits der Küche, der üppig bepflanzt und von einer Struktur umgeben war, die einem Kreuzgang ähnelte. Der Pool und die eleganten Korbmöbel in der Mitte wirkten Fehl am Platze, wenn nicht gar exzentrisch. Prue telefonierte und war von der Küche aus gut zu sehen.

„Sie wird Aufmerksamkeit erregen", sagte Alex. „Das wollen wir nicht." Sie öffnete ein Fenster.

„Er hat sich umgebracht", sagte Prue. „Das habe ich doch schon gesagt. Er hat sich irgendwie in Mrs. Gibbons Auto umgebracht. Nein, es geht mir gut. Ich muss warten, bis ich gehen darf. Komm nach Hause und lass den Hund raus. Ja, ich rufe wieder an."

Als sie sich umdrehte, winkte Alex verzweifelt und bedeutete Prue, zu ihnen zu kommen.

„Ich schätze, es tut nichts zur Sache, was Wally von all dem hier erzählt", flüsterte Doc James. „Aber das wird weitere Gerüchte und Rätsel mit sich bringen. Und wenn es ein Mord ist, wird da draußen alles nur noch konfuser."

Ihr Telefon war nicht mehr zu sehen, als Prue sich in die Küche schlich. „Brauchen Sie Hilfe beim Tee?"

„Sprachen Sie gerade mit Ihrem Ehemann?", fragte Tony leise und fuhr auch ohne Antwort fort: „Ich habe ihn doch vorhin am Black Dog gesehen, oder?"

Sie lief hochrot an und ihre Lippen bebten. „Ich musste ihm etwas erzählen. Er hat sich Sorgen um mich gemacht. Das schadet doch niemandem, oder? Er ist immer noch am Black Dog."

Alex seufzte. „Dann kennen sie jetzt alle einen Teil der Geschichte und werden das in alle Richtungen tragen. Keine Sorge, Prue. Das wäre ohnehin geschehen." Obwohl es besser gewesen wäre, wenn diese Neuigkeit erst die Runde gemacht hätte, nachdem bekannt war, ob Jays Tod ein Mord oder ein Suizid war.

O'Reilly erhob die Stimme, sie klang spitz und gereizt: „Was wollen Sie, Short?"

„Entschuldigen Sie die Störung", sagte eine neue Stimme. „Ich dachte, sie wollten hören, was wir über Harry Stroud herausgefunden haben. Er war bei Lark Major aus Cheapside. Gutter Lane. Aber wir wissen bereits, wo er gearbeitet hat."

„Er war?", fragte O'Reilly.

„Er arbeitet dort nicht mehr. Man hat ihn vor fast zwei Jahren entlassen. Die Firma kümmert sich hauptsächlich um große Investitionsprojekte im Tourismus, aber sie machen auch andere Sachen, wenn sie glauben, dass sich eine gute Gelegenheit bietet. Sie sind zu sehr darauf bedacht, ihren Ruf zu schützen, um Einzelheiten rauszugeben, aber Harry interessierte sich für andere Dinge. Sie sagten nur, dass es eine Meinungsverschiedenheit gab, er nicht länger bei ihnen arbeitet und sie eine strenge Vertraulichkeitsvereinbarung mit ihren Klienten haben."

„Gute Arbeit", sagte O'Reilly. „Ich will, dass er gefunden und verhaftet wird. Es klingt, als könnte er ein richtiges Arschloch sein, aber wir haben mit diesem Fall hier genug zu tun."

Tony flüsterte Alex ins Ohr: „Wir könnten der Öffentlichkeit einen Dienst erweisen, wenn wir das geheime Leben unseres Freundes Harry untersuchen."

Sie nickte, war aber nicht besonders begeistert. Wie sollte ihnen Harrys gescheiterte Karriere weiterhelfen? Sie hielt es für möglich, dass diese Situation zur verzweifelten Beschaffung von Geldmitteln beigetragen haben könnte, damit er sich wieder etwas aufbauen konnte, aber das war bereits offensichtlich.

Prue hatte ein Tablett mit weiteren Teetassen fertig gemacht und deutete in Richtung des Salons, ehe sie die Küche verließ.

„Sie werden mit Venetia Stroud gesprochen haben", flüsterte Tony. In der Garage wurde laut genug gearbeitet, um die meisten Geräusche aus der Küche zu übertönen. „Aber du könntest vielleicht mehr aus ihr herausbekommen."

Doc James wirkte nicht allzu glücklich und Alex war erstaunt, über diesen Vorschlag ... ausgerechnet von Tony.

Er schüttelte den Kopf, als könnte er ihre Gedanken lesen. „Ich werde eine Möglichkeit finden, um direkt hinter dir zu sein."

Doc James sagte: „Es würde alles verändern, wenn Radhika ihren Angreifer gesehen hätte."

„Hm." Tony sah seinen Vater nicht an. „Sie wäre mittlerweile vermutlich tot."

„Radhika ..." Alex griff nach Doc James' Ärmel und grub die Finger tief in den rauen Stoff. „Hat Harry sie gesehen, nachdem sie verletzt wurde?"

„Nein", sagte er. „Sie war im Cottage. Ich hörte, dass Harry und Vivian auch beim Cottage waren, doch sie waren bereits fort, als Radhika in den Krankenwagen verfrachtet wurde."

„Ich muss das tun", sagte Alex. Sie lief an der granit-bedeckten Kochinsel vorbei und warf die Tür zur Garage auf. Sie hörte nur ganz schwach das Keuchen von Tony und seinem Vater. „O'Reilly? Dan. Mir ist etwas eingefallen."

Die hellblau gekleideten Gestalten rund um das Auto erstarrten.

Lamb sprach zuerst. „Was zur Hölle tun Sie hier? Wie sind Sie ins Haus gelangt?"

Sie merkte, dass Tony sich bewegte und ihr einen warnenden Blick zuwarf. „Wir sind hereinspaziert, Detective Sergeant. Durch die Haustür. Wir haben uns Sorgen um Jay gemacht." Sie konnte in dem Mercedes nicht viel erkennen, außer der Gestalt der Gerichtsmedizinerin, die an irgendetwas arbeitete. Alex richtete ihre Aufmerksamkeit auf Dan.

„Heute Mittag im Mount. Ich sagte Ihnen, dass ich nichts mehr über Harry zu sagen hätte, aber da ist noch etwas. Zuerst sollte ich Ihnen sagen, dass ich im Krankenhaus Pamelas Testament gesehen habe. Radhika bat mich, niemandem davon zu erzählen, aber ich kann nicht länger schweigen." Tonys Hand auf ihrer Schulter zu spüren, war eine Erleichterung. Sie konnten keine Feindseligkeiten gebrauchen.

„Jetzt ist mir etwas eingefallen, das Harry im Mount angesprochen hat. Er hat mich nach dem Zustand von Radhikas Augen gefragt, nachdem sie angegriffen worden war. Er wollte wissen, wie es ihr geht, da sie so schwer verletzt gewesen war."

Dan kam näher und zog die Kapuze seines Overalls ab. „Und das ist relevant?"

„Er hat Radhika gar nicht gesehen – nicht mit den geschwollenen Augen und den Blutergüssen. Zumindest glaube ich das."

Sechsunddreißig

Wenn sie wüssten, wozu sie mich zwingen, würden sie aufhören. Ich habe verloren, was ich wirklich wollte, doch ich hatte beinahe die eine Sache erreicht, die mir noch blieb. Doch es haben sich Menschen eingemischt, sie sich nicht um ihre eigenen Angelegenheiten kümmern können, und das hat mich ausgebremst. Es wird alles klappen, doch es wird länger dauern, als ich geplant hatte. Ich habe schon zu lange gewartet.

Ich hatte bereits vermutet, dass ich vielleicht mehr tun müsste als ich ursprünglich geplant hatte. Jetzt bin ich mir sicher. Ich muss ihnen immer einen Schritt voraus sein.

Es ist schwierig geworden. Ich muss aufhören, sobald das Ziel erreicht ist, aber ich will nicht. Es war so leicht, diese Menschen loszuwerden. Sie sind Füchse, ich bin der Hund. Sie wühlen und schreien und verfangen sich nur immer tiefer in der Falle. Jedes Mal fühlte ich etwas, was ich noch nie zuvor gespürt hatte. Jeder Mord erregt mich mehr. Ich triumphiere und freue mich aufs nächste Mal.

Es ist nur noch wenig übrig, was wirklich getan werden muss. Aber ich weiß, dass ich die andere nicht zurücklassen kann. Sie wird nicht aufhören. Sie wird weiter herumschnüffeln. Und ihr Kerl auch.

Es wird immer klarer, dass ich mit ihnen beiden fertigwerden kann. Ich hole mir zuerst Alex Duggins und sorge dafür, dass Tony ihr folgt. Er folgt ihr immer, wie ein treudummer Hund.

Das könnte perfekt passen – die Polizei geht immer schneller vor und ein neuer Aspekt würde sie durcheinanderbringen und mir den Ausweg liefern, den ich brauche.

Oh, und der Reiz, zu sehen, wie sie sich gegenseitig beim
Sterben zuschauen ... oh, ja.

Tony fuhr auf den Parkplatz hinter dem Black Dog.
Alex hatte ihm eine Hand auf den Oberschenkel gelegt;
ein Gefühl, das ihm gut gefiel. „Sie werden alle drinnen
sein", sagte sie. „Wir müssen vorsichtig sein, um nicht
den Eindruck zu erwecken, wir wüssten mehr als sie."

„Natürlich. Aber wir bleiben nicht lange. Danach
bringe ich dich nach Hause. Zu dir oder zu mir, deine
Wahl. Du wirst dich erst einmal ordentlich ausruhen."

Er parkte, doch Alex machte keine Anstalten, den Wagen zu verlassen.

„Bist du bereit?", fragte er.

„Nachdem wir hier verschwinden, muss ich ein paar
Dinge mit dir besprechen. Ich will dir alles erzählen,
was sich heute Mittag mit Harry und Dan ereignet hat,
und es ist an der Zeit, dass du erfährst, was genau gestern Abend in Radhikas Zimmer passiert ist. Ich habe
Dan bereits davon erzählt."

„Ich fragte mich schon, wann du dazu kommen würdest."

„Es fiel mir schwer, weil sie mich gebeten hat, niemandem davon zu erzählen, aber ich denke, sie meinte
nicht dich, und du musst es so oder so erfahren."

„Warum erzählst du es mir nicht jetzt?" Er duckte
sich, um in der zunehmenden Dunkelheit ihr Gesicht
anzuschauen. Auf der Rückseite des Pubs gingen Lichter an und eine Tür öffnete sich.

„Das ist meine Mum", sagte Alex. „Und es gibt viel zu
erzählen. Wir gehen so bald wie möglich nach Hause.

Doch meine Mum hat auch ein wenig von meiner Zeit verdient."

Bogie und Katie zwängten sich neben Lily in den Türrahmen und sahen sich um. Herrchen und Frauchen fuhren sonst keinen Ford Fiesta.

„Die beiden suchen auch nach uns", sagte Tony.

So vernünftig wie immer gab sich Lily mit einer kurzen Erklärung für ihre lange Abwesenheit zufrieden, doch sie wirkte bedrückt und aufgebracht. „Kannst du in die Bar kommen? Es sind alle da und hoffen, dass ihr mit Neuigkeiten kommt."

„Wir tun unser Bestes", sagte Alex. „Aber dürfen so gut wie nichts sagen. Es ist das beste, so zu tun, als wüssten wir nichts. Doc James wird in einer Weile hier sein. Wir wurden stundenlang befragt, und jetzt ist er an der Reihe. Obwohl er nichts mit dem Grund dafür zu tun hat, dass die Polizei sauer auf uns ist."

Sie folgten Lily nach drinnen, während Katie und Bogie um ihre Aufmerksamkeit rangen und begeistert mit den Schwänzen wedelten.

„Ist der Major da?", fragte Tony.

„Oh, ja, und er kann sich kaum beherrschen. Er setzt sich natürlich mit seinem üblichen Überschwang für Harry ein, aber er ist wütend."

„Wir werden vorsichtig sein", sagte Alex. Ein Mitarbeiter aus der Küche des Restaurants kam ihnen entgegen, holte ein großes Stück Hochrippe aus einem der Kühlschränke und verschwand schnell wieder – mit gesenktem Blick. „Alle laufen auf rohen Eiern", merkte sie an und sagte zu Tony: „Wenn der Major hier ist, wäre das dann nicht eine gute Gelegenheit, um ..."

„Nein." Er unterbrach sie. „Du hast dir schon viel zu viel zugemutet. Es reicht für den Moment. Alex begleitet mich später, Lily. Sie braucht ungestörten Schlaf."

Lily wandte sich ab, doch nicht bevor Alex den Hauch eines Lächelns auf ihren Lippen bemerkte.

Großartig, Privatsphäre gab es in einem Dorf also nicht.

Es lief eine alte Aufnahme von *The Yetties* und alte Country Songs erfüllten in ihrem unverwechselbaren Akzent die Luft. Die Glücksspielautomaten surrten und klingelten, während deutlich das Klicken von Billardkugeln zu hören war. Offensichtlich hatte jemand die Tür zum Billardzimmer aufgelassen, um nichts zu verpassen.

„Heute gab es ein spontanes Dartmatch", sagte Lily. „Die Leute aus dem *The Trout* und dem *Sheep* sind unangekündigt aufgetaucht und haben behauptet, sie hätten ein Spiel angemeldet. Eine gute Ausrede, um herumzuschnüffeln und herauszufinden, was hier vor sich geht. Zu blöd, dass unsere besten Spielerinnen und Spieler hier waren. Wir haben sie abgeräumt. Mary war in Höchstform. Ein Wort der Warnung: Die beiden Schwestern sind immer noch hier. Und wenn dir ein Tartaneinkaufskorb mit Netzfenstern auffällt – nun, wir haben ständig Hunde hier, warum nicht mal eine Katze? Mary sagt, Maxwell ist zu Hause einsam, weil Oliver ihn ignoriert."

Alex musste lächeln und Tony kicherte. „Ein wenig Lokalkolorit", sagte er. „Nicht dass es uns daran je gemangelt hätte." Er tat so, als würde er tief durchatmen. „Bereit? Los geht's."

Hugh und Juste standen zusammen hinter der Bar und schenkten in flottem Tempo aus. Der Pub war voll und Alex sah einige Gesichter, die sie nicht kannte.

Ein panisches Zittern kroch ihren Rücken hinauf und sie flüsterte Tony zu: „Ehrlich, welchen besseren Zeitpunkt gibt es, um Venetia entgegenzutreten? Ich weiß nicht, wie tief sie in all dem mit drinsteckt, aber ich wette, sie weiß so einiges. Ich sollte es nicht sagen, aber sie hat etwas so Krankes an sich, dass mich gar nichts schockieren würde. Ich glaube, sie würde alles tun, um Harry zu beschützen."

Er überraschte sie, indem er ihre Hand nahm und sie drückte. „Bleib bei mir, Alex. Ich weiß, es war meine Idee, dass du zu ihr gehen sollst, aber wir wissen nicht, wo Harry ist. Er könnte auch in diesem Haus sein. Ich kann nicht … bitte besteh nicht darauf, da heute noch hinzugehen."

Ihre Anwesenheit war bemerkt worden und das Gedränge an der Bar wurde noch dichter.

„Ich will es eigentlich auch nicht", sagte sie mit einem verlegenen Grinsen. „Danke, dass du mir eine Ausrede lieferst. Ich kann nicht hingehen, weil ich dir keine Sorgen bereiten will! Bringen wir es hinter uns."

„Schön, Sie zu sehen", sagte Hugh mit einem aufrichtigen Lächeln. „Was kann ich Ihnen bringen?"

Sie sollte vermutlich nüchtern bleiben, auch wenn sie gern ihren Verstand betäuben wollte. *Zur Hölle damit.* „Ich nehme einen Courvoisier, bitte."

„Klingt gut." Tony hielt immer noch ihre Hand. „Zwei, bitte, Hugh." Und da Tony eben Tony war, holte er Geld aus seiner Hosentasche und legte es auf die Bar. „Gönnt euch auch einen, Hugh und Juste. Und einer für Lily, falls ihr sie finden könnt." Lily war verschwunden und sah vermutlich im Restaurant und dem Gasthaus nach dem Rechten. Sie hatten mehrere Gäste und Lily bestand darauf, ihnen persönlich zur Verfügung zu stehen.

Sobald Alex sich hinter der Bar hervorzwängte, positionierte Major Stroud sich so, dass sie ihm nicht ausweichen konnte. Heute waren seine Augen klar und seine Wangen blass, doch er war ganz steif und sein linkes Auge zuckte nervös.

„Guten Abend", sagte sie und brachte ein Lächeln zustande.

Er hob an, etwas zu sagen, doch dann wurde er von allen Seiten mit Fragen übertönt. Wally – falls sich die Leute an den Vornamen von Prues Ehemann erinnerten, benutzten sie ihn nie – zeigte leichte aber unstete Anzeichen dafür, schon den ganzen Tag im Dog gewesen zu sein, und baute sich breitbeinig vor Tony und Alex auf. „Ist es wahr, dass Harry Stroud Jay Gibbons das Leben derart zur Hölle gemacht hat, dass er sich umgebracht hat? Das habe ich so gehört. Harry glaubte, Jay habe kein Recht dazu, in Pamelas Haus zu wohnen, und das hat er ihm auch gesagt."

Der Major knallte sein volles Glas auf den Tisch und verschüttete dabei sein Bier. „Halten Sie den verdammten Mund, Wally, sonst sorge ich dafür, dass er geschlossen bleibt. Das ist ein Haufen Unsinn. Der Wein benebelt Ihnen wohl den Verstand, oder was auch immer Sie schon den ganzen Tag in sich reinschütten. Noch so eine Andeutung, und ich werde Sie verklagen."

„Es war Harry, der vorgeschlagen hat, dass Jay hierbleiben solle", sagte Tony rasch, ehe er Alex einen fragenden Blick zuwarf. Er wollte wissen, ob er irgendetwas von dem enthüllen sollte, was sie wussten. „Bitte beruhigen Sie sich. Wir werden alle auf die offizielle Bekanntmachung warten müssen. Jetzt entschuldigen Sie uns bitte."

„Er hat recht", stimmte Alex im vorbeigehen zu. „Harry ist ein großzügiger Mann. Er wusste, dass Jay mit Pamela verwandt ist. Niemand benutzte das Haus und Harry sah keinen Grund dafür, ihn nicht dort einziehen zu lassen."

„Das ist Harry", sagte Stroud. „Er kümmert sich stets um andere."

Mit einem Seufzen wich die Anspannung aus Wally. „Wenn Sie das sagen. Aber irgendetwas hat Jay in den Selbstmord getrieben."

Tony flüsterte: „Es ist nicht an uns, Einzelheiten über seinen Tod herauszugeben."

Auf dem Weg zu Harriets und Marys Tisch wiesen sie weitere Fragen mit unverbindlichem Kopfschütteln oder Gemurmel ab, während sie einen neutralen Gesichtsausdruck aufsetzten.

Harriet sah sie kommen, warf einen Blick auf ihre verschränkten Hände und lächelte verzückt. Die Gesichter beider Schwestern waren von der Nähe zum Feuer gerötet. Selbst an warmen Abenden erwarteten alle, dass es brannte.

„Wir haben die für Sie freigehalten", sagte Mary und klopfte auf einen Kapitänsstuhl aus dunklem Holz. „Setzen Sie sich mit dem Rücken zur Menschenmenge, wir müssen mir Ihnen sprechen."

Ehe sie Platz nehmen konnten, tauchte Major Stroud wieder auf. „Haben Sie Harry heute gesehen?", fragte er und durchbohrte Alex mit seinem Blick. „Sprechen Sie. Ich werde Ihnen schon nicht den Kopf abbeißen."

Sie drückte Tonys Hand auf dem Tisch, damit er schwieg. „Warum glauben Sie, dass ich ihn gesehen haben könnten?"

„Ich habe Ihnen eine Frage gestellt."

„Und jetzt habe ich Ihnen eine gestellt. Major, bitte verzeihen Sie, aber Sie scheinen in jüngster Zeit nicht ganz Sie selbst zu sein. Sie deuten an, ich wüsste Dinge, von denen ich nichts weiß. Und Sie nehmen mich nicht beim Wort, wenn ich Ihnen antworte. Tony und ich waren stundenlang beschäftigt."

Er kam näher und lehnte sich über sie. „Ein Freund von mir sah Sie mit Harry im Mount. Wo ist er?"

„Die Mundpropaganda hier ist wirklich anstrengend", sagte sie. „Das war gegen Mittag. Ich war zufällig dort, als er eintraf, und er hat ein Bier getrunken. Ende der Geschichte."

„Sind Sie zusammen von dort aufgebrochen?"

„Nein, verdammt. Ich bin allein dort hingefahren, und er auch. Es war purer Zufall, dass wir uns begegnet sind. Ich habe keine Ahnung wohin er danach aufbrach."

„Das reicht jetzt, Stroud", sagte Tony. „Warum heben Sie sich die Fragen nicht für Ihren Sohn auf? Wenn Sie uns jetzt bitte entschuldigen würden, wir unterhalten uns mit Freundinnen."

Der graue, borstige Schnurrbart über der Lippe des Mannes regte sich, während er Worte hinunterschluckte, die er gern benutzt hätte. Der irritierte Nerv an seinem Auge sorgte dafür, dass seine Wange rhythmisch zuckte, doch er wandte sich ab.

„Vielleicht hätten Sie vorschlagen sollen, dass er seine Ehefrau fragt", sagte Harriet, die sittsam auf die Hände in ihrem Schoß blickte. „Vergessen Sie nicht, dass sie Jay in den Teeladen gefolgt ist. Sie ist eigenartig."

Ein Schmerz setzte über Alex' Augenbrauen ein und vibrierte leicht. Sie wagte es nicht, sich Tonys Reaktion anzusehen.

„Schauen Sie sich diesen Jungen an", sagte Mary laut, öffnete einen Reißverschluss an einer Tasche auf Rädern und mit Griff, die dicht neben ihr stand, und lehnte sie nach hinten. „Er sagte mir, dass Oliver den Kamin für sich beansprucht und einfach nicht mit ihm redet, wenn wir fort sind. Deshalb haben wir dieses praktische Teil, damit er uns begleiten kann."

Maxwell Aloysius Brady presste sein vom Kampf gezeichnetes Gesicht mit dem roten Fell an das Netzfenster und blickte sie mit seinem einen, glänzenden Auge an. Er hatte sich unten in dem Tragekorb eingerollt und wirkte sehr zufrieden.

„Es macht Ihnen doch nichts aus, dass er hier ist, oder?", fragte Mary und klang nicht so selbstsicher wie sonst.

„Natürlich nicht. Das hier war sein erstes Zuhause, wissen Sie noch? Selbst wenn es nur kurz war." Die Hunde flankierten den Korb und beschnupperten immer wieder die Konkurrenz. Maxwell ignorierte sie. „Tony, ich glaube, ich will jetzt nach Hause. Es war ein langer Tag."

Er leerte seinen Brandy. „Bin bereit."

„Einen Moment noch", sagte Harriet. „Wir wollten Sie wissen lassen, dass Radhika morgen zu uns kommt. Wir haben mit ihr telefoniert. Dieser Detective

Sergeant Lamb war da und hat versucht, sie umzustimmen, doch sie wird trotzdem zu uns kommen. Mary und ich haben dafür gesorgt. Lamb hat vorgeschlagen, dass sie hierherkommt, aber – und das sage ich als Frau, die den ganzen Trubel hier liebt – das Mädchen braucht Ruhe und Frieden. Das hat sie uns auch gesagt. Bei uns wird sie das finden. Man hört die Leute unten im Teeladen gar nicht. Nicht dass sie neugierig wären."

„Kommt sie in einem Krankenwagen?", fragte Tony.

Mary räusperte sich. „Ja. Und mit Polizeieskorte. Lamb sagt, sie muss bewacht werden, und das ist für uns in Ordnung. Aber wir dachten, Sie würden vielleicht wissen wollen, dass sie schon vor dem Mittagessen da sein wird."

„Sie braucht tatsächlich Ruhe", sagte Alex nachdenklich. „Ich frage mich, was sie sonst noch braucht."

Vivian Seabrook tauchte am Tisch auf und hatte sich einen Stuhl mitgebracht. „Ist es in Ordnung, wenn ich zu Ihnen stoße?", fragte sie und balancierte den Stuhl auf den vorderen Beinen. Als sie im Chor antworteten, dass sie willkommen sei, erreichten auch die übrigen Stuhlbeine den Boden, Vivian setzte sich und rutschte näher an den Tisch. „Danke. Ich war seit Pamelas Tod nicht mehr hier. Ich wollte allein sein, aber ich glaube, ich werde verrückt, wenn ich mit niemandem rede."

„Wie geht es Ihnen?", fragte Harriet überflüssigerweise. „Bleiben Sie nicht für sich. Bei uns wartet immer eine Kanne Tee oder Kaffee. Und ich weiß, dass Alex Sie auch hier willkommen heißt."

„In der Tat", sagte Alex. Sie kannte Vivian nicht sehr gut. Die Frau war reserviert, doch sie machte immer einen angenehmen Eindruck und war bekannt dafür, eine großartige Reiterin und Reitlehrerin zu sein. „Das war für alle eine schreckliche Erfahrung. Wir sollten zusammenhalten."

„Danke." Ihr blonder, schulterlanger Bob glänzte. Die deutlich dunkleren, geschwungenen Augenbrauen waren beeindruckend. „Habe ich richtig gehört, Radhika geht es besser?"

„Ja", sagte Mary. „Sie kommt morgen Vormittag zu uns. Wir haben ihr ein hübsches Zimmer hergerichtet. Sie braucht Ruhe und eine sorgenfreie Zeit."

Kann ich Ihnen etwas zu trinken holen?", fragte Tony.

Sie dachte nach, ehe sie antwortete: „Ein halbes Pint Lager wäre fantastisch. Vielen Dank, Tony. Kommen Sie morgen rauf, um sich das kleine Pony anzusehen? Ich glaube, es wird ein gutes Reittier für Kinder abgeben."

„Ich werde oben sein." Er stand auf und machte Piepsgeräusche für Maxwell, ehe er zur Bar ging.

„Ein verdammt guter Tierarzt", sagte Vivian. „Wir haben Glück, ihn zu haben."

„Ich habe gerade versucht, mich daran zu erinnern, wie lange sie schon in Folly leben", sagte Alex. „Ich glaube, Sie wurden ein fester Bestandteil in der Belegschaft der Derwinters. Heather prahlt gerne mit Ihrem wundervollen Talent. Sie haben da oben einige Bewunderer."

Vivian nahm ihr Lager von Tony entgegen. „Danke. Es ist schön, mal das eine oder andere Kompliment zu hören. Ich bin erst seit weniger als zwei Jahren hier. Ich war auch eine von Pamela Gibbons Rekrutinnen. Als der letzte Stallmeister aufhörte, meldete sie sich bei mir und stellte den Kontakt zu den Derwinters her. Gott sei

Dank. Diese Leute sind großartige Arbeitgeber ... und sie sind Freunde geworden. Sie haben in den vergangenen Tagen versucht, mich aufzuheitern, aber ich wollte mich nicht aufdrängen. Sie sind immer sehr beschäftigt."

Sie alle verfielen in nachdenkliches Schweigen.

Gerade als Tony etwas über Kühe sagen wollte, kam Doc James herein. Er bemerkte sie, winkte, ging aber direkt zur Bar.

O'Reilly und Lamb folgten dich hinter ihm. Lamb blieb im Durchgang zum Restaurant stehen, oder, in ihrem Fall, zum Gasthaus. Doch O'Reilly kam direkt zum Tisch der Schwestern.

Er beugte sich über Alex und Tony. „Wir müssen uns so bald wie möglich unterhalten. Spätestens morgen Früh. Rufen Sie mich an. Falls in der Zwischenzeit irgendjemand behauptet, dass Jay Gibbons ermordet wurde, sagen Sie, dass Sie nichts wissen. Und bleiben Sie dabei."

Siebenunddreißig

Als Alex auf ihrem Lieblingssofa in Tonys Frühstückszimmer Platz genommen und die Beine hochgelegt
hatte, zog er sich einen gestreiften Sessel heran. Kaum
dass er die Haustür geöffnet hatte, waren die Hunde
nach oben gestürmt.

„Erste Frage", sagte er. „Wo zur Hölle ist Harry
Stroud? Wann und wo wird er wieder auftauchen, und
ist er der Mörder? Das scheint unsere dringendsten
Probleme abzudecken."

„Und ich kann keine dieser Fragen beantworten",
sagte Alex. „Aber wir müssen herausfinden, warum er
entlassen wurde. Ergibt das für dich Sinn? Er wurde
entlassen. Niemand wusste davon, oder alle haben
Stillschweigen bewahrt. Doch er hat immer genug
Geld, soweit ich weiß."

„Ich wette, Venetia wusste es. Sie versorgt ihn vermutlich."

„Ich wusste nicht, was du von mir halten würdest, als
ich dir nicht sofort von Pamelas Testament erzählte.
Radhika hatte große Angst vor irgendetwas. Sonst
würde ihr Verhalten keinen Sinn ergeben. Ich hatte gehofft, sie würde sich mir öffnen – da sie mich zur Mit-
wisserin erwählt hatte."

„Hoffen wir, dass sie das noch tut", sagte Tony, ohne
zu kommentieren, dass sie ihm Informationen vorent-
halten hatte. „Sie wird von der Polizei bewacht, und
von unseren angehenden Detektivinnen, also glaube
ich, sie ist so sicher, wie sie nur sein kann."

„Ich habe nachgedacht", sagte Alex.

„Ich wünschte, du würdest das lassen, wenigstens heute Abend."

Sie nahm sich die Häkeldecke von der Rückenlehne des Sofas und breitete sie über ihren Beinen aus. „Glaubst du, du könntest dich als Kollege von Harry ausgeben, oder etwas Ähnliches?"

Tonys Augenbrauen hoben sich, aber nur in der Mitte – das Ebenbild der Verwirrung.

„Wenn ich herausfinden kann, wo all die scharfsinnigen, jungen Strippenzieher aus der Welt der Vermögensverwaltung nach der Arbeit abhängen, könntest du dort hingehen – nachdem schon ein wenig Alkohol geflossen ist – und schauen, ob vielleicht eine hübsche Frau über ihn sprechen will."

„Ich kann nicht einfach ..."

„Nein", sagte sie und lehnte sich vor, um ihre Finger mit seinen zu verschränken. „Du kannst nicht einfach ... aber wenn ich am Morgen bei Lark Major anrufe, und vorgebe, ein atemloses, junges Ding zu sein, das sich mit einem der Männer aus der Firma treffen will, weil er sie auf einen Drink eingeladen hat, könnte ich Glück haben. ‚Wissen Sie, ich kann mich nicht an den Namen des Ladens erinnern, in dem wir uns treffen wollten, und ich will mich auch nicht lächerlich machen, indem ich ihn anrufe und nachfrage.' Vielleicht geben sie mir einen Namen, vielleicht auch nicht. Vielleicht nennen sie mir sogar ein oder zwei Kneipen in der Nähe. Wer weiß? Wenn ich behaupte, dass ich früher mit Harry Stroud ausging, teilt man vielleicht sogar ein paar schmutzige Geheimnisse mit mir."

„Du liebe Güte, Alex. Machst du irgendwann auch mal langsam? Du weißt schon, dass du ein Wegwerfhandy benutzen musst, für den Fall, dass mal jemand versucht, dich aufzuspüren."

Sie grinste. „Hör dich nur an. Ja, ich habe vor, ein Wegwerfhandy zu verwenden. Und du könntest für den guten Zweck einen Anzug tragen, oder?"

Er verbarg sein Lächeln nicht ganz.

„Das würde ich gern sehen. Klingt sexy."

„In dem Fall gehe ich nach oben und ziehe sofort einen an." In seinen blauen Augen funkelte gespielte Lüsternheit. Zumindest nahm sie an, dass sie gespielt sein musste, so müde wie sie beide waren.

„Ich würde gern das Gespräch mit O'Reilly meiden, bis wir diese Idee ausprobiert haben." Sie zog nur ein wenig an seiner Hand, doch er kniete sich sofort an das Sofa. „Ich rufe ganz früh dort an. Dann können wir nach London fahren und eventuellen Hinweisen nachgehen. Vielleicht finden wir ein paar interessante Antworten."

„Oder wir erreichen damit nichts, als einen Chief Inspector wütend zu machen." Er hockte sich auf die Fersen und betrachtete sie aus verengten Augen.

„Ich habe eine Theorie", sagte sie ihm und blickte an die Decke, wo das Geräusch rennender Hundepfoten ein Muster zeichnete. „Und ich will wissen, ob er Pamela Gibbon bei ihrer Vermögensverwaltung beriet."

Tony sagte: „Darum sollten wir uns später kümmern."

Achtunddreißig

Ein Luftzug von einem offenen Fenster strich über seine nackte Haut. Tony öffnete die Augen und hörte Alex' Stimme. Sie war ins Nebenzimmer gegangen, das Hundezimmer, wie sie es nannten, und telefonierte angeregt.

Er sah auf seine Armbanduhr und schwang die Beine aus dem Bett. Es war schon nach neun. Er hatte verschlafen. Seine Atmung wurde wieder langsamer, seine Augen schlossen sich und er ließ sich in die zerwühlte Bettwäsche zurückfallen. Für eine verletzte Frau hatte Alex gestern Abend keine Anzeichen einer Beeinträchtigung gezeigt. Ihr Körper hatte sich seinem entgegengewölbt. Die Frau hatte eine wundervolle wilde Seite.

Ihre Stimme war noch immer aus dem Nachbarraum zu hören. Tony schob sich mit beiden Händen die Haare aus der Stirn nach hinten. Was mochte sie wohl über sie beide denken? Sie hatte nie über die Trauer gesprochen, die sie erlebt hatte, als sie kurz vor der Geburt ihre Tochter verloren hatte, oder über ihren Ehemann, der mit einer anderen Frau im Bett gewesen war, während man nach ihm gesucht hatte und seine Ehefrau den schlimmsten Moment ihres Lebens durchmachte.

Die vergangenen Monate, seit er und Alex sich nähergekommen waren, waren ein heilloses Chaos gewesen. Mit ihr hatte er Glück und Verwirrung erlebt – und sogar Angst. Die Angst, Alex zu verlieren.

Seine eigene Ehe hatte in den tiefen Gewässern vor Australien geendet, als Penny allein tauchen ging und nicht zurückkehrte. Ihre Leiche wurde nie gefunden, doch man nahm an, dass sie tot war. Sie waren nicht lange glücklich gewesen, doch er wünschte sich noch immer einen Abschluss, auch wenn es nicht so aussah, als würde er den je bekommen.

Rasende Pfoten waren zu hören und die beiden Hunde kamen hereingestürmt. Sie sprangen mit so viel Wucht aufs Bett, dass die Matratze hüpfte und bearbeiteten sein Gesicht mit ihren Zungen. Er tollte mit ihnen herum, würde ihnen aber nicht erlauben, zu bleiben.

„Guten Morgen!" Alex tauchte in der Tür auf. „Die beiden waren schon draußen. Bist du bereit für einen Kaffee? Wir haben viel zu erledigen, oder zumindest glaube ich das. Ich habe mit Harriet gesprochen, aber ich will auch sichergehen, dass Radhika sicher ankommt." Sie hielt immer noch ihr Handy in der Hand. Ihre schwarzen Locken waren zerzaust, ihr Gesicht gerötet – vermutlich vom Kratzen seines Bartes. Das alte T-Shirt, das sie trug, eines von seinen, lag eng an interessanten Stellen ihres Körpers an und löste eine weitere Reaktion aus, der er nicht gleich nachgehen konnte.

„O'Reilly erwartet uns, und ich glaube, wir sollten über deine sehr gute Idee von gestern Abend nachdenken, weil sie uns durchaus aus dieser Sackgasse holen könnte."

Sie hob eine Hand und humpelte zum Bett, wo sie unbeholfen auf die Matratze kletterte und sich an ein Kissen lehnte.

„Ich mache noch einen Anruf. Bei Lark Major sollte jetzt jemand da sein. Mach bitte keine Geräusche."

„Du sagtest, du würdest dir ein Wegwerfhandy besorgen."

„Ich habe entschieden, dass das nicht notwendig ist", erklärte Alex. „Ich tue nichts Illegales."

Er hob die Handflächen in die Höhe und ließ sich wieder aufs Bett sinken. Ein Knall am Fenster erschreckte sie beide. Ein Kuckuck war mit seinem langen Schnabel gegen das Fenster geprallt. Er schwankte kurz in seinem grauweißen Federkleid, erholte sich und flatterte davon.

„Hallo", sagte Alex in ihr Handy. „Ich hoffe, Sie können mir helfen. Ich komme mir wirklich dumm vor, aber ich habe jemanden aus Ihrer Firma kennengelernt und ausgemacht, mich mit ihm auf einen Drink zu treffen. Aber ich habe den Namen des Pubs vergessen, ist das zu glauben? Könnten Sie mir die Namen Ihrer Lieblingslokale nennen? Die Favoriten der Firma, meine ich natürlich."

Tony schloss die Augen. So kess sie auch klang, er konnte sich nicht vorstellen, dass jemand darauf hereinfallen würde. Und der leichte Cockney-Akzent, den sie aufgesetzt hatte, konnte niemanden hinters Licht führen.

„Das ist mir so peinlich", sagte sie. „Wir sind ein Stück unseres Arbeitsweges zusammen gelaufen, aber wir haben nie Namen ausgetauscht. Er wirkte nett und ich hätte wirklich gern die Gelegenheit, ihn wiederzusehen – damit wir uns wirklich kennenlernen können, meine ich. Wenn Sie glauben, ich sollte lieber mit jemand anderem reden ..."

Ein Kugelschreiber huschte über den kleinen Notizblock auf Alex' Knie. Tony betrachtete ihr ernstes

Gesicht und schloss wieder die Augen. Er sollte auf dem Weg zu einigen entlegenen Gehöften sein, und bei den Derwinters warteten die Stute und ein Pony auf ihn.

„Das ist so nett, Angela. Ich liebe Ihren Namen. Wie auch immer, was kann es schaden? Selbst wenn ich seinen Namen nicht kenne, kann ich mich dort umsehen und hoffen, ihn zu entdecken. Ich muss wie ein Dummerchen klingen ... Oh, vielen Dank. Sie sind ein Schatz. Hey, sollen wir uns vielleicht mal zum Mittagessen treffen? Oder auf einen Drink?"

Tony konnte sich kaum davon abhalten, den Kopf zu schütteln.

„Moment. Das Globe? Natürlich kenne ich das Globe. Wer nicht? London Wall, nicht wahr? Ich dachte, da gehen nur noch alte Menschen hin. Ja, ja. Wie war das? Bust? Nein, da war ich noch nicht. Direkt an der Fleet Street. Ein Club?", sie lachte. „Was für ein Club?", Alex rollte mit den Augen.

„Sie sind die Beste, Angela. Warum ... ich verstehe. Das neue Lokal. Vielen, lieben Dank." Sie schaltete das Handy aus. „Das können wir finden. Die Ingroup – so nennen sie sich – die Ingroup geht immer in einen Club namens Bust, in der Bride Lane. Ich glaube, sie versuchte mir zu sagen, ohne es wirklich auszusprechen, dass es dort etwas schlüpfrig zugeht."

Tony grunzte. Das klang nach einer unglaublich weit hergeholten Idee.

Er stand aus dem Bett auf und sah aus dem Fenster in einen Tag hinaus, der noch etwas unentschlossen wirkte. Vielleicht würde es sonnig werden, vielleicht stundenlang grau bleiben.

„Ich werde heute noch zu diesem Club gehen", sagte Alex hinter ihm. „Wenn die Menschen die Büros verlassen."

Wenn er ihr sagte, dass das eine lausige Idee war, war sie einfallsreich genug, um allein dort hinzugelangen. „Bin ich eingeladen?"

Vivian eilte ins *Leaves of Comfort*, während Alex gerade einen Beutel mit Sandwiches von Harriet entgegennahm, die darauf bestanden hatte, sie für ihren „kleinen Ausflug" mit Tony zu machen. Mit etwas Nachhilfe hatten die Schwestern den Eindruck gewonnen, Tony würde mit Alex einen Ausflug machen, weil sie einen Tapetenwechsel brauchte.

„Trauben für die Invalidin", sagte Vivian und hielt einen Korb in die Höhe, der mit einer Schleife versehen war. „Und Orangen, Äpfel und einige Süßigkeiten. Mit ihrer Figur kann sie es sich leisten, ein wenig davon zu essen."

Radhika war schlank, doch die Saris, die sie trug, überließen beinahe alles der Vorstellung.

„Das wird ihr gefallen", sagte Harriet. „Gehen Sie nur zu ihr nach oben. Rufen Sie kurz, damit Mary weiß, dass Sie kommen."

„Mache ich", sagte Vivian. „Sie sehen recht fit aus, Alex – und schick. Wie geht es Ihnen mit den Verletzungen?"

„Besser. Aber ich will nicht allzu bald wieder eine Treppe runterfallen."

„Ich glaube nicht, dass ich Sie je in einem Kleid gesehen habe", fuhr Vivian fort. „Rot steht Ihnen. Sehr aufreizend."

Alex fühlte sich unbehaglich. „Danke."

„Es gibt schreckliche Neuigkeiten über Jay Gibbon."
Vivian zuckte zusammen. „Es mag gefühllos klingen,
aber ich komme nicht umhin, zu hoffen, dass es wirklich ein Selbstmord war. Ich wünschte, die Polizei
würde vorankommen."

Mittlerweile musste sich der ganze Ort über Jays Tod
unterhalten. „Das wünschte ich auch."

Vivian nickte, wandte sich der Treppe zu, nahm zwei
Stufen auf einmal und rief: „Huhu, Mary", als sie oben
ankam und die Wohnung betrat.

„Pferdenärrin", sagte Harriet und rümpfte die Nase.
„Sie riecht nach nassem Tweed."

Alex lachte laut. „Sie sind schrecklich, Harriet. Und
sie ist eine gutaussehende Frau. Ich hätte sie fragen sollen, wie es ihr geht, nachdem diese Stute sie zu Boden
geschleudert hat."

Bei der nächsten Person, die den Laden betrat, sackte
Alex das Herz in die Hose. Bill Lamb lächelte sie an und
sie fühlte sich noch unsicherer auf den Beinen. „Guten
Tag, die Damen. Ich sehe nur nach unserem Schützling.
Sie vergessen doch nicht, dass auf der anderen Straßenseite eine Zivilstreife steht, oder? Wir haben ein Auge
auf Sie."

„Sehr beruhigend." Harriets schmale Nasenflügel flatterten kurz. Alex konnte sehen, dass Lamb ein weiterer
Mann war, der nicht Harriets Anforderungen gerecht
wurde. „Radhika geht es gut. Sie sagt, sie würde bald
aufstehen. Sie erträgt es nicht, noch länger im Bett zu
liegen. Sie hat gerade Gesellschaft, aber ich werde ihr
ausrichten, dass Sie nach ihr gesehen haben."

Lambs Gesichtsausdruck blieb unverändert. „Ich
werde nach oben gehen, wenn Ihnen das recht ist." Sein

Blick richtete sich auf die gut ausgestattete Kuchenvitrine, doch Harriet bot ihm nichts an. „Es wäre besser, wenn Radhika noch nicht nach draußen geht, aber das werde ich ihr selbst sagen. Alex, der Chief Inspector möchte immer noch mit Ihnen und Tony sprechen, wissen Sie noch? Er kam heute Morgen nicht dazu, wird Sie aber später anrufen."

„Die schönen Dinge vergesse ich nie", sagte sie. „Radhika erholt sich wirklich schnell. Sie ist immer noch schlimm zugerichtet, aber die Schwellungen gehen zurück."

„Eine sehr zarte Frau", sagte Lamb. „Aber sie hat Mut, auch wenn sie nicht aggressiv ist."

Es mochte nur ihre eigene Vorstellung sein, aber Alex glaubte, dass im Blick des Sergeanten etwas Bedeutungsvolles lag. Sie redete sich nicht bloß ein, dass Radhika einen bleibenden Eindruck bei ihm hinterlassen hatte.

„Irgendein Durchbruch in der Ermittlung?", fragte Alex. Er hielt sie bereits für aufdringlich. Was hatte sie zu verlieren?

„Ich glaube, wir können bald Neuigkeiten verkünden." Nichts an seiner Ausdrucksweise ließ sie glauben, dass das stimmte, doch es war ein schöner Gedanke.

„Kann ich Sie irgendwohin mitnehmen, wenn ich hier fertig bin?", fragte Lamb. „Ich habe ihr Auto nirgends gesehen, und Sie werden doch gewiss nicht weit laufen wollen."

„Sehr freundlich." Tony hatte sie abgesetzt und würde sie auch wieder abholen kommen. Sie konnte seinen Land Rover durch das Schaufenster sehen. Er parkte am Zaun. „Meine Mitfahrgelegenheit ist gerade eingetroffen, aber ich komme gern ein andermal auf das Angebot zurück."

Sie lief zur Tür und wurde draußen noch schneller, als sie im Moment überhaupt für möglich gehalten hätte. Tony stieg aus und öffnete ihr die Beifahrertür. Als sie festgeschnallt war, senkte sie den Kopf, um noch einmal zum Teeladen zu schauen. Bill Lamb stand am Fenster und beobachtete sie.

Neununddreißig

In der Nähe der Fleet Street war der Club namens Bust eine Überraschung. Er versteckte sich im dritten Stock eines schmucklosen Gebäudes in der Bride Lane. Hier fand man eher Dinge wie die Gin-Destille der City of London, statt Neon- und Stroboskoplicht, laute Musik und eine winzige Tanzfläche, auf der sich schwitzende Körper aneinanderdrängten. Der Innenraum war exotisch eingerichtet, mit Holzvertäfelung und halbmondförmigen Tischen, die mit grünen Ledertischdecken gedeckt waren.

Es war keine Bar auszumachen, aber Kellnerinnen in schwarzen Anzügen drehten ununterbrochen ihre Kreise und bedienten die Gäste, während klassische Musik lief. Ihre förmlichen, schwarzen Krawatten waren am Hals abgetragen, wo sie ohne Hemd unter dem Jackett auf nackte Haut trafen. Alex erkannte, woher der Club seinen Namen hatte.

Alex und Tony erhielten ihre Getränke, als wäre die Bedienung ein Bumerang. Eine große Brünette nahm ihre Bestellung auf und kehrte binnen weniger Minuten mit zwei Gläsern Weißwein zurück.

„Das nennen sie in", sagte Tony, als sich die Frau auf ihren mit Juwelen besetzten Zehn-Zentimeter-Absätzen entfernte. „Sie tragen Knopflochmikrofone."

Alex erkannte, was er meinte. „Das ist anders. Heute ist es schwer, noch anders zu sein."

„Also, wir sind hier. Was jetzt? Fragen wir rum, wer bei Lark Major arbeitet?"

„Sehr witzig. Wir werden Angela einen Drink ausgeben."

Er sah sich in dem geschäftigen Innenraum um. „Wir? Du meinst die Angela, mit der du am Telefon gesprochen hast?"

„Ja. Hör einfach zu. DU bist der Mann, nach dem ich gesucht habe."

„Aber ..."

„Lass mich meine Geschichte erzählen. Ich habe mich geirrt, als ich dachte, du würdest bei Lark Major arbeiten. Wir haben uns übrigens gerade erst getroffen. Du hast also eben erst erfahren, dass ich alles ganz falsch verstanden habe. Du bist Wirtschaftsprüfer."

„Nur über meine Leiche."

„Aber ich werde Angela hier treffen. Ich habe sie zurückgerufen und sie kommt in ihrer Pause her, um das Eis zu brechen zwischen mir und dem Mann, von dem ich dachte, er sei ihr Kollege. Ein paar Drinks, ein paar dieser köstlich aussehenden Austern, dann kannst du den Rest mir überlassen. Ich wüsste zwar nicht, wie sie den Braten riechen sollte, aber wenn doch, werden wir einfach freundlich sein und gehen."

„Du hast wirklich alles durchdacht. Ich muss wissen, wie du ansprechen willst, was du herausfinden möchtest."

„Es ist besser, wenn du es nicht weißt. Dann agierst du natürlicher."

„Was, wenn Sie erst seit wenigen Monaten für Lark Major arbeitet und noch nie von Harry Stroud gehört hat?"

„Du sollst nicht versuchen, meine Strategie zu erraten, Tony."

Er stöhnte. „Warum habe ich nur eingewilligt, dich hierherzubringen?"

Alex nippte an ihrem Wein. „Weil du meinem Urteil vertraust."

„Dann sollte ich nicht das Übelkeit erregende Gefühl haben, dass uns der Untergang bevorsteht."

„Kein Vertrauen. Wie traurig. Daran wirst du arbeiten müssen."

Er wollte etwas sagen, presste aber die Lippen zusammen und lächelte.

„Was?" Alex sah ihn fragend an und lehnte sich zu ihm.

„Ich liebe dieses Kleid und wie du darin aussiehst."

„Suchst du deshalb an meiner Brust nach meinem Bauchnabel? Wow, ich glaube, das ist sie. Beruhig dich und verhalte dich nicht so, als würdest du mich bereits gut kennen."

Angela hatte langes, schimmerndes, schwarzes Haar und riesige Augen, die zu der umwerfenden Figur in einem weißen Kostüm und grauen Plateauschuhen passten. Die meisten Augen richteten sich auf sie. Sie hätte jedes Recht, zu behaupten, Ähnlichkeit mit dem Model Misha Wilhelm zu haben.

Alex wartete, bis die Frau in ihre Richtung blickte, und winkte. Das rote Kleid beschleunigte Angelas zielstrebigen Weg in ihre Richtung.

Tony erhob sich ruckartig und streckte eine Hand aus, die von eleganten Fingern mit langen, spitzen Nägeln umschlossen wurde, doch Alex sagte: „Tut mir leid, ich habe mir den Fuß verletzt, deshalb werde ich einfach nur lächeln und Ihnen sagen, dass Sie unglaublich hübsch sind."

„Nicht doch", sagte Angela und wedelte mit einer Hand vor ihrem Gesicht. „Ich werde noch ganz schüchtern."

Das bezweifelte Alex. „Setzen Sie sich und sagen Sie mir, was Sie trinken wollen. Tony und ich bestellen Austern ... Das ist Tony. Ich habe ihn gleich gefunden und er ist ein Bilanzbuchhalter, der gar nicht für Lark Major arbeitet." Sie kicherte. „Ich habe da einiges durcheinandergebracht, was?"

„Ich nehme einen Appletini, bitte", sagte Angela, setzte sich ihnen gegenüber und überschlug ihre Beine, die verboten gehörten. „Und ich liebe Austern. Wie kamen Sie denn auf die Idee, dass Tony für uns arbeitet?"

Alex spann ihre Geschichte und Tony sorgte dafür, dass der Appletini augenblicklich auf dem Tisch stand. Er bestellte Austern, eine ganze Menge, und gab sich größte Mühe, hauptsächlich Alex anzuschauen.

Angela trank ihre Martinis wie ein Profi. Nach dem dritten hatte sie sich immer noch bestens unter Kontrolle und ließ die Austern ihre Kehle hinuntergleiten, wie es nur eine Frau mit viel Übung konnte.

Tony bestellte eine Flasche von dem Wein, den Alex und er tranken, und noch ein zusätzliches Glas. „Nur für den Fall."

Die zahlreichen Gruppen gut gekleideter Männer erregten Angelas Aufmerksamkeit, und sie die ihre.

„Ich habe Ihnen noch gar nicht erzählt, wie ich auf Lark Major kam", sagte Alex, und hielt inne um sich eine Auster in den Mund gleiten zu lassen. „Ein alter Freund von mir arbeitet dort. Ich habe ihn seit Ewigkeiten nicht mehr gesehen und weiß gar nicht, wie ich das so durcheinanderbringen konnte, aber das passiert mir schon mal, wenn ich aufgeregt bin." Sie warf Tony ein kurzes Lächeln zu.

„Wie heißt denn dieser Freund?"

„Harry Stroud. Ein gutaussehender Kerl."

„Stroud?" In Angelas großen, ovalen Augen zeigte sich ein bestürzter Ausdruck. „Er arbeitet nicht mehr für die Firma. Bestimmt schon seit, oh, zwei Jahren, glaube ich. Obwohl immer noch über ihn geredet wird, wenn keiner der Partner in der Nähe ist."

„Alle glauben, er sei noch bei Lark Major", sagte Alex mit einem Versuch, mit Angelas großen Augen mitzuhalten. „Das klingt ganz nach ihm. Er war schon immer ein Schwindler. Ich ... also, ich weiß eigentlich nur, was andere mir über ihn erzählt haben. Ich hätte sagen sollen, dass wir mal befreundet waren, wenn Sie verstehen."

Angela goss sich ein Glas Wein ein und trank rasch die erste Hälfte. „Der ist gut. Wenn er nicht für eine Firma gearbeitet hätte, die es sich nicht leisten konnte, seinen Ruf zu beschädigen, wäre er vermutlich im Gefängnis. Nicht dass ich alle Details seiner Taten kennen würde. Manche von uns sind immer noch verärgert, weil er damit davongekommen ist."

„*Nein*", sagte Alex mit gedämpfter Stimme. „Was hat er getan?"

„Ich sollte nicht darüber reden, aber ich habe meine Stelle sicher und viele Menschen sagen, er sei ein Widerling." Angela sah sich um und senkte die Stimme. „Angeblich hat er einen armen, alten Mann mit Demenz übers Ohr gehauen. Einen reichen, armen, alten Mann. Oder wenigstens gut betucht. Aber das haben Sie nicht von mir. Stroud hat ihn in Termingeschäfte mit südamerikanischen Minen investieren lassen, aber die Minen gab es gar nicht. Harry hat immer versucht, sich die größten Fische zu angeln, damit er diesem Mann immer mehr Geld abnehmen konnte. So erzählt man es sich zumindest in der Firma. Er ist hauptsächlich deshalb damit davongekommen, weil sein Klient starb. Der alte Mann war geistesschwach und es gab keine gute Möglichkeit, Stroud den Prozess zu machen – nicht ohne ein schlechtes Licht auf die Geldsäcke zu werfen."

„Auf wen?" Alex lehnte sich zu ihr.

„So nennen wir Lark Major. Natürlich nur unter uns."

„Und das ist alles vor zwei Jahren geschehen?" Alex erhielt weitaus mehr Informationen, als sie sich erhofft hatte, doch sie wusste nicht, wie das alles bei den Vorgängen in Folly weiterhelfen sollte.

„Ich schätze, Sie wissen nicht, wer dieser alte Mann war, oder? Meine Güte, wie entsetzlich. Wenn ich Harry wiedersehe, werde ich das Gefühl haben, dass wir schon immer recht hatten, was ihn angeht. Aber ich werde kein Wort sagen. Ich mische mich nicht gern ein."

Angela trank noch mehr Wein. Sie war nachdenklich geworden und ein wenig distanziert. „Ich auch nicht", sagte sie schließlich. „Ich wette Walter Lovelace hat sich gewünscht, er hätte sich nie auf Harry Stroud eingelassen. Nicht dass es etwas ändert. Lovelace ist tot."

„Lovelace von Lovelace Construction?", fragte Tony naiv, trotz Alex' finsterem Blick.

„Nein. Lovelace Meats oder so etwas. Aber Walter hatte die meisten Anteile verkauft, für Investitionschancen, die zu gut waren, um sie zu ignorieren."

„Während er den Ratschlägen seines Vermögensver-
walters folgte, ja?", fragte Alex.

„Das habe ich doch schon gesagt", sagte Angela. „Ich
habe zigmal darüber nachgedacht, etwas dagegen zu
unternehmen. Aber Whistleblower kommen nicht weiter, und jetzt ist es ohnehin zu spät. Ich bin nicht stolz
darauf."

Vierzig

„Ich habe den Kürzeren gezogen." Das hatte Alex zu Tony gesagt. Sie hatte den Kürzeren gezogen und war in Folly, wo sie vorgab, normal zu arbeiten, während er Walter Lovelaces Geschichte recherchierte.

Sie hatten sich darauf geeinigt, dass es nicht aussehen sollte, als wären sie auf einer gemeinsamen Mission und an zwei aufeinanderfolgenden Tagen zusammen unterwegs.

Walter Lovelace hatte existiert, das ließ sich leicht genug mit Tonys Computer herausfinden. Und sie hatten etliche kleine Informationen über die nicht mehr existierende Firma Lovelace Meats gefunden. Doch genauere Informationen darüber, wie die Firma untergegangen war, waren bislang dürftig gewesen und wiesen meistens auf den Tod des Besitzers und Gründers hin. Er hatte einen Minderheitsgesellschafter gehabt, der verdächtig kurz vor dem Untergang der Firma an Lovelace verkauft hatte, doch dieser Partner war mittlerweile ebenfalls tot.

Lovelace Meats hatte drei Jahrzehnte lang erfolgreich, erstklassiges Fleisch an Feinkostläden geliefert, und war dann binnen weniger Monate zugrunde gegangen.

Die Arbeiter waren dankbar von Firmen übernommen worden, die das Geschäft von Lovelace gekauft hatten.

Alex lief langsam und ohne Krücke, benutzte aber den Fußschutz, trug die Schlinge und hielt Bogies Leine. Er war begeistert und benahm sich, als hätte ihn sein Frauchen so lange im Stich gelassen, dass ein Spaziergang mit ihr eine fast vergessene Freude war.

Er trug einen unnötig großen, krummen Ast im Maul und jedes Mal, wenn er den Kopf drehte, um sie anzusehen, befürchtete sie, er würde ihr gegen die Beine schlagen. Doch sie wollte ihm auch nicht die Wonne nehmen, die sich in seinen Augen zeigte.

Die Sonne rang mit einer dunklen Wolkenbank und der Wind hatte wieder aufgefrischt. Trotzdem erfreute Alex sich an der frischen Luft in ihrem Gesicht und den Wedeln der Goldrute, die sich im Wind wiegten, während sie sich *Leaves of Comfort* näherte.

Die Mittagsstunde nahte, doch nachdem sie sich den Frühstücksgästen gestellt hatte, war ihr nicht danach gewesen, im Dog noch weitere Fragen der Mittagsgäste abwehren zu müssen. Und Harriet hatte sie bei einem Anruf dazu gedrängt, Radhika zu besuchen, die bereits beunruhigt fragte, wann Alex denn kommen würde.

Tony, der den Längeren gezogen hatte, war mit seinem Computer im Büro eingesperrt und beantwortete währenddessen Routineanrufe. Bislang hatte die Computersuche nicht die wichtigen Informationen geliefert, die sie brauchten, und Tony ließ sich von einem alten Schulfreund mit einem mysteriösen Regierungsjob helfen, wenn er in eine Sackgasse geriet. Tony und Stephen Hansen hatten keinen regelmäßigen Kontakt, doch Tonys Respekt vor dem anderen Mann war offensichtlich.

Nebel kroch über den Hang, die Sonne verschwand und ein dunkler Himmel versprach Regen. Alex kam an der Zivilstreife vorbei, ohne den Fahrer anzusehen, und folgte Bogie, der wie ferngesteuert am Tor zu *Leaves of*

Comfort einbog und an der Leine zog, um die Haustür zu erreichen, wo es Aussicht auf Leckerlis gab.

Sie betrat den duftenden Teeladen und traf dort Harriet an, die Stapel von gerade erworbenen Büchern aus zweiter Hand durchging. „Irgendwas dabei?", fragte Alex, die sich nicht gegen das Verlangen wehren konnte, nach ihren geliebten Kinderbüchern zu suchen.

„Hm. Ein oder zwei vielleicht. Ich werde sie zur Seite legen, keine Sorge." Harriet lächelte, wurde aber schnell wieder ernst. „Es gefällt mir nicht, Sie von Ihrer Arbeit fernzuhalten, aber Radhika ist aufgebracht, da bin ich mir sicher. Sie wissen, dass sie versucht, niemandem zur Last zu fallen, was sie ohnehin nie tut, aber ich hörte sie heute Morgen ganz leise weinen. Und sie sitzt die ganze Zeit auf einem Stuhl in der Ecke ihres Zimmers, von dem aus sie Tür und Fenster im Blick behält, da bin ich mir sicher. Sie hat Angst, Alex. Das ist nicht normal, selbst wenn man sich von einem Schock erholt. Nicht, wenn sie so gut bewacht wird. Das glaube ich zumindest. Sie isst kaum etwas und wir können Sie nur abends dazu überreden, ins Wohnzimmer zu kommen, wenn der Laden zu hat und alles abgeschlossen ist. Sie überprüft jedes Mal, ob der Polizeiwagen auf der anderen Straßenseite steht."

„Und sie hat darum gebeten, mit mir zu sprechen?" Radhikas Vertrauen war eine Verantwortung, die schwer auf ihr lastete.

Harriet nickte, und Alex erwiderte das Nicken. Sie nahm Bogie die Leine ab und ging nach oben.

Mary saß da und von ihrem Schoß aus blinzelte Maxwell Oliver selbstgefällig zu. Sein Schnurren klang wie eine kleine Motorsäge, die dringend Öl brauchte. „Hallo, Alex. Ich glaube, Ihre Freundin wird sich freuen, Sie zu sehen." Mary lächelte und bedeutete Alex, in Radhikas Zimmer zu gehen.

Wie Harriet beschrieben hatte, saß die kleine Frau in der Ecke des altmodisch eingerichteten Zimmers, die am weitesten von Tür und Fenster entfernt war, und hielt offensichtlich Wache. Sie trug exotische Grün- und Goldtöne. Trotz ihrer blauen Flecken jagte Alex eher Radhikas abgespannter Gesichtsausdruck einen Schrecken ein. Sie schloss die Tür hinter sich und lief direkt zu ihr, um ihre Hände zu ergreifen. Sie bremste sich, als die Schienen und Bandagen sie an die Verletzungen der Frau erinnerten.

„Sie müssen sich setzen", sagte Radhika. „Setzen Sie sich, jetzt. Auf das Bett. Ich hätte Sie nicht belästigen sollen, aber ich bin froh, Sie zu sehen."

Rosenblüten in einer Porzellanschale erfüllten das Zimmer mit ihrem Duft. Das Zimmer, der Duft und Radhika selbst – das Gesamtbild wirkte irgendwie unwirklich.

„Wir haben alle Angst", sagte Alex. Sie setzte sich auf das Bett mit dem weiß lackierten Metallrahmen, so dicht zu Radhika wie möglich, und Bogie legte seinen Kopf auf die Knie der Frau. „Es ist ernst. Es heißt ... die Polizei sagt, sie seien nah dran, aber bis derjenige verhaftet ist, der diese Dinge tut, werden wir alle Angst haben."

„Ich weiß nicht, wie ich es sagen soll", murmelte Radhika. „Was Sie sagen, ist wahr, aber ... da sind noch andere Dinge. Alex, glauben Sie ich hatte eine

Gehirnerschütterung? War ich bewusstlos? Ich glaube, das könnte möglich sein."

Alex sah sie mit einem Stirnrunzeln an.

„Ich kann mich nicht daran erinnern, um welche Zeit ich an diesem Abend mit der lieben Katie rausgegangen bin." Sie streichelte Bogies Kopf. „Ich glaube, es war sehr spät, aber man hat mich erst am Morgen gefunden, oder?"

„Ja, am frühen Morgen. Ich bin mir nicht ganz sicher, wie früh es war, als der Reverend Sie fand."

„Könnte es sein, dass ich mich nur an Bruchstücke erinnere ... nicht an vollständige Szenen? Ich weiß, wie es sich angefühlt hat, als er mir auf den Kopf geschlagen hat. Es war hinten im Nacken, glaube ich. Ich war zu schockiert, um darüber nachzudenken, was vor sich ging, oder was als Nächstes passieren könnte."

Das Fenster klapperte. Alex sah sich um und bemerkte wogende Äste. Der Wind wurde stärker. „Haben Sie mit Doc James darüber gesprochen? Er könnte diese Fragen beantworten."

„Nein!" Sie legte sich eine Hand auf den Mund. „Ich will nicht mit Männern über solche Dinge sprechen. Der Doktor ist freundlich. Vielleicht kann ich ihn bald um Rat fragen, aber noch nicht. Es gibt zu viel zu bedenken. Ich glaube, ich schwebe in großer Gefahr, Alex. Wenn ... ich von Menschen gefunden werde, die glauben, dass sie ... es ist so schwer zu erklären. Sie glauben, ich hätte sie entehrt und müsste dafür bestraft werden." Sie senkte den Blick und ihre Hände lagen immer noch auf ihrem Schoß. Die Blutergüsse verblassten zu Grün- und Gelbtönen und waren eine Beleidigung für ihre geschmeidige Haut.

„Ich verstehe nicht viel von solchen Dingen", sagte Alex aufrichtig. „Ich glaube, ich weiß, wovon Sie sprechen, aber nicht, wie man damit umgeht. Wir müssen uns Hilfe von Leuten holen, die sich damit auskennen." So etwas hatte sie nicht erwartet.

„Ein Mann aus meiner Familie glaubt, er müsse das tun. Man hat mir gedroht, dass ich nirgends in Sicherheit sein würde. Und jetzt hat man mir wieder gedroht, glaube ich ... auf andere Weise."

Alex wollte aufgeschlossen sein; sie wollte nicht, dass Radhika aufhörte zu reden, weil sie glaubte, Alex hielte es für ausgeschlossen, was sie da sagte. „Warum jetzt? Meinen Sie, Sie haben von diesem Mann gehört?" Wo war er? Bislang hatte sie von solchen Problemen nur gelesen, oder Ausschnitte in den Nachrichten gehört.

„Ich weiß es nicht." Radhika schloss die Augen und neigte den Kopf. „Ich glaube, ich wurde wieder gewarnt. Ich verließ Cornwall, weil ich von meinem Bruder zu hören bekam, dass ich unzulänglich sei, weil ich nicht den Mann heiraten wollte, den meine Familie für mich ausgesucht hatte. Er sagte, ich könnte ihn immer noch zum Mann nehmen – doch ich wollte nicht. Ich ging fort, bin weggelaufen und zum Glück hier zu Pamela gekommen. Sie verstand, was ich ihr erzählte, und ließ mich bei ihr wohnen. Wir kannten uns aus der Praxis, in der ich zuvor gearbeitet hatte. Und sie war der gütigste Mensch, den ich je kennengelernt habe.

„Aber Sie haben wieder von Ihrem Bruder gehört?"

„Ich weiß es nicht. In meinem Kopf höre ich ihn. Vielleicht bin ich nicht gesund – im Kopf."

„Sie haben ein schreckliches Erlebnis durchgemacht",
sagte Alex. „Es ist noch zu früh, um das bereits verarbeitet zu haben."

„Ich glaube, ich sollte wieder fortgehen und mich verstecken, doch das ist schwer, solange ich nicht völlig ge-
nesen bin. Es würde mich jeder anstarren. Wie soll ich
da unbemerkt bleiben?"

„Sehen Sie mich an", sagte Alex und wartete, bis Radhika den Blick hob. „Sie müssen nicht fortgehen. Wir
müssen herausfinden, ob das, was hier vor sich geht ...
nein, was in Folly passiert, hat nichts mit Ihnen zu tun.
Ich werde helfen. Bitte lassen Sie mich Ihnen helfen.
Wenn Sie weglaufen, bringen Sie sich nur in Gefahr.
Sie sollten nicht allein sein, und hier können wir Sie beschützen."

Sie wusste nicht, wie viel von Radhikas Geschichte sie
glauben konnte. Es war möglich, dass sie mit dem
Schlag auf den Kopf und dem Schock auch ein psychi-
sches Problem davongetragen hatte, aber wie sollte das
irgendjemand feststellen, der kein Experte war?

„Ich würde Tony vertrauen", sagte Radhika leise.
„Vielleicht können Sie ihn fragen, was er davon hält.
Wenn ich die Augen schließe, glaube ich, den Verstand
zu verlieren."

Ein dreifaches Klopfen an der Tür ließ sie beide zusammenzucken.

„Wer ist da?", fragte Radhika, und ihre Stimme klang
erstaunlich ruhig.

„Sergeant Lamb", sagte der Mann, während er die Tür
öffnete. „Die Damen sagten mir, Sie würden gerade
Radhika besuchen, Alex. Sie müssen sich etwas

anhören, und mir sagen, ob Ihnen das irgendetwas sagt. Sie auch, Ms. Radhika, wenn es möglich ist."

Das Lächeln, mit dem Lamb Radhika bedachte, machte einen ganz anderen Mann aus ihm. Charme und Interesse leuchteten in seinen hellblauen Augen. Also das, dachte Alex, war von Anfang an zum Scheitern verurteilt.

„Natürlich", sagte Radhika mit einem schüchternen Lächeln, bei dem Alex beinahe laut geächzt hätte.

Lamb schloss die Tür. „Danke. Es dauert auch nur ein paar Sekunden. Er holte sein Handy heraus und drückte einen Knopf. Musik wurde abgespielt, etwas blechern, nur ein paar Takte, dann stoppte sie.

Alex schluckte. Ihre Haut kribbelte.

„Oh, ja", sagte Radhika und tupfte sich erst das eine, dann das andere tränennasse Auge ab. „Das ist die Musik, die jemand recht häufig für Pamela hinterlassen hat. Auf ihrem Anrufbeantworter. Sie bezeichnete es als eine Nachricht, die sie glücklich machte, und lachte dabei."

„Was ist los?", fragte Lamb einige Minuten später, als Alex ihm eilig aus Radhikas Zimmer folgte. „Was haben Sie im Sinn?"

Sie mussten Marys Präsenz im Wohnzimmer hinnehmen. „Ich habe diese Musik auch gehört, aber nicht auf Pamelas Anrufbeantworter", sagte Alex. „Sie war auf einem kleinen Aufnahmegerät auf einer Arbeitsplatte in Harry Strouds Küche."

Die zusammengekniffenen Augen und seine volle Aufmerksamkeit waren zu erwarten gewesen. „Stroud?"

„Ich werde Ihnen später die ganze Geschichte erzählen, aber das würde jetzt zu lange dauern. Ich war dort. Er kam später. Ich habe etwas Dummes getan und saß in seiner Wohnung fest. Ich war auf der Suche nach einem Handy." Sie schüttelte eindringlich den Kopf, um seine nächste Frage zu unterbinden. „Lassen Sie mich ausreden. Ich glaube, es wird etwas passieren, und Sie müssen Harry finden. Warum sollte er denselben kleinen Ausschnitt von ‚Greensleeves' auf einem Aufnahmegerät haben, den sie auf Pamelas Anrufbeantworter gefunden haben?"

„Sie waren befreundet", sagte er langsam. „Gut befreundet. Könnte ein Scherz zwischen ihnen beiden gewesen sein."

„Ja. Oder es war ihr Signal, um sich zu treffen. Vielleicht wurde in der Nacht, in der Pamela zu Ebring Manor ging – was ihr üblicher Treffpunkt gewesen sein musste – diese Nachricht für sie hinterlassen, um sie wissen zu lassen, dass sie erwartet wurde."

Einundvierzig

Tonys Freund Stephen Hansen kannte sich in der Netzwelt aus und bewegte sich dort mit einer Leichtfertigkeit, die Tony ein absolutes Rätsel war, doch er war dankbar für die Hilfe. Wenn Stephen die Fotos tatsächlich besorgen konnte, wie er behauptete, würden Tony und Alex O'Reilly zwingen können, sie ernst zu nehmen. Zusammen mit den obskuren Informationen, die er bereits ausgedruckt bereitgelegt hatte, würde die Polizei handeln müssen.

Tony wartete mit Katie zu seinen Füßen. Eine Katze, die sich von einem kleinen Eingriff erholte, schrie im Nachbarraum, und eine gerade sterilisierte Dackel-Dame knurrte im Schlaf.

Ein Entenschwarm schwamm auf dem kleinen Bach vorüber, der an seinem Fenster vorbeifloss. Die beinahe vollkommene Stille brachte ihm keine Ruhe. Er beobachtete seinen Bildschirm und war jederzeit bereit, von seinem Stuhl aufzuspringen.

Selbst als er bekam, worauf er gewartet hatte, war noch mehr Arbeit zu erledigen. Doch er hatte bewiesen, dass es kleine Details geben konnte, die selbst dem allsehenden Auge des großen, elektronischen Wachhundes – dem Internet – verborgen blieben. Wie passend die Bezeichnung Netz doch war. Beinahe alles blieb in seinen klebrigen Ranken hängen.

Auf die Schnelle würde sich nichts ändern, nicht ehe alle Akteure versammelt waren, doch er wollte dort sein, wo er sein musste, wenn sich alle Teile des Puzzles zusammenfügten: bei Alex.

Sein Servicetelefon klingelte. Sie hatten einen persönlichen Anruf für ihn, und er ließ ihn durchstellen. „Harrison hier."

„Sohn", sagte sie kräftige Stimme seines Vaters. „Ich bin dieser netten Dr. Molly Lewis begegnet. Sie würde mir den Kopf abreißen, wenn sie wüsste, dass ich das weitergebe, aber Jay Gibbon war bereits stockbetrunken, als ihn die Abgase erreichten. Bei den Werten, die bei der toxikologischen Untersuchung festgestellt wurden, wären wir alle überrascht, wenn ihn der Alkohol nicht auch ohne die Abgase getötet hätte."

„Und trotzdem hat er den Schlauch vom Auspuff in sein Auto gelegt und sich eingeschlossen", sagte Tony.

„Nicht in diesem Zustand. Sich allein überlassen, wäre er vermutlich ohnehin gestorben. Der Schlauch war nur Augenwischerei, auch wenn die Abgase die Sache vielleicht ein wenig beschleunigt haben. Aber es war kein Suizid."

Zweiundvierzig

Mary Burke lächelte nicht. Der verkniffene, besorgte Ausdruck auf ihrem Gesicht zeigte Alex, wie viel Angst die alte Dame hatte. Das verstärkte ihre eigene Anspannung nur noch.

Sie hatten einander angesehen, während Bill Lamb nach unten gerannt war. Als er den Laden verließ, bimmelte die Glocke an der Eingangstür wie wild.

„Werden Sie mir sagen, worum es da ging?", fragte Mary. Ihre Augen zuckten hinter der dicken Brille hin und her. „Sollen wir zusätzliche Vorsichtsmaßnahmen für Radhika ergreifen? Wir werden nicht zulassen, dass er ihr wehtut. Ich sollte das nicht sagen, aber Harriet und ich haben eine Möglichkeit, wenn nötig uns und diese junge Frau – und Sie – zu verteidigen."

Alex fragte nicht weiter nach. „Es ist in Ordnung. Wir können der Polizei vertrauen." Sie durfte nicht noch mehr enthüllen.

Mary stellte keine weiteren Fragen.

„Ich sollte nach unten gehen", sagte Alex. „Ich muss herausfinden, was Tony treibt, und im Dog vorbeisehen." Sie erwähnte nicht, dass sie damit rechnete, dass O'Reilly mit den angekündigten Fragen über sie herfallen würde.

„Gehen Sie", sagte Mary. „Wir sind hier und kümmern uns um Radhika."

Harriet wartete unten und wühlte immer noch in den Büchern herum. Die Stapel schienen nicht kleiner geworden zu sein. „Was wollte er?", fragte sie. „Lamb, meine ich. Es geht mich wohl nichts an."

„Ich glaube, für uns alle steht etwas auf dem Spiel", sagte Alex.

Ihr Handy klingelte und sie blickte darauf, erkannte die Nummer des Anrufers aber nicht. „Entschuldigen Sie mich", sagte sie, während sie sich wünschte, es wäre Tony gewesen.

Zuerst hörte sie nur Schluchzen und Wortfetzen.

Alex erstarrte und hielt das Handy mit beiden Händen fest. Bogie war ihr nach unten gefolgt und stieß gegen ihr Knie, um ihre Aufmerksamkeit zu bekommen.

Der Anrufer brachte kein zusammenhängendes Wort heraus.

Harriet trat zu ihr. Beunruhigung ließ ihre Züge erstarren. Die Geräusche aus dem Handy mussten gut zu hören sein. Alex schüttelte den Kopf und legte einen Finger auf die Lippen.

„Alex?" Endlich ein klares Wort, begleitet von Tränen, Schluchzen und rasselndem Atem. „Sind Sie das?"

„Ja", sagte sie, so ruhig sie konnte. „Wer ist da?"

„Vivian", kreischte die Stimme. „Ich habe Angst. Ich weiß nicht, was ich machen soll. Die Polizei wird mich holen kommen und man wird mir keinen Glauben schenken. Er hat das alles geplant, und jetzt ... ich weiß nicht, was ich tun soll. Haben Sie ihn gesehen? Ich kann ihn nicht finden, aber er ist in der Nähe. Ich kenne ihn. Er ist hier und wartet darauf, beenden zu können, was er angefangen hat."

Vivian Seabrook war die letzte Person, der Alex zugetraut hätte, sie schluchzend anzurufen. „Ganz ruhig, Vivian. Was ist passiert?"

„H-Harry. Er hat das alles geplant. Ich werde mir das nicht anhängen lassen. Das ist nicht richtig. Es ist nicht fair. Ich habe sie doch bloß geliebt."

Alex' Verstand setzte aus.

„Ich habe Pamela geliebt. Sie war meine beste Freundin und die Einzige, der je wichtig war, wie es mir ging. Aber es war auch mehr als das, und das konnte er nicht ertragen. Er musste alles zerstören. Ich weiß nicht, was passiert ist, aber er hat dafür gesorgt, dass man mir die Schuld zusprechen wird, das kann ich Ihnen sagen. Es ist diese Tasche, nach der die Polizei gefragt hat."

„Was ..."

„Sie werden mir helfen, oder?", fragte Vivian. Ihre Stimme krächzte, wurde aber nicht mehr von Schluchzen unterbrochen. „Ich will, dass Sie das sehen. Sie werden es verstehen. Sie werden mir glauben."

Ihre Gedanken rasten, doch die Vernunft hatte sie nicht im Stich gelassen. „Die Polizei wird es auch verstehen. Wenn Harry etwas getan hat, werden sie sich darum kümmern."

Vivian legte auf.

Alex starrte auf ihr Handy und ordnete ihre Gedanken; hässliche, verwirrende Gedanken. Sie rief die Nummer zurück. Es klingelte sechs Mal, ehe Vivian abnahm und flüsterte: „Ja?"

„Wir treffen uns", sagte Alex. „Lassen Sie mich Ihnen helfen."

Es folgten eine Menge Tränen. Schließlich keuchte Vivian: „Danke."

„Wo sind Sie?"

„In den Stallungen." Ihre Stimme brach und wurde zu einem Wehklagen. „Bei meinen Pferden."

„Ich komme zu Ihnen. Bleiben Sie, wo Sie sind. Ist noch jemand da?"

„Sie sind verschwunden, als sie mich gehört haben", schluchzte Vivian. „Ich muss sie sch-schockiert haben. Ich wollte hier bei meiner Stute sein. Pamela hat sie mir geschenkt."

„In Ordnung", sagte Alex sanft. „Ich komme. Halten Sie einfach durch. Wir können reden. Und dann will ich, dass Sie mit mir zur Polizei gehen und sie helfen lassen."

„Nein", klagte Vivian. „Sie werden mir nicht glauben. Da ist ein Brief von ihr. Arme Pamela."

„Ich komme, Vivian." Sie sah zu Bogie, doch Harriet nahm ihn am Halsband und winkte sie nach draußen.

Immerhin war ihr der Fiesta vertraut und leicht genug zu handhaben. Nicht groß genug, um sich darin wohlzufühlen, aber etwas, worüber sie nicht nachdenken musste. Lily war nicht begeistert gewesen, wobei es geholfen hatte, dass Alex darauf beharrte, nur den Hügel hinaufzufahren. Sie hatte ihrer Mutter nicht genau gesagt, was auf dem Hügel wartete.

Man erreichte die Stallungen der Derwinters über eine Straße, die von der langen Zufahrt zum Haupthaus abzweigte. Alex bog ab und folgte der Straße im weiten Bogen um eine der grasbewachsenen Erhebungen, auf denen kleine Wäldchen standen, bis sie die Steigung erreichte, die zu den berühmten Derwinter-Stallungen und der Reitschule führte.

Wegen des drohenden Regens waren die Pferde, die in der Nähe auf Koppeln standen, in Decken gehüllt. Die Stallungen mit den dahinterliegenden Reitplätzen erstreckten sich in einer langen Reihe. Kein einziges Pferd streckte den Kopf über die Tür zur Box nach draußen. An einem Ende des Gebäudes stand das große Eingangstor offen.

Es sah aus, als hätte Vivian tatsächlich sämtliches Personal verscheucht. Und auch sonst jeden in Hörweite.

Alex parkte den Wagen, stieg so schnell aus, wie es ihr kaputter Fuß erlaubte, und schnappte sich dann einen Gehstock den jemand im Schirmständer des Black Dog vergessen hatte. So konnte sie sich deutlich schneller fortbewegen als mit der Krücke.

Lily hatte einen langen Reißverschluss in das Hosenbein von Alex' Jeans genäht, und sie war sehr dankbar für die deutlich bequemere Hose. Sie wünschte, sie hätte eine Jacke mitgenommen, doch das langärmlige, blaue T-Shirt würde reichen.

„Vivian!", rief sie und betrat die Stallungen. Pferde, Heu und Mist, um den sich noch nicht gekümmert wurde, verbanden sich zu einem ganz eigenen Geruch. „Vivian, wo sind Sie?"

Vivian tauchte am Ende des mit Heu ausgelegten Gangs zwischen den Boxen auf. Sie trug ihre Uniform aus Tweedjacke, Kniehose und Stiefeln. „Hier hinten", sagte sie. „Ich bin hier."

Alex versuchte, sich zu beeilen. Der unebene Boden erschwerte ihr das Laufen.

Vivian wartete in einem Eckbereich. Sie hatte je eine Box zu beiden Seiten und eine offenstehende Tür im Rücken. Futtersäcke und Halfter an Haken und Regale voller Material füllten beinahe den ganzen Bereich aus. Gracie, die Stute, die Pamela Gibbon Vivian vermacht hatte, graste draußen. Ihre Zügel hingen locker an einem Pfahl.

„Wir müssen leise sprechen, nur für den Fall", sagte Vivian. Ihr sonst rosiger Hautton ähnelte jetzt eher tränenverschmierter Spachtelmasse. „Ich habe sie hier drin gefunden." Sie deutete auf eine geöffnete Futterkiste. „Er wusste, dass ich sie finden würde. Die Kiste gehört Gracie und ich bin die Einzige, die sie füttert. Er wusste, dass ich die Tasche sehen würde, ehe ich die Kiste nachfülle." Sie presste sich eine Faust auf den Mund und schloss die Augen.

Alex lehnte sich über die Kiste in der düsteren Ecke und sah die schwere, grüne Segeltuchtasche, die sie und Tony auf dem Turm von Ebring Manor gefunden hatten, an dem Abend, an dem sie auch Pamelas Leiche entdeckt hatten. „Sie sagten, Sie wüssten, was drinnen ist", sagte Alex. „Aber sie haben sie dort liegengelassen."

„Ich habe sie zurückgelegt, um zu zeigen, wo sie war." Vivien hakte das Ende einer spitzen Schaufel an den Schlaufen der Tasche ein und zog sie heraus. Sie hielt Alex die Schaufel entgegen, bis sie die Tasche nahm.

Sie dachte an jene Nacht zurück. Ein Beamter hatte ... eine Gestalt hatte den Turm verlassen, während die Gegend durchsucht und alles abgesperrt worden war. Es musste kein Polizist gewesen sein.

In der Tasche fand sie die Kiste mit glasierten Maronen und das Zeiss-Fernglas.

Vivian weinte und schniefte. „Schauen Sie mal, am Boden der Tasche. Unter den ganzen Sachen."

Alex fand einen langen, stabilen Umschlag mit einer Karte darin. Auf der Vorderseite war eine Giraffe mit einem unmöglich langen Hals abgebildet, die sagte, sie sei noch nie so glücklich gewesen.

„Lesen Sie", sagte Vivian. „Sie ist tot, also muss ich wohl nicht mehr ihre Privatsphäre schützen."

Ein einzelnes, gefaltetes Blatt Papier glitt aus der Karte und Alex las:

Hallo mein Held,

ich hätte dir davon erzählen sollen, sobald ich es wusste, aber ich war noch nie besonders vertrauensselig. Es war falsch, zu warten. Uns verbindet mehr als der großartige Sex. Ich liebe dich. Jetzt ist es raus. Und ich werde unser Kind zur Welt bringen.

Das ist natürlich ein Schock, aber es zwingt uns, zu handeln. Du musst dich von Venetias Einfluss befreien und von all dem Mist mit deinen Eltern. Und ich brauche dich. Du wirst dir nie wieder Sorgen um Geld machen müssen und kannst dich selbstständig machen – falls du das immer noch willst.

Wir müssen reden. Diese Situation ist nichts, worüber wir je nachgedacht hätten, aber es ist passiert, und ich will das Kind behalten. Ich bitte dich, mich zu heiraten – ich hätte nicht gedacht, dass ich das je tun würde. Ich werde dich nicht einengen, wir werden uns nicht einengen, sondern dir mehr Freiheit geben, um zu lieben.

Ich gebe dir diese Karte, weil ich dein Gesicht sehen will. Ich hoffe, du lächelst. Ich erhoffe mir alle möglichen Dinge. Wir können nicht verändern was ist, Harry, also lass uns verdammt noch mal das Beste daraus machen.

Pamela

Alex starrte auf den Brief hinab und Traurigkeit überkam sie. Und sie war erstaunt, wie ungeschickt diese Frau eine Sache angegangen war, die das Leben des Mannes garantiert verändern würde, ohne ihm erst die Fakten darzulegen und zu sehen, wohin sie das brachte.

„Er musste sie haben", sagte Vivian hinter ihr. „Doch er wollte nicht mehr als eine Affäre."

„Das wissen wir nicht mit Sicherheit."

„Er hat alles verdorben, indem er ihr so seinen Stempel aufgedrückt hat. Ich habe ihr gesagt, sie solle das Kind abtreiben, doch sie wollte nicht auf mich hören. Dann habe ich ihr sogar angeboten, das Kind zusammen mit ihr aufzuziehen, falls sie das wollte. Sie hat mich ausgelacht. Schauen sie nur, wozu sie mich getrieben hat."

Ein stechender Schmerz, wie vom Stachel eines giftigen Insekts, eines riesigen Insekts, traf sie in der Rippengegend; gefolgt von einem Brennen, das sich in der Seite ihres Körpers ausbreitete. Alex hielt sich an der Seite der Futterkiste fest, als ihre Knie nachgaben.

Sie drehte sich um und starrte Vivian an. Sie hielt eine leere Spritze in der Hand. „Was haben Sie getan? Oh ... oh ... Vivian, Hilfe!"

Vivian sagte kein Wort. Sie sah zu, während Alex' Beine nachgaben und ihr schlaffer Körper auf den Boden prallte. Als sie zu sprechen versuchte, hing ihr die Zunge nur schlaff im Mund.

„Wenn Sie und Tony die Finger davon gelassen hätten, hätte ich das hier nicht tun müssen", sagte Vivian. Ihr Gesicht verschwamm vor Alex' Augen. „Ich weiß, dass Sie nach Dingen suchen, die nie wieder ans Tageslicht kommen sollten. Das kann ich nicht zulassen. Ich habe bereits genug gelitten. Er nahm mir die Einzige, die ich je wollte, und sie ließ es zu. Ich muss es ihm heimzahlen, und ich habe nur noch eine Chance. Ich muss es schaffen."

Alex versuchte, sich aufzurichten, doch es war, als hätte sie weder Arme noch Beine. Sie hatte nicht das Gefühl, sich überhaupt zu bewegen.

Sie lachte und klang dabei wie ein prustendes Tier. *Tony wird kommen, und die Polizei.* Sie wollte schreien. Blüten in matten Farben schwebten vor ihrem Auge vorbei, die Blütenblätter bewegten sich wie Bienenflügel. Schwindel überkam sie und nahm ihr den Atem. Sie konnte nicht mehr atmen.

Vivian drehte sie und rollte sie hin und her, dann machte sie sich an Alex' schweren Armen und Beinen zu schaffen. Sie fesselte sie. Als ... als ob sie sich bewegen könnte. Die Blüten verschwanden in Blitzen. Sie sah deformierte Krähen mit leuchtenden Flügeln.

Kein einziger Teil ihres Körpers gehorchte ihr noch. Das war also Vivians Plan, sie hatte Alex hierher gelockt, damit sie sie betäuben und langsam töten konnte.

Sie sollte ihren eigenen Tod mitansehen.

„Ich nehme an, Ihr Tony wird bald hier sein." Vivians Stimme kam aus weiter Ferne. Sie holte einen großen, roten Kanister hinter den Kisten hervor, schraubte den Deckel ab und stellte ihn dicht neben Alex' Kopf. Alex versuchte zu sprechen, doch ihre Zunge schien ihren ganzen Mundraum auszufüllen.

„Dann kann ich auch gleich zwei Fliegen mit einer Klappe schlagen." Diesmal war es Vivian, die lachte.

Dreiundvierzig

Zu spät, verdammt. Er hatte Alex zu spät angerufen, um sie aufzuhalten, und sie ging nicht an ihr Handy.

„... zum Stall der Derwinters gegangen. Vivian ..."

Mehr hatte er nicht mitbekommen von dem, was Harriet ihm erzählt hatte, als er das *Leaves of Comfort* erreicht hatte. Er war sofort zu seinem Wagen zurückgerannt und hatte sein Handy aus der Tasche gezogen.

O'Reilly nahm beim ersten Klingeln ab und Tony wartete nicht auf die Begrüßung. „Ich bin auf dem Weg zu den Derwinters. Wo sind Sie?"

„Ich verlasse Bourton-on-the-Water. Auf dem Weg nach Folly."

„Wissen Sie, wo Harry Stroud ist?"

„In Gewahrsam. Wir haben ihn vor einigen Stunden geschnappt. Er schwört immer noch, nichts damit zu tun ..."

„Hat er auch nicht. Nicht direkt. Ich verstehe noch nicht alles, aber das werde ich bald. Alex ist vor einer Stunde losgefahren, um sich mit Vivian Seabrook zu treffen. Ich glaube, wir werden feststellen – Vivian will nur eins. Und zwar Harry für den Rest seines Lebens hinter Gittern sehen, für Morde, die er nicht begangen hat. Inklusive des Mordes an Alex."

O'Reilly blieb einen Moment stumm. Dann sagte er: „Ich komme. Bill ist bei mir. Ich rufe Verstärkung."

„Kommen Sie nicht da angepprescht wie die verdammte Kavallerie, Dan. Ich weiß nicht, was ich vorfinden werde ..."

„Ich will, dass Sie bleiben wo Sie sind, und unsere Leute reingehen lassen."

Tony fletschte die Zähne. „Sie wollen mich wohl verarschen. Folgen Sie mir, und zwar unauffällig. Alex wusste nicht, was da auf sie zukam. Sagt Ihnen der Name Leonore Seabrook etwas? Die Pianistin."

„Entfernt. Sie ist berühmt, oder?"

„War sie. Ja. Sie hatte eine langanhaltende Affäre mit Walter Lovelace von Lovelace Meats. Lovelace war Harry Strouds letzter Klient bei Lark Major. Er hatte Alzheimer in einem fortgeschrittenen Stadium und Stroud hat das Geld des Mannes mit sinnlosen Investitionen verprasst. Vivian ist die Tochter von Lovelace und Leonore Seabrook. Das Kind wurde nie öffentlich erwähnt, weil ihre Mutter das so wollte. Aber die Mutter war am Ende ihres Lebens lange Jahre krank und hat das Geld verbraucht, das Vivian hätte erben sollen. Vivian glaubte, es sei noch nicht alles verloren, und wollte ihren Vater ausnehmen, doch das war bereits geschehen."

„Woher wissen Sie das alles?"

„Später, Dan. Es geht um simple Rache – falls die je simpel ist. Ich habe ein Bild von Vivian und ihrer Mutter auf dem Rücken eines Pferdes, und ein weiteres mit Lovelace und Leonore, am selben Datum. Es gab Gerüchte darüber, wer der Vater des Mädchens sein könnte, doch sie hielten es weitgehend geheim. Vivian ist durchgedreht. Ich muss da rauf." Er warf das Handy auf den Beifahrersitz, wo es auf den Fotos landete.

Er hatte eine flüchtige Vision von O'Reilly und Lamb, rasend vor Wut, weil er sich einmischte. Er fuhr dennoch weiter, als wäre er auf der Flucht.

Die Fahrt zu den Derwinters fühlte sich länger an denn je. Tony biss die Zähne zusammen und schrie beinahe laut los, als er das Anwesen erreichte. Er kannte den Weg zu den Stallungen – sollte er wohl auch.

Die erste seltsame Beobachtung war, dass zu viele Pferde auf den Koppeln standen. Es regnete kontinuierlich und Vivian schätzte die wertvollen Tiere zu sehr, um ihre Gesundheit aufs Spiel zu setzen.

Der Land Rover war zu laut und zu auffällig, um näher heranzukommen. Tony stellte den Wagen an einer tiefergelegenen Koppel ab und rannte geduckt los, wobei er alles, was sich anbot, als Deckung benutzte.

Bevor er den letzten Anstieg zu den Stallungen erklomm, ließ er sich auf den Bauch fallen und kroch vorwärts, bis er einen guten Blick auf das Gebäude hatte.

Nichts rührte sich.

Kein einziges Pferd schaute aus den Boxen. Was nicht überraschend war, wenn sie alle draußen standen. Tony wischte sich die triefenden Haare aus den Augen. Der Schlamm unter ihm fühlte sich nicht gut an, doch er half ihm dabei, weiter zu rutschen, ohne zu häufig den Kopf zu heben.

Zu seiner Linken stand Lilys Fiesta.

Tony legte die Stirn auf die schlammigen Hände. Es war seine letzte Hoffnung gewesen, dass Alex sich doch dagegen entschieden hatte, hierherzukommen, doch er hätte es besser wissen müssen.

Es war unmöglich, zu erraten, wo die beiden Frauen waren oder was gerade vor sich ging. Mit viel Glück würde er sie nur bei einer erhitzen Diskussion überraschen.

Er gab das Kriechen auf und lief rasch auf das offenstehende Tor zu den Stallungen zu. Als er drinnen war, schlich er zu dem Gang zwischen den leeren Boxen vor und blickte zum anderen Ende. Nichts.

Ab und zu war ein leises Rascheln zu hören. Tony dachte, es musste ein Tier sein, das sich irgendwo bewegt.

Er lief die ganze Länge des Gebäudes ab und suchte rechts und links, doch er sah keine Bewegung.

„Hallo, Tony." Vivians Stimme ließ ihn aufschrecken.

„Guten Morgen", sagte er. „Oder sollte ich guten Tag sagen? Ich suche Alex."

„Sie ist gleich hier."

„Gleich hier" bedeutete, sie war zu einem Bündel zusammengeschnürt und lag vor weiteren offenen Türen am Hinterausgang. Er wollte zu Alex gehen, doch Vivian hob eine Hand. „Bleiben Sie, wo Sie sind, bis ich etwas anderes sage."

„Alex", sagte er nachdrücklich und ignorierte Vivian.

Nur die Verzweiflung in Alex' Augen zeigte ihm, dass sie am Leben war. Sie rührte keinen Muskel. „Warum bewegt sie sich nicht?", blaffte er die andere Frau an.

„Das hat sie gerade versucht. Ich brauche da Ihre Hilfe mit etwas."

„Ich bringe Alex hier raus, und Sie beten lieber, dass sie unversehrt ist." Nicht weit von Alex' Kopf entfernt stand ein roter Benzinkanister. Er hatte keinen Stutzen, doch der Deckel war offen. „Das Benzin steht offen da – bringen sie es von Alex weg."

Vivian verlagerte ihr Gewicht vom hinteren auf den vorderen Fuß, zurück und wieder vor. Sie behielt diese rhythmische Bewegung bei. „Es steht genau da, wo ich es haben will. Wenn Sie nicht wollen, dass ich den Inhalt über Ihrer Freundin ausleere, dann tun Sie lieber, was ich Ihnen sage."

Die Ankunft der Kavallerie würde jetzt nicht schaden. Pamela Gibbons Stute bewegte sich rastlos vor dem Stall. Das Tier war gesattelt. „Haben Sie vor, in den Sonnenuntergang zu reiten?", fragte Tony, und hoffte, dass der Spruch flapsig klang.

„Wie haben Sie das erraten? Nehmen Sie das." Sie hob ihre rechte Hand und zeigte ihm eine volle Spritze. „Nur festhalten. Für den Moment. Wenn Sie sie fallenlassen oder werfen, trete ich das Benzin um." In ihrer linken Hand hielt sie ein Feuerzeug.

Tony brachte sich dazu, Vivian anzulächeln, obwohl ihr Blick furchteinflößend war. Er nahm die Spritze. „Lassen Sie mich raten. Jetzt soll ich mir das Zeug verabreichen und wir warten auf die Wirkung. Was ist das? Ace und Special K?"

„Sie haben mir das beigebracht, Dr. Harrison. Acepromazin und Ketamin. Und Sie liegen richtig. Diese Dosis ist für Sie bestimmt. Nehmen Sie es wie ein Mann. Und wenn ich weiß, dass Sie beide ausgeschaltet sind, werde ich auf mein Pferd steigen und davonreiten." Sie lachte nervös und zunehmend hysterisch. Ich mache die Fliege, nicht wahr?"

Tony lachte nicht und wies sie nicht darauf hin, dass er nur beweisen würde, dass er ein Idiot war, wenn er sich das Mittel spritzte. Warum sollte er davon ausgehen, dass sie ihre pyromanischen Pläne nicht doch noch umsetzte?

„Ich weiß, was Sie denken", sagte Vivian. Die Tränen in ihren Augen wirkten bizarr, bis sie sie wegwischte.

„Ich habe alles verloren, was mir je wichtig war, doch Harry Stroud wird dafür den Kopf hinhalten. Tun Sie es, Tony. Sofort."

Er tat es.

Er stach die Nadel durch seine schwere Barbourjacke und leerte die Spritze.

Und er starrte Vivian direkt an, während er die Spritze fallenließ und sich mit einer Hand die Seite hielt

Vivian tanzte jetzt beinahe. „Sie haben herausgefunden, dass Jay sich nicht umgebracht hat. Aber glaubten sie nicht, er sei der Mörder und wäre seinen Schuldgefühlen erlegen? Nur für eine Weile? Sie sollten eigentlich nicht so schnell herausfinden, dass er getötet wurde. Sie sind mittlerweile zu gerissen. Aber das macht nichts. Es war eine gute Ablenkung und Pamela hasste diesen Schleimbeutel. Wie auch immer, man wird Harry auch diesen Mord zur Last legen.

„Bei Radhika hatte ich Pech. Sie hat überlebt. Sie hätte sterben sollen. Doch sie hat die Geschichte geschluckt, ihr gruseliger Bruder hätte sie gefunden. Sie wird schweigen – spätestens, wenn ich sie noch ein wenig bearbeitet habe. Sie war die Einzige, die wusste, wie wichtige Pamela mir war und dass ich Harry Stroud abgrundtief hasste. Sie ist zu unschuldig, um die Liebe zu verstehen, die ich für Pamela empfand, oder was mir diese Liebe genommen hatte. Ich wollte, dass wir zusammen sind – auch mit dem Kind, wenn es so sein musste – doch Pamela verstand das nicht. Oh, mein Gott, ich ... er war es, der sie blind gemacht hat für das, was wir hätten haben können." Vivians Augen starrten in die Ferne. „Fürs Erste werde ich Radhika dabei helfen, wegzulaufen. Ganz weit weg."

Tony sah sie weiterhin an.

„Ich sagte Harry, er solle Jay vorschlagen, in Cedric Chase zu wohnen, und er ist darauf hereingefallen. Jeder wusste doch, dass ich Jay nicht in diesem Haus haben wollen würde.

„Pamela und Harry hatten ein Signal. Ein alberner Musikfetzen. Doch ich wusste darüber bescheid und habe sie in dieser Nacht mit der Musik zur Ruine gelockt, zu mir. Ich dachte, alles würde schiefgehen, als mir die Taschenlampe in den Schacht fiel, doch sie hing an einem Faden und ich konnte sie wieder hochziehen. Sie ... Pamela schrie." Vivians Mund stand offen und ihr Gesicht war totenblass.

Sie trat zur Seite, um die grüne Tasche aufzuheben, die er mit Alex im Turm von Ebring Manor gefunden hatte. „Es war pures Glück, dass ich mich hieran erinnert habe. Ich holte sie in der Nacht, in der all der Trubel an der Ruine war. Ich war ganz zerkratzt, nachdem ich ohne Licht in diesen Turm hinaufgeklettert war." Sie schob die Henkel ihren rechten Arm hinauf und über die Schulter.

Tony ließ sich schwer auf die Knie fallen, was ihn näher zu Alex brachte, und blinzelte mehrmals.

„Jetzt wissen Sie, wie sich die armen Pferde fühlen", sagte Vivian. „Ich sollte jetzt gehen. Armer Harry. Ich glaube nicht, dass es ihm im Gefängnis gefallen wird."

Tony fragte sich, wann diese Liebe in Hass umgeschlagen war. Wann war ihr die Last zu schwer geworden? Glaubte sie, er wäre nicht darauf gekommen, dass sie die Tiere nur ins Freie gebracht hatte, um sie von dem Feuer fernzuhalten, das sie auf jeden Fall legen würde? Er kippte nach vorn und landete mit seinem Kopf beinahe auf einem von Vivians Stiefeln.

In einer fließenden Bewegung legte er einen Arm um Alex' Taille und stürzte nach vorn auf Vivians Beine zu.

Und er hätte es beinahe geschafft.

Die Spitze ihres linken Stiefels traf den Benzinkanister eine Sekunde zu früh. Im selben Moment sah Tony den Bogen, den die Flamme des Feuerzeugs auf ihrem Weg ins Heu in die Luft malte. Doch er hatte Alex. Er trug ihren gefesselten Körper sicher unter einem Arm, dann legte er sie sich über die Schulter und schleppte sich mit ihr durch das Stalltor, während er spürte, wie ihn die Hitze einer Explosion im Rücken traf.

Vivian war ihnen voraus und sprang in den Sattel der Stute.

Er rannte weiter … bis er einen Schrei hörte, der gar nicht mehr verstummen wollte. Er drehte sich um.

Statt mit Vivian davonzutraben, stürmte Gracie, Pamelas geliebte Stute, auf eine Feuerwand zu, die an der Seite des Stalls loderte. „Zurück! Zurück", schrie sie das Pferd an. Dann rief sie: „Ich kriege euch beide noch. Ihr seid erledigt." Danach hörte er nur noch das Brüllen der Flammen.

„Du bist in Sicherheit", schrie er Alex zu. „Ich höre Sirenen." Er ließ sie zu Boden gleiten und rannte stolpernd auf das durchgehende Pferd zu.

Noch einmal war der langanhaltende Schrei zu hören. Gracie scheute und rammte die Hufe in die nasse Erde. Vivian wurde aus dem Sattel über den Kopf des Pferdes mitten in das Inferno geschleudert.

Tony erwischte die Zügel des Pferdes und hängte sich mit seinem ganzen Gewicht hinein.

Auf dem Boden lag die grüne Segeltuchtasche.

Immerhin hatte das Krankenhaus in der Notaufnahme Einzelzimmer.

Alex streckte erst den einen Arm, dann den anderen, und beobachtete, wie ihre Muskeln reagierten.

Sie war noch nie so von den einfachen Bewegungen ihres Körpers gefesselt gewesen, oder so dankbar dafür.

So musste es ich anfühlen, verschollen, allein und abhängig zu sein. Sie hatte keine andere Wahl gehabt, als zu warten, bis die Drogen, die Vivian ihr verabreicht hatte, abgeklungen waren. So sehr sie auch versucht hatte, mit den Augen zu signalisieren, dass sie nicht ins Krankenhaus wollte, es hatte nichts gebracht.

Während sie auf dem Anwesen der Derwinters im Krankenwagen gelegen hatte, musste sie mit anhören, wie Vivian lebendig aber mit schweren Verbrennungen aus dem Stall gezogen wurde. Alex wollte nicht darüber nachdenken, was das bedeuten würde. Doch sie konnte sich auch nicht auf das Ausmaß an Hass – und Habsucht – konzentrieren, das diese Frau in den Wahnsinn getrieben hatte. Erst hatte sie ihr Erbe verloren, und dann war sie von Pamela verschmäht worden. Alex konnte verstehen, dass sie zutiefst verzweifelt gewesen sein musste, aber nicht, wie sie sich so verzweifelt an ihre Rachegelüste gegen Harry klammern konnte, dass sie brutal die einzige Person umbringen konnte, die ihr wirklich etwas bedeutet hatte.

Was jetzt? Wie brachte man die Kraft auf, um nach einem Nahtoderlebnis, wie sie und Tony es durchgestanden hatten, wieder ins Leben zurückzufinden? Sie wusste, dass Tony es geschafft hatte, den Inhalt seiner Spritze in die dicken Schichten seines Mantels zu entleeren, aber beim kleinsten Fehler wären sie beide bei lebendigem Leib verbrannt, bei klarem Verstand, aber unfähig, sich zu bewegen.

Die Polizei wollte noch niemanden zu ihr lassen. Sie stöhnte bei dem Gedanken an die Fragen, die sich über sie ergießen würden. Ein Beamter stand vor der Tür Wache und sie bekam nur Schwestern und gelegentlich einen Arzt zu sehen, die sie alle anlächelten, als wäre sie ein interessantes Versuchsobjekt oder ein dümmliches Kind.

Was wollte sie? Wie sollte sie entscheiden, was sie mit ihrer Zukunft anfangen wollte? Da war ein Loch in ihr, das nur mit Verständnis geflickt werden konnte.

Die Tür ging auf und Tony kam herein. Seine Lippen lächelten sie an, doch in seinen Augen lag tiefste Sorge. „Hey", sagte er kaum hörbar.

Alex richtete sich in dem schmalen Bett ein wenig auf. Sie war sich nicht sicher, was sie sagen sollte.

Dann brach die Realität über sie herein und ein Moment völliger Klarheit. Der Einzige, den sie sehen wollte, war Tony, und er war hier. Sie musste nicht über morgen oder nächste Woche nachdenken, nur über das Jetzt. Die Wunden, die Vivian Seabrook aufgerissen hatte, würden nicht sofort heilen, nicht für jeden in Folly.

Aber das hier fühlte sich richtig an.

Er war zerzaust, die Vorderseite seines Mantels und seiner Jeans waren mit Schlamm beschmiert und er trug einen Seesack bei sich. Er hatte eine Bandage an der linken Hand und Kratzer im Gesicht, doch er kam an ihr Bett und legte den Sack auf einem Stuhl ab.

Sie schenkte ihm ein halbherziges Grinsen.

Tony legte ihr eine Hand auf den Kopf und sah sie an. Seine Hand bewegte sich vorsichtig zu ihrer Wange. Denn holte er frische Kleidung aus dem Seesack – ihre Kleidung – und breite sie auf dem Bett aus.

Er würde sie nach Hause bringen.

Danksagung

Phil und Lynn Lloyd-Worth: Vielen Dank für all das Fahren, Laufen, Klettern und die Toleranz.

Linda Hankins: Außergewöhnliche Veterinärmedizinerin und vor allem Tierfreundin. Danke für deine Unterstützung und dafür, dein Wissen über unsere geliebten, tierischen Freunde mit mir geteilt zu haben.

Matt Cameron: Auf dein Ohr ist verlass, sowie auf deinen Enthusiasmus und deine Geduld, wenn ich einen talentierten Zuhörer brauche (und deine sanfte, beruhigende Art).

David Augustavo: Danke dafür, mich vor wirklich dummen Fehlern bewahrt zu haben!

Pam und David Tallboys: Dafür, mich im The Olive Branch in Broadway so gut verköstigt und mir freundlicherweise so viele Fragen beantwortet zu haben. Vielen Dank.

Und wie immer, an meine wunderschönen Cotswolds, die beeindruckenden Menschen und einige der besten Pubs des Landes: Ich liebe euch.